KB252782

한국 소설은 어떤 것인가

金 章 束 著

한국 소설은 어떤 것인가

金 章 東 著

새미

저자 소개

金章東은 동국대학교 국문학과 졸업 및 동 대학원
한양대학교 대학원 수료(문학박사)하다
현재 안동대학교 인문대학 국문학과 교수로 재직 중이며
도서관장, 대학원장, 전국국·공립대학원장협의회 회장 등 역임
월간문학 소설부분 신인상으로 문단에 나왔으며
소설집으로 『조용한 눈물』『기파랑』『소설향가』
『우리 시대의 神話』『천년 신비의 노래』
장편소설로는 『무나의 연인』, 『지금도 첫사랑 동화는 살아 있다』
『후포의 등대』『450년만의 외출』
시집으로 『내 마음에 내리는 하얀 실비』,
『오늘같은 먼 그날』이 있으며
저서로는 『조선조역사소설연구』
『조선조소설작품논고』『고전소설의 이론』
『우리 소설은 어떤 것인가』 『국문학개론』이 있으며
한문소설걸작선역 『오랜 해후』 등도 있음.

　지구라는 행성에 인류가 터전을 마련하고 삶을 영위하면서부터 이야기는 있어 왔다. 자질구레한 생활 주변 이야기로부터 사냥을 다녀온 모험담, 전쟁에 얽힌 용맹 등 숱한 이야기가 있었다. 이런 이야기에 작의성이라곤 찾아볼 수 없다. 그저 살아가는 일상의 이야기에 지나지 않는다.

　우리의 소설은 이런 이야기처럼 자연 발생적인 것에서부터 비롯했다. 그러다가 인지가 점점 발달할수록 이야기도 보다 작의성을 가진 이야기로 변모했는데 신화가 바로 그것이라고 할 수 있다. 신화는 알게 모르게 목적의식이 내재되기 마련이다. 세계화 추세에 맞춰 개제한『한국 소설은 어떤 것인가(『우리 소설이란 어떤 것인가』의 개제)』는 바로 여기, 신화로부터 착안했음을 밝혀둔다.

　10여년 전,『고전소설의 이론』을 집필한 적이 있었다. 저자는 한국 최초의 이론서다운 이론서를 써 보겠다는 당돌한 만용으로 전범(典範) 하나 없는 현실에서 오직 아집과 독단으로 무리를 하다시피 했기 때문에 본의 아니게도 미숙하고 부족한 점이 없지 않았다.

　『한국 소설은 어떤 것인가』는 아집과 독단을 버리고 미숙하고 부족한 점을 보다 보완했으며 누구나 쉽게 읽고 이해할 수 있도록 배려를 하는

데 노력을 아끼지 않았다.

해서 서구의 이론을 무작정 도입해 이를 어거지로 우리 소설에 짜맞추는 구태에서 벗어나 우리 소설의 작품 현실에서 자양적으로 알게 모르게 배태된 어떤 이론 같은 것을 끌어내는 데 보다 관심을 쏟았다.

더욱이 이론서다운 이론서가 되기보다는 작품 현실에 묻혀 있는 자양적 공통점을 이끌어 내려고 노력했다. 물론 생소한 용어나 이론은 독자의 편의를 위해 이미 알고 있는 기지식을 적용했으며 역으로 우리의 소설 이론에 적용한 점도 없지 않다.

『한국 소설은 어떤 것인가』가 보다 새로운 면모를 갖췄다면 그것은 독자사회학의 가능성을 점검한 것, 구성은 자연 원리를 적용해서 우리 소설만의 희귀한 틀인 회귀(回歸)와 순환(循環)으로 정리한 것, 그리고 로칼문학과 로드문학의 존재 여부를 검색했다고나 할까. 로칼과 로드는 외래어라 여기에 합당한 고유어를 찾지 못해 어쩔 수 없이 그대로 원용한 점은 두고두고 한스럽다고 하지 않을 수 없겠다.

『한국 소설은 어떤 것인가』는 일반 독자에게 교양서로서 쉽게 읽히도록 했을 뿐만 아니라 하나하나 풀어 써서 이해를 최대한 돕도록 했다. 그리고 혼자서도 관심을 가지고 공부할 수 있게끔 생소한 이론보다는 가능한 한 눈에 익은 이론으로부터 접근하려고 노력했다.

『한국 소설은 어떤 것인가』의 짜임새는 다음과 같다.

1은 소설에 대해 보다 흥미와 관심을 가지고 읽힐 수 있도록 독자사회학, 그 가능성을 타진했으며 2는 이미 알고 있는 소설의 전반에 대해 얼마나 타당성이 있는가의 여부, 곧 그 시비(是非)를 가리는데 관심을 쏟았다.

3은 이론서의 폐단을 없애기 위해 소설의 갈래 나누기의 실제로 양면성을 가진 역사소설을 예로 들어 제시했다.

4는 소설의 태동으로 신화와 가전을 거쳐 불서언해로부터 소설이 태동했다는 것을 실증적으로 증명하려고 노력했다.

5는 우리 소설은 어떤 것인가를 어떻게의 관점과 어떤 것인가의 모색으로 다각적인 점검을 했고 6은 작중인물과 서술인데 명명(命名)의 틀, 그리고 작중 인물의 전신으로 나눠 설명했으며 7은 구성을 회귀와(回歸) 순환(循環)으로 보고, 자연 원리의 변화를 적용해 이론을 이끌어냈다. 모두와 대미, 회귀와 순환의 의미강(意味綱)까지 검증하려고 노력했다.

8은 공간과 층위인데 특히 로칼문학과 로드문학의 가능성을 검증하려고 했으며 저항의 실체와 한계를 작품 현실에서 추적했으며 9는 서사와 화자의 양면성을 검토하고 시적(詩的) 시점의 기능까지 다뤘다.

10은 시점의 다원화를 「수성궁몽유록」에서 찾아 실증적으로 분석했으며 이를 이해하는데 도움이 되도록 했다.

11, 12는 사실(史實)과 설화(說話)의 소설화 과정을 밝혔다.

우리 소설의 대부분이 설화를 소재로 다뤘음을 상기할 때 이들의 소설화 과정은 반드시 짚고 넘어가야 한다.

해서 사실과 설화가 어떤 경로를 거쳐 소설화되었으며 그 주제적 의미는 무엇인가를 구체적으로 실증하려고 했다.

「한국 소설은 어떤 것인가」는 작품 현실에서 이론을 추출하다 보니 새로운 용어와 개념 설정에서부터 어려움에 직면했다. 그리고 한국소설의 이론서가 되도록 시론하다 보니 무리가 따랐다고 본다. 더욱이 결함도 발견될 것이며 독단과 아집도 심심찮게 대면할 것이다.

『고전소설의 이론』에 이어『우리 소설이란 어떤 것인가』, 그리고『한국 소설은 어떤 것인가』에 이르러 오자, 탈자를 바로잡고 문장을 보다 매끄럽게 했기 때문에 책의 깊이와 넓이를 더했다고 할 수 있다. 그러나 부족하고 미숙한 점도 있어 이론의 스승은 다른 곳에 있는 것이 아닌, 바로 작품 현실에 있다는 점을 상기하면서 자위한다.

끝으로 출판사 여러분에게 심심한 감사를 표해 마지 않는다.

2004년 8월 입추를 즈음해

둔촌동 우거에서 지은이

차   례

1. 독자사회학, 그 가능성에 대해

1) 소설은 왜 읽는가

작가는 독자가 왜 소설을 읽을까, 그들이 소설을 읽는다면 어떤 소설을 즐겨 읽을까 하는 의문을 한번쯤 품지 않을 수 없다.

이런 의문은 일차적으로 소설이 어떤 이야기를 들려줘야 하고, 일단 만들어진 이야기는 어떤 줄거리를 가지고 있어야 하며, 가지가지 사건은 얽히고 설키게 구성되어야 하고 온갖 인물들의 성격을 창조해서 새로운 인간형을 보여줘야 함을 알게 해준다. 더욱이 독자들의 호응에 부응하려면 소설가는 자기가 살고 있는 시대를 이해하고 당 시대에 대해 누구보다도 애정과 관심을 가지고 표현해야 하며 나아가 하나의 문제를 보다 철저하게 해부해서 이를 생생하고도 밀도있게 독자에게 보여줘야 한다. 그렇다고 이런 소설을 독자들이 즐겨 읽는다면 오산이다.

옛날 어떤 마을에 한 소년이 있었다. 소년은 어릴 적부터 이야기를 좋아했다. 마실 오는 사람을 울며 보채어 이야기를 듣곤 했다.

이야기를 하는 사람이 조금이라도 딴전을 피우거나 뜸을 들이면, 소년은 기다리다 못해 '그래서요, 그 다음은 어떻게 되었어요? 어서요, 네.' 하고 계속되는 궁금증에 안달득달하며 보챈다.

소년에게 있어 긴긴 겨울밤에 듣는 옛날 이야기는 마술의 세계, 곧 그것이다. 소년은 길동이 활빈당 당수가 되어 의적으로 조선 팔도를 유린할 때는 길동이가 된다. 또한 소년은 이도령이 장원 급제를 하고 암행어사가 되어 거지로 내려와 변학도를 척결하고 춘향을 구해낼 때는 암행어사도 된다.

소년은 듣는 것만으로 부족해서 상념에 젖어 이야기를 각색하며 자기만의 독특한 세계로 들어가 상상의 인물을 만들고 허물기를 반복한다.

이런 소년과 마찬가지로 독자는 본질에 있어 상상의 세계로 일단 들어서면 허구의 세계를 엿가락처럼 마음대로 늘이고 줄이면서 어떤 정서의 세계를 즐기기 마련인데 이런 것을 납득할 수만 있다면 소설을 읽는 보다 근본적인 이유에 다가설 수 있는 것이다. 실상 아무 일도 일어나지 않는 현실 속에서 뭔가 기막힌 일이 일어났으면 하는 욕구, 따분한 일상 생활 대신에 모험이 점철되고 얽히고 설킨 사랑이 지배하는 또 다른 세계에의 동경, 이런 동경의 해소욕구에 젖어 소설을 읽게 되면 일종의 후련함과 해방감을 맛보게 될 뿐만 아니라 카타르시스에 자신도 모르게 빠져든다.

서방님 들으니 명일이 본관 사또 생신 잔치라. 잔치 끝에 나를 올려 죽인다고 사정(司丁)에게 분부하여 형장(刑杖) 많이 각각 올리라 하였으니, 나는 내일 죽는 사람이라. 서방님은 아무 데도 가시지 말고 옥문 밖이나

삼문 밖이나 지키셨다가 춘향 올리라 영이 나리거든 칼 머리나 들어주
고, 나를 죽여 내치거든 다른 사람 손길 대지 말고 서방님이 달려들어 나
의 시체를 들쳐업고 내 집에 돌아와 시상(尸床) 받쳐 뉘인 후에 나의 초
혼 불러주되, 옥중에서 서방님 그려 간장 썩은 역류수(逆流水), 땀내 묻
은 속적삼 벗기어내어 허공 중천 내두르며 '해동 조선 전라좌도 남원읍
강선리 임자생 성춘향 복복' 세 번만 외치고 지붕에 쳐들이며, 수의도 하
지 말고 나 입으려고 지은 의복 갖초갖초 다 있으니 마음대로 골라 입혀
염포입관(殮布入棺)하지 말고, 서방님 나를 안고 청결한 곳 가려 찾아 깊
이 파고 묻으실 때, 서방님 속적삼 벗어 가슴을 덮어주고 묘전에 표적 세
우고 표적에 글을 쓰되, '수절원사춘향지묘(守節怨死春香之墓)' 라 대자
로 크게 써서 묘 앞에 세워주면 첩의 죽은 혼이라도 아무 한이 없겠나이
다. 불쌍하신 우리 모친, 내 몸 일신 죽어지면 뉘게 가 의지하며 백골엄
토(白骨掩土) 뉘라 하리. 슬프다 우리 모친, 나를 잃고 애통타가 서러워
도 죽을테고 굶어서도 죽을테고. 의지 없이 돌아가면 오연(烏鳶)의 밥이
된 뉘라 휘여 날려 주리.[1]
「옥중가연」

위에 인용한 글은 「옥중가연」의 춘향유문(春香遺文)이다.

춘향의 유언을 너무나 애절하게 표현했기 때문에 우리는 눈물 없이
읽을 수 없고 들을 수 없다. 바로 이런 정서가 의식했든 아니했든 통하기
때문에 고금을 초월해서 현재에 살고 있는 우리의 가슴에 와닿아 심금을
울려주는 것이 아니겠는가.

다음 인용문을 보면 소설을 읽는 이유가 보다 확실해질 것이다.

그곳은 어디인가. 장산곶이 여기로다. 홀연히 광풍이 대작하며 수파가

---

1) 사재동 : 불교계국문소설의 형성과정 연구, 아세아문화사, 1977

일어나니 산 같은 물결은 배 위로 넘어가고 열 길 넘은 배 돛대가 꽝꽝 찌근 부러지니 크나 큰 당도리 배 안에 수십인 생명이 경각에 달렸더라. 이때 도사공은 황황실색하여 제사 기구를 배설하고 모든 상고 선인들은 창황 망섬 쌀로 밥을 짓고 왼소 잡고 왼독술을 벌여놓고 삼색 실과와 오색 탕수를 방위대로 차려놓은 후, 심청을 목욕시켜 정한 의복 내어 입혀 뱃머리에 앉혀놓고 도사공이 고사할 제. 북을 둥둥 울리면서 지성 축원하는 말이 "막대한 공덕을 만고에 힘 입사와 우리 동무 스물 네 명이 역시 장사로 위업하와 수천 리를 다니면서 오늘 장산곶 인당수에 길일 양신을 가리어서 용기 봉기를 꽂아놓고 인제수를 드리오니, 사해 용왕과 강한 지장이 제수를 음향하고 한량없이 도우소서. 만경창파 배를 띄우고 녹파상에 노를 저어 장사하는 이 배 안에 다소 물화 가득하니, 이곳 무사히 넘긴 후에도 사시 장천 순풍 만나 동서남북 다닐 적에 모래 사석 옅은 목과 바위 층석 험한 곳을 부운같이 지나가게 하고 원방 소방 근방 소방 샘같이 솟아나서 이 행보에 백천 만금 티를 내게 하옵시고 행보마다 소망성취하여 주오." 하고 빌기를 다한 후에 심청을 물에 들라 성화같이 재촉한다.

청이 하릴없어 육지를 바라보며 도화동을 향하여 다시 한번 하는 말이 "아버지, 나는 죽소. 눈이나 어서 떠서 만세무강하옵시고 불효녀 심청은 다시 생각 마옵소서." 다시 선인들을 돌아보고 망종 인사로 하는 말이 "여보 여러분 선주님네, 만경창파 험한 길에 평안히 왕래하고 만일 이리 지나거든 나의 영혼 다시 불러주고 우리 고향 가시거든 우리 부친 만나 보고 내가 죽지 않고 살아 있다 전해 주오."

목멘 소리로 서러운 말을 겨우 다그친 후에 배 아래를 굽어보니 서천에 지는 해는 해상에 거래하고 음풍은 난삽한데 수파는 흉흉하다.

영채 좋은 두 눈을 꼭 감고 치마를 둘러쓴 후 물에 풍덩 뛰어드니 흩날리는 해당화는 풍랑을 쫓아가고 새로 돋는 밝은 달은 해문에 잠겼더라. 만고 효녀 절대가인 이팔청춘 심소저가 장산곶 대해변에서 일장춘몽을 깊이 꾸니, 꿈이라 하는 것은 제 생각의 변화러라.

옥 같은 소저 몸이 물 속으로 들어간 후, 어디로 떠가는지 어디로 들어

가는지 정신이 한번 아득한 후에는 깊은 잠결에 경경한 일신이 지향없이
가는 길에 홀연 원참군 별주부와 무수한 용궁 시녀들이 백옥 교자를 등
대하여 심소저를 뫼셔 가려고 어서 타라 권고한다.[2]

「심청전」

위에 인용한 글은 「심청전」으로 심청이가 공양미 삼백 석에 몸을 팔고
선인들에 이끌려 인당수에 뛰어드는 장면이다.

눈물 없이 읽을 수 있으며 읽는 것을 듣는다면 어느 누구인들 눈물
없이 들을 수 있단 말인가.

독자는 이런 극적인 요소가 있기 때문에 울고 웃고 하는지도 모른다.

한번 눈 맞은 인연을 맺은 뒤로 마음은 붕 떴고 넋은 나간 듯 마음을
진정할 길이 없었으며 언제나 그대 있는 곳을 향해 오만간장을 하마나
태웠던지요. 일전에 벽 틈으로 전해 받은 편지는 잊을 수 없는 옥음이며
이를 공경히 받들었으나 펴서 읽기도 전에 가슴이 메이고 반도 미처 못
읽어 눈물이 주룩 흘러내려 종이를 다 적셨답니다.

그런 일이 있은 뒤로는 잠자리에 들어도 잠을 이루지 못했으며 음식을
먹어도 목에 걸려 넘어가지 않았답니다.

날로 병은 깊어 골수에 맺혀 온갖 약마저 효험이 없으며 다만 저승이
눈앞에 아련하답니다. 오직 원하는 바는 조용히 죽음을 따를 뿐이오. 조
물주도 굽어보아 불쌍히 여기시고 신들도 도우시어 살아 생전에 한번만
이라도 이 맺힌 한을 풀어 주신다면 몸을 가루로 만들고 몸에 지닌 뼈를
다 깎아서라도 천지신명님 영전에 재를 올려 보답하겠습니다. 그대 편지
받고 서러워 목이 메이는데 다시 무슨 말을 할 수 있겠습니까.[3]

(한문본 「수성궁몽유록」을 한글로 옮김. 이하 한문본은 같음)

---

2) 민족문화사 : 구활자본 「고전소설총서」 권6, 「심청전」 62~64쪽
3) 김장동 : 「고전소설의 이론」, 태학사, 1989, 270~271쪽

1. 독자사회학, 그 가능성에 대해 17

위 인용문은 「수성궁몽유록(壽聖宮夢遊錄)」의 한 대목인데 김생이 운영의 편지를 받고 애 타는 마음을 편지로 쓴 부분이다.

육성에 찬 김생의 절절한 사연에 독자는 은연중 자기 일처럼 손에 땀을 쥐고 안타까워하지 않을 수 없으리라.

그날 밤이었다. 이완은 다른 사람은 일체 따라오지 못하게 조치한 뒤 변씨만을 대동하고 걸어서 허생을 찾아갔다.

변씨는 이완을 사립문 바깥에 기다리게 하고 먼저 들어가서 허생에게 이완 대장과 함께 왔음을 말했다.

그런데도 허생은 들은 둥 만 둥 "가져온 술이나 이리 내놓으시오." 하고 술만 마셨다. 변씨는 이완을 오래도록 바깥에 기다리게 하는 것이 민망해서 여러 차례 말했으나 허생은 들은 체도 아니했다.

밤이 이슥해서야 허생은 "들게 하시오." 했다.

이완이 방으로 들어왔으나 허생은 여전히 앉은 채 엉덩이도 들썩이지 않았다. 이완은 몸 둘 바를 몰랐다. 마지못해 이완은 국가에서 현인을 널리 구한다는 뜻을 넌짓 비쳤다.

허생은 손을 내저으며 "밤도 짧은데 말이 길어지면 듣기가 지루합니다. 그대는 지금 어떤 지위에 있습니까?" 하고 말을 막았다.

"어영대장의 지위에 있습니다."

"그렇다면 그대는 나라에서 믿을 만한 신하입니다. 내 와룡(臥龍) 선생을 천거할 것이니 그대가 조정에 품의해 삼고초려토록 할 수 있겠습니까?"

이완은 머리를 숙이고 심사숙고 끝에 "그것은 어려운 일입니다. 차선의 방법을 일러 주시오." 하고 말했다.

"나는 차선이라는 것은 들어보지도 못했소이다."

이완은 끈질기게 물고 늘어졌다.

"명나라 장졸들은 조선에 은혜를 끼쳤다고 여기고들 있어요. 해서 그 자손들이 동쪽으로 건너와 홀애비로 떠돌아다니고 있습니다. 그대가 조

정에 품의해서 그들에게 조실의 딸로 하여금 출가시키게 하고 훈척들이
나 세도가들의 권세를 박탈하는 조치를 취할 수 있겠습니까?”

이완은 고개를 떨구고 묵묵히 있다가 “그것도 어렵겠습니다.” 했다.

“이것도 어렵다. 저것도 어렵다고만 하니 어떤 일을 해낼 수 있소? 가
장 쉬운 것이 하나 남았는데 그대는 그것만은 해결할 수 있겠지?”

“한번 들어는 보겠습니다.”

“무릇 천하에 대의를 떨치려고 하면 먼저 천하의 호걸들과 사귀지 않
으면 안될 게오. 일단 다른 나라를 치려고 들면 사전에 첩자를 투입하지
않으면 이길 수가 없소. 지금 만주족이 천하의 주인은 되었으나 중원과
는 화친을 맺지 못한 처지요. 그러면서 저들은 다른 나라에 앞서 우리 조
선이 솔선해서 복종해 오리라고 믿고 있소. 그러므로 자제들을 보내어
유학도 시키고 벼슬도 하게 해서 당이나 원이 했던 일을 본받아야 하오.
그리고 장사치들의 출입을 저지하지 않는다면 저들은 화친하겠다는 의
도로 알고 이를 승낙할 것이오. 나라 안의 훌륭한 자제들을 가려 뽑아 머
리를 땋게 하고 호복을 입혀 보내어 군자는 과거에 오르게 하고 소인은
멀리 강남까지 보내어 그 나라의 허실을 염탐하게 하면서 호걸들과 사귀
게 한다면 천하를 도모할 수도, 병자 국치를 씻을 수도 있을 것이오. 다
음으로 할 일은 주씨 같은 인물을 천거할 수 없으면 제후를 거느리는 사
람이라도 천거해야 하오. 그러면 나라 일은 잘 될 것이며 못되더라도 백
구(伯舅)의 나라는 될 것이오.”

이완은 실심한 듯 “사대부들은 삼가 예법만 지키려고 하는데 어느 누
가 자제에게 머리를 깎아서 땋게 하고 호복을 입히려 하겠습니까?”

허생은 이완에게 “소위 사대부란 놈은 어떤 족속인 게야. 오랑캐의 땅
에서 태어난 놈들이 스스로 사대부라고 으시대다니 얼마나 어리석은가.
옷은 오직 흰옷만 입으니 그것은 상복이 아니고 무언 게야. 머리털은 송
곳 모양 틀어 맨 상투는 남방 오랑캐나 하는 짓인데 그것도 예법이라고
할 수 있소. 저 옛날 번어기(樊於期)는 사사로운 원수를 갚기 위해 머리
털을 잘랐는데도 조금도 애석해 하지 않았으며 무령왕은 나라를 부강하
게 만들겠다는 일념으로 호복을 입고도 수치로 여기지 않았소. 지금 대

명을 위해 복수하려는 판에 머리털 한 올을 아끼다니 말이나 되오. 전쟁
을 하게 되면 말을 타고 칼을 휘두르게 될 것이며, 창으로 찌르고 활을
쏘아대는 데다 돌이 막 날아올 텐데 넓은 소매를 그대로 두는 것이 예법
이란 말이오. 이제까지 세 가지를 들어 요청했는데도 그대는 단 한 가지
도 못하겠다고 거절만 하니, 그래 가지고도 믿을 만한 신하라니, 나참.
믿을 만한 신하란 그 꼬락서니인가. 당장 목을 베도 설치가 안돼." 하고
호통쳤다.
　　허생은 좌우를 살펴 검을 찾아들고 이완을 치려고 달려들었다. 이완은
당황해 하다 못해 벌떡 일어나 뒷문으로 허둥지둥 달아났다.
　　이튿날 이완은 허생을 찾아갔다. 그러나 이미 집은 텅텅 비어 있었고
허생은 종적도 없이 사라진 뒤였다.

「허생전」

　　이것이 저 유명한 「허생전」의 삼난설화(三難說話)인데 이런 설화야말
로 독자를 새로운 감흥으로 다가오게 할 수도 있을 것이다.

　　이상으로 소설을 읽는 이유를 제시했다고 할 수 있다.

　　그렇다고 해서 소설을 읽고 싶은 이유가 시원스레 밝혀진 것은 아니
다. 그 까닭은 소설을 읽는 이유 또한 사람마다 다르고 또 달라야 하고
다를 수밖에 없는 속성을 지녔기 때문이다.

　　소설을 읽는 이유는 사람에 따라, 계층에 따라 천차만별이기 때문에
일일이 설명할 수 없으나 몇 가지 예만 들어보기로 한다.

　　소설을 읽는 이유로 마음 속에 활력을 불어 넣어주는 현실에의 도피,
고독을 질겅질겅 씹다가도 갑자기 고독으로부터 탈출하고 싶은 욕구, 또
때로는 마음에 드는 인간을 만나기 위해, 아니 스스로 야기시킬 수 없는
비극과 체험을 맛보기 위해, 삶을 보다 정열적으로 사랑하기 위해, 그도

아니면 삶의 철학까지도 발견해내기 위해서일 수도 있다.

소설이 독자에게 사랑을 받기까지의 사연은 일단 뒤로 미루고 소설이
란 용어에 관련된 것부터 알아보기로 한다.

김시습(金時習)의 『금오신화(金鰲新話)』가 씌어진 지도 오래인데 당시
는 소설이란 용어조차 나타나지 않았다. 오랜 뒤, 어숙권(魚叔權)에 이르
러서야 '동국에는 소설이 드물다(東國少小說)'고 지적한 데서 비로소 소
설이란 용어가 비치기 시작했다. 그는 『파한집』 『보한집』 등을 예로 들면
서 『금오신화』를 포함시켰는데 잡록류에 『금오신화』를 함께 묶은 데는
일정한 이야기를 가졌다는 공통 분모가 있었기 때문일 것이다.

이로 본다면 소설은 일정한 이야기를 가진 것으로 이해했을 것이다.

이수광(李睟光)은 서거정(徐居正)의 『필원잡기』, 성현(成俔)의 『용재총
화』 등과 함께 『금오신화』를 같은 범주에 귀속시켰다.

어숙권과 이수광도 소설을 넓은 의미로 이해했음이 분명하다.

이처럼 넓은 의미로 사용된 소설은 어떤 관점에서, 무슨 요소를 보다
소중하게 여겼느냐에 따라 생각이 달라질 수 있었다. 그 결과, 소설을
긍정적인 면에서 보기도 했고 부정적인 면에서 백안시하기도 했다. 이처
럼 조선조 유학자들 사이에 소설에 대한 찬반 논의는 자못 심각했다.

먼저 소설의 긍적적인 면을 보기로 하자.

양성지(梁誠之)는 패관소설에 이르러 견문을 넓히는데 이용되거나 심
심풀이로 삼았으니 소용되지 않은 것이 없다고 했다. 그는 소설의 효용
을 견문 제공과 파한으로 본 듯하다.

유몽인(柳夢寅)은 소설에는 교훈적 기능 이외에 오락적 쾌락까지도 기
대할 수 있다고 했다. 그의 견해는 서구에 있어 소설의 두 가지 전통적

기능인 쾌락설과 교훈설과도 일치함을 발견할 수 있다.

이덕형(李德泂)도 소설을 교훈적 기능으로만 생각한 탓인지 소설 속의 말이 저질이며 조잡하다고 하더라도 명교에는 도움이 된다고 했다.

김만중은 연의와 연사를 구분했으며 소설<연의>가 역사보다는 구체적이며 호소력 있게 독자를 수용한다고 했고, 이규경 또한 소설의 존재 이유를 역사 기술을 우위에 두고 그 보충에서 찾으려고 했다.

김만중과 이규경의 견해는 비록 소설에 대한 긍정적인 일면을 인정했다고 하더라도 소설을 보다 독립된 문학 갈래로 보기보다는 역사 서술에 두고 이를 보충하는 데서 찾은 듯하다.

소설의 긍정적인 면을 본 유학자들이 있다고 하더라도 대부분의 유학자들은 소설에 대한 부정적인 견해가 지배적이었으며 그것도 극단적인 면을 여실히 드러냈다고 하겠다.

이덕무(李德懋)는 소설의 비속함을, 위로는 당론이나 청담에도 미치지 못하고 가운데로는 패관 야담에도 미치지 못하며 아래로는 전기나 지괴에도 미치지 못한다고 혹평했다. 더욱이 그는 음탕한 내용을 다룬 소설이나 현실성이 없는 소설을 매우 경멸했으며 소설은 허를 세우는, 공을 추구하는, 귀신과 꿈을 이야기하는 데 지나지 않는다고 피력했다.

홍만종(洪萬宗)도 소설은 세상을 사악하게 만들 뿐만 아니라 종묘 사직을 뒤흔들 위험마저 있다고 심히 우려했다.

한 술 더 떠 택당 이식(李植)도 연사의 근본은 아이들이 장난 삼아 쓴 글과 같아 위로는 속되고 아래로는 세상을 어지럽게 한다고 했다. 연암 박지원의 소설마저 정통 주자학에 위배된다고 해서 태워 버려야 한다고 배척했으며 촛불의 재가 될 뻔한 일도 있었다.

이처럼 주자파들은 허구의 묘(妙)에 대해 눈길을 돌리려 하지 않았다. 그렇기 때문에 조선조 소설의 현실에서 독자사회학의 가능성을 검증하기란 쉬운 일이 아니다. 아무리 명석한 두뇌로 분석하고 결과를 제시한다 하더라도 만인이 공감하는 이유를, 이것이다 하고 단정할 수 없다.

여기서는 저간의 사안을 감안하고 무리를 감수하면서 소설을 읽던 이유를 시대별로 정리하면 다음과 같다.

15, 6세기는 불전(佛典)이 지니는 신비성과 꿈의 세계가 사람들로 하여금 소설적인 허구의 세계로 들게 해서 한글소설의 태동을 부추겼다.

17세기는 파한의 적(的)이나 스스로의 낙을 찾아 소설을 읽었다.

18세기는 독자층이 확대된 한편 강담자(講談者)가 등장하고 청독자가 형성되어 듣는 즐거움으로 독자가 형성되었다.

19세기는 소설유용론이 등장했으며 소설의 쾌락설(快樂說) 주장으로 본질적인 면에서 소설을 읽는 이유가 나타난 셈이 된다.

그러나 이런 통계적인 설명도 중요하지만 무엇보다도 독자들의 자문자답이 선행되어야 함은 말할 나위도 없다.

2) 자료와 독자

고전소설에 있어 독자사회학이 존재할 수 있는가가 문제로 제기될 수 있다. 고전소설에도 작가가 있었고 독자가 있었다면 소설을 배척했던 시대라 하더라도 소설은 부정할 수 없다.

더욱이 조선조는 인쇄술이 발달하지 못한 데다 제지술마저 미숙했던 시대였으므로 독자사회의 특수성이 고려될 수밖에 없다.

이런 특수성을 고려해서 독자사회학을 설정하고 소설 자료의 검증을 통해 문제의 실마리를 풀어보기로 하겠다.

고전소설의 자료는 필사본이 원본이라고 할 수 있기 때문에 독자 파악과 동시에 필사본이 제시되어야 한다. 그러자면 현존하는 소설의 필사본과 소설을 읽고 난 뒤 단평, 후기 등의 기록부터 검토되어야 할 것이다. 이런 문제는 이미 학계에서 활발하게 논의되었다.

여기서는 출판된 저서나 논의된 논문[4]을 참고하고 필자가 가지고 있는 자료를 보완하면서 전개하기로 한다.

우리는 소설의 자료인 필사본, 방각본, 구활자본<딱지본> 등으로 미루어 소설의 독자층이 어느 정도 다양했음을 알 수 있다.

중국으로부터 소설이 유입되면서 사대부들로부터 독자층이 형성되기 시작했다. 그들은 겉으로 소설을 배척하는 체하면서도 남 몰래 소설을 창작하기도 하고 필사나 전사를 통해서 소설을 보급시켰는데 그것이 일차적인 자료가 된다.

「일락정기」의 만설옹을 비롯해서『금오신화』의 김시습, 「홍길동전」의 허균, 「화사」의 임제, 「구운몽」「사씨남정기」의 김만중, 「주생전」의 권필하며, 「천군연의」의 정태제, 「옥린몽」의 이정작, 「창선감의록」의 조성기, 「삼한십유」의 김소행, 「육미당기」의 김재육, 「양반전」의 박지원 등 지명 작가의 작품은 자료의 정수라 하지 않을 수 없다.

---

4) 김동욱 : 이조소설의 작자와 독자에 대하여(장암지헌영선생화갑기념논총, 1971, 43~52쪽)
　　최　철 : 이조소설 독자에 관한 연구(연세어문학 6집, 1975)
　　大谷森繁 :「조선후기독자연구」, 고대 민족문화연구소, 1985

게다가 이본도 꽤 많다. 「구운몽」의 예만 하더라도 한문본과 한글본, 필사본과 목판본이 현존한다.

이런 소설의 자료로는 필사한 한문본, 한글본이라고 하더라도 글씨가 달필인 한글본, 국한문혼용체본 등이 있는데 이것들은 사대부들을 배제하고는 생각할 수 없는 자료라고 하겠다. 예를 들면, 애독자가 많았다고 추정되는 「유충렬전」만 하더라도 국한문혼용본, 남필본, 여필본 등이 전해지고 있으며 세책본(貰册本)의 흔적마저 나타나고 있는 실정이다.

조선조 후기로 접어들면서 필사본은 더욱 성행했다. 그것은 소설이 일반 서민층에게도 영합했음을 시사할 뿐만 아니라 사대부 집안에서도 자제들에게 소설을 읽힌 흔적의 자료가 된다.

낙선재본(樂善齋本)은 궁인 서기의 필사본인데 그것은 사대부 부녀자들 사이에서 전사된 필사본이며 이본군으로 현재에도 전해지고 있다.

이와 같은 사례로는 「강릉추월전」은 '이대섭 투필', 「작씨전」은 '책주 김경만', 「김대비훈민전」은 '권소저 열두 살에 베끼노라', 「김한임부인나씨경계록」은 '이생원가 득래 등출, 「봉선화음록」은 이 책이 많지 아니하나 우리 어머님 육십지년에 베낀 것이니 설화가 좋고 비록 노필이시나 자식에게 전하고자 하여 베껴 주소서 하였더니 베껴 주시니 부디 아껴보고', 「육미당기」는 '부디 수이 물실하라', 「도시가승세계논총」은 '운동하방 서필 역하다' 등 부기가 덧붙어 있다.

이 같은 부기로 독자사회학의 가능성을 제시할 수도 있다.

나손본(羅孫本)에도 필체가 유려한 궁체로 한글 속필, 한자에 독음을 단 필사본, 국한문혼용체본 등이 있다.

「옥단춘전」은 한글 달필로, '이 책을 빌려 가는 사람은 일야를 보옵고 장난 마옵고 즉시 전하옵’ 등으로 보아 세책본도 발견된다.

특히 「평요전」은 ‘우리의 질 숙곡 김댁 책을 보려 병신동에서 빌려 왔더니 끝을 이어 달라 하였기 베껴 보내려 하되, 작년 정월부터 병이 들어 팔월까지 사생출몰하다가 겨울에 양생도를 얻었으나 도리가 없어 이제야 간신히 베꼈으나 언제 보낼까 답답하다’는 후기 등으로 보아 필사본은 가정간이나 친척 사이, 동네에서 동네로 빌려 보았고 읽는 것으로 부족해서 필사한 흔적을 엿볼 수 있는 자료이다.

이런 이면을 연구하게 되면 독자사회학의 뿌리와 가능성을 도출해 낼 수 있을 것이다.

조선조 후기로 올수록 독자층이 넓어지고 소설 또한 세속화되어 대중에게 보급되기 시작했는데 이른바 1890년 이후 목판본인 방각본(坊刻本)이 나왔고 1910년 대에는 구활자본이 쏟아져 나왔다.

월탄(月灘)의 증언에 의하면 대중의 수요가 늘어나자 고판본 국문소설이 나타났으며 궁체로 조각한 백지 목판본이 나왔고 백로지가 수입되면서 양지판이 나왔다고 회고하고 있다.

목판본은 전주나 안성 등지에서 주로 찍어 전국으로 보급되었다. 많은 보급에도 불구하고 목판본으로는 수요를 감당할 수 없게 되자 구활자본까지 등장하면서 세책집은 자연 사라지게 된다.

따라서 소설의 자료는 한문 필사본이나 한글 필사본을 1차적인 자료라고 한다면 세책본은 2차적인 자료, 목판본은 3차적인 자료, 구활자본「딱지본」은 4차적인 자료가 되는 셈인데 필사의 연대 추정만 가능하다면 필사본이 원본일 가능성이 가장 짙다고 하겠다.

3) 독자사회학, 그 가능성

독자사회학을 논의하기에 앞서 독자에 대해 언급하는 것이 순서일 것이다. 자료 이전부터 이야기는 있어 왔고 이야기는 하는 사람이 있었으며 이야기를 하는 사람은 듣는 사람이 있었기에 한 것만은 분명하기 때문이다. 그렇다고 해서 듣는 사람을 가리켜 독자라고 하기에는 아직 이르다. 어디까지나 독자는 문자를 매개로 해야 하기 때문이다.

조선조의 독자사회학 뿌리는 사대부로부터 비롯되나 일부의 계층이지 다수는 아니기 때문에 그들에게 독자사회학을 적용시킬 수는 없다.

독자사회학은 필사본이 전사되어 어느 정도 통용되고 세책본이 성행하기 시작한 그때로부터 뿌리를 찾아야 가능성을 검증할 수 있으며 세책본으로 어느 정도는 파악할 수도 있으나 정확하다고는 할 수 없으므로 목판본과 구활자본이 등장하고부터 뿌리를 내리기 시작했다고 보아야 한다.

『월탄회고록』을 다시 한번 인용해 보기로 하겠다.

시집 간 왕고모나 고모들이 친정에 오면 그들은 며칠씩 묵으면서 세책집에서 이야기책을 빌려 읽고 「콩쥐팥쥐전」이나 「별주부전」의 이야기를 해주었다. 세책집은 가난한 선비들이 생계가 막연해서 궁리 끝에 호구지책으로 청빈한 생활의 방편이었는데 지전 한 축을 사서 언문 궁체로 「삼설기」, 「사씨남정기」 등을 베낀 후 책을 매고 책장마다 들기름을 칠해 여러 사람이 읽는데 파손되는 것을 예방했다.
세책집이 한군데 생겼다는 소문이 동네 안에 퍼지면 언문을 깨친 처녀 색시와 아낙네들은 다투어 가며 돈을 주고 책을 빌려다 보았다.
책을 빌려 오는데 선금을 내지 아니하고 통주발이나 놋대접 한 개를

　　먼저 할멈이나 계집종을 시켜 보내고 읽고 싶은 책을 빌려 오는데 대접
　　과 사발은 전당품이 된다.

　위의 인용문에서도 독자사회학의 가능성을 엿볼 수 있다.
　다음은 '이조소설 독자에 관한 연구'[5]란 논문에서 인용한 주를 자료로
제시하면서 독자사회학의 가능성을 검증해 보기로 한다.

　　세창서관 주인 신태삼(申泰三) 노인(67세)에 의하면, 1920년대와 1930
　　년 초, 소설 딱지본이 잘 팔릴 때에는 5일 동안에 50~60원 분을 메고
　　다니면서 많을 때는 20원씩이나 벌었다고 한다. 당시 쌀 한가마니에 4원,
　　광목 한 필이 5원이었다.

　위의 인용문만 보더라도 독자의 관심도를 짐작할 수 있다.

　　독자들이 딱지본 소설을 고르는데 표지의 그림을 보고 그에 따라 구독
　　했던 경향이 있어 그림에 보다 관심을 가졌다. 당시 그림 한 장 그리는데
　　대개 5원(쌀 한 가마니에 4원일 때임)씩 받았다고 한다.

　위 인용문에서는 책을 고르는 세태를 파악할 수 있다.

　　1931년 태화서관에서 간행한 딱지본 이조소설의 값은 「심청전」이 25
　　전, 「유충렬전」이 35전, 「홍길동전」이 15전인데 이 값은 당시 한남서관
　　도서목록의 값과도 일치한다. 소설 한 권 필사하는데는 5전, 목판본은 15
　　전, 목판을 각하는데 1장에 20원이나 받았다고 하며 소설 한 권을 만드

---

5) 최철 : 이조소설 독자에 관한 연구(연세어문학 6집, 1975)

는데 목판본의 경우 400원이나 들었다.[6]

위 인용문에서는 서관의 책값과 책을 한 권 만드는데 드는 비용 등
독자사회학의 뿌리를 엿볼 수 있다. 독자사회학의 가능성은 제책, 세책,
책값 등의 유통과정에서 찾아볼 수 있지만 책을 읽는 독자이기보다는
청자로서 많은 사람들에 의해 전승된 사실 또한 부인할 수 없다. 이미
영·정시대부터 청중을 모아놓고 소설을 구연해 주는 직업인이 시정에
나타났는데 그들은 소위 이야기 주머니, 이야기 보따리로 불리는 사람이
다.

> 전기수가 동문밖에 살면서 언과패설을 구연하는데 「숙향전」, 「소대성
> 전」, 「심청전」, 「설인귀전」 등으로 월초의 1일은 제1다리 밑에서, 2일은
> 제2다리 밑에서, 3일은 배고개에서, 4일은 교동 입구에서, 5일은 대치동
> 입구에서, 6일은 종루 앞에서 자리잡는다.
> 이처럼 거슬러 오르다가 7일째가 되면 아래로 거슬러 내려가고, 내려
> 갔다가 거슬러 오르고, 거슬러 올라갔다가 또 내려가는데 한 달 내내 그
> 렇게 했다. 또 달이 바뀌면 전과 같이했다. 읽기를 잘했기 때문에 곁에
> 둘러서서 듣는데 대체로 가장 긴요하고 들을 만한 대목에 이르면 문득
> 침묵을 지키어 소릴 내지 않았다. 사람들은 하회를 듣고자 해서 다투어
> 돈을 던졌는데 이를 요전법이라고 한다.[7]

---

6) 박종화 : 「월탄회고록」, 한국일보, 1972년도 게재분
7) 조수삼 :「秋齋集」卷七 紀異. 傳奇叟 居東門外 口誦諺課稗說 如淑香 蘇大成 沈淸 薛仁
貴等 傳奇也 月初一日 坐第一橋下 二日 坐第二橋下 三日 坐梨峴 四日 坐校洞口 五日
坐大寺洞口 六日 坐鍾樓前 溯上旣自 七日 沿而下下而上上而又下 終其月也 改月亦如之
而以善讀 故傍觀匝圍 夫至最喫緊可聽之句節 忽默而無聲 人欲聽其下回 爭以錢投之 曰
此乃邀錢法.

위의 인용문은 강담자나 강담사가 어디서 패사를 읽었으며 돈을 어떻게 벌어서 생활했는가를 살피는 데 중요한 자료가 된다.

전기(傳奇)는 당시 유행했던 소설을 말하며 수(叟)는 강담을 하나의 생활 수단으로 삼았던 노련한 구연자를 말한다. 강담자는 청중을 대상으로 장소를 이동해 가면서 일정한 소설을 대상으로 대가를 받고 구연해 주던 일종의 직업적인 전기수라고 할 수 있다.

위의 자료 이외에도 18세기 후반부터 19세기에 이루어진 문헌에는 비슷한 내용의 기록이 더러 보인다.

> 이업복은 종의 무리로 아이 적부터 언서패설을 잘 읽었는데 소리는 노래하는 듯, 원망하는 듯, 하다가도 웃는 듯, 슬퍼하는 듯하고 때로는 호방하게 영걸의 모습을 짓거나 곱고 아름다운 목소리로 예쁜 계집애의 자태를 짓기도 했는데 글의 내용에 따라 읽는 태도를 바꿨다.
> 당시의 호부들은 서로 불러서 언서패설을 들었는데 어떤 서리 부부는 그 재주에 홀딱 반해 업복이를 먹여주면서 친척과 같이 지내며 수시로 집에 드나들도록 했다.[8]

강독을 변사처럼 재치 있게 잘했기 때문에 신분을 초월할 수 있었으며 이업복의 생계 수단이 된 언서패설에서 독자사회학의 이면을 엿볼 수 있다.

---

8)「破睡錄」(東洋文庫所藏本) : 李佑成 朴燓澤 編譯.「李朝漢文短篇集」上 (一潮閣. 1982년) 李業福 傔輩也 自童稚時 善讀諺書稗官 其聲 或如歌 或如怨 或如笑 或如哀 或豪逸而作 傑士狀 或婉媚而做美娥態 盖隨書之境 而各정其態也 一時豪富之流 皆招而聞之 有一胥 吏夫婦 酷貪此技 哺養業福 遇如親黨 許以通家.

옛날 어떤 사내 하나가 있었다.

그 사내는 종로의 담배 가게에서 사람이 패사 읽는 것을 듣다가 영웅
이 가장 실의하는 대목에 이르자 갑자기 눈을 부릅뜨고 거품을 물어내다
가 담배 써는 칼로 패사 읽는 사람을 찔러 죽였다.[9]

떠도는 소문에 의하면 종가 담배 가게 앞에서 사내 하나가 소사패설
읽는 것을 듣다가 영웅이 실의하는 대목에 이르자 갑자기 눈을 부릅뜨고
거품을 물더니 담배 써는 칼로 패사 읽는 사람을 찔렀다.

그는 선 채로 그 자리에서 즉사했다.[10]

두 인용문은 저자거리에서 시정 사람을 상대로 소설을 읽어 주는 낭독
자와 이를 듣고 흥분해서 살인까지 하는 독자사회학의 한 단면을 단적으
로 보여 주는 일화가 아닐 수 없다.

지난 해, 사내 하나가 있었다. 그는 십 세부터 눈썹을 그리고 얼굴에
분도 발랐다. 여자들의 언서체를 잘 읽었는데 목소리가 여자와 비슷했다.
갑자기 그가 간 곳을 알 수 없었다.

그런데 그는 여복으로 변장하고 사대부집에 드나들면서 혹은 지맥을
빙자하거나 혹은 방물장수를 빙자하면서 패설을 읽어 주었다. 때로는 이
승을 가장하고 불공으로 기도도 해주었다. 사대부 부녀자들도 그를 한번
본 사람이라면 사랑하지 않는 이가 없었고 간혹 가다가 동숙하면서 음탕
한 짓을 하기도 했다.

장판서 붕익이 이를 알고 그를 죽였는데 입을 열면 난처한 일이 생길
까 두려웠기 때문이다.[11]

---

9) 이덕무 : 「아정유교」 권3. 은애전. 古有一男子 鍾街烟肆 聽人讀稗史 至英雄最失意處 忽
烈齘噴沫 提裁煙刀擊讀史人立斃之.
10)「正祖實錄」十四年(庚戌), 八月 戊午條. 諺有之鍾街烟肆 聽小史稗說 至英雄失意處 裂
齘噴沫 提折草劍 直前擊讀的人立斃之.

어떤 사내는 강담사를 빙자해 사대부집을 드나드는 것만으로 부족해서 부녀자와 음행까지 하다가 처형을 당한 사건도 있었다.

또 언문을 잘 하고 소설도 널리 알고 있었기 때문에 그로써 가계가 부유해지고 명성도 드날렸으니 사나이로 태어나서 벼슬을 못할 바에야 언문이라도 잘하면 집안이 흥한다는 기록도 흔치 않게 나타나고 있다. 이밖에도 강담사에 얽힌 일화는 한둘이 아니다.

이 자상(子常)이라는 사람은 이름을 알 수 없었으나 총명하고 기억이 뛰어나 각종 술서를 보지 않은 것이 없었다. 또한 패관제서를 즐겼으며 어록이나 문자에도 널리 통했다. 빈한해서 좋은 자질을 살리지 못하고 재상가 출입을 하면서 소설 같은 것을 잘 읽어 주어 만년에는 군직까지 얻었는데 주로 아는 집을 찾아서 숙식했다.12)

정묘 때 김중진(金仲眞)이라는 사람이 있었다. 나이 들어 치아가 다 빠졌다. 해서 사람들이 과농(瓜濃)이라고 조롱삼아 불렀다. 그는 이담을 잘해서 사물의 태나 인정에 이르기까지 곡진하게 이야기했기 때문에 왕왕 듣는 사람이 많았다.13)

장안에 오씨 성을 가진 사람이 있었다. 그는 고담을 잘해 세상에 이름

---

11) 구수훈 :「二旬錄」, 稗林9 (探求堂. 1970년). 頃年 一漢常. 自十餘歲 畵眉粉面 習學女人
　　諺書體 善讀稗說 聲音如女人矣 忽不知去處 變爲女服 出入士夫家 或稱知脈 或稱方物
　　興商 或以讀稗說 且締結僧尼 供佛祈禱 士夫婦女之一見之者 莫不愛之 或與因宿同作
　　行淫 張判書鵬翼知之 鉗其口殺之 如開口 恐有難處故耳.
12) 유재건 :「里鄕見聞錄」(영인본, 아세아문화사, 1974년) 권7, 이자상, 350~351쪽. 李子常
　　忘其名 聰明强記 諸種術書 無不閱覽 又嫺於稗官諸書 凡係語錄文字盡爲通也. 貧不能
　　自資 或出入宰相門下 以善讀小說稱 晚年得軍門斗科 多寄食於知舊之家
13) 유재건 : 前引「里鄕見聞錄」卷3, 金仲眞. 正廟時 有金仲眞者 年末老而齒牙盡落 故人嘲
　　號曰 瓜濃 善詼俚談 共於物態人情曲盡纖悉 往往有可聽者.

을 떨쳤다. 두루 재상가를 드나들었는데 식성에 맞게 과일과 야채를 즐겼다. 해서 사람들이 오물음(吳物音)이라고 불렀다.

대개 물음이라고 하는 것은 숙물(熟物)의 방언이다. 오는 곧 과(瓜)의 속명인데 음상(音相)이 유사하기 때문이다.[14]

설양 김옹(金翁)은 이언을 잘했는데 듣는 사람이 졸도하지 않음이 없었다. 바야흐로 구절 구절마다 읽어 나가면서 중간중간 힘을 주는데 횡설수설하기가 귀신의 도움을 받는 것 같았다. 또한 골계의 웅장함에 있어서도 숙달되었고 잠언 세속의 말에 있어서도 익숙했다.[15]

세상에 이언비리(俚諺神俚)가 많이 있는데 내가 밤을 밝혀 이를 살펴보니 곧 인본인 「소대성전(蘇大成傳)」이었다. 그것은 장안의 담배 가게에서 부채를 치며 낭독하는 책이 아니던가.[16]

묘중 앞에는 무뢰자며 건달이 수천이어서 시끄럽기가 시험장 같았다. 창이나 봉술을 익히거나 주먹을 단련하며 말을 타고 유희하는 흉내를 내다가도 앉아 「수호전」을 읽는 사람이 있으면 여럿이 둘러앉아 듣는데 머리를 두드리거나 코를 팽 푸는 것이 방약무인했다. 대목이 와관사가 불에 타는 장면이고 암송하는 책은 「서상기」였다. 글은 한 자도 모르면서 입맛 따라 익살스럽게 잘도 읽었다.

한편 동쪽 담배가게 앞에서 「임장군전」을 구송하다가 잠시 중단하고 두 사람이 비파를 타는데 한 사람은 징소리를 내기도 했다.[17]

---

14)「海東野書」(臧書閣本) 44쪽. 京中有吳姓人 善古談名於世 遍謁卿相家 其食性嗜瓜熟菜 故人以吳物音呼之 盖物音者 熟物之方言也. 吳者瓜之俗名 音相似之.

15) 조수삼 : 前引「秋齋集」卷 紀異. 說襄金翁 善俚語 聽者無不絶倒 方其逐句場衍 鑿鑿中窺 橫說竪說 捷如神助 亦可以滑稽之雄 夷考其中 又皆玩世警俗之語也.

16) 김 려 :「潭庭叢書」券28, 鳳城文餘 27쪽, 諺稗. 人有以諺稗來 爲余消長夜者 視之 乃印本 而曰蘇大成傳 此其京師煙肆中 拍扇而朗讀者歟

17) 박지원 :「熱河日記」渡江錄, 關帝廟記(影印本). 燕巖集). 159쪽 廟中無賴遊子數千人 要熱如場屋 或習槍棒 或試拳脚 或像盲기瞎馬爲戲 有坐讀 水滸傳者 衆人環坐聽之 擺

　이상의 인용문을 보게 되면 강담을 통해 소설을 향유한 간접적인 독자들은 신분이나 성별에 관계없이 다양했음을 알 수 있다.

　강담은 오락성과 계세성(戒世性)이 아울러 포함된 흥미진진한 구연으로 소설의 보급은 물론 독자층을 넓히는데도 기여했다. 더욱이 소설은 개인적인 욕구충족의 수단으로서만이 아니라 어떤 집단의 동일체 의식마저 고취시키는 대중화된 예술로 자리잡게 되었는데 이런 점에서도 독자사회학의 뿌리, 그 가능성을 어느 정도 다졌다고 할 수 있다.

　판소리 창과 청자와의 관계도 논의되어야 하나 판소리는 창극으로 희곡적 요소가 강하기 때문에 진정한 의미에서 소설이라고 볼 수 없어 본 장에서는 다루지 않았으며 다른 기회로 미뤘다.

頭掀鼻 傍若無人 看其讀處則火燒瓦官寺 而所誦者 乃西廂記 目不知字而 口角溜滑. 亦如我東巷肆中 口誦林將軍傳讀者乍止則 兩人彈琵琶 一人響疊鉦.

2. 보편성으로부터 접근

1) 소설이란 용어의 명칭

세조 때 김시습의 『금오신화』가 소설의 효시로 출현한 이래, 소설에 대한 끊임없는 찬반 논의가 있었다. 그리고 소설이라면 무조건 배척한 시대로부터 소설의 효용적 가치를 인정하기까지 많은 시비도 있었다. 그 결과, 허구성에 대한 인식이 새로워져 소설의 지위도 격상되었다.

이처럼 우여곡절을 겪은 소설은 시비만큼 명칭 또한 다양하다.

소설 명칭의 발단은 신문학운동이 전개되면서부터 비롯했다. 이인직(李人稙)의 소설 「血의 淚」가 매일신보에 연재된 뒤, 단행본으로 출판되었을 때 표제 위에 신소설이란 용어를 사용하고 있었다.

뒤를 이어 많은 소설이 출판되면서 갑오경장 이전에 나타난 소설과 구별해서 사용되기 시작했다.

이로 본다면 고대소설이란 명칭은 신소설이란 용어가 나온 뒤부터 신소설과는 상대적으로 사용된 것임이 분명하다.

그런데 이런 명칭에 대해 타당성을 따진 것은 아니었다.

여기서는 고전소설이라고 일단 인정하고 용어나 명칭에 대한 타당성 여부를 간단히 검증하기로 하겠다.

고대소설

흔히 갑오경장 이전에 나타난 소설을 지칭하는 용어가 된다.

그런데 갑오경장 이전에 나타난 소설을 고대소설(古代小說)이라고 총칭한다면 고대라는 용어에 문제점이 있다. 국문학사의 시대구분에 있어 고대는 고조선이나 삼국 초기에 해당된다. 고조선이나 삼국 초기에 소설이 나타났다면 무리가 없겠으나 불행히도 소설은 조선조 초기에 등장했다. 그리고 고대소설이란 용어에 있어 고대를 역사학의 시대구분과도 연관지어 보면 근세나 중세에 앞선 고대에 해당되며 고대에 나타난 소설이라고 오해할 소지가 있다. 더욱이 고대, 중세, 근세 등 문학사와 시대구분이 관련지어지는 것으로 혼동할 우려마저 있어 합당한 용어라고 할 수 없다.

고소설

고소설(古小說)도 갑오경장 이전에 나타난 소설을 지칭하는 용어다.

고소설 또한 문제점이 있다. 古의 자전적 의미는 '예'나 '옛일'이고, 사전적 의미는 '헌', '낡은'을 뜻한다. 옛 소설은 그런 대로 납득할 수도 있겠으나 헌 소설, 낡은 소설은 왠지 어색하다. 또 古의 시간적 개념도 막연하기 짝이 없다. 이 순간이 갓 지난 시간까지도 과거인 古로 이해한다면 선사시대로부터 갑오경장까지 시간적 거리가 모두 포함되며, 그렇게 되면 고소설의 개념은 너무나도 포괄적이다. 포괄적이라고 하더라도 고대나 중세에 소설이 나타났다면 모르지만 조선조 이전에는 소설이란 용어 비슷한 것조차 비치지 않았다. 새로이 대두되는 문학사에는 시대구분상 영·정 이후를 근세문학의 시발로 보고 조선조를 근세문학으로 분류하는데 이 또한 영·정시대를 古로 볼 수 있느냐 하는 새로운 문제점까지 제기된다. 단적으로 말한다면, 지금 이 순간이 지난 시간은 모두 과거이므로 古로 받아들일 수 있다.

따라서 고소설 또한 고대소설처럼 적절한 용어라고 할 수 없다.

구소설

구소설은 신소설에 대한 상대어로 등장한 용어다. 신소설이 새로운 형식을 갖춘 소설인데 비해 옛스런 소설이란 뜻으로 사용되었다.

그런데 신소설이 구소설에 비해 새로운 형식과 내용을 가진 소설인가 하면 그렇지도 않다. 신소설이라고 하지만 구소설의 잔재가 구석구석 남아 있다. 개화기소설이란 용어를 사용하고 있는 현실인데 굳이 구소설이란 용어를 고집할 필요가 있을까 생각해 볼 일이다. 더구나 구소설이란 명칭은 자기비하적인 냄새마저 풍긴다.

문학은 문학의 내적 요인과 문학의 외적 요인이 작용해 상호보완적으로 발달하기 마련이다. 그런데 오늘날의 잣대로 지난 시대의 소설을 재어 평가절하할 필요가 있겠는가.

해서 구소설(舊小說)이란 용어도 적절하다고는 할 수 없다.

이조소설

이조소설(李朝小說)은 소설이 발생해서 융성했던 시대를 따 소설의 명칭으로 사용했기 때문에 일면 합당한 듯하다.

당사, 송사, 명소설이란 용어가 통용되었듯이 그것은 각 시대를 대표하는 문학 갈래를 설명하는 것으로는 합당하며 당 시대에 유행했던 갈래의 범주를 포괄한 용어라고 하더라도 어색하지 않다.

그러나 조선조는 소설이란 갈래가 상대적으로 성행한 것이 아니었다. 하물며 이조라는 용어 자체부터가 문제점으로 지적된다.

한때는 이조라는 용어가 성행한 적이 있었다.

우리 민족의 역사를 부수성, 주변성, 사대성 등 지리적 성격으로 규정지으려 했으며 일제 침략주의에 아부하려는 어용학자들에 의해 이조라는 부산물이 생겨났다. 한국의 자주성을 말살함으로써 일제의 침략을 정당화하려는 의도에서 일제와 어용학자들이 동조해 이조란 용어를 만들어 의도적으로 사용했는데 이런 어용학자들의 악의에 진실이 있을 수 없음은 불을 보듯 너무나 뻔하지 않는가.

그런데도 이러한 설에 많은 사람들이 동조했고 지금에 악의적인 의도에 동감하고 있다. 그 결과, 조선왕조를 격하시켜 이조왕국(李朝王國)이라는 가문적 국가로 전락시키게 되었다.

따라서 이조란 용어도 조선이라는 국가의 주체성을 말살시키려는 전세기의 유물이므로 이조소설 또한 합당한 용어일 수 없다.

왕조소설

이 명칭은 이조소설이란 명칭보다 더욱 어정쩡한 용어라고 할 수 있다. 왕조에는 이조왕조만 있은 것이 아니라 고려왕조도 있기 때문이다. 고려왕조에도 소설이 있었다면 문제될 것도 없겠으나 소설조차 출현하지 않았다.

또한 조선왕조소설이라고 해도 문제가 없는 것이 아니다.

정치적·사회적 변혁이나 정치집단의 명칭을 그대로 문학 갈래로 차용해 사용하는 것이 과연 온당한 지 자문해 볼 일이다. 문학의 시대구분은 문학의 내적, 외적 요인을 고려해 나누는 것이 바람직하고 그런 방향에서 갈래의 명칭도 적용시켜야 합리적이라고 할 수 있다.

왕조소설이란 명칭도 이야기책이니 고담이니 하는 것과 마찬가지로 우리의 것을 우리 스스로 업신여기는 핍박(逼迫)의 의미마저 내포하고 있어 합당한 용어라고는 할 수 없다.

조선조소설

조선조소설은 『금오신화』를 시발점으로 해서 갑오경장 전후 신소설이 등장하기까지 시대상과 사상을 반영한 허구적인 이야기를 광범위하게 포괄하는 명칭으로 규정할 수 있다.

문제는 구한 말엽도 조선조에 포함시킬 수 있느냐에 있으며 포함시킨다면 신소설도 조선조소설에 포함되는 데 있다.

그러나 구한국말엽이 조선조에 포함되더라도 변혁기의 특수성을 감안해 개화기시대로 규정하고 개화기소설로 문학사를 인식하고 있는 현시점에서는 별 무리가 없다고 본다. 그리고 조선조소설이란 용어로 학술 논문이 나타나고 있는 현상을 보더라도 호응도를 짐작할 수 있다.

조선조소설이란 명칭은 학술적인 전문 용어로서만 아니라 옛날 이야기라는 소설의 보편적 의미도 담고 있어 합당한 용어라고 할 수 있다.

고전소설

고전소설은 조선조에 쓰여진 소설로 이해되어야 한다. 문제는 고전소설이란 명칭의 경우, 고전적인 소설을 지칭하는 의미로 해석되는 데 있다. 고전(古典)을 옛날의 작품이나 서적으로 인식한다면 문제가 없겠으나 문제는 옛날에 만들어진 것으로 오랜 시대에 걸쳐 높이 평가되었고 현재도 높이 평가되고 있는 우수한 작품만으로 인식하는 데 있다.

이를 그대로 받아들인다면 조선조시대에 쓰여진 소설 중에서 고전적인 가치를 지닌 작품이 과연 얼마나 되는지 의문이다. 이 의문에 대해 명쾌한 해답을 제시할 사람은 없다.

그러나 고전소설을 단순히 갑오경장 이전에 쓰여진 작품으로 현재도 읽히고 있을 뿐 아니라 끊임없이 연구의 자(資)가 되는 작품으로 인식한다면, 그리고 우리의 것을 우리가 다소간 평가절상(平價切上)한다는 시각으로 본다면 고전소설이란 용어도 합당한 용어가 된다고 할 수 있다.

이 경우, 조선조소설의 명칭과 대동소이한 용어로 사용되어야 한다. 이런 의미에서도 고전소설로 통일하는 것이 바람직하다.

그런데 고전소설은 명칭의 모호성(模糊性)뿐만 아니라 성격마저 단정하기가 쉽지 않다.

고전소설은 로망스(Romance) 문학의 성격을 지녔으나 로만문학이라고 단정할 수 없고 소설의 형식은 갖추고 있었으나 서구의 근대소설과는 비교할 수도 없다. 단지 고전소설은 로만문학에서 소설문학으로 들어서는 과도기에 나타난 문학이라는 정도로 이해할 수 있으나 영·정조 이후는 로만문학에서 서서히 벗어나 근대소설의 형태를 갖추기 시작했고 갑오경장 이후부터는 서구의 근대소설에 보다 접근하게 된다.

로만문학에서 소설문학으로 가는 중간적인 문학을 인정할 수만 있다면 고전소설[1]은 여기에 귀속시킬 수 있다.

그 이유로는 다음과 같은 사실을 들 수 있다.

첫째, 외형상 특성을 들 수 있다.

작가적 특색으로는 귀족층이 태반을 차지하고 있으며 평민층은 영·정 이후에 소수 등장했다고 할 수 있다. 게다가 창작되어진 작품이 전사로 전승되는 과정에서 이본이 다수 파생했다. 그 결과, 원본을 규명하기가 어렵다. 표제상의 특질은 일대기적이라고 할 수 있다.

둘째, 내용상의 특성이다.

배경상의 특성은 이국성을 들 수 있다. 한국을 배경으로 한 소설보다는 중국을 배경으로 한 소설이 3분의 2를 차지한다.

---

1) 각 나라에서 통용되는 소설이란 용어는 다음과 같다.

	한 국	영 국	독 일	프랑스	이탈리아	스페인
장 편	중세소설 고전소설 근대소설 (개화기소설)	romance novel	Roman	roman	romanjo	romanae novela
단 편	소 설	short- story	Navelle	nevella conte	nevrella	cuento

구성상의 특성은 평면적·진행적인 구성이며 그것도 우연성의 남발, 해피 엔딩 등 비현실적 전기성(傳奇性)이 두드러진다.

표현상의 특성은 설화적·서술적 문장이 된다.

주제의 특성은 권선징악적이다. 해서 유형성과 통속성을 벗어날 수 없었으며 독창성보다는 모방성으로 기울어졌다.

셋째, 문학적인 성격이다.

고전소설은 신비적·초현실적·몽상적 이상을 추구한 결과 낭만주의 문학과는 또 다른 이상주의 문학을 배태했다. 그것은 동양적 윤리관에 기조를 두고 양반들의 이상적인 생활을 반영한 귀족문학이다.

그런데 작가는 귀족이라고 할지라도 독자는 서민층이거나 여성들이기 때문에 독자층으로 보아서는 서민문학이 형성되었다고 할 수 있다.

이런 제 특성을 가진 우리의 고전소설을 '이런 것이다' 하고 한 마디로 평가하기는 지난한 일이 아닐 수 없다.

2) 최초의 한글소설에 대해

최근 발견되어 화제가 되었던 「설공찬전」에 대해 이복규 편저 『설공찬전(薛公贊傳)』에서 필요한 부분만 요약해 논지를 펴기로 한다.

1996년 봄, 충북 괴산 성주 이씨 문중에서 한문일기를 수집했다. 초서체로 된 한문일기는 수집자가 정자로 옮기는 과정을 거쳤다. 그런데 탈초작업을 하지 않은 제 3책의 내용 중, 뒷부분에 있는 「설공찬전」의 국문본 일부가 발견되어 세인들의 주목을 받게 되었다.

「설공찬전」은 중종(1511) 때 왕명으로 수거돼 불태워진 후 사라진 것으로만 알아온 채수(蔡壽)의 한문소설인 「설공찬전」의 국문본이다. 「홍길동전」(1618)보다도 100년이나 앞서 나온 한문소설로 당시 국문으로 언해한 것인데 원본을 볼 수 없었다. 한문일기에는 국문본 「설공찬전」에 이어 「왕시전」, 「왕시봉전」, 「비군전」을 비롯해서 권필의 「주생전」(1593)의 국문본까지 수록되어 있다. 「주생전」을 제외한 나머지 작품은 창작소설로 추정되며 표기는 16세기 후기와 17세기 초의 특징이 나타나고 있다.

「설공찬전」은 조선조 최대의 필화를 야기한 작품으로서『조선왕조실록』중종 6년 9월 2일 이후의 기사에 사건의 전말이 기록되어 있다. 이 소설은 윤회화복에 관한 이야기로 경향 각지에서 그 내용을 믿어 이를 한문으로 베끼고 국문으로도 번역해서 읽힐 만큼 대단한 인기를 모았던 작품이다. 이에 사헌부가 민중을 미혹하게 한다는 이유로 중종에게 작품 수거는 물론 숨기고 있다가 발각되는 경우마저 처벌케 해달라고 요청해서 모조리 수거돼 불태워진 작품이다.

작자 채수<1449~1515>는 중종반정의 공신이면서도 소설을 쓴 죄로 사헌부의 탄핵을 받아 교수형에 처해질 뻔했다가 중종의 배려로 사형만은 면하였으나 파직당하고 말았다.

한 편의 소설을 두고 공식적인 문헌에서 다룬 일은 일찍이 그 유례가 없었다고 한다.『금오신화』나 「홍길동전」 등 어떤 국내소설도『조선왕조실록』에서 거론한 적이 없다.『전등신화』나『전등여화』등 중국소설에 대한 언급은 더러 있으나 우리 소설에 대해서는 개인적인 기록에서만 단편적으로 언급되어 있을 뿐이다.

따라서 「설공찬전」이 던진 파문은 대단했다고 하지 않을 수 없다.

「설공찬전」은 최초의 한문소설인 김시습의 『금오신화』<1465~1470>의 바로 뒤를 잇는 작품이 되며 더욱이 근래에 발굴한 신광한(申光漢)의 『기재기이(企齋記異)』(1553)보다 42년이나 앞서기 때문에 초기 소설사의 공백을 메울 수 있는 주요한 작품이라고 하겠다.

이 작품을 두고 「왕랑반혼전」과 동일작이거나 그 개작이 아닌가 추정하기도 했으며 『조선왕조실록』과 『패관잡기』의 내용을 근거로 '윤회화복설(輪廻禍福說)'이라고 한 점에 착안해서 『월인석보』(1459)에 실린 「안락국태자전」, 보우의 「왕랑반혼전」 국문본 등과 함께 불교소설로 규정하기도 했다. 또한 '괴이지사(怪異之事)'라는 표현에 집착해서 몽유록계 전기소설로 추정했으며, '전'의 '소설'로의 전환(또는 전의 소설화 경향)을 최초로 보여주는 사례라고 평가하기도 했다.

「설공찬전」은 글자 수 3,472자, 200자 원고지로 18장 분량이다. 도중에 필사를 중단하였기에 후반부가 어떤 내용인지도 알 수 없다.

「설공찬전」의 줄거리를 요약하면 다음과 같다.

순창 고을에 설충란에게는 남매가 산다. 딸은 결혼하자 바로 죽고 아들 공찬마저 장가도 들기 전에 병들어 죽는다.

충란은 3년 탈상 후 무덤 곁에 신주를 묻는다.

충란의 동생 충수의 집에 귀신(설공찬 누나의 혼령)이 나타나자 아들 공침은 병이 든다. 충수는 귀신퇴치를 위해 방술사 석산을 불러다 조처를 취하려 하자 공찬이 혼을 데려오겠다며 물러간다. 공찬의 혼이 와서 공침에게 수시로 왕래한다.

공침은 공찬의 혼이 들어가 있는 동안은 왼손으로 밥을 먹는다. 이유는 저승에서 왼손으로 먹기 때문이다.

충수가 석산을 불러 영혼이 무덤 밖으로 나다니지 못하게 하자 공찬의 혼이 공침을 더욱 괴롭힌다.

충수가 빌자 공찬의 혼이 공침의 모습을 회복시켜 준다. 공찬이 사촌 동생 위와 윤자신을 불러오게 해서 저승 소식을 전해 준다.

발견 당시 화제를 모은 것에 비해 「설공찬전」은 문제작도 한글 소설도 아니다. 그 이유는 원본이 한문이며 이를 언해한 소설이어서 최초로 창작된 한글소설이 아니기 때문이다.

그리고 표기법도 중종 때 표기법이 아니기 때문에 『용비어천가』나 『월인석보』처럼 국어학적 가치도 거의 없다. 분량 면에서도 조금 긴 꽁트에 지나지 않으며 초기 전기소설의 수준을 벗어나지 못하고 있다. 뒷부분마저 전해지지 않아 가치도 떨어진다고 하겠다.

3) 무명작가의 문제

고전소설은 작가를 알 수 없는 작품이 태반을 차지하고 있다. 작가를 알 수 없다는 것은 작품연구에 있어 암초와도 같다. 작품연구가 지명작가에게만 몰려 있는 것만 보아도 이를 짐작할 수 있다.

그렇다고 작품연구를 포기할 수도 없다. 문제는 작품연구를 그만 둘 수 없다는 데서 실마리를 찾아야 한다.

　　지금까지 이름이 밝혀진 작가와 작품은 현재 전해지고 있는 것에 비해 10분의 1 정도에도 미치지 못하는 실정이다.

　　김시습의「이생규장전」「만복사저포기」「용궁부연록」「남염부주지」「취유부벽정기」, 원호의「원생몽유록」, 권필의「주생전」, 심의의「대관재몽유록」, 임제의「수성지」「화사」, 최현의「금생이문록」, 허균의「홍길동전」「엄처사전」「손곡산인전」「장산인전」「남궁선생전」「장생전」, 윤계선의「달천몽유록」, 김만중의「구운몽」과「사씨남정기」, 정태제의「천군연의」, 정기화의「천군본기」, 남영로의「옥루몽」, 이정작의「옥린몽」, 조성기의「창선감의록」, 박지원의「허생전」「호질」「양반전」을 비롯해서「우당전」「김신선전」「함양열녀박씨전」, 김소행의「삼한십유」, 심능숙의「옥수기」, 만설옹의「일락정기」, 한은규의「쌍선기」, 육태림의「종옥전」, 김기의「정생전」 등이다.

　　작가가 드러난 작품이라 할지라도 원작의 시비가 있는 작품이 있다.「원생몽유록」만 하더라도 작가에 대한 이설이 분분하다. 김태준은『조선소설사』에서 백호 임제가 추강 남효온의 인격을 사모해 그를 모델로「원생몽유록」을 지었다고 했으나 장덕순은 김시습설을 제기했고 이가원은 원호의 문집인『관한유고』의 기록을 내세워 원호설을 제기했다.

　　널리 알려진「화사(花史)」만 해도 임제의 작으로 알고 있는데 이병기는 임제의 작이라고 해서 사본이 전해지고 있으나 남성중의 작이라고 의문을 제기하기도 했다.

　　근래에 들어 장효현은「육미당기」의 작가 재론에서 서유영으로 제기했다. 허균의 작으로 알려진「홍길동전」마저 최근 들어 작가에 대한 의문을 제기하고 나서기까지 했다. 현재로서는 작가의 전기적인 사항이 밝혀

지지 않았거나 진짜 작가라는 구체적인 증거도 없는 실정이다.

그리고 작가가 알려진 작품이라 할지라도 소설이라고 할 수 없는 것도 있다. 「화사」는 소설로 보기보다는 가전체 소설로 봄이 타당하고 연암의 소설 중에서 소설이기보다는 가전에 속하는 작품이 있다.

따라서 지명작가는 20여 명, 작품은 40여 편에 불과하다.

그러나 지명작가라 하더라도 이력이 구체적으로 드러나지 않아 작품 연구에 별로 도움이 되지 못하고 있다. 서구에 있어서는 작가에 대해 다양하게 연구되고 전기작가까지 있으나 우리는 그렇지 못하다.

저 생 텍쥐페리(Antonie de Saint-Exupery)처럼 비행기 조종사였던 사람, 랭보(Jean Arthur Rimbaud)처럼 스물 살 때까지 시를 쓴 사람, 잉게보르크 바흐만(Ingeborg Bachmann)처럼 침대 위에서 타 죽은 사람, 게오르그 트라쿨(Georg Trakl)처럼 마약으로 일생을 보낸 사람, 이반 골(Ivan Goll)처럼 백혈병으로 죽은 사람, 헨리 바타이유(henry Bataille)나 헨리 밀러(Henry Miller)처럼 몸이 허락하는 한 여자와 여자 사이를 오가며 일생을 즐긴 사람, 프루스트(Macel Proust)처럼 평생을 천식에 시달렸으나 밤이면 환락가를 전전했던 사람도 있다. 그리고 제자와 동거한 노신(魯迅) 같은 사람, 굴원(屈原)처럼 물에 빠져 죽은 사람 등 실로 다양하다. 이처럼 서구나 중국은 작가의 사생활까지 파헤치기도 했다.

서구에 비해 우리 나라 작가에 대한 알려진 전력은 보잘 것 없다. 기껏해야 김시습이 단종 선양의 불만을 품고 전국을 방랑하다 금오산으로 들어가 『금오신화』를 지었다는, 허균이 현실에 불만을 품고 모반을 꾀했다가 끝내 능지처사 당했다는, 김만중이 유배지에서 노모를 위해 「구운몽」을 지었다는, 박지원의 『열하일기』가 촛불의 재로 변할 뻔했다는, 임제가 황진이 무덤 앞에서 시조 한 수를 읊었다가 임지에 도착하기도 전에 감사의 목이 달아났다는 정도에 지나지 않는다.

현존하는 고전소설 5백여 편에서 드러난 작가가 극히 소수에 지나지 않는다는 데 무슨 이유라도 있을까? 속단할 수는 없으나 있다.

첫째, 당시 패관소설자를 천히 여긴 사회적 배경 때문이다.

사대부들이 주로 소설을 지었으나 패관소설자가 되기를 수치로 여기고 익명으로 발표했다. 그들이 소설의 가치를 인식했다 하더라도 도학자(道學者)들로부터 수모나 비난을 모면하기 위해 작가가 고의로 이름을 밝히지 않았으며 실제에 있어서도 그들로부터 패설자(稗說者)나 소설가류(小說家流)라는 혹평을 받기도 했었다.

단적인 예로 연암을 들 수 있다. 그는 도학자들로부터 푸대접을 받아 과소 평가되었을 뿐 아니라 소설이 촛불의 재로 변할 뻔했다.

둘째, 조선조 후기로 들어오면서 소설이 대량으로 등장한 사실을 들 수 있다. 소설이 대량으로 출현했다면 소설을 생계의 수단으로 하는 직업적인 작가의 존재도 가정해 볼 수 있다.

소설을 직업적으로 창작해서 생계의 수단으로 삼았다면 그들의 존재는 몰락한 양반임이 분명하다.

그들은 소설을 쓸 수 있는 능력이 있었고 이름을 드러내지 않더라도 소설의 힘을 빌려 처지를 대변할 수 있었으며 동시에 독자층이나 상인들의 요구를 들어줬기 때문에 어느 정도 경제적으로도 보상을 받을 수 있었다. 따라서 굳이 이름을 밝힐 필요가 없었을 것이다.

그리고 또 다른 이유를 내세울 수도 있다.

대부분의 소설이 창작되긴 했으나 인쇄술이 미비한 데다 경제사정 탓으로 출판되지 못했기 때문에 작자에 대해 소홀할 수밖에 없었으며 원작을 전사나 필사해서 유통과정에서 누락될 수도 있었다.

게다가 특정 작가를 선호해서 소설을 읽는 독자층이 형성되지 못한 이유도 있었을 것이다.

작자 미상의 작품은 결과적으로 고전소설 연구에 장애가 되며 앞으로 이런 장애를 극복하기 위해서도 작자 규명에 심혈을 기울여야 할 것이다. 더욱이 작자를 알 수 없으면 시대상도 파악할 수 없으며 연대를 알지 못하면 진정한 의미에서 소설사는 손도 댈 수 없다.

작품연구는 그만 두고라도 절름발이식 소설사가 되지 않게 하기 위해 가능한 한 자료를 동원해 작자 규명에 노력을 기울여야 한다.

4) 주제에 대한 재고(再考)

기존 연구는 고전소설의 주제에 대해 유형성이나 정형성만을 들어 일률적이라고 단정짓고 권선징악적 도덕성을 주제로 내세웠다고 한다.

소설의 태반을 차지하는 애정소설은 남녀간의 난삽(難澁)한 연애담이라기보다는 한 여성이 한 남성만을 섬겨야 한다는 정절이 주제다. 영웅소설이나 역사소설은 군왕과 왕조에의 충성이 주제고 윤리소설은 부모에 대한 효가 주제다. 또한 가정소설은 가정내의 갈등과 모순을 해소하고 화목을 내세운 것이 주제며 사회소설은 모순되고 왜곡된 현실을 척결하거나 정의를 구현하는 것이 주제라고 할 수 있다.

이런 주제는 나름대로 차이가 있으나 도덕적 윤리의식에 바탕을 둔 권선징악적 성격을 지녔다는 점에서 일률성은 제고된다. 타성에 박힌 인식은 조선조가 유교적인 이념과 윤리관을 강조했던 시대라는 점과 사대부들도 유학을 정치현실에서나 가정생활에서나 몸소 실천하려고 했다는 선입관이 낳은 부산물에서 야기되었다고 볼 수 있다.

그런데 비록 소설의 존재가 명백하다고 하더라도 주제는 그렇게 쉽게 드러나는 것이 아니다. 현실이 분명히 존재하더라도 살아가고 있는 현실의 목적은 가지가지 사연이 있는 것과도 같다.

문학이론의 고전적 권위라고 하는 아리스토텔레스의 『시학<Potic>』을 읽어보면 문학의 목적을 교훈설에 있다고 하지 않은 것을 알 수 있다. 일체의 선입관이나 편견을 배제하고 『시학(詩學)』을 읽는다면 그의 시론은 쾌락을 기조로 시론되고 있다는 것을 알 수 있을 것이다. 쾌락은 도덕적 요구가 만족될 때에만 가능하다.

물론 쾌락 곧 심미적 목적과 교훈 곧 도덕적 효과는 구별되어야 한다. 전자를 문학의 본질이라고 한다면 후자는 문학의 부수적인 것에 지나지 않는다. 흥미나 쾌락 등의 심미적 요소는 진정한 의미에서 문학의 목적, 교훈이나 권선징악 등의 도덕적 요소는 수단이라고 할 수 있다.

이런 견해마저도 문학을 공리적으로 보느냐, 아니면 심미적으로 보느냐에 따라 달라졌고 달라지고 있다.

그리고 소설의 교훈은 마치 약과도 같아서 몸에 이롭기는 하나 맛이 써 아무도 먹으려 들지 않으니까 쾌락이라는 사탕발림을 해서 독자의 구미를 당기게 한다는 당의설(糖衣說)과도 부합된다.

고전소설의 주제를 일률적으로 권선징악이라고 단정지은 것이 공리적인 이론에서 크게 벗어난 것은 아니라고 하더라도 어떤 실증적인 자료를 근거로 하지 않을 때, 한낱 윤리학의 유희로 전락하기 십상이다. 여기서 실증적 자료라고 함은 작가의 창작적인 체험, 곧 창작심리에 연구가들이 한 발쯤 접근해 일단 작가가 되어 보겠다는 자세를 의미한다.

최초의 소설인 「이생규장전」이 남녀간의 자유 연애사상을 고취한 소설이라고 한다면 다분히 계몽적이라고 할 수 있고 교훈설에서 크게 벗어나지 않는다. 그러나 교훈설에서 벗어났다는 점에서 「이생규장전」의 문학적 가치가 있으며, 그것은 바로 사랑이다. 윤리 도덕관이 엄연했던 조선조 사회에 있어 남녀간의 사랑을 가식없이 표현해 놓았다는 것은 당시대의 여건으로 보아 소리없는 혁명일 수 있다.

「이생규장전」 그 어디에서도 권선징악적 도덕성은 찾아볼 수 없다. 흠이라면 후반부의 전기성에 있으며 이는 작가의 창작 미숙에 지나지 않는다. 따라서 핵심은 전반부에 있고 전반부로 대미를 장식했다면 최초의 소설은 애정소설의 극치를 진솔하게 보여줬다고 할 수 있다.

「춘향전」만 보더라도 주제를 자유연애사상이니, 탐관오리의 착취와 전횡에 대한 고발이나 폭로니, 사회 모순에 대한 저항정신이니 하고 부차적인 주제를 내세워 권선징악적 정형성을 내세우나 면면히 흐르고 있는 주주제는 사랑이다. 사랑이란 주제 이외 어떤 것도 찾아볼 수 없다.

「수성궁몽유록(壽聖宮夢遊錄)」도 권선징악적(勸善懲惡的) 주제의 일률성은 찾아볼 수 없다. 나이 어린 김생과 궁녀인 운영 사이의 비극적인 사랑만이 전편에 도도하게 흐르고 있을 뿐이다. 부주제를 제공하는 군더더기는 찾아볼래야 찾아볼 수 없다. 가장 지순한 사랑이 가장 비극적인 지고의 사랑으로 승화된 애정소설의 백미라고 할 수 있다.

「홍길동전」도 적서차별제도의 철폐니, 사회모순 타파니, 이상국 건설

이니 하고 부주제를 내세우나 그것은 어디까지나 부분적인 소주제는 될
지언정 주주제는 아니다. 부주제를 주주제인 것처럼 내세운다면 구성의
불통일성을 극복할 수 없다. 구성의 불통일성이란 호부호형을 못하는 것
이 각골통한이 되었는데 호부호형을 허락한 상황에서는 갈등이 해소되
어 이야기는 끝나야 하는데도 가출을 하게 되는 점이다. 또한 모순된 사
회제도에 불만을 품고 활빈당을 조직해서 팔도를 유린할 때, 병조판서를
제수함으로써 갈등이 해소되었기 때문에 자연스럽게 이야기가 끝나야 하
는데도 율도국으로 건너가는 불통일성을 말한다. 이런 구성의 불통일성을
극복할 수 있는 주주제는 무한순환으로 이어지는 보상화에 있다.

「구운몽」도 결코 예외가 아니다. 인생의 부귀영화는 일장춘몽과 같다
는 교훈적 요소를 배제할 수 없으나 그런 교훈적 요소는 구성상의 장치
일 뿐이고 전편에 흐르고 있는 주주제는 인생무상이다.

「흥부전」도 놀부는 끝내 망하고 흥부가 흥한다는 권선징악적 요소가
없는 것은 아니나 주주제는 형제간의 우애에 있음을 발견할 수 있다.

「임진록」은 흔히 적개심과 복수심에 불타는 반일의식이 주제로 알려
져 있으나 적개심과 복수심에 불타는 주제성은 사명당 편에만 한정되어
있을 뿐 이본군에 흐르는 주주제는 발표 지지가 없던 시대에 칼럼과 같
은 성격으로 자기 표현욕구의 기능적 소산의 결과, 자위화라고 할 수 있
다.

「박씨전」도 적개심과 복수심에 불타는 내용이 주제라기보다는 오히려
병자란의 패배와 치욕을 창조적인 정화에 의해 순화시키며 천의에 대한
숙명의식, 곧 자기정화의 소산에서 주제를 찾을 수 있다.

「강도몽유록」도 권선징악적 도덕성은 발견해낼 수 없다. 어디까지나

위정자들의 무능을 고발하고 비판하는 데 주주제가 있기 때문이다.

임·병란을 계기로 서민들도 각성하게 되고 실학사상이 대두되어 자신들의 영역을 확대해 나감으로써 주체적 성향도 많이 달라졌다.

대표적인 예가 연암소설인데 「허생전」의 주제적 성향이 권선징악적 도덕성에 기인했다기보다는 정책의 일단을 비판하면서 새로운 자아의 발견에 주주제가 집약되어 있음을 알아야 한다.

우리는 소설에서 다양한 주제에 접하게 된다.

춘향의 이도령에 대한 단심적인 사랑, 죽음으로써 사랑을 고이 간직한 운영의 지애, 길동의 끊임없는 무한순환의 자기정화 등 이러한 인간상은 개인적인 욕구가 사회적인 제약에 의해 방해되는 현실에서 행복을 추구하고 진지하게 살아가는 한 삶의 도정, 즉 인간 존재의 새로운 의미를 발견할 수 있게 하고 인간 존재의 새로운 의미를 생각하게끔 해준다. 그것은 봉건제도하에서 왕에 대한 충성만 일방적으로 강요되었던 시대에 있어 새로운 삶의 지표가 아닐 수 없다.

그러므로 고전소설에 있어 권선징악적 도덕성의 추구는 주제라기보다는 주제를 보다 효과적으로 전달하기 위한 당의제, 천편일률적 구성의 틀이며 판에 박힌 정형성으로 이해하고 해석되어야 한다. 이렇게 인정하고 들어간다면 권선징악적 도덕성은 수단이지 결코 목적이 아니다.

소설의 궁극적 목적은 독자로 하여금 감동을 주어 감화시키는 데 있으며 주제의식의 구현에 있다. 이런 주제의식의 구현을 고전소설에서 찾아낸다면 다음과 같은 주제의 틀을 추출해 낼 수 있다.

선남선녀간의 지순지결한 사랑

　가정생활에 있어 모순과 갈등
　왕국과 군왕에 대한 충성심
　제도의 모순과 갈등, 폭로와 비판
　현실의 부조리에 대한 풍자
　현실보다는 이상세계에의 동경

　이상은 주제적 유형을 기준으로 일반적인 틀을 정리했으나 반드시 이런 틀에 구애받을 필요는 없다. 다만 권선징악적 도덕성을 주제로 귀착시킬 때, 어떤 당위성도 찾을 수 없다는 점을 유의해야 한다.

　따라서 악인과 선인을 등장시켜 이들의 대결을 야기케 해서 선인이 행복하게 된다는 구성에서 주제를 찾는 우에서 벗어나야 한다.

5) 구성의 일률성

　일반적으로 구성은 구조나 짜임새를 말하며 일정한 틀을 가지고 있는 소설의 설계도쯤으로 이해되고 있다. 이를 그대로 받아들인다면 소설을 창작하려는 의도적인 반사작용(反射作用)이며 성공적인 작품을 제작하려는 이론의 뿌리가 된다고 할 수 있다.

　티 보오테(A.Thibaudet)는 『소설의 미학』에서 인물을 창조하는 기술, 이야기를 이어가는 기술, 상태를 만들어내는 기술로 구성을 정의했다.

　이런 이론이 아니더라도 다수의 문학 연구가들은 광의와 협의로 증폭시켜 구성을 논의하여 왔고 지금도 그렇게 하고 있다.

고전소설의 구성에서 인물, 사건, 배경에 대한 정형성과 획일성, 그리고 형식성으로 해서 해답을 간결하게 모색해 보기로 한다.

○ 인물의 정형성

소설의 창작의도는 한 마디로 말해 새로운 인간형의 발견과 창조에 있으며 삶의 지표를 제시하는 데 있다. 이는 인물의 성격 창조야말로 소설의 성패를 좌우한다는 말과도 통한다. 고전소설은 인물의 성격 창조보다는 사건을 우위에 두었기 때문에 성격 자체가 중요한 것이 아니라 선인과 악인이 어떻게 하면 인과응보로 종말짓게 하는가에 관심이 있었다.

또한 고전소설 대부분이 귀족사회의 초현실적 이상주의를 맹목적으로 구현한 결과, 귀족의 등장은 필연적이었으며, 그것도 악인과 대비하기 위해 권선징악의 일률성으로 전개시켰기 때문에 성격 창조보다는 선인과 악인의 대비에 관심이 있었다.

「춘향전」의 이몽룡, 「구운몽」의 양소유, 「옥루몽」의 양창곡 등은 양반 자제들이며 이들의 처나 첩 등도 양반의 규수들이었다.

「흥부전」의 흥부, 「신유복전」의 신유복, 「심청전」의 심봉사 등은 비록 서민적인 빈곤을 표현했으나 그들은 서민이나 빈민을 대표하는 것이 아니라 몰락한 양반들의 후예들이다. 「춘향전」의 춘향, 「이진사전」의 경패, 「옥단춘전」의 옥단춘 등은 조선조 사회에서는 비록 기녀일지라도 천민이나 평민이 아니라 오히려 양반계층에 귀속시킬 수 있는 반상의 인물들이다.

그렇다고 해서 예외가 없는 것도 아니다.

영·정 시대로 접어들면서 실학사상이 대두되고 연암이 등장해 이를 소설화하는 과정에서 예외가 나타났다. 그러나 그것도 한두 편에 지나지 않는다. 「광문자전」의 광문, 「예덕선생전」의 예덕이 천민일 뿐이다.

조선조 소설은 한결같이 양반계급의 인물을 등장시켰기 때문에 성격 창조보다는 악인과 선인의 대비에 보다 관심이 있었다고 하겠다.

「홍부전(興夫傳)」　　　：선인 홍부, 악인 놀부와 그의 처
「춘향전(春香傳)」　　　：선인 춘향, 악인 변학도
「유충렬전(劉忠烈傳)」：선인 유충렬, 악인 정한담
「남정기(南征記)」　　　：선인 사씨, 악인 교씨

고전소설은 선인과 악인을 대비시켜 이를 공식화했다는 점에서 정형 성을 벗어나지 못했다. 그리고 선인과 악인의 대립은 권선징악적인 일정한 틀을 형성하고 있다.

그러나 앞에서도 언급했지만 권선징악 자체가 주제는 아니며 그것은 주제 구현의 매개적 수단에 지나지 않는다고 하겠다.

그런데 이상의 논의처럼 등장 인물들을 일률적 정형성으로만 공식화한 것은 아니었다. 몽유소설이나 풍자소설, 판소리계 소설에 있어서는 인물의 그 어떤 정형성도 발견되지 않는다. 「원생몽유록」의 원자허, 「대관재몽유록」의 심의, 「달천몽유록」의 파담, 「강도몽유록」의 청허 선사 등은 악인도 선인도 아니기 때문에 인물의 정형성을 찾을 수 없다. 「허생전」의 허생, 「종옥전」의 김종옥, 「오유란전」의 이생, 「수성궁몽유록」의 김진사 등도 인물의 공식화와는 거리가 멀며 「예덕선생전」의 예덕, 「배

비장전」의 배선달 등도 인물의 정형성에 예속될 인물이 아니다.

그러므로 고전소설에 있어 인물의 정형성이니 공식화니 하는 도식(圖式)은 일부의 작품에 한정된 것이므로 고전소설 전체를 싸잡아 매도하는 구태에서 이제는 벗어나야 한다.

○ 구성의 획일성

구성은 한 편의 소설에 나타나 있는 행동의 구조로 설명될 수 있다. 행동은 단순한 사건이 아닌 사건의 연속체를 의미한다. 카실(R.V. Cassil)은 그의 『소설작법』에서 구성은 하나의 이야기 안에서 생겨나는 것이며 사건과 관련된 인물이나 사건의 의미와는 상이한, 만들어진 사건의 연속체라고 정의하고 있으나 그것은 의도적인 이야기나 행동의 구조지 일상생활을 살아가는 세상살이의 구조는 아니다.

구성을 주제의 전달경로라고 해도 무방할 것 같다. 그러기에 제대로 된 구성은 구조 속에 논리성이 알게 모르게 존재하게 되고 사건의 나열이 아닌 인과관계를 가진 사건의 연속체이며 늘 변하고 발전하는 각종 상황이 구조 속에 끼어 들기 마련이다.

이야기의 구조라고 해서 구조만을 독립시켜놓고 소설의 이론을 전개시킬 수 없다. 반드시 구성과 주제와의 관련성, 나아가 예술의 아름다움까지 관련시켜 파악해야 한다. 그냥 단순하게 옛날 옛적에 팥죽 할미가 살았다는 이야기의 구조와는 다르고 또 달라야 한다.

이는 예술적인 의도가 반영된 질서 속에 이야기의 구조가 존재한다는 것과도 일맥 상통한다고 할 수 있다.

　가장 성공한 작품은 구성 속에 겉으로 드러나지 않는 주제가 자연스럽게 용해되어 있어야 한다. 그와 동시에 독자의 눈에 주제가 쉽게 드러나지 않는 상징성도 지녀야 하는데 고전소설은 태반이 주제를 지나치게 겉으로 드러내고 있기 때문에 구성의 가시성을 쉽게 파악할 수 있어 주제의 구현으로 보면 성공한 작품이라고 하기에는 어려움이 있다.

　개화기소설은 분석적인 구성을, 현대소설은 입체적인 구성을 했는데 비해 고전소설은 평면적 구성이라는 획일성을 발견하게 된다. 그것도 과거, 현재, 미래가 드러나는 시간적 진행의 구성, 곧 주인공의 유년부터 만년에 이르는 일대기로서 한 인간의 전기성을 띠고 있다.

　이런 전기성을 몇 개의 각설2)로 나눠 보면 다음과 같다.

　첫째 각설은 출생(出生)이 된다.

　언제, 어디서, 누가라는 가계를 발단으로 주인공의 탄생 과정을 서술한다. 주인공은 부모들이 부귀공명을 일세에 누리고 있으나 만년이 가깝도록 슬하에 자녀가 없어 근심하던 끝에 상제나 불존에게 기원하거나 시주한 공덕으로 적강선인을 점지받아 아들이나 딸을 낳는다.

　「춘향전」: 춘향은 낙포의 딸로 반도를 진상하러 옥경에 갔다가 광한루에서 적송자를 만나게 된다. 그들은 미진한 정회를 풀다가 그만 들켜 득죄하고 인세로 적강되었다가 월매의 몸에 잉태해 태어난다.

---

2) 흔히 소설의 이야기 단위를 영어의 Motife를 번역해 화소(話素)라고 하나 이는 의양의 용어가 된다. 필자는 조선조 소설에 "화설이라 조선조 숙종대왕 시절에…" 등에서 이야기가 시작되는 화설, 사건이나 화제가 바뀔 때마다 "각설, 이때 한양성 이도령은 주야로 사서삼경을 읽어 글로는 이백이요 글씨는 왕희지라." 하고 이야기를 전환시켰듯이 이야기 단위를 각설이란 용어를 사용하며 이는 의양이 아닌 자득에서 취한 것임을 밝혀둔다.

「신유복전」: 천상 규성 선동으로 하느님께 득죄하고 진세로 적강하는 데 한라산 선관이 데리고 와 명사 신영댁에 태어난다.

「유충렬전」: 청룡을 차지한 선관으로 뫼옥루 잔치에서 의성과 대결하다 득죄하게 되고 인간세계로 내침을 받아 유심댁에 태어난다.

「곽해룡전」: 천궁에서 서방 금성 차자 태백으로 더불어 백학승부를 다투다 나중에는 상제의 노여움을 사 인간세계로 적강된다. 적강되었다가 남해 중림사 관음보살의 지시로 곽충국댁에 태어난다.

「설홍전」: 천상 선관으로 상제전에 시위하는 선녀와 눈이 맞아 서로 만단수작한 죄가 발각되고 지하로 적강되어 떠돌다가 쌍룡사 부처님의 지시로 기자 발원한 설희문 댁에 태어난다.

「김진옥전」: 옥황 향전 시동으로 조회시 선녀들과 희롱한 죄로 인간세계로 적강되었는데 화수암 부처의 지시로 기자발원한 김시랑 댁에 태어난다.

둘째 각설은 가연(佳緣)이 된다.

주인공들은 성장해서 가연을 맺게 된다. 남주인공은 기남자나 호남자며 여주인공은 절세의 미녀나 현숙한 규수들이다.

셋째 각설은 고진(苦盡)이 된다.

주인공들은 결혼 전이나 후에 가족과 헤어져 고난의 길을 걷는다. 그 원인은 부모가 간신들의 참소를 받아 유배당하거나 병란을 입어 피난하기도 하며 악당들에게 몰려 축출되는 데서 비롯된다. 주인공들의 가연은 순간적인 환희에 지나지 않으며 그로부터 고난과 긴 시련이 시작된다. 곧 흥진비래(興盡悲來)나 가연이산(佳緣離散)의 구성으로 진행된다.

넷째 각설은 감래(甘來)가 된다.

이제는 고행과 시련이 극복되고 행복으로 반전한다. 반전의 계기는 비현실적인 전기성과 우연성으로 극복되는데 대개는 몽조로 해결되고 있다. 고전소설에 있어 복선(伏線)은 대부분 몽조로 대치되고 있다.

이때의 복선은 우연성을 필연성으로 전환시키는 장치라고 할 수 있다. 주인공은 몽조나 도사에 의해 과거에 급제하거나 검술을 배워 간신과 악당을 몰아내며 때로는 구원장이 되어 적을 물리치고 승전장이 된다. 이런 출세 뒤에는 잃었던 애인을 되찾거나 흩어진 가족을 만나는, 고진이 감래로 급전하게 된다. 고진감래의 전형을 보게 되는 셈이다.

다섯째 각설은 행복(幸福)이 된다.

주인공은 고관대작에 올라 부귀영화를 일세에 누리는 행복으로 대미를 장식한다. 소위 해피 엔딩의 대단원이 된다.

이를 희곡에 견준다면 희비희극이라고 할 수 있으며 현실순환의 틀로 바꿔 놓는다면 행·불행의 순환이 된다. 그것도 행복에서 불행으로, 혹은 불행에서 행복으로 수미가 가지런하다 하겠다.

「춘향전」: 이몽룡은 좌우영상 다 지내고 퇴사 후에는 정렬부인으로 더불어 백년동락한다. 삼남이녀를 두었어도 모두 총명해서 부친을 압도했으며 계계승승해 직거일품으로 만세에 유전한다.

「신유복전」: 유복과 그 부인이 만년 영화 누리고 백일승천한 후로 삼자일서는 청년 등과해 벼슬이 일품에 오른다. 자손이 창성하였으며 금옥이 만당하여 영귀했으며 공명이 면면부절한다.

「유충렬전」: 마침내 충렬은 출세해서 남평왕이 되며 조낭자로 우부인을 삼고 그 오래비로 총융대장을 삼아 아비를 봉양하고 선정을 베푸니 상하 인민들이 송덕하는 소리가 천지를 진동한다.

「곽해룡전」: 해룡은 부마가 되어 위왕으로 부임한 뒤, 해마다 풍년이 들고 국태민안해 백성들은 강구연월 격양가를 부른다.

「설홍전」: 마침내 강동왕이 되어 선정을 베풀고 백성들을 잘 살게 하니 만민들이 격양가를 높이 부르며 왕을 칭송한다.

「김진옥전」: 양산군 부처가 부귀를 누리고 승천한 뒤에도 자손들이 대대손손 이어 유전했으며 부귀와 환락이 끊이지 아니한다.

이를 도표로 그려보면 순환의 틀로 나타난다.

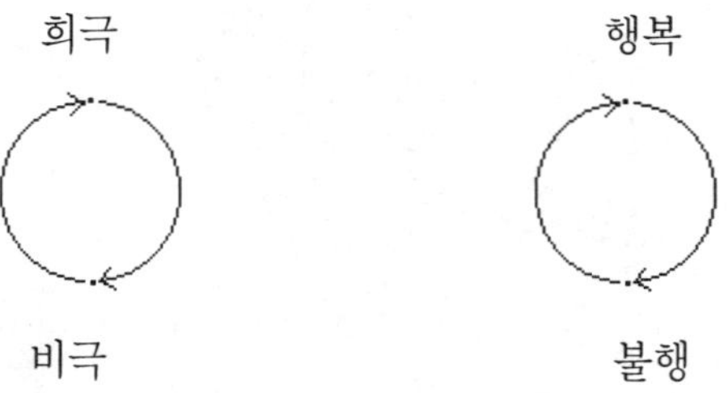

도표에서 보듯이 모두와 대미의 상응은 이야기의 진행에 일관성이 있다는 의미인 동시에 작가에게는 자기의 생각, 나아가서는 자기의 세계관을 표현하는 데 적절한 수단이 되고 있는 것이다. 소설의 모두에서 문제가 제기되고 대미는 문제 해결의 해답을 제공한 셈이다.

고전소설은 한결같이 행복, 불행, 행복의 일정한 틀을 가지고 있다는 편견으로 말미암아 구성의 획일성을 낳았다고 결론짓는다. 이런 결과는 개개의 사례를 구체적으로 검증하지 않은 데서 찾을 수 있다.

그런 예는 몽유록계 소설에서 발견된다.

「수성궁몽유록」은 꿈꾸기 전과 꿈 속의 사건, 꿈깬 후의 사건으로 현실 복귀가 아주 자연스러우며 현실 순환과는 또 다르다. 그것도 고전소설에서 드물게 보는 분석적인 구성으로 되어 있다.

운영의 이야기는 김진사를 사랑한 결과에서부터 사랑하게 된 원인으로 거슬러 올라갔다가 다시 이야기가 진행되어야 사건의 실마리가 풀리는 구성이다. 그 어디에도 일대기의 흔적은 찾아볼 없다.

이를 도표로 그려보면 다음과 같은 그림이 된다.

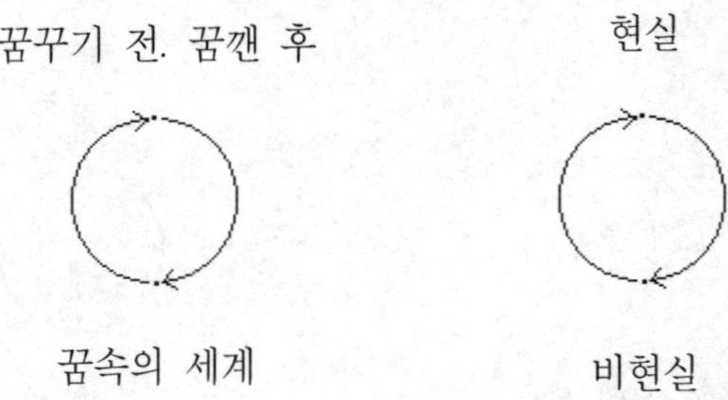

또한 「강도몽유록」이나 「달천몽유록」 그 어디에서도 전기적인 구성은 찾아볼 수 없으며 「호질」이나 「양반전」이며 「허생전」 그 어디에도 전기적인 구성은 찾아볼래야 볼 수 없다. 단지 영웅소설이나 애정소설 등에서 발견되는 전기성만 가지고 고전소설 전체를 싸잡아 천편일률적이며 전기적으로 구성되었다는 기존관념에서 벗어나야 한다.

○ 배경의 형식성

배경(Setting)은 활동과 행동의 주체에게 시공간적 무대를 제공하는 것을 말한다. 소설의 핵심은 어디까지나 성격창조와 구성에 있으므로 배경 그 자체는 본질적 요소가 아니다. 그러나 배경도 한정된 시간과 주어진 공간에서 주인공을 생생하게 떠오르게 하는 활력소가 되게 한다는 점에서 소홀히 다루거나 무시할 수 없다. 여기서 생생하게 떠오르게 한다는 것은 배경에 리얼리티(Reality)를 부여한다는 의미와도 통한다. 이 리얼리티는 작품의 효과를 살릴 뿐만 아니라 분위기까지 증폭시킨다.

그런데도 고전소설에 있어 배경은 장식에 지나지 않는다.

먼저 우리 나라를 배경으로 한 소설의 예를 들어보자.

「임진록」: 각설이라. 이때는 임진년 추칠월 기망이라…

「임장군전」: 대명 숭정말에 조선국 충청도 충주 단월 땅에…

「박홍보전」: 경상도의 함양이요 전라도의 운봉이라…

「춘향전」: 숙종대왕 즉위초에 성은이 넓으시어…

「홍길동전」: 화설. 조선국 세종조 시절에 한 재상이…

이처럼 지극히 상투적이다. 그것도 단순히 제시되어 있을 뿐이다.

중국을 배경으로 한 소설도 예외가 아니다.

「유충렬전」: 대명국 영종황제 즉위초에 황실이 미약하고…

「장국진전」: 대명 연간에 상남부 땅에 일위 명환이 있으니…

「유문성전」: 원나라 명종황제 시절에 낙양 땅에…

「화옥쌍기」: 지나 명 세종 가정 연간에 절강 소흥부에…

이런 소설 또한 시·공간적 배경마저 외연(外延)의 범위를 무한정 포함하고 있기 때문에 한낱 고증적(考證的)인 과거의 한 때나 장소를 제시한 형식상의 배경에 지나지 않는다. 이야기 일변도의 고전소설이기 때문에 배경을 완전히 배제하거나 고려한다고 하더라도 이야기가 시작되기 전에 형식적인 단계를 거치는 수준에 머물렀다.

배경이 갖는 생명이나 의의는 소설적인 효과를 증폭시키는 역할을 하는데도 불구하고 별다른 의미를 찾아볼 수 없으며 배경이 서술되었다고 하더라도 상식화된 것이거나 고정화된 요설에 지나지 않는다.

이때는 방춘화류 호시절이라. 초목군생지물이 개유이 자락하며 너구리 늦손자 보고 두꺼비 순산하고 먼 산의 불탄 잔디 밤비에 속잎 나고 진처 사 오류문은 초록장 드리운 듯, 녹음 중의 꾀꼬리는 환우하고 광풍에 놀 란 봉접 화총을 요동하고 여자는 상춘이라. 소년 과부 새벽달 보고 봇짐 을 쌀 때러라.

「열녀춘향수절가」

남원의 춘경을 묘사했으나 지방적인 특색이나 계절적인 구체성은 드러내지 못한 채 우리 조상이 느낀 봄, 누구나 상상할 수 있는 상투적인 봄의 유형을 장황하게 나열했을 뿐이다. 게다가 겉치레로 요식화했기 때문에 문학적인 감동은커녕 배경이 갖는 시·공간적 효과마저 약화시키고 있다. 이런 배경의 요식화는 인물의 정형성이며 구성의 획일성과 함께 고전소설에 있어 가장 큰 단점이 아닐 수 없다.

형식적인 배경은 시대적·사회적·지리적 배경으로 나눌 수 있다.

시대적 배경은 주로 조선조로 설정했으며 삼국이나 고려시대는 극히 드물다. 조선조라고 하더라도 중종조에서 숙종조 사이가 대부분이다. 그리고 중국을 시대적 배경으로 한 소설도 당대와 명대로 한정되어 있다.

사회적 배경은 귀족사회를 대상으로 했다. 주인공들이 대부분 고관의 자제들이므로 귀족사회를 배경으로 한 것은 당연하다 하겠다.

지리적 배경은 우리 나라를 무대로 한 소설보다는 중국을 무대로 한 소설이 3분의 2나 된다. 중국을 배경으로 설정한 이유는 작가의식의 결여에 있으며 무성의하고 무책임한 작가의 전횡(專橫)이라 할 수 있다.

이유는 다음과 같이 추출할 수 있다.

첫째, 중국문화에의 동경을 들 수 있다.

중국문화의 도취에 빠진 나머지 맹목적으로 사대해서 인물이나 지명을 그대로 옮겨온 데 원인이 있다.

둘째, 우리 나라 지리에 대한 소원(疎遠)함에 있다. 우리 나라의 어떤 지방을 배경으로 등장시켰을 때, 지리적 소원으로 말미암아 진위가 드러나기 마련이나 중국의 어떤 지방을 배경으로 등장시키더라도 독자에게 쉽게 들통날 염려가 없다. 무책임하고 안이한 태도라 하겠다.

셋째, 우리 나라의 배경보다는 중국을 배경으로 하면 이국인만큼 독자에게 호기심을 불러일으킬 수 있으며 흥미와 관심은 물론 작품의 스케일을 마음대로 증폭시킬 수 있다는 생각에서도 원인을 찾을 수 있다.

넷째, 당 시대의 여건을 들 수 있다.

조선조는 전제 군주제였기 때문에 궁중이나 귀족들에 대한 진상을 드러내어 폭로하거나 풍자하는 데 제약이 따랐다. 이에 비해 중국의 궁중이나 귀족을 차용해 비판하더라도 별다른 제약을 받지 않았다.

다섯째, 등장 인물들에게 다양한 활동 무대를 제공하기 위해서였을 것이며 좁은 우리 나라보다는 광대무비한 중원을 무대로 하는 것이 용이했기 때문일 것이다. 주로 영웅소설이 중국을 무대로 설정했으나 넓은 무대에 어울리는 스케일이 큰 소설은 나타나지 않았다.

그런데 역사소설이나 풍자소설, 그리고 뒤에 나타난 판소리계 소설에는 중국을 배경으로 한 소설이 단 한 편도 없다는 점은 시사하는 바 의미가 크다고 하지 않을 수 없다.

작가 스스로 배경의 중요성을 인식하고 기억에도 선명한 묘사가 선행되어야 하는데도 고전소설은 제한된 경험이나 상상에 비춰 이야기를 작품 속에 생생하게 재구성하지 않았기 때문에 인물이나 행동이 독자에게 작가의 의도대로 전달될 리 만무하다.

이런 의미에서도 고전소설은 만들어낸 이야기는 분명 아니다. 그것도 소설 이전의 있는 그대로의 자연적인 이야기에 지나지 않는다고 할 수 있다. 있는 그대로의 자연적인 이야기란 말은 소설가란 직업적인 의식도 없었고 명작을 써 내겠다는 욕심도 없었으며 소설을 잘 써 출세하거나 유명해지겠다는 포부는 더 더욱 없이 그저 여기로 있는 이야기를, 하고 싶은 이야기를 아무런 욕심없이 써냈다는 것이다.

즉 이런 소설에 무슨 기질이 끼어 들면 소설의 미숙성마저 아예 망쳐 버리게 된다는 뜻이 된다.

6) 제명의 틀

소설에 있어 제명은 독자와의 상관속(相關屬)과도 같다. 작가에게 있어 제명은 착상이나 구성 같은 근본적인 문제와 긴밀한 관계에 있으며 취향, 기질, 기호와도 관련이 없는 것이 아니다. 단적으로 말해 제명의 성패 여부는 독자수와 정비례할 수도 있다. 비록 문제작이라고 할지라도 제명에 따라 독자에게 달리 인식되거나 망각되는 예는 흔히 볼 수 있다.

모파상이 「비계덩이」란 소설을 써 출판했으나 팔리지 않자 「기름진 여자」로 개제했더니 잘 팔렸다는 일화는 이를 충분히 시사해준다.

작가가 제명을 붙일 때, 그로서는 독자를 유혹하는 유인적 기능은 물론 함축적 의미나 환기적 기능까지도 고려하게 된다.

예를 들면 게오르규(C.V.Cheorghiu)의 「25時」, 폴란드의 소설가 마렉 후라스코가 쓴 「제 8요일」, 황순원의 「나무들 비탈에 서다」 등은 함축적 의미나 환기적 기능은 물론이고 어필하게 되는 이유가 있는데 근본적인 이유는 제목부터가 참신하고 독특하기 때문일 것이다.

이런 제목은 독자로 하여금 친면이 있는 작가나 사숙하는 작가에 앞서 선택의 충동을 불러일으킨다. 그러기에 제명은 작가의 얼굴이며 작품의 거울이라고 하는 말까지 있다.

고전소설에 있어서는 제명의 참신함을 발견할 수 없다. 천편일률적으로 전(傳)자 타령이나 어떤 유형에 귀속되어 있는 느낌부터 들기 때문에 아예 참신성과 독자성과는 거리가 멀다.

그런 보편적인 제명의 틀을 정리하면 다음과 같이 된다.

첫째, 주인공의 이름 다음에 傳을 붙여 전기를 연상시키는 제명이다.

名 다음에 전을 붙인 것으로 「춘향전」, 「심청전」, 「홍부전」, 「운영전」, 「종옥전」…, 姓名 다음에 호나 관직명을 붙인 것으로는 「임경업전」, 「신유복전」, 「유충렬전」, 「홍길동전」, 「최척전」, 「전우치전」, 「배시황전」, 「장국진전」… 姓 다음에 호나 관직명을 붙인 것으로는 「최고운전」, 「임장군전」, 「이학사전」, 「이진사전」, 「방학림전」, 「황장군전」…, 姓 다음에 여성을 지칭하는 단어나 기녀명을 붙인 것으로는 「옥낭자전」, 「최랑전」, 「숙향낭자전」, 「설낭자전」 등이 있다.

둘째, 내용을 표상하는 단어 다음에 錄을 붙인 제명이 된다.

간지명 다음에 錄을 붙인 것으로는 「임진록」, 「신미록」, 「삼생록」…, 내용을 나타내는 단어 다음에 錄을 붙인 것으로는 「창란호연록」, 「유효공선행록」, 「왕원중합록」, 「창선감의록」, 「유선쌍학록」, 「벽하담판제어록」, 「보은기우록」, 「화산선계록」, 「명행정의록」, 「엄씨효문청행록」, 「규합록」, 「소성현록」…, 가문명 다음에 錄을 붙인 것으로는 「소문록」, 「윤하정삼문취록」, 「이씨세대록」, 「하진양문록」, 「유씨삼대록」, 「김씨열행록」 등이 있다.

셋째, 주인공의 행동을 나타내는 단어 다음에 記를 붙인 제명이 된다. 이런 소설의 예는 「사씨남정기」, 「장안절효기」, 「월봉산기」, 「상사동기」, 「육미당기」, 「양현문직절기」, 「삼설기」 등이 있다.

넷째, 꿈을 나타내는 단어인 夢遊錄을 붙인 제명이 된다.

호 다음에 몽유록을 붙인 것으로는 「원생몽유록」, 「대관재몽유록」, 「피생몽유록」, 「금생이문록」, 「안풍몽유록」, 「만하몽유록」…, 지명 다음에 붙인 것으로는 「달천몽유록」, 「수성궁몽유록」, 「천궁몽유록」 등이 있다.

다섯째, 내용을 상징하거나 암시하는 단어 다음에 夢을 붙인 제명이 되는데 여기에 속하는 예로는 「구운몽」, 「옥루몽」, 「옥선몽」, 「난학몽」, 「계화몽」, 「이화몽」, 「유화기몽」, 「상사기몽」 등이 있다.

여섯째, 대상물의 단어 다음에 奇逢이나 奇緣을 붙인 제명이 된다.

기봉으로는 「옥환기봉」, 「오선기봉」, 「삼선기봉」, 「쌍천기봉」, 「금환기봉」, 「쌍미기봉」, 「화산기봉」, 「쌍렬왕소봉」…, 기연으로 「옥소기연」, 「명주기연」, 「쌍주기연」, 「옥란기연」, 「옥주호연」 등이 있다.

일곱째, 내용을 의미하는 단어 다음에 曲을 붙인 제명에 해당된다. 작품으로는 「채봉감별곡」, 「청년회심곡」, 「부용상사곡」 등이 있다.

여덟째, 고유어 다음에 전을 붙인 제명이 된다. 여기에는 「두껍전」, 「토끼전」, 「까치전」, 「장끼전」, 「변강쇠전」, 「까투리전」 등이 있다.

아홉째, 연군류로는 「천군연의」, 「천군본기」, 「천군실기」 등이 있다.

소설인지 아닌지 알 수 없는 것으로 「화사」, 「형산백옥」, 「옥난빙」, 「청백운」, 「숙녀지기」, 「호질」, 「완월회맹연」, 「명주보월빙」, 「임화정연」, 「천수석」, 「음양삼태성」 등이 있다.

이런 제명이야말로 소설적인 제명에 보다 가깝다고 할 수 있다.

단적으로 말해 고전소설의 제명은 천편일률적으로 한 인간의 일대기와도 같은 전기성을 물씬 풍기며 전(傳) 자 일변도라 하겠다.

7) 문체의 존재 여부

문체의 원천은 작가의 개성과 인격에 의해 좌우되며 독창적이고도 개성적인 표현의 특이성(Idiosyncracy)이 된다. 그것은 언어의 구사나 문장을 이어가는 습벽, 수사나 문형, 리듬과 템포로 오랜 시일에 걸쳐 형성되기 마련이며 문체를 보면 작가의 혼을 저절로 감지할 수 있다.

소위 살아 있는 문체는 문맥이 굵고 부드러우면서 유려한 언어에 의해 증폭이 다양하기 때문에 유유히 흐르는 대하와도 같으며 때로는 계곡을 흐르는 해맑디 맑은 여울과도 같다고 할 수 있는데 작가가 문장으로 일가견을 이룬 표상이 곧 문체다.

문체는 작가의 인격이라고 했듯이 누구나 누릴 수 있는 특권은 아니다. 미숙한 작가는 모방의 선을 넘지 못할 것이며 평범한 작가는 독특한 문체를 가꾸기가 쉽지 않기 때문이다.

고전소설에 있어 미숙한 작가나 평범한 작가, 아니 무명작가가 태반이었기 때문에 작가적인 문체를 기대한다는 자체부터가 지나친 기대며 또한 함정(陷穽)에 빠질 우려가 있다. 한글소설의 문체는 몰라도 한문소설의 문체는 중국소설의 문체 축소판이나 변방의 변형에 불과하다면 지나친 비하일까.

문체의 논의는 언문(諺文)에 대립된 진서(眞書)<한문>의 기호나 숭배의 극복이 문제가 된다. 아니 고전소설에 있어 문체론적 접근을 시도하는 자체부터가 함정에 빠져들 위험이 있으나 이러한 함정에 빠져들 자기모순을 감수하고 정리하면 산문체와 율문체가 된다.

산문체는 표현상으로 서술적인 문장이다.

서구에 있어 구술이나 낭송을 중심으로 서사시(敍事詩)나 담시(譚詩)라고 하는 것이 있어 율문체로 발달해 온 것임에 비해 고전소설은 설화에서 취재한 것이 아니면 개인의 전기에서 취했기 때문에 서술적·설명적 산문체가 될 수밖에 없었다.

　화설, 대명 가정 연간에 순천부 땅에 일위 명사가 있으니 성은 유요 명은 현이니 본래 개국공신 성의백 유기의 손이라. 위인이 현명하고 문장과 풍채 일세에 추앙하는지라. 연기 십오에 시랑 최모의 여를 취하여 부부덕행과 금실이 흔연하더라. 소년 등과하여 벼슬이 이부시랑 참지정사에 이르니 명망이 조야에 진동하는지라. 소인이 농권함에 벼슬에 뜻이 없어 장차 물러가고자 하더라.

「사씨남정기」

　세월이 여류하여 충렬의 나이 칠세 당함에 골격이 준수하고 총명이 과인한지라. 형상백옥을 깎아낸들 이에서 더하며 청천의 명월인들 이에서 더할소냐. 문장 필법은 왕희지를 부러 아니하고 지략과 술법은 손빈 오기를 압도하며 천문지리와 육도삼략을 흉중에 버렸으니 용무지법과 용검지술은 천신이 가르친 바이요 사람이 가르친 바가 아님에 어찌…

「유충렬전」

　고전소설의 문체는 한문 숙어나 고사를 자주 인용한 문어체의 서술적 문장이라는 특징을 들 수 있다. 한문 문구를 그대로 인용한 듯하고 한문을 직역한 듯한 문투의 영향은 정음 창제 이후, 정음 보급의 일환으로 한문 전적을 언해했었는데 그에서 비롯한 것인지도 모른다. 이런 현상은 17C 서구에 있어 고전주의가 유행해 고전적인 난해구를 남용한 사실과도 비슷하다.

　승장이 옥소를 던지고 팔인으로 더불어 난간을 의지하여 망월을 가리키며 가로되 "북으로 바라봄에 석양에 쇠잔한 그림자 누른 풀 사이로 명멸하는 것은 진시황의 아방궁으로, 서로 바라 봄에 미풍이 소슬하고 모운이 참담한 곳은 한 무제의 무릉이요, 동방을 바라봄에 주란화각이 벽천에 비치어 명월이 자거자래하는…

「구운몽」

소년이 문득 한숨지며 왈 "보천지하(普天之下)에 막비왕토(莫非王土)
요 솔토지민(率土之民)이 막비왕신(莫非王臣)이라 했으니 소신이 비록
향곡에 있으나 국가를 위하여 근심이로소이다."

「홍길동전」

이도령 글제를 살펴보니 익히 보던 배라. 시제를 펼펴 놓고 해제를 생
각하고 용지연에 먹을 갈아 당황모 무심필을 반중쯤 덤북 풀어 왕희지
필법으로 조맹부 체를 받아 일필휘지 선장하니 상시관이 글을 보고 자자
이 비점이요 구구이 관주로다. 용사비등(龍蛇飛騰)하고 평사낙안(平沙落
雁)이라. 금세의 대재로다.

「열녀춘향수절가」

이상의 인용문만 보더라도 한문 숙어와 전고(典故)에 의존해서 문어적
인 표현에 익숙해 있었음을 확인할 수 있다.

한편 문체론적 면에서 살펴보면 남성들의 문체는 수식어를 많이 사용
했기 때문에 화려체에 가깝다. 여기서의 화려체는 오늘날의 화려체와는
다른 한문 숙어의 나열이나 과장된 수식어를 남발한 것을 의미한다. 이
런 현상은 산문체보다는 판소리계의 율문체에서 두드러지게 나타나고
있다.

요조정정해서 월태화용이 세상에 무쌍이라.
얼굴이 조촐하니 청강에 노닌 학이 설월에 비친 것 같고 단순호치 반
개하니 별도 같고 옥도 같다. 연지를 품은 듯 자하상 고운 태도, 어린 안
개 석양에 비친 듯 취군이 영롱하여 문채는 은하수 같다.

인용문에서 보듯이 한자 숙어로 구사했거나 고유어의 나열로 화려체를 형성했다 하더라도 무미건조해서 생동감이나 실감이 나지 않는다.

남성들에 비해 여성들의 문제는 우아체에 가깝다.

여성들의 작품으로 여겨지는 「완월회맹연」이나 「인현왕후전」, 혜경궁 홍씨의 「한중록」은 우아체의 전형이라고 할 수 있다. 물론 여성들도 한문 문구를 사용했었지만 남성들처럼 직역적인 문장이 아니라 언문일치에 가까우며, 그것도 고상하고 우아한 궁중어를 많이 구사했다.

> 대왕대비께서 곤위가 비었음을 근심하시어 간택하는 영을 나리샤 숙덕을 구하시니, 청성부원군 김공이 후의 덕행을 익히 들은 고로 대비께 주달하고, 영의정 송선생이 상전에 아뢰되 "국모는 만민의 복이라. 당금 병판 민모의 여애 숙덕이 쌍점함을 신이 익히 아오니 복망 전하는 번거 이 간택을 말으시고 대혼을 완정하소서." 대비 대열하셔 비망기를 나리와 전교하시기를 "지실하다." 하시니…
>
> 「인현왕후전」

> 내 유시(幼時)에 궐내로 들어와 서찰 왕복이 조석에 이어시니 내 수적(手籍)이 많이 있을 것이로되, 입궐 후 선인(先人)께오셔 경계하시오되, 외간 서찰이 궁중에 들어가 흘릴 것이 아니오, 문후한 후에 사연이 많기가 공경하는 도리와 같지 아니하니, 조석 봉서 회답의 소식만 알고 그 종이에 써보내라 하시기로…
>
> 「한중록」

고전소설에 있어 율문체는 영·정조를 전후해 창극으로 구연되다가 문자로 정착된 판소리계 소설에만 국한된 문체다. 그럼에도 불구하고 고전소설의 문장을 일방적으로 율문체니 운문체니 하는 데서 벗어나야 한다.

> 이때 월매 딸 춘향이도 또한 시서음율(詩書音律)에 능통하니 천중절을 모를손가. 추천을 하랴 하고 향단이 앞세우고 나려올 제 난초같이 고운 머리 두 귀를 눌러 곱게 땋아 금봉채를 정제하고 나운(螺雲)을 두른 머리 미양에 가는 버들 심이 업시 드리운 듯 아름답고 고운 태도 아장거려 흔들거려 나올 적에…
>
> 「열녀춘향수절가」

> 한 곳에 당도하니 돛을 지우고 닻을 주니 이는 곧 인당수(印堂水)라. 광풍이 대작하여 바다가 뒤누우며 어룡(魚龍)이 싸우는 듯 벽력(霹靂)이 일어나는 듯 대천 바다 한 가운데 일천 석 실은 배 노도 잃고 닻도 끊겨 용총도 부러져 치도 빠지고 바람 불어 물결쳐 안개비 뒤섞여 잦아지되, 갈 길은 천리만리 남아 있고…
>
> 「심청전」

율문체는 대체로 3·4, 4·4조의 가사체 형식을 가진 율문이다. 이런 율문 형식은 전기수(傳奇叟)들이 소설을 낭독조로 읽기 위해 애초부터 4·4조의 가사체를 취한 것이 아니라 창극의 각본을 그대로 소설화했기 때문에 생겨났다. 율문체는 한문의 직역적인 문장인 산문체와는 달리 일상 용어나 속어를 구사했기 때문에 서민적이고 개성적인 문장이라고 할 수 있다.

또한 산문체보다는 묘사적인 문장에 가깝다.

승상댁 시비더러 방에 불을 때 달라 하고, 치마를 걷어쥐고 눈물을 씻
으면서 얼풋 밥을 지어 부친 앞에 상을 놓고 "아부지, 진지 잡수시오."
　심봉사 어찐 곡절인지 "나, 밥 아니 먹을란다."
　"어대 아파 그러시오? 소녀가 더대 오니 괴씸해서 그러시오."
　"네 알 일 아니다."
　"아부지, 그게 무슨 말씀이오? 소녀는…"

「심청전」

위의 대화에서도 나타나듯이 율문체는 구어체에 가깝다.

요컨대 고전소설의 산문체는 서술적인 문장으로 개성을 찾아볼 수 없
고 고전적인 숙어의 남용으로 미문주의로 흘렀으며 수식어를 남용했기
때문에 화려체에 가까우나 생동감은 없다.

율문체는 속어를 구사하고 익살을 가미했으나 지나치게 과장되었으며
만연체로 흘렀기 때문에 생동감을 반감시켰다. 그런데도 일상적인 용어
를 대화에 삽입시켰기 때문에 구어체에 가깝다고 할 수 있다.

이런 장점이 있음에도 불구하고 고전소설의 문체는 서술에만 지나치
게 치우친 나머지 개성을 발견할 수 없는 죽은 문장이라고 할 수 있다.

한문소설의 문체도 논의되어야 하나 논외로 접어둔다.

8) 작품 변천의 요인

고전소설에는 작풍이 없다고 한다. 물론 무슨 유파가 조직된 것도 아
니었고 사조나 어떤 주의가 형성된 것도 아니었다. 그렇다고 해서 권선

징악적 도덕성만 한결같이 추구했다고 단정하기도 곤란하다. 임·병 양란 이후, 민족의 자성이 서서히 일어 실학이 대두되었고 영·정조를 전후해서는 작풍이라고는 할 수 없으나 독창적인 경향이 나타나기 시작했기 때문이다.

이러한 경향은 영·정 이전에 비해 보다 변화된 것임은 분명하다. 그러면 영·정 이전의 작품 경향부터 정리하기로 한다.

김시습의 『금오신화』는 『전등신화』의 아류로 중국소설의 영향과 모방에서 벗어나지 못했다. 허균의 「홍길동전」도 비록 우리 나라를 배경으로 했으나 「수호지」의 모작이라는 테두리에서 벗어나지 못했다. 김만중의 「구운몽」이나 「사씨남정기」도 중원을 무대로 했다.

이런 지명작가의 작품은 독창적으로 창작되었다기보다는 중국의 그것을 모방하는 선에서 벗어나지 못했다고 할 수 있다.

무명작가의 작품으로 임·병 양란 이후에 나타났으리라고 추측되는 「임진록」, 「임경업전」, 「박씨전」 등 전란을 소재로 한 역사소설도 「삼국지연의」의 아류에서 벗어나지 못했다. 더욱이 창작된 군담소설로 볼 수 있는 「유충렬전」, 「장국진전」, 「소대성전」, 「유문성전」 등도 중원을 배경으로 하고 그들의 전술을 그대로 전이시킨 느낌마저 짙다.

이밖에 「장화홍련전」, 「콩쥐팥쥐전」, 「김인향전」 등 가정소설도 권선징악적 도덕성에서 벗어나지 못했으며 「창선감의록」, 「장한절효기」 등 윤리소설도 중원을 배경으로 했으며 유교의 테두리를 맴돌고 있는 듯하다.

이상의 소설에서 몇 편을 제외한 나머지는 중국의 소설을 모방했고 중원을 배경으로, 현실보다는 윤리관의 표현에만 충실했기 때문에 독창성이나 민족문학의 성격을 찾아볼 수 없다.

다음으로 영·정 이후에 나타난 작품을 정리하기로 한다.

먼저 연암 박지원(朴趾源)의 소설을 들 수 있다. 연암소설은 풍자성이라는 독특한 수법을 동원해서 위정자의 횡포나 부패상은 물론 그들의 위선을 신랄하게 비판했다.

숙종 이후에 소설로 정착되었으리라고 추측되는 「춘향전」은 위정자의 횡포를 저류시키면서 계층을 초월한 사랑을 감동적으로 표현했는데 이런 점에서도 중국소설의 영향에서 벗어나 독창성이 가미되었다고 할 수 있다. 이밖에 「이춘풍전」「배비장전」 등은 풍자주의 수법으로 위정자들에 대한 위선적이며 호색적인 생활을 비판했다.

「채봉감별곡」 같은 애정소설도 우리 나라를 배경으로 우리의 당면한 애정문제를 부각시켰고 「장끼전」「쥐전」「토끼전」「두껍전」 등 우화소설이 인간사회를 꼬집었다.

위와 같은 소설에 와서야 중국소설의 모방에서 벗어나 독창성이 발휘되기 시작했는데 이를 작풍의 변천이라고 볼 수 있지 않을까 한다.

이를 전제로 작품 경향의 변천[3] 요인을 정리하기로 한다.

조선조는 숭유배불을 국시로 삼고 유학을 과거의 덕목으로 채택했다. 그에 따라 유학의 급속한 발달에 편승해 모화나 사대라는 폐단을 낳았다.

---

3) 영·정 이전과 이후의 작품 경향

	영·정 이전	영·정 이후
작가적 태도	모방주의적 표현	독창주의적 태도
사 상	초현실적 이상세계 유교적 이상주의	현실 추구 현실주의
윤 리 관	도덕적 권선징악 추구 유교적 도덕주의	풍자주의적 현실 비판 당면한 현실 추구

그리고 학풍마저 중국의 그것을 답습했다. 따라서 모방주의가 일세를 풍미하게 됐는데 중국의 소설이 유입되자 이를 모방하기에 이른다. 권선징악적 주제의 성향은 물론 배경까지 그대로 따랐으며 심지어 생활의 표현까지 그들의 것을 흉내낸 듯한 느낌이 든다.

이와 같은 모방 일변도는 무엇보다도 문학적 전통이나 준비 자세가 되어 있지 못한 탓으로 돌릴 수도 있으나 근본적으로 자각의 부족이 원인일 수 있다. 더욱이 유교의 덕목이 가장 강조되었던 시대답게 소설에서도 유교적 선을 추구하기에 이르렀다.

소설을 모방한 계층이 사대부들이었으므로 윤리관은 말할 것도 없거니와 이상적 공리주의까지도 그대로 표현했던 것이다.

요컨대 모방과 이상주의가 작품의 주된 경향이라고 할 수 있다.

그러나 전기와는 달리 임·병 양란 이후, 영·정조를 전후해서는 민족적 자성이 일어 실학사상이 꽃을 피우기에 이른다.

이런 시류에 편승해서 문학도 경향을 일신하고 실학사상을 반영하는 민족문학을 낳았다. 따라서 종전의 도덕이나 풍유며 은일을 배격하고 현실적인 내용을 다루게 되었으며 나아가 평민문학까지 나타났다.

시조에서는 사설시조가, 가사에서는 내방가사가 등장했듯이 소설도 중국소설의 모방에서 벗어나 도덕성을 배척하고 실생활을 중심으로 위정자를 풍자하는 경향이 두드러졌다.

그 예가 판소리 창이며 창을 소설화한 판소리계 소설이 전고(典故)가 되는데 창극의 소설화는 연암소설과 함께 현실을 무대로 풍자수법을 동원해 민족문학의 성향(性向)을 낳은 셈이라고나 할까.

요컨대 조선조 소설에는 유파니 사조 등의 주의는 없었으나 시대적 요청에 따라 소설도 작품의 경향을 달리했음이 분명하다.

9) 인쇄와 판본

고전소설의 인쇄로는 전무해 필사본으로 전해 오다가 영·정 이후, 목판본인 방각본과 갑오경장 이후, 활자화한 구활자본이 나타나기 시작했다. 구활자본(속칭 딱지본)은 엄밀한 의미에서는 판본이라고 할 수 없다. 판본(Text)의 규명은 서지학상 반드시 필요하다.

예컨대 판본이 하나뿐이라면 문제될 것도 없으나 이본이 발견되었을 때는 원전 추적은 필연적이므로 교합(校合)을 통해 원전을 복원하고 이를 텍스트로 해서 연구하는 것이 바람직하다.

고전소설의 판본은 필사본, 고활자본, 목판본, 구활자본 등이다.

필사본은 주로 전사에 의해 전해져 왔으므로 첨삭이 심해 원본 추적이 거의 불가능하며 따라서 이본이 많이 발견된다. 갑오경장 이후 상업성에 의해 구활자로도 인쇄되지 못한 작품과 대하소설은 필사본으로 남아 있다.

이런 원인으로는 인쇄술의 미비를 들 수도 있겠으나 개인 저술의 출판이 지난했음을 반증한다.

개인 문집은 왕실의 불경언해사업과 마찬가지로 경비조달이 용이한 문중사업으로 출판되기도 했으나 소설은 이해 부족과 소설 배척론에 휘말려 출판되지 못했으며 영·정 이후에야 목판본으로 인쇄되기는 했으나 순수하게 필사본으로 전해지는 소설만 해도 1백여 종이 넘는다.

조선조의 인쇄술로는 활자 인쇄와 목판 인쇄가 있다. 활자 인쇄는 일찍부터 발달했으며 목판 인쇄는 원시적인 인쇄술이나 후세까지 이어져 왔다. 고활자본은 15C 초인 태종 때, 왕명에 의해 10만 동활자를 주조했으며 영조조는 30만의 동활자와 32만의 목활자를 만들어 한문 전적을 인쇄했다. 국문 활자로는 『월인천강지곡』이 인쇄되었다고 하나 상고할 길이 없으며 성종 때 와서야 『두시언해』를 간행한 을해자본이 널리 알려져 있으나 한문소설이나 국문소설의 판본은 발견되지 않는다.

따라서 고활자본으로 인쇄된 소설은 한편도 없으며 전사에 의한 필사본만이 있었을 것이라고 추측된다.

목판본은 결이 고운 판자를 가려 글씨를 쓰고 글이 없는 부분을 파내면 글자와 괘선만 남는데 이에 먹물을 칠하고 종이를 엎어눌러 찍어내는 원시적인 방법이다. 대개 한문 전적에는 괘선이 있고 국문소설에는 괘선이 없다. 또한 목판본에는 작자의 성명이나 제작 연월도 없으며 단지 후미에 간지와 출판 장소만 밝혀져 있다. 현재 경판본 40여 종, 안판본 5종, 완판본 23여 종이 산견되며 방각본이 대표적인 판본이라고 할 수 있다.

구활자본은 갑오경장 이후 상업적인 수단에 의해 출판된 속칭 딱지본에 해당되는 것으로 고전소설의 판본이라고 할 수 없다.

이 무렵에 출판된 목판본은 대부분 구활자본으로 출판되었고 필사본으로 전해지다가 활자화된 판본도 1백여 종이 상회한다. 이런 판본은 활판할 때, 판매의 수단으로 첨삭되기 마련이었다.

예를 들어보기로 하겠다.

개명된 소설로는 「춘향전」은 「옥중화」 「광한루」 「옥중향」 「오작교」 등, 「심청전」은 「강상련」, 「흥부전」은 「연의 각」, 「토끼전」은 「토의 간」

「불로초」, 「소학사전」은 「월봉산기」 「강릉추월」 「봉황금」 등이 있다.

원제에다 제재의 명칭을 붙인 소설로는 절대가인 「춘향전」, 만고열녀 「춘향전」, 만고충신 「유충렬전」, 평양의기 「옥단춘전」, 형제미담 「흥부전」, 삼국풍진 「황용도실기」 등이 있다.

또 원제에 주제적인 명칭을 붙인 소설도 발견된다. 윤리소설 「진대방전」, 비극소설 「김인향전」, 충의소설 「임경업전」, 기담소설 「콩쥐팥쥐전」, 역사소설 「강태공전」, 만고 영웅 「유충렬전」 등 예가 많다.

구활자본은 독자에게 영합하려는 상업적 의도에서 출판된 것임은 말할 나위도 없으며 원전으로 인정하기도 어렵다.

10) 소설의 갈래 나누기

고전소설의 갈래 나누기도 그리 쉬운 일이 아니다.

한문소설과 국문소설, 한문소설이 국문소설로, 국문소설이 한문소설로 전이되기도 했고 전사로 인한 이본이 많아 원전의 추적이 불가능하기 때문이다. 게다가 분류자에 따라 갈래가 달라질 수도 있으며 이것이다 하고 어떤 갈래에만 귀속시킬 수 없는 소설이 많기 때문이다.

이런 모순성을 인정하면서 다음과 같이 갈래[4] 나누기를 했다.

---

4) 참고로 갈래 나누기를 들어보면 김태준은 「조선소설사」에서 패관소설 전기소설 사회소설 군담류 몽자류 동화전기류 권징류 공안류(公案類) 염정소설 기몽기연류 등 10종류로 분류했다. 신기정은 「한국소설발달사」에서 염정소설 가정소설 도덕소설 괴담소설 기봉소설 우화소설 번안소설 불교소설 가정소설의 9종류로 분류했다. 정주동은 「고대소설론」에서 전기소설 신괴소설 환몽소설 염정소설 윤리소설 역사소설 가정소설 의인소설 사회소설 풍자

○ 전기소설

흔히 초현실적·비인간적 세계를 전기라고 하는데 이런 세계를 표현한 소설이 전기소설(傳奇小說)이다. 소설상에 나타난 내용은 초현실적 몽환의 세계, 천상의 세계, 수중의 세계, 명부의 세계 등 비현실적이며 비과학적인 세계가 된다.

이런 소설로는 『금오신화』를 비롯해서 「삼설기」 「이화전」 「당태종전」 「금우태자전」 「왕랑반혼전」 「안락국태자전」 「삼생록」 「금강공주전」 「금령전」 「삼한십유」 등이 해당된다.

○ 몽유록소설

몽유록소설은 전기소설에 포함될 수도 있으나 표제마다 몽유록(夢遊錄)이라고 제명되어 있기 때문에 그에 따라 갈래를 나눴다. 꿈을 소재로 했으나 현실에서 꿈의 세계로 들어갔다가 다시 현실로 복귀하는 회귀구조가 그 특색으로 지적되는데 입몽과정이 없는 「구운몽」과는 다르다.

소설로는 「원생몽유록」 「대관재몽유록」 「달천몽유록」 「수성궁몽유록」 「강도몽유록」 「안빙몽유록」 「사수몽유록」 「천궁몽유록」 「금화사몽유

소설 군담소설 등 11종류로 분류했다. 조윤제는 「국문학개설」에서 군담소설 염정소설 가정소설 도덕소설 운명소설 사회소설 우화소설의 7종류로 분류했다. 정형용은 「국문학개론」에서 역사소설 가정소설 연애소설 사회소설 탐정소설 괴기소설 등 6종류로 분류했다. 이병기는 「국문학전사」에서 역어체소설 가사체소설 내간체소설 희곡체소설로 나누고 궁정소설과 여항소설(양반소설 서민소설)로 분류했다. 김기동은 「이조시대소설의 연구」에서 전기소설 몽유록소설 우화소설 애정소설 역사소설 영웅소설 이상소설 가정소설 윤리소설 풍자소설 가문소설 판소리계 소설 등 12종으로 분류했는데 갈래 나누기는 이를 기준으로 해서 나눴다.

록」등이 있으며 표제는 차이가 있으나 「수향기」, 「금생이문록」, 「피생명
몽록」 등도 이에 해당된다.

○ 우화소설

우화소설(寓話小說)은 사람이 아닌 자연물을 의인화해서 인간의 허위
를 풍자하고 진실을 일깨워주는 소설이 된다. 우화는 고려조의 가전을
거쳐 조선조에 와서야 본격적인 소설로 정착했다. 인간의 심성을 비롯해
식물도 의인화했으며 인격까지 부여해 소설화했다.

분류자에 따라 우화소설은 풍자소설로도 볼 수 있다.

이런 작품으로는 「화사」, 「수성지」, 「천군연의」, 「천군본기」, 「두껍전」, 「
까치전」, 「서동지전」, 「서대주전」, 「서주기전」 등이 이에 해당된다. 「천군연
의」나 「천군본기」 등은 천군소설로 갈래를 나눌 수도 있다.

○ 애정소설

애정소설(愛情小說)은 갈래 나누기가 가장 난감한 소설이라고 할 수
있다. 왜냐하면 고전소설의 대부분이 남녀간의 애정에 관계되는 내용을
가지고 있기 때문이다. 그리고 분류자의 주관에 따라 변용의 소지가 많
은 소설이 될 수 있다.

외형상 두드러지게 드러나는 것을 제외하고 순수 애정소설로만 나누
어보면, 「춘향전」, 「영영전」, 「숙영낭자전」, 「옥단춘전」, 「채봉감별곡」, 「부
용상사곡」, 그리고 「이진사전」, 「숙향전」, 「금향정기」, 「형산백옥」, 「오유란
전」, 「수성궁몽유록」 등 이루 헤아릴 수 없을 만큼 작품이 많다.

○ 역사소설

　역사소설(歷史小說)은 실존인물을 소재로 했거나 역사적 사건을 배경으로 한 제재상의 갈래로 나눈 소설이 된다. 그러나 사회소설이나 영웅소설로도 갈래 나누기를 할 수 있다.

　이런 소설로는 「홍길동전」, 「임진록」, 「최척전」, 「임경업전」, 「최고운전」, 「배시황전」, 「박태보전」, 「신미록」 등이 해당된다.

○ 영웅소설

　영웅소설(英雄小說)은 위대한 전공을 세운 주인공이나 명장들의 일대기와 같은 소설이다. 실존인물은 역사소설로 갈래 나누기를 했기 때문에 허구적으로 창작된 소설로만 갈래 나누기를 했다.

　분류자에 따라 군담소설로도 볼 수 있으며 고전소설에서 애정소설 다음으로 많은 작품이 여기에 해당된다.

　이런 소설로는 「유충렬전」, 「이인전」, 「이태경전」, 「홍계월전」, 「소대성전」, 「유문성전」, 「왕장군전」, 「신유복전」, 「조웅전」, 「설소저전」, 「설낭자전」, 「낙성비룡」, 「화옥쌍기」 등이 포함된다.

○ 이상소설

　이상소설(理想小說)은 남성들의 이상세계를 구현한 소설을 말하는데 봉건주의 문학의 전형이고 귀족문학의 아성이라고 할 수 있다. 이 갈래도 관점에 따라 애정소설이나 영웅소설로도 분류가 가능하다.

　이런 소설로는 「구운몽」, 「육미당기」, 「옥선몽」, 「옥루몽」, 「임호은전」, 「

오선기봉」「계상국전」 등이 해당된다.

○ 가정소설

가정소설(家庭小說)은 가족 사이의 모순이나 갈등을 위주로 해서 우애와 화합을 표현한 소설이 주로 해당된다. 이 갈래는 인물의 정형성과 권선징악적 주제의 성향이 잘 나타난 소설이 된다. 또한 가정소설도 분류자에 따라 윤리소설에 귀속시킬 수 있다.

소설로는 「장화홍련전」「콩쥐팥쥐전」「황월선전」「화문록」「임화정연」「옥란빙」「일락정기」「쌍선기」「완월회맹연」 등이 있다.

○ 윤리소설

윤리소설(倫理小說)은 도덕이나 윤리문제를 겉으로 드러내어 선전하고 교화한 소설이다. 윤리소설도 분류자에 따라 도덕소설로도 볼 수 있는데 교훈소설에 가까운 형태의 소설이 된다.

이런 소설로는 「이해룡전」「김씨열행록」「숙녀지기」「삼생기연」「이계룡전」「위씨절행록」「진대방전」 등이 해당된다.

○ 풍자소설

풍자소설(諷刺小說)은 인간과 사회에 대한 모순이나 부조리를 풍자하고 비판한 소설이 된다. 우리나라는 영·정 이후 실학의 등장으로 나타나기 시작했다. 풍자는 위트, 해학, 조롱, 조소, 패러디 등 고도의 은유와 암유로 표현되는 소설이라고 할 수 있다.

여기에는 「허생전」, 「호질」, 「양반전」, 「예덕선생전」 등 연암소설을 비롯해서 「종옥전」, 「오유란전」, 「이춘풍전」, 「삼선기」 등이 있고 판소리계 소설에도 이 갈래에 귀속되는 소설이 있다.

○ 가문소설

가문소설(家門小說)은 한 가문을 중심으로 복합적인 구성을 택해 다양한 인물을 등장시켰으며 대하소설이 이에 해당된다.

그리고 연작의 형태이면서 각기 장으로 되어 있고 그것도 독립적으로 구성되어 있는 특성을 발견할 수 있다.

이런 작품으로는 「완월회맹연」 180책, 「임화정연」 139책, 「윤화정삼문취록」 105책, 「명주보월빙」 100책이 있으며, 「화산선계록」, 「유이양문록」, 「명행정의록」, 「하씨양문록」 등 대하의 성격을 띠고 있다.

○ 판소리계 소설

이 갈래는 판소리 창극을 소설화한 계열의 소설을 말하며 한국적인 특성을 가진 소설이라고 할 수 있다. 판소리 대본으로는 열두 마당이 있었다고 전하며 근원설화가 있는 것이 그 특색으로 지적될 수 있다.

이런 작품으로 현존하는 소설은 「춘향전」, 「심청전」, 「흥부전」, 「배비장전」, 「옹고집전」, 「토끼전」, 「변강쇠전」, 「장끼전」 등이 있다.

3. 갈래 나누기의 실제

1) 실마리를 풀면서

소설의 갈래 나누기에 있어 시비(是非)의 대상이 되는 것이 역사소설(歷史小說)이다. 역사소설은 사실과 문학이라는 양면성으로 말미암아 개념 설정의 문제부터 논란의 대상이 되어 왔다. 그만큼 역사소설은 개념부터 애매모호해서 정립하는 데 어려움에 직면하기 때문이다.

그런데 소설의 질을 결정하는 요인은 다양하고 주관적인 문제이므로 단순히 해결될 문제가 아니다. 왜냐하면 문학은 시대에 따라 변천하듯이 소설의 질도 시대상의 변천에 따라 변모하기 때문에 어떤 한정된 기준을 세워서 그것만이 절대적인 양 단정을 내린다는 것은 모험이 따르기 마련이다. 그러나 아무리 시대가 바뀌고 달라져도 모든 문물에는 기본 원칙이 있듯이 소설만이 가지는 어떤 특수한 성질은 전혀 무시할 수 없다. 대개 무시할 수 없는 성질의 하나는 문제의식, 곧 주제의식이며 주제의식은 작가의식으로, 이 작가의식은 역사의식일 수도 있다.

이밖에도 문학의 질을 결정하는 요인으로 흔히 문체, 작가의 통찰력, 사회에 대한 인식 등을 고려할 수 있다.

그러나 이와 같은 생각은 문학의 논리적 사고를 포기한다는 것과 마찬가지가 된다. 그러기에 문학의 질은 작가의 천재성과 일치한다는 우를 범하는 지론을 한때 펴기도 했었다.

그러면 이상을 전제로 하나의 가정을 제시해 보기로 하겠다.

문학과 역사의식의 상관속이 문학의 질을 좌우하며 문학의 질과 작가의 역사의식과는 정비례한다고 가정하면 역사의식은 작품의 질을 좌우하게 되며 역사의식으로 말미암아 작품의 질을 평가하게 된다고 할 수 있다. 일단 이를 인정하고 들어가면 작품은 작가의 인생관과 세계관이 용해되어 있기 때문에 작품 현실에서 작가의 문제의식, 곧 역사의식을 이끌어낼 수 있을 것이다.

이유는 삶의 과거, 현재, 미래에 대한 비전으로서의 역사의식이 문제의식을 좌우할 수 있는 요인이 될 수 있기 때문이다.

그렇다고 하더라도 이는 절대적이라고 할 수 없다.

저 톨스토이(L.N.Tolstoi)의 「전쟁과 평화」는 반영웅적인 역사관[1]을 배제하고는 논의가 거의 불가능하다. 그 이유는 민중적 입장에서 쓰여진 소설이기 때문이며 그와는 반대로 플로베르(G.F.Flaubert)의 「보봐리 부인」은 반민중적 역사관의 소산[2]이라고 할 수 있다.

---

1) 잡지 「러시아의 기록(제3호, 1899)」에 보면 "내 의견에 의하면 역사적인 사건에 있어 이른바 위인이라는 것이 그다지 큰 의의를 가지고 있지 않다는 점이다." 에서 파악이 된다. (박형규 역 「전쟁과 평화에 대하여」, 삼성판 세계문학전집 2권)
2) 「보봐리 부인」은 작가의 혐오와 허무감이 현실과의 긴장된 대결 상태를 견지하며 그것도

그러면서도 두 명작은 다 같이 인구에 회자(膾炙)되고 있다.

또한 보들레르(C.Baudllaire)는 반진보적인 역사관의 소유자로 알려졌으며, 발자크(H.Balzac)는 반동적인 역사관의 신봉자로서 작품과 작가의 미묘한 상관속을 표현했다고 한다. 스위스의 작가 마이어(C.F.Meyer)는 반역사적인 입장3)에서 소설을 써 성공하기도 했던 것이다.

조선조 문학에서 역사적 배경과 인물을 제재로 한 성격을 지닌 소설이 뚜렷한 역사의식을 소유한 작가들에게서 생산되었는지, 원인을 밝히기는 요원하지만 이들 소설이 애독되어 왔음을 추측할 수 있다.

왜냐하면 이들 소설은 하나 같이 작가를 알 수 없으나 이본(異本)이 현전하는 것으로 보아 작가군을 이루고 있기 때문이다.

이상의 논지에서는 작가의 역사의식이 작품의 질을 결정하는 데 있어 독점적이거나 배타적일 수 없다는 데 있다.

그런데 이러한 논의는 단순한 문제가 아닌 것만은 분명하다. 비록 역사관이 작품의 척도는 될 수 없다고 하더라도 문학과 역사의식의 연계성은 무용하다고 할 수 없으며 위에서 제기한 가정은 미래의 문학화에 따른 역사의식의 심화와 고양이 필연적으로 대두되어야 한다. 과거의 사실이 객관적이며 가치중립적인 의미를 지녔다고 하더라도 현실의 구조에 대한 적극적인 관심을 표명하지 않으면 소용이 없기 때문이다.

요컨대 과거의 연장으로서 현실을 직시하고 현재는 미래를 창조하는 영역(領域)으로서의 준비 과정이라는 투철한 역사관만이 실제적 관심을

구체적으로 엠마를 파리의 예술계와 사교계의 생활 속에서 고독 때문에 죽어가게 하는 작가의식에서 찾아볼 수 있다.
3) 그의 작 「성자(Der Heiliger)」는 역사적 진실성을 떠나 등장 인물의 심리를 현대화한 역사소설로 예술의 극치를 표현했다고 할 수 있다.

야기할 수 있으며 역사의식을 불러일으킬 수 있다.

문학이 시간과 공간을 초월해서 보편적인 감정과 인간성 탐구에 있다는 점은 누구도 부인하지 못하는데도 역사주의와 형식주의의 갈등, 소재주의와 구조주의의 마찰, 참여파와 순수파의 논쟁, 심지어 심리주의 비평의 일부에서는 역사의식을 배제하려는 경향이 짙은데 역사주의 문학관은 이런 관점을 배제해야 가능하다. 더욱이 문학에서 상실된 역사성과 사회성을 회복시켜 새로운 차원의 문학관을 포용하려는 태도도 선행되어야 한다. 그러기 위해서는 역사의식의 강조는 필연적이며 아울러 역사와 사회에 대해 적극적이며 능동적으로 개입하고 작용하려는 의지의 표현도 요구된다. 여기에 덧붙여 역사의식의 향방은 현실의 당면과제를 어떻게 타개할 것인가, 직면한 현실의 결과가 미래에 어떻게 구현될 것인가, 미래는 과거의 전통을 계승해서 재창조될 수 있을 것인가 하는 사고도 필요하다.

문학이 현실의 당면과제에 대해 기대되는 역할을 수행하지 못했다면 일단 그 원인은 역사의식의 결여로 보지 않을 수 없다.

그러한 전례는 일제 식민지 치하, 8·15 광복 후의 좌우충돌, 6·25 사변과 국토 분단, 급변하는 산업화에 따른 6, 70년대의 사회상과 같은 좌절과 변모와 굴절을 겪으면서 생산된 작품에서 볼 수 있고 그것의 수명이 짧은 원인의 하나는 역사의식의 부재에 있다고 생각되며 고질적인 감상성과 투철하지 못했던 역사관이 낳은 병폐라고 하겠다.

이런 현실에서는 명작을 기대하기란 어렵다.

요컨대 미래지향적인 역사의식의 향방을 확고부동하게 설정하고 그 바탕 위에 서서 당면한 현실에 대한 철저한 관심 표명만이 이러한 문제를 해결할 수 있다. 철저한 관심에서 우러나온 올바른 역사의식이야말로 현실을 직시할 수 있으며 주어진 의미를 규명할 수 있게 된다.

여기서 한 걸음 더 나아가 현실의 변모에 긍정적으로 수긍한다면 보다 바람직한 문학의 창조도 가능하다.

그 가능성은 어디까지나 문학과 역사의식이 보다 나은 미래의 삶에 행복한 터전을 마련하는데 이바지하고 우수한 문학 작품에 대한 기대와 갈망이 전제되어야 한다. 어떠한 문학 작품이든 역사의 진행 방향에 서서 그 진행을 고무할 뿐만 아니라 그것이 올바르게 인식되도록 해야 훌륭한 문학 작품이 창출될 수 있을 것이다.

2) 역사소설의 한 단면

소설의 한 유형으로 역사물이 대두된 이래, 개념과 영역에 대한 시비가 끊임없이 되풀이되고 있다. 과거 어느 때보다도 역사의 격동기로 자처하는 시대에 살고 있는 만큼 이러한 방법과 인식에 대한 논란은 당연한 귀결인지도 모른다. 하물며 역사와 문학과의 융화, 역사를 소설화하려는 실천적 문제뿐만 아니라 역사적 현실에 대한 진지성, 현실 속에서 전통적 삶의 창조 구가, 역사에 대한 예술적 정열과 작가의식, 역사성과 문학성의 양면성 등 이런 문제는 늘 시비의 대상이 되어왔고 또 하고 있다.

그러나 결과는 추상적인 관념만 되풀이되었을 뿐 어떤 구체적인 합의점에는 도달하지 못했다. 그 원인의 하나는 역사와 역사소설이 갖는 관계,

하나의 몸에서 두 개의 머리를 가진 미분화된 상태라고 할 수 있기 때문이다.

역사소설가는 사가가 되지 않으면 안되고 사가는 작가가 되지 않으면 안된다[4]고 하는 말도 있는데 역사소설도 소설의 한 영역이라는 당위론을 인정하게 된다면 역사소설도 소설인 이상 작가의 상상력에 의한 작품세계의 창조가 일차적 과제지, 그것이 얼마나 정확히 고증된 사적 기록이냐 하는 문제는 부차적인 것일 수밖에 없다.

단적으로 말해 역사소설은 어떤 한정된 시대를 배경으로 해서 그 시대에 활동한 인간상이나 사회상을 작가 나름대로의 투철한 역사의식에 의해 쓰여진 소설일 뿐이라는 데 있다.

단순히 역사적 사건이나 특정한 인물에 대해 역사적 지식만을 빌려 쓴 소설이라고 해서 역사소설이라고 할 수 없으며 또한 역사를 제재로 한 소설이라는 추상적인 관념만으로 역사소설의 구체적인 개념과 영역을 밝힐 수도 없다. 역사소설의 영역은 다수가 납득할 만한 이론이 뒷받침되어야 하겠으나 작가의식 곧 역사의식이 내포된 작품으로 한정하지 않을 수 없다. 더욱이 역사적인 지식과 함께 어떤 면으로든 역사의식이 개재(介在)되어 있다면 일단 본격적인 역사소설의 영역으로 간주하지 않으면 아니된다.

사가는 과학적이며 금욕적인 투철한 사관에 의해 역사를 기술하는 것이라고 한다면 작가는 소설적인 온갖 상상력을 발휘할 뿐만 아니라 심화된 작가의식에 의해 역사소설을 창작한다.

---

4) 菊地昌典 : 「역사소설이란 무엇인가」, 筇麝書房, 1980, 53쪽

이런 점에서 역사와 역사소설의 공통 분모는 無에서 有를 기술하거나 표현하는 것이 아닌, 사실(史實)<사실(事實)>을 재구성한다는 보편성에 있다. 있는 그대로의 사실을 재구성하는 방법에 있어서도 사관이 있으며 역사의식이 있다는 점 또한 동일하다고 하겠다.

역사소설은 작가의 사관적 고백이라는 말도 있다. 이러한 사관적 고백마저도 사실을 작품화하는 것이지 전혀 없었던 사실을 창조하거나 왜곡한다는 말은 아니라고 본다.

역사는 이미 있어 왔던 사실을 취사선택해서 지난 날의 인간사를 개념적·과학적·금욕적으로 기술하는데 비해 역사소설은 지난 날에 있어 온 인간이면사를 자유분방한 이미지네이션의 활동에 의해 구체적·주관적으로 표현한다5)는 동질성과 이질성의 이율배반은 역사소설의 개념과 영역 설정의 어려움을 대변하고 있다.

서구에 있어서는 역사소설의 효시(嚆矢)로 스코트(S.W.Scott)의 「웨이벌리(Waverly)」로 손꼽는다. 「웨이벌리」가 발표된 해는 워터루 전쟁의 패배로 나폴레옹시대가 종언을 고하는 바로 전 해인 1814년이다. 서구 사람들로서는 프랑스혁명과 나폴레옹시대야말로 역사라는 것을 최초로 생생하게 체험한 사건이었고 서구 제국들로 하여금 민족주의와 민족사에 눈뜨게 하는 한편, 역사를 사회발달사로 인식시켜 준 계기가 되었다.

그 결과, 영국에서는 역사의식과 사회의식이 심화되어 역사소설이라는 새로운 형태로 꽃을 피우기도 했던 것이다.

조선조에 있어 『전등신화(剪燈新話)』의 유입으로 소설의 모방기를 지

---

5) 신봉승 : 역사소설의 연구, 경희어문학 6집, 1983, 123쪽

나고 명대의 「삼국지연의(三國誌演義)」「수호지(水滸誌)」「서유기(西遊記)」 등 소설의 남상으로 역사소설의 잉태에 자양적 요소를 불러일으켜 성숙성이 무르익게 되었다.

때맞춰 임진란과 병자란이라는 사상 초유의 대전란은 민족의 몽매에 자각과 주체성을 일깨우고 적개심과 복수심에 불타 오르게 했다. 따라서 전란을 배경으로 한 역사소설이 여명기를 맞이하게 되었다.

이는 서구보다 2세기나 빠른 역사적 격동기라고 할 만하다.

이렇듯 조선조는 역사적 사건이 먼저 발생했기 때문에 역사소설이 나타날 수 있었음에도 불구하고 역사소설이 본궤도에 오르지 못한 것은 고루한 유학자들의 소설무용론도 묵과하지 않을 수 없겠으나 역사의식의 결여 내지는 미숙 바로 그 자체라고 할 수 있다.

서구에 있어 역사소설의 주인공은 대개 평범한 인물이거나 중도적 인물이며 역사상의 주요 인물들이 마이너 캐릭터(Minor Character)로 등장하고 있다. 이 점은 역사적 충돌일 뿐만 아니라 그것을 포함한 사회발달사의 전모를 그린다는 역사소설의 성격에 비춰볼 때 당연하다.

희곡에 있어서는 주로 중도적 인물마저도 역사소설에서는 중심적 위치를 차지하기도 하는데 이유는 그들의 개성이 불투명하다는 점, 뚜렷하고 결정적인 어떤 큰 용단을 취할 만큼 정열이 없다는 점, 서로 적대적인 양 진영에 접촉되어 있다는 점 등으로 자신의 운명을 통해 소설에 보다 복잡다단한 사태 진행을 표현하기에 적합한 것[6]을 들 수 있다.

조선조 역사소설은 역사상의 인물[7]을 중심으로 구성되어 있다는 특성

---

6) Lukacs : 「역사소설론」, 2장 2절
7) 물론 「임진록」 같은 역사소설은 설화의 집대성으로 소영웅들의 집단 등장이라는 예외는

을 발견할 수 있다. 가장 널리 애독되고 있는 「삼국지연의」가 정사의 『삼국지』를 표방하고 있는 것처럼 역사소설을 사화나 사담으로 보는 전통은 꽤 깊이 뿌리 박혀 있었다. 물론 여기에는 자기 나름대로의 역사의식이 작용하고 있었던 것도 부인할 수 없다.

그리고 「삼국지연의」는 방대한 자료와 등장 인물들이 그 시대 전체의 한 부분으로 부각되고 있다는 점에서도 『삼국지』와는 또 다른 차원의 역사적 진실을 지니고 있다 하겠다. 그것은 역사소설이 소설답지 않고 역사책 비슷할수록 오히려 읽을거리가 되기 쉽다는 의미와 통한다. 이 또한 소설의 개념 자체가 서구의 그것과 다른 때문이기도 하지만 역사의식의 미숙[8]을 지적하지 않을 수 없다. 여기에 동양사회가 중시한 것은 동적 과정으로서 역사라기보다는 어디까지나 정적 기록이며 도덕적 원천의 역사라는 공리설도 부인할 수 없다.

그런데 이런 공리설도 미래에 대한 신념이 상실된 사회는 과거에 이룩한 진보에 대해 곧 무관심하기 마련[9]이라는 주장에 의하면 사관의 차이가 아니라 사관의 미숙이며 역사의식의 결여로 이해될 수밖에 없다.

이상의 견해를 종합해 보면 역사소설은 무엇보다도 역사의식을 중시하고 있음을 알 수 있다. 작가에게 있어 역사의식의 당위성은 역사소설가에게만 국한되는 것만은 아니다. 그럼에도 불구하고 역사소설에 대해서만 더더욱 강조되는 문제임에는 굳이 부인할 수 없다고 하겠다.

있다.

8) 백낙청 : 역사소설과 역사의식, 창비 봄호, 1983, 7쪽
9) E. H. Carr : 「역사란 무엇인가」, 탐구신서, 길현모역, 174쪽

3) 역사의식의 요건

작가는 작품의 제재가 어느 한 시대에 국한된 것이든, 그렇지 않든 항상 현재의 시점에 서 있어야 하며 작가와 작품에 대한 독자의 관심이 작품효과를 높이는 기본 조건임에는 틀림이 없다.

그렇다고 먼 옛날의 사실이라고 해서 독자와 상관없는 것이 아니라 그것은 현재에도 살아 숨쉬는 역사이다. 더욱이 현재 생활의 일부분을 차지하고 있다는 인식이야말로 바로 역사의식의 발로가 된다. 다시 말해 현재 진행되고 있는 역사의 필연적인 전신(前身)으로서 과거를 제시해야 하며 현재를 역사의 소산으로 보고 과거를 현재의 전신으로 파악하는 정신이야말로 역사의식[10]의 참된 구현이라 하겠다. 또한 역사적으로 파악된 과거는 과거의 시점에 서서 역사로서의 기능작용이 가능해야 참다운 과거라고 할 수 있다. 곧 과거의 인물들을 역사소설의 인물로 등장시켜 생동하도록 하려면 그들의 성격과 운명을 역사적으로 규정 지을 수 있는 충분한 환경(環境)[11]이 전제되어야 과거의 의미를 되살릴 수 있을 것이다.

이런 점을 고려해 창작 동인<창작심리학>과 작품 자체<작품심리학>을 통해 본 비평적 안목의 방향을 전제로 역사의식의 정의를 내렸다. 창작 동인에서 본 역사의식은 역사의 진행 방향에 대한 역사적 인식, 미래에 대한 창조의 산실이며 현실극복의 삶으로 단정지었다. 작품 자체를 통해 본 비평적 안목의 역사의식은 현실의 재조명은 물론 문학화한 역사

---

10) 백낙청 : 윗 논문 참조
11) 홍효민 : 역사와 역사소설의 기본 이념(현대문학 99호, 1963)

에 대한 작가의식의 심화여부를 가늠하는 것으로 정의를 내렸다.

여기에 창작심리학(創作心理學)을 우위에 두고 작품심리학(作品心理學)을 보완하면서 역사의식의 요건을 정리하면 다음과 같다.

첫째, 야담(野談)일 수 없다는 점이다.

야담 자체는 초점을 잃은 과거의 이야기나 전설집성(傳說集成)의 문학을 말하기 일쑤기 때문이다. 그것은 역사의 방향 감각이 상실된 곧 역사의식이 결여된 것과도 통한다. 공상과 아집만이 있어 어디까지나 야담 자체일 뿐 소설은 될 수 없다[12]는 말은 꽤 설득력이 있다.

그렇다고 해서 역사소설 속에 설화나 신선사상, 전기적 변신술이 삽입되어 있다고 해서 야담일 수도 없다.

이유는 그러한 소설 속에서도 뚜렷한 역사의식을 읽어낼 수 있기 때문이며, 현재의 전신으로서 과거에 대한 의식이 생동하며 미래에 대한 창조의 산실(産室)로서 현실 극복의 삶이 내재되어 있어서다.

둘째, 문학은 시대상을 반영한 거울이라야 한다.

문학은 시대상의 반영이라는 진부한 말을 인용하지 않더라도 어떤 문학 작품이든 작품이 태어나게 된 배경과 사회를 지니고 있기 때문에 문학은 사회의 산물임은 재론할 여지가 없다.

인간의 제 현상과 유리된 사회현상도 없으며 사회적 현상이 아닌 역사적 현상도 있을 수 없다.

조선조 역사소설은 사회의 허약체질 속에서 작가와 독자를 이어주는 자성의식이 흐르고 있으며 설화적인 요소가 개입되어 있어 민족문학으

---

12) 박용구 : 역사소설의 과제(「역사소설입문」, 을유문화사, 1969)

로서의 영역을 심화시키고 있다. 해서 조선조 역사소설은 당시대인들의 의식세계를 여과하면서 형성된 재구조물이라고 할 수 있다.

셋째, 역사성과 문학성을 동시에 포괄해야 한다.

일반 소설과 다른 역사소설의 요건 중 하나는 사실을 씨앗으로 창작한 다는 점이다. 그리고 역사소설은 역사에 문학성이 가미된 것이라기보다는 문학에 역사의식이 개재된 것이라고 보아 마땅하다.

사가는 지난 날의 사실을 그대로 기술하면서 현실의 가치 판단으로 역사관을 피력한다면, 역사소설은 현실의 재조명으로 문학화된 역사에 작가의식을 개재시키는 것과 같다. 사실을 보는 작가의 안목도 기술된 역사관과 가능한 한 맥락을 함께 하면서 창작 과정상 사실의 취사선택이 사가에 비해 작가가 보다 자유분방하다는 차이 정도는 알아야 한다.

넷째, 작가의식이 투철하게 잠재되어 있어야 한다.

역사소설은 배경이나 인물이 역사적일 수 있으나 사실 그 자체와는 다르며 또 달라야 하고 다른 요건은 바로 역사의식 여부에 달려 있다. 소설의 목표는 어떤 특정된 시대의 한정된 사회현실을 그 시대의 독특하고 구체적인 분위기를 지닌 그대로 나타내는 데 있다. 그 이외의 사실들은 이러한 목표를 달성하기 위한 지엽적인 문제에 지나지 않는다.

소설은 헤겔(G.F.W. Hegel)의 말처럼 대상의 총체를 묘사하는 것인 만큼 일상생활의 세세한 사건은 물론, 구체적인 시대에 파고들어 그 시대의 상세한 모습을 복잡한 상호작용을 통해 밝혀야 한다[13]고 했다.

심화된 역사의식이야말로 모든 세세한 부분까지 망라한다는 한 단면

---

13) Lukacs : 윗책, 2장 2절

을 지적한 것에 지나지 않는다. 곧 역사소설의 작가의식은 보다 더 철저하고 더욱 더 자상하지 않으면 안된다는 점을 지적한 것에 지나지 않는다. 더욱이 역사를 제재로 한 소설이 예술성 짙은 작품이 되려면 결코 빠뜨려서는 안될 역사의식의 성격 파악과 전형적인 표현 형태를 도외시해서는 아니된다.

끝으로 역사의식은 작가의 양식이 무엇보다도 선행되어야 한다.

구스리(Guthrie.Jr)는 아무리 인증이 있다 하더라도 실재 인물이 역사적 기록에 있어 근거가 없는 어떤 말을 했다든가, 어떤 행동을 했다든가 한 것처럼 가장하고 싶지 않다[14]고 솔직히 고백했다. 또한 사전에 사료(史料)를 조사한다는 전제로 사료와 관계 있는 현장을 찾아다니다 보면 역사의 현장을 피부로 느낄 때가 많다[15]고 인정한 사람도 있다.

만약 작가적 양식이 결여된다면 시·공간적 사실이 소홀히 취급되기 쉬우며 역사소설도 문학이라는 미명으로 잘못이 잘못으로 기록되는 우(愚)를 범할 수 있어 가장 초보적인 단계를 벗어나지 못할 수도 있다. 그리고 역사소설에 있어 제 1의적인 요소는 창작과 픽션에 있으며 제 2의적인 요소는 사실에 있다고 해서 사실이 결코 왜곡되어서도 아니된다.

4) 연구 방법

---

14) Guthrie. Jr : 역사소설의 방법, 20세기 문학평론, 소두영 역, 중앙문화사, 1957, 267쪽
15) 手掘 : 「일본사」, 節靡書房, 1985, 33쪽

조선조 역사소설은 『금오신화』로부터 비롯된 전통적인 소설의 허구를 지양하고 실제로 역사적 배경과 인물을 소재화해서 소설의 영역을 넓혔다는 데 의의를 찾을 수 있다. 그것은 작가적인 면에서는 현실의 여건과 제약에서 벗어나 역사적인 사실을 허구화함으로써 소설의 세계를 넓혔다는 의미이며 독자면에서는 소설이 갖는 상상력의 한계나 공허한 허구의 세계보다는 경험적 긴장감이 독자의 취향에 맞는 결과라고 할 수 있다.

작가는 사회적 여건의 변화에 따라 허구적 긴장감보다는 체험적 긴장감에 호응해서 소설의 정공법을 피해 사실로 방향을 돌리기도 했다. 그들은 과거의 사실을 현실로 재조명하기 위해 실재의 사실성보다는 우화적·도술적으로 처리했으며 당대의 여건을 교묘히 피했을 뿐만 아니라 역사의식을 적절히 표현하기도 했다.

그 결과인지 모르나 역사적 배경과 인물을 소재로 한 역사소설에는 단 한 사람의 지명작가도 없다는 것은 우연이 아니다.

시대상이 잘 구현된 역사소설은 작가의식을 연구하는 데 좋은 자료가 되면서 동시에 작가를 알 수 없다는 것은 문학연구의 기초작업인 작가연구가 암초에 부딪친 것과 같다고 할 수 있다.

조선조 소설에 있어 극소수 지명작가의 작품에만 집중적으로 연구되었지 포괄적인 연구는 미흡했던 것이 저간의 실정이다.

원인의 하나는 무명작가의 작품이 태반이어서 일단 작가연구라는 난제에 직면했기 때문일 것이다. 만약 조선조 소설에서 역사소설을 추출한다는 자체부터가 무리며 그러한 소설에서 역사의식을 도출한다는 그 마련부터가 자가당착이라고 한다면 그것은 역사와 역사소설을 혼동하는 인습에 젖은 전통 때문이다. 아니, 조선조의 역사의식밖에 지니지 못했다는 증좌다. 신문학사에서 최초로 역사소설이 쓰여질 무렵, 역사와 역사소설에 대한 전통적 개념이 지배적이었음을 상기해 봄직하다.

실은 매를로 퐁티의 간접적 언어, 곧 역사의식이라기보다는 역사 그 자체인 문학과 예술은 경우에 따라 인간적 관계의 눈으로 보는 대상에 지나지 않으며 그것도 용해될 수 없는 소재에 지나지 않는다. 실제로 작가가 창작할 때, 얼마만큼 역사와 의식 밖에서 객관적일 수 있으며 역사와 의식이 인위적 자연에 용해될 수 있는가가 또한 문제16)가 된다. 역사적 현상 밖의 의식, 곧 자연＜存在意識＞은 작가에게든 독자에게든 작품 자체가 갖고 있는 현상학적 진리일 수밖에 없다.

이러한 진리도 인간적(人間的)＜自然＝存在＞으로 소화했느냐 못했느냐에 달렸으며 인간적 소화도 사실적(事實的)＜역사적＞ 일들을 현상학적으로 환원시키는 내적 과정인 소설화 과정을 통해서만 가능하다.

이런 점에서도 문학의식과 역사의식은 원천적으로 다르고 또 대립될 수도 있다. 그것은 역사상의 진실이 문학상의 진실일 수 없겠기 때문이다. 실로 진보주의적 역사의식의 주창자들이 역사이념, 역사주의, 역사관이 문학의 양심이라고 주장하기도 했다. 더욱이 작품의 올바른 해석을 위해 보다 정확한 사실 파악을 위한 문헌, 역사와 설화, 전설의 융화, 그것의 소설적 굴절까지 영역을 확대하는 것이 보다 바람직하다.

이처럼 총체적 영역을 포괄해서 분석할 때, 작가의식이나 역사의식의 핵(核)을 도출해 낼 수 있을 것이다.

---

16) 원형갑 : 역사의식과 메를로 퐁티의 간접적 언어(한국문학비평선집, 이우출판사, 1981, 34쪽)

이를 위해서는 사회학적 방법론도 적용해야 한다. 때로는 인간현상을 본질적 구조와 그것이 일어난 사회를 구체적으로 연관시켜 연구해야 된다는 요구[17]는 사회학적·역사학적 방법론을 뒷받침한 것이다.

또한 서구적 역사주의 방법론에 지나치게 의존할 것이 아니라 우리의 것으로 완전히 소화해서 우리의 현실에 적합한 이론을 재정립하는 것이 선행되어야 한다. 우리의 자득(自得)에 의한 구체적인 문학이론을 바탕으로 우리의 역사소설을 평가해야 하며 아울러 역사와 문학을 이원론으로 분리할 것이 아니라 일원론적으로 다뤄 분석해야 할 것이다.

그 이유는 역사와 문학이 긴밀한 상보관계에 놓여 있다는 특수한 여건을 결코 무시할 수 없겠기 때문이다.

역사소설에 있어 역사의식의 도출은 사실의 현실적 해석에 대한 도전적인 자세를 앞세우고 사적 고증을 바탕으로 해서 작품을 분석해야 한다. 여기에 문학적 이론의 바탕 위에서 가능한 한 역사의식을 도출해야 제대로 평가할 수 있다. 역사에 조예가 깊어야 하고 투철한 사관이 정립되어 있어야 하며 독서량과 문학이론으로 중무장해야 한다.

역사주의 비평의 장·단점을 보완해서 형식의 연구, 시대와 사회상의 연구, 철학적 통찰과 심리적 방법까지 심화시켜 분석할 때 이상적인 연구방법론이 될 수도 있을 것이다.

이런 점에서 역사주의 비평의 어려움이 있다.

그러나 이상의 이론은 현실의 여건으로 보아 난관에 부딪치게 되며 때로는 문학연구를 포기해야 된다는 극단적인 지경에까지 이를 수 있다.

---

17) Goldman : 문학사회학에 있어 발생구조론, 문학과 사회, 1967

이를 극복하기 위해 차선책을 제시한다.

첫째, 어디까지나 작품 자체를 통한 역사의식을 분석하는 데 주안점을 둬야 한다. 그리고 역사소설이 갖는 특수한 여건을 고려해 역사성과 문학성을 동시에 추적해야 할 것이다.

이규보(李奎報)는 일찍이 지적하기를, 동명왕의 일은 변화의 신이한 것이며 여러 사람의 눈을 현혹한 것이 아니라 실로 나라를 건국한 신기한 사적을 기술한 것[18]에 지나지 않는다고 일갈하고, 김부식(金富軾)이 『삼국사기』를 편찬할 때 신화를 빠뜨린 점을 신랄하게 비판했다.

그것은 안목 자체가 역사적 가치에 착안을 두었기 때문일 것이다.

이인로(李仁老)마저도

> 세상 일에 있어 빈부귀천으로서 고하를 삼지 않음이 없는데 있다면 오
> 직 문장이 있을 뿐이다. 대개 글을 쓴다는 것은 일월의 여천과 같고 구름
> 과 안개가 공중에 모였다 흩어짐과 같아 눈이 있는 사람은 보지 않을수
> 도 없으며 가릴 수도 없다.
> …문장 자체에도 일정한 값이 있어 이를 부로도 멸할 수 없다.[19]

고 피력하면서 문학의 가치를 일월의 여천에 비유하면서 부로도 멸할 수 없는 그것이 바로 문학의 독자성이라고 강조하고 있듯이 그들은 나름대로 문학의 독자성을 정립했던 것이다.

따라서 작가를 알 수 없을 때, 역사성과 문학성을 동시에 추적하는 일

---

18) 이규보 : 「동국이상국집」, 동명왕 편
19) 이인로 : 「파한집」 권하
    天下之事 不以貴賤貧富之高下者 惟文章耳. 盖文章之作 如日月之麗天地 雲烟聚散於大
    虛也. 有目者無不得睹 不可以掩蔽 …文章自有 一定之價 富不爲之減

원론으로 역사의식을 연구하는 길만이 최선의 길이 아닌가 한다.

둘째, 조선조 역사소설은 원전의 확정이 거의 불가능하므로 이본 사이의 상관속을 규명해서 역사의식을 파악해야 한다.

문학작품을 연구하기 전에 선행되어야 할 과제는 원전의 확정이며 동시에 문헌연구와 그 객관성 확립에 있다.

이 점은 본격적인 연구와 비평에 앞서 선행되어야 한다.

역사주의 비평에서는 여섯 항목(項目)[20]으로 그 기준을 설정하고 있으나 조선조 역사소설은 이러한 기준의 적용이 불가능하다.

왜냐하면 인쇄술과 제지술의 미비로 말미암아 필사와 전사 과정에서 파생된 이본[21], 한글과 한문본의 차이, 활자화 과정에서 가감(加減) 등 원본 추적이 거의 불가능할 뿐만 아니라 실명작가의 작품이 태반이기 때문이다. 해서 가능한 한 범위 내에서 이본의 차이점을 대조해 원전을 추적하고 이본 상호간의 연관성도 파악해야 할 것이다.

그런데 이본의 문제도 단순하게 다룰 것이 아니다. 무엇보다도 동일 작가가 동일 작품을 개작할 수도 있겠기 때문이다.

그 예로 1925년의 「진달래꽃」과 1929년의 「진달래꽃」은 작가가 손을 본 흔적이 너무나 뚜렷하고[22] 김동리(金東里)의 「무녀도(巫女圖)」는 1936년 발표 당시와 1947년의 『무녀도(巫女圖)』의 작품집에는 개작의 흔적이 완연하며 1957년의 「무녀도(巫女圖)」와도 다르다. 그리고 1978년 개명하여 장편소설로 개작한 「을화(乙火)」 등은 원전으로 다룰 수밖에

---

20) S. N. Grebstein : The historial(Perspectives in Contemporary criticism, 1968, 2~9쪽)
21) 「춘향전」의 100종이 넘으며 「임진록」의 이본은 50여 종이 되며 「심청전」도 30여 종이 되는 것이 그 대표적인 예다.
22) 정한모 : 소월시의 창작과정연구(성심어문학 4, 1977, 101쪽)

없다.

이처럼 보급자와 수용자의 계속적인 참여로 변할 수 있다.

이런 현상은 유동해 가는 원전의 모습을 문학 자체의 흐름 속에서나 역사의 흐름 속에서 발견할 수 있는 의미[23]이상일 수도 있다.

그러므로 가능한 한 이본을 중심으로 이본 상호간에 담겨 있는 역사의식을 추출하는 방향으로 심화해야 한다.

조선조 역사소설 연구는 있는 자료 그대로, 문학 현상을 그대로, 자료 현실로부터 역사의식을 도출하는 방법도 응용해야 한다.

이유는 어느 한 방법이 전제될 때 독단과 편견을 배제할 수 있기 때문이다.

문학은 문학 자체로서 문학의 제 현상을 나타내고 있는데 문학 이외의 기준에 의해 문학이 평가된다면 의미화된 문학의 참모습이 훼손되거나 변질될 수도 있다.

그렇기 때문에 문학은 어디까지나 문학 그 자체로 보고 문학 현상의 현실 위에 문학을 연구할 수 있는 가능한 방법을 유기적으로 활용해서 입체적이며 총체적으로 검토할 수 있는 길을 모색해야 한다.

문학연구는 어떤 방법도 자료 이상의 현상을 우위에 둘 수 없으며 신문기사와 같이 현실을 있는 그대로 보도하는 데 있는 것이 아니라 누가, 무엇 때문에 그런 상상을 하고 그렇게 상상 속에서 지어낸 이야기를 누가, 무엇 때문에 읽느냐는 질문으로부터 착수한다면 연구를 심화시킬 수도 있다.

---

23) 김태곤 : 고소설의 순환체계연구(경희어문학 5, 1982, 18쪽)

셋째, 작가 문제는 가능한 방법을 동원해야 한다.

작가의 생애와 작품과의 관계를 규명하는 데 있어 당연히 논의되어야 할 과제는 작가연구이다. 불행히도 조선조 소설은 500여 편에 가까우나 지명작가(知名作家)는 20여 명, 지명작품도 40여 편임을 감안한다면 이 문제도 그리 쉽게 해결될 문제가 아니다. 특히 역사소설의 성격으로 선정할 수 있는 작품에는 지명작가가 거의 없다.

이런 이유에서도 역사소설 연구는 시작부터 암초에 부딪친다. 그렇다고 이러한 암초를 깨뜨리기 위해 관계 문헌을 오랫동안 뒤져 창작 연대를 고증한다고 해도 역사의식이 도출될 것도 아니다. 작자나 창작 연대가 밝혀지기를 기다린다면 영원히 미제로 남을지도 모른다.

그러나 작품연구의 가장 중요한 자료는 작품 자체에 있다는 단순한 안목에서 착안한다면 불가능한 일도 아니다. 작품 분석이 최선의 연구방법이라고 하는 주장과 작품 자체에만 집착하다 보면 오류를 범하기 쉽다는 상반된 주장은 오랫동안 논란의 대상이 되어 왔다.

그래서 본 장에서는 하나의 방향에 초점을 맞췄다. 방향의 초점은 작품 속의 등장 인물을 야사적인 면은 물론 정사적인 면까지 추적해서 제시하는 방법이 된다. 야사적인 면에서는 정사적인 기록은 물론 야사적인 문헌에 치중하여 두루 주인공의 생애를 추적해야 한다. 그리고 정사적인 면에서는 주로 역사적인 기록을 날로 하고 야사적인 기록의 문헌을 살로 해서 주인공의 생애를 추적하지 않으면 안된다. 그와 함께 문헌상의 기록과 작품 속의 이야기를 비교 · 검토하며 역사적 고증과 소설상의 허구를 대조해서 재조명하는 데 주력해야 할 것이다.

이러한 편법은 문학연구의 정도가 아닌 것만은 분명하다. 그러나 달리 방법이 없기 때문에 제시한 방편의 일환이다.

넷째, 시대상의 흐름을 파악해야 한다.

주로 정사적인 측면에서는 시대상의 흐름을 파악하고 야사적인 측면에서는 인간사회의 이면을 추정할 수도 있다. 작품상에 나타난 시간의식의 흐름을 추정함으로써 시대상을 규명할 수 있을 것이며 사회적 시간의식과 개인적 시간의식의 흐름이 인물 형상화나 작품 형상화에 영향을 미칠 수 있다고 믿기 때문이다.

또한 이야기의 줄거리 연결과 장치에 있어 시간의 진행 방향과 역행 방향에서 시간의식[24]이 투영되고 있음도 파악해야 할 것이다.

한편, 전통은 고정된 것이 아니라 새로운 작품 출현에 자리를 비켜주기 위해 재정립되기 마련[25]이라는 말도 상기하지 않을 수 없다.

홍대용(洪大容)도 "고개출 어당시성정지 정야(固皆出 於當時性情之正也)"[26]라고 해서 문학의 시대적 의미를 천명했다. 그것은 문학의 시대적 공감대(共感帶)를 필연적으로 일깨운 것에 지나지 않는다. 정약용(丁若鏞)도 사물의 변화나 사람의 성정(性情) 변화에 따라, 또한 시대의 요청에 따라 문체가 변한다[27]고 했다. 그리고 추사 김정희(金正喜)도 시인은 시대상의 개성과 창의를 나타내야 하는데도 옛것을 답습하거나 모방하는 것은 옳지 않다[28]고 한 것도 시대상을 강조한 것에 지나지 않는다.

이들의 견해는 문학이 역사적 산물이라는 개념과 일치한다.

---

24) 이재선 : 「한국현대소설사」 홍성사, 1980
25) T. S Eliot 비평선집
26) 홍대용 : 「대동풍요」, 서 湛軒書
27) 정약용 : 「與猶堂全書」, 문체론
28) 김정희 : 「阮堂集」 권3

문학 특히 소설은 역사적인 산물이기 때문에 역사의식을 도출할 수 있으며 이야기의 주동과 반동은 인생관 내지 미래관을 결정하는 문학의 창조적 관례이며 그것은 곧 사상이라는 등식이 성립된다. 그리고 시대상은 문학 창조의 기틀이며 창조적 관례로써 문학상의 원천이 되므로 시대상의 파악 없이는 역사의식을 도출할 수 없음은 명약관화한 일이다.

다섯째, 관련 문헌을 섭렵하여 논지를 뒷받침해야 한다.

조선조 역사소설은 작자나 창작 연대를 알 수 없기 때문에 우회적인 방법의 하나로 관련 문헌 참조에 보다 힘을 쏟아야 한다. 여기에는 정사적인 문헌은 물론 야사적인 문헌설화와 구비설화까지, 아니 가능하다면 개인문집까지 원용해야 할 것이다.

그리고 우리 나라 문헌뿐만 아닌 이웃 나라인 중국의 전적이나 일본의 사승(史乘)까지도 능력이 닿는 한 원용해야 한다.

이상과 같은 문헌의 원용은 문학연구에 있어 짐짓 독단과 편견으로 기울기 쉬운 것을 자제하며 될 수 있는 한 보편적이고 객관적인 문학이론을 획득하는 데 있다. 그로 인해 작품 자체의 분석에 많은 참고가 될 수 있으며 시대사적 이해나 사상사적 타당성을 모색하는 데도 일익이 될 수도 있다.

이러한 주장은 역사의식을 연구하는 데 다소라도 결함을 보완하고 보다 보편적인 결론에 이를 수 있다는 기대감에서 비롯한다.

여섯째, 선행 연구에 대한 업적 검토와 관심이다.

조선조 역사소설에 있어 유형을 설정해서 일관된 연구는 아직 나타나지 않았으나 작품 하나 하나에 대한 업적 또한 무시할 수 없다.

이러한 개개의 작품에 나타난 업적을 가능한 한 수렴해서 정독하고 그것을 취사선택하는 비판적 안목을 넓혀야 한다.

이와 같은 선행 연구는 연구사의 한 몫을 차지할 뿐만 아니라 역사의식을 도출하는 데 보탬이 될 수도 있다.

그리고 이들 선행 연구는 역사소설에 있어 역사의식을 도출하는 데 독단이나 편견을 배제하고 보편적이며 타당한 결론에 이르게 하며 객관성 유지에 있음도 잊어서는 안될 것이다.

5) 의미와 의미화(意味化)

역사와 소설이라는 관계는 창작과정으로서 설명될 수 없는 의미를 내포하고 있다. 그것은 작가라는 그물에 걸리게 되면 작가 나름의 감수성이나 시대의식에 의해 정화된 예술형태<소설>를 갖춘 모습으로 변용되기 때문이다. 역사의 본질은 그 자체로서, 또 다른 역사와의 상호관계에서 인간의 존재와 사고양상에 영향을 끼치기 마련이다.

맨 처음 역사로부터 충격을 받은 인간은 각자의 그릇에 따라 역사가 변할 뿐만 아니라 또한 인간이 시대의식의 변천에 따라 역사를 변모시켜 놓을 수도 있으므로 그 변모된 역사에서 2차, 3차로 받은 영향은 처음 받은 것과는 반대로 전혀 새로운 것이 될 수도 있다.

이 상호 영향관계는 시간의 경과에 따라, 개인과 지역에 따라 고유한 것이 되고 독특한 것이 되기도 하는데 이러한 영향의 향방은 어디서부터, 누구로부터인지 경로를 따지기는 매우 요원하다.

그러나 역사 속에 존재하는 경험현실이 비록 소설의 재료는 제공해 주나 그것이 일차 소설 속으로 수용되면 경험현실 그대로가 아닌 작가의 감수성을 여과한 허구현실로 변용된다. 이 허구현실은 소설이라는 그릇의 틀에 의해 규제를 받기 마련이며 특정된 예술형태<소설> 속에서는 무한히 변용될 수 있는 장점을 지녔다. 그리고 이런 장점을 최대한 활용해서 변이시켜야 예술의 특성도 되살아난다.

자유로운 변용마저도 작가의 감수성, 상상력, 시대의식에 따라 결정되고 자유분방한 상상력이 낳은 무한한 변이가 소설 자체를 하나의 상징물로 형상화하게 마련이다.

소설의 현실 자체를 하나의 상징물이나 구조물로 보고 그 내용도 의미(意味 Meaning)와 의미화(意味化 Making Meaning)로 본다면, 의미는 외연에 깃들여 있어 쉽게 드러나는 것이며 의미화는 작품 내면에 깊숙히 숨어 있어 좀체 나타나지 않는 것을 인식하는 행위로 풀이할 수 있다.

또한 이 의미화의 구체적인 내용으로는 작가가 소설을 하나의 상징물로 구조화해서 그가 바라고 기대하는 바가 무엇인가 하는 곧 작가의식을 찾아내는 문학연구도 포함되어야 한다.

작가는 작품의 구조 속에 의미를 숨겨둬야 하고 연구는 그 숨겨둔 의미를 찾아내는 행위, 곧 인식 행위를 지속해야 한다. 그와 아울러 작품의 구조 속에 경험현실을 설정해 둔 궁극적인 목적이 독자에게나 재료를 제공해 준 경험현실로 받은 것을 되돌려주는 것에 있다고 한다면, 경험현실인 동시대의 소설이 되돌려줄 수 있는 것은 재미를 비롯해서 진정한 의미화로 구현된 역사의 참모습이어야 할 것이다.

4. 소설 태동의 과정

1) 자득의 안목

　소설의 태동을 극명(克明)하기란 간단한 문제가 아니다. 흔히 설화에서 가전(假傳)으로 이행되어 왔으며 김시습이란 방외인(方外人)에 의해 소설의 출현을 보게 되었다고 받아들이면서, 중국의『전등신화』를 모방해서『금오신화』가 창작되었다고 하는 의견이 지배적이다.

　다분히 자득(自得)에 의한 소설의 태동으로 보기보다는 의양(依樣)에 의한 소설의 발생을 들기에 주저하지 않았다.

　실로 소설은 온갖 비난과 소설배척론에 휘말려 일시적으로 위축되기는 했으나 양반과 서민이 아울러 호흡했고 이를 바탕으로 성장해 왔으며 뿌리깊은 전통을 개화기소설과 근대소설에 이어주고 있다.

　특히 조선조 소설은 대중문학의 대표적 갈래로서 개화기소설이나 근대소설에 앞서 나타났으며 한국소설의 뿌리를 확고히 다졌다.

이런 소설의 뿌리를 두고 한문소설과 국문소설로 분류해 연구자 편의 대로 소설의 형성과정을 논의해 왔고 또 하고 있다.

여기에는 당연하게도 한문소설인『금오신화』를 내세워서 소설의 발생에 대해 언급했으며 예외 없이 최초의 국문소설인「홍길동전(洪吉童傳)」을 내세우기에 주저하지 않았다.1) 뿐만 아니라『금오신화』를 기점으로 해서 소설은 유아기를 맞았으며「홍길동전」의 등장으로 소설이 발전하기 시작했다는 요론(要論)을 내세웠다.

그와 함께『금오신화』나「홍길동전」을 밀도 있게 다룸으로써 소설의 태동을 파악한 일도 있다.2) 그 결과, 우리의 소설은 중국소설의 절대적인 영향을 받아서 태동했다는 사실을 밝혔으며 그것도 모방한 것으로 인식하고 있다. 더욱이 그들은 우리의 소설에 나타나 있는 제 요소를 중국의 그것에서 찾아내려고 온갖 자료를 동원하기까지 했다.3)

물론 비교문학적 입장에서 필요하다. 그렇다고 하더라도 이런 연구자세의 결과, 우리의 소설과 중국소설과의 수수관계를 수긍할 수 없다.

한반도는 대륙으로 중국과 붙어 있고 서해로 근접해 있기 때문에 문화의 동점은 당연하며 높은 문화 쪽에서 낮은 문화 쪽으로 흘러들 수 있고 소설도 중국소설의 요소가 흘러들어 산견될 수 있다.

그렇다고 하더라도 우리만이 가진 전통적 구조나 얼이 깃들지 말란

---

1) 김태준 :「조선소설사」, 학예사, 61쪽, 1939
   조윤제 :「국문학사」, 동화문화사, 21쪽, 1975
2) 정주동 :「매월당김시습연구」, 신아사, 1965
   정주동 :「홍길동전연구」, 문초사, 1961
3) 김동욱 :「춘향전연구」, 연대출판부, 33~68쪽, 1965
   장덕순 :「한국설화문학연구」, 서울대, 191~222쪽, 1971
   김렬규 :「한국민속과 문학연구」, 일조각, 84~98쪽, 1971

법도 없다. 비록 그것이 외래적인 연원을 가지고 있다 하더라도 오랜 세월이 흐르면서 소화되고 흡수되어 남의 것일진되 우리의 몸으로 스며들어 체질화되었다면 남의 것이 아닌 우리의 것일 수 있기 때문이다. 뒤늦은 감은 있으나 이제라도 자득의 안목에서 이를 극명해야 한다.

여기서는 일체의 선입관이나 기지식을 배제하고 방치되었거나 버려졌던 자료를 활용하며 지극히 평범한 데서 실마리를 찾아 소설의 태동 과정을 극명하려고 한다. 지극히 평범한 데서라는 말은 민담과 신화가 있었다는 사실에 착안했음을 말하며 소설 태동의 요인은 언해불서, 곧『석보상절』이나『월인석보』등의 역경사업에서 예비되어 있었다는 것을 전제로 한다.

이와 같은 착안은 결코 우연이 아니다. 이미 불서언해 과정에서 소설의 태동은 필연적이었으며 더욱이 후대에 나타난 소설이 불교적 요소를 다분히 내포하고 있어 이를 뒷받침하고 있다.

기존 연구는 소설의 태동에 불교적 동인을 밝혀냈으며[4], 「안락국전」「금송아지전」「구운몽」「심청전」「박씨전」등 불교소설 뿐만 아니라 불교계 소설로 볼 수 있는 「홍길동전」「숙향전」등과 전기소설이나 영웅소설에 이르기까지 불교적 요소가 있어 불교와의 관련을 시사하고 있다.

2) 신화의 소설적 이해

소설이 나타나기 오래 전부터 이미 헤아릴 수 없을 만큼 구비문학이

---

4) 사재동 : 불교계국문소설의 형성과정연구, 아세아문화사, 1977

보물처럼 축적되어 있었다. 유서가 깊을수록 어느 고을, 어떤 곳을 가보아도 구비문학이 없는 고을이나 마을은 찾아보기 어렵다.

고조선신화나 고구려신화 등이 있었고 동물과 인간들, 자연의 위력과 갖가지 자연물, 개국에 뒤엉켜 구전되던 「연오랑 세오녀(延烏郎 細烏女)」와 같은 전설이며 위대한 전쟁 이야기나 순박한 서민들이 엮어낸 민담이 있었다. 뿐만 아니라 일련의 노랫가락인 민요와 무가도 있다.

이런 구비문학 중에서도 압권(壓卷)은 신화라고 할 수 있다. 우리 나라 신화 중에서도 고조선신화와 고구려신화는 소설성이 짙다.

『삼국유사』에 전하는 고조선신화(古朝鮮神話)를 옮긴다.

옛날 환인(桓因)의 서자인 환웅(雄)은 천하를 다스릴 뜻을 가지고 있었는데 유독 사람의 세상을 탐냈다. 인은 이런 아들의 뜻을 염두에 두고 삼위(三危) 태백산(太白山)을 내려다보니 인간을 널리 이롭게 할 만했다. 이에 인은 천·부·인(天·符·印) 세 개를 환웅에게 주어 인간세계로 내려가 다스리도록 했다. 환웅은 무리 3천을 거느리고 태백산 신단수로 내려왔다. 환웅은 풍백(風伯), 운사(雲師), 우사(雨師) 등을 거느리고 곡식 수명, 질병, 형벌, 선악 등을 주관했으며 360여 가지로 세상을 교화했다. 이때 범과 곰이 같은 굴속에 살고 있었다. 그들은 환웅에게 화신해 사람 되기를 간청했다. 환웅은 신령스런 쑥 한 다발과 마늘 20여 쪽을 주면서 너희들이 이것을 먹으며 백일 동안 볕을 쬐지 않는다면 사람이 되리라 했다. 범과 곰은 이를 받아먹었는데 곰은 21일 동안 금기를 잘해서 여자의 몸으로 변신했고 범은 금기를 잘못해 사람의 몸이 되지 못했다.

웅녀는 혼인해 같이 살 사람이 없자 날마다 신단수 아래에서 잉태하기를 축원했다. 웅이 잠시 변신해서 그녀와 혼인했는데 웅녀는 곧 잉태를 해 아들을 낳았다. 그를 단군왕검이라고 불렀다.

단군은 당고(唐高)가 즉위한 지 50년 되는 경인년에 평양성에 도읍하

고 국호를 조선(朝鮮)이라고 했다. 이어 도읍을 백악산 아사달(阿斯達)로
옮겼다. 단군은 1천 5백여 년 동안 나라를 다스렸다. 주나라 호왕(虎王)
이 즉위하자 을묘년에 기자(箕子)를 조선의 왕으로 봉했다.
　이에 단군은 장당경(藏唐京)으로 옮겼다가 뒤에 돌아와 아사달에 숨어
지냈으며 죽어 산신이 되었다.[5]

고조선신화에 대해 사실 여부의 역사성을 따지고자 장황하게 인용한
것이 아니다. 단지 고조선신화의 서사적 구조와 조선조 초기 소설의 태
동에 끼친 영향관계를 밝히고자 다소 길게 인용했다.

그러나 이것만은 반드시 짚고 넘어 가야할 것 같다. 어느 나라를 막론
하고 신화시대가 있기 마련인데도 고조선신화만은 비현실성을 들어 부
정하는 세태가 영 못마땅하다.

신화시대가 청동기시대와 일치함은 무엇을 의미하는 것일까? 특히 우
리 민족은 우랄·알타이족임을 상기할 때, 고조선신화는 역사성과도 일
치함을 발견하게 된다.

저 우랄지방에서 우수한 청동기 문화를 누린 알타이족이 몽고와 만주
를 거쳐 한반도로 들어옴에 따라 반도에 뿌리 박고 살던 원주민인 고아
시아족과의 충돌은 불가피했을 것이며 청동기 무기를 가진 알타이족은
석기 무기를 지닌 원주민을 쉽게 정복했을 것이다.

그러나 그들은 힘으로는 쉽게 정복했으나 정신적으로는 결코 정복할
수 없었을 것이며 해서 원주민을 보다 수월하게 지배하기 위해 고도의
정략적 술수로써 정복자의 우월성과 신비성을 원주민에게 주입시킬 필
요성이 절실했다. 그 결과, 만들어진 이야기, 소설과 같은 픽션이 필요했

─────────────────────

5)『삼국유사』, 권1, 紀異 고조선(한문원문생략)

던 것이다. 이것이 신화의 태동 동인(動因)이라고 할 수 있는데 신화는 지구상에서 최초로 만들어낸 이야기가 되는 셈이다.

정략적인 의도에서 만들어낸 이야기인 고조선신화의 핵심은 환웅과 웅녀의 결혼에 있으며 혼인의 결과로 단군이 태어난 데 있다.

이를 달리 환웅을 천신족이라 보고 웅녀는 지신족이라 본다고 해도 이들의 혼인은 천신족과 지신족과의 결합을 의미한다. 이는 다시 정복자인 알타이족과 원주민인 고아시아족의 결합을 의미하며 그 결과로 태어난 단군은 이민족 사이의 총화(總和)로 이해될 수도 있다.

여기에 고도의 문학의식이라고 해도 좋을 지배민족의 목적의식이 개재되어 있다. 정복자 스스로를 천신이라고 드세워 피지배민족에게 우월성과 신비성을 심화시켰으며 그것으로 부족해서 피정복자 스스로 복종케 하는 정치적 수단 말이다.

당 시대는 인지가 발달하지 못했기 때문에 비현실적이며 지어낸 이야기가 쉽게 원주민들에게 먹혀들었음은 말할 나위도 없다. 그러므로 신화 자체는 사실이 아닌 지어낸 이야기일 수 있으나 신화를 낳은 당 시대는 분명히 비현실이 아닌 역사의 인흔이다.

훨씬 후대로 내려와서 세종대왕은 영특한 두뇌로 훈민정음을 창제하고 맨 먼저 『용비어천가』를 짓게 해, 이를 궁중 연회시에 여민락, 치화평 등으로 연주케 했는데 이것은 조선조시대의 신화라고 할 수 있다.

아니, 인지가 고도로 발달한 오늘날에 와서도 국기에 경의를 표하고 국가를 제창하는 것 모두를 변형된 신화의 형태라고 봄 직하지 않는가.

『용비어천가』는 수준 높은 문학성으로, 국기는 고도의 상징성으로, 국가는 시적 함축미로 각기 특성을 간직하고 있듯이 고조선신화 또한 문학적 상상력은 가히 초월적이라고 할 수 있다.

신화는 목적의식에 의해 만들어낸 이야기며 소설도 작가의식을 개재시켜 지어낸 이야기임은 분명하다.

신화와 소설 사이에 어떤 공통점을 발견해 낼 수 있는데 그것은 목적의식이 있으며 만들어내거나 지어낸 이야기라는 점이다. 그리고 신화와 소설 사이에 구조적 유사성도 발견해 낼 수 있다.

먼저 고조선신화를 각설(却說)[6]로 요약하면 다음과 같다.

A. 웅이 하늘에서 내려와 홍익인간으로 세상을 교화한다.
B. 이때 곰이 변신해 환웅과 결혼하고 단군이 태어난다.
C. 단군은 고조선을 개국하고 다스리다가 죽어 산신이 된다.

이를 회귀구조(回歸構造)로 분류하면 다음과 같이 된다.

A. 천상계 - 비현실
B. 지상계 - 현실
C. 천상계 - 비현실

위에서 보듯이 단순하고 소박한 구조를 지닌 이야기가 된다.

---

6) 흔히 소설의 이야기 단위를 서양의 Motife를 번역해 화소(話素)라고 하나 이는 합당하지 못하고, 조선조소설에 있어 "화설이라 조선조 숙종대왕 시절에…" 등에서 비치는 話說과 사건이나 화제를 돌릴 때마다 "각설 이때 한양성 이도령은 주야로…" 하고, 이야기를 전환시켰듯이 이야기 단위를 각설이란 용어로 확정했으며 이는 의양이 아닌 자득에서 취한 용어임을 밝힌다.

환인이나 환웅은 천상계를 대표하는 인물이라면 웅녀는 지상계를 대
표하는 인물이며 단군은 천상계와 지상계를 총괄하는 인물이다. 단군이
죽어 산신이 되었다는 것은 지상계에서 천상계로의 복귀를 의미한다.

이와 같은 사상은 도교사상 그대로를 원용한 것이라고 할 수 있다. 일
반적으로 초기소설은 도교사상에서 뿌리를 찾아볼 수 있으며 이런 뿌리
가 고조선신화에 저류하고 있음도 알아야 한다.

이를 도표로 제시하면 다음과 같은 그림이 된다.

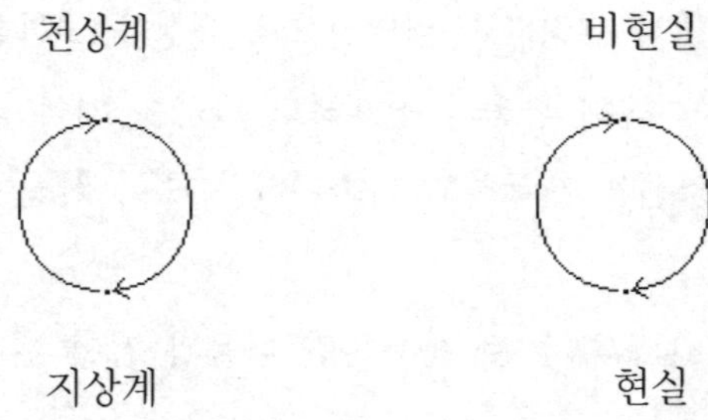

고조선신화는 회귀구조를 가진 이야기인데 이와 같은 구조는 특히 조
선조 신선류 소설의 기본구조로 나타난다.

천상계는 비현실, 지상계는 현실이라고 한다면 비현실과 현실이 회귀
되는데 이는 순환체계의 원리에 해당된다.

고구려신화는 고조선신화에 비해 신화시대의 새로운 문학적 전개라고
할 수 있다. 문헌에 단편적으로 수록되어 전해지고 있으며 광개토왕비(廣
開土王碑)에는 해모수, 주몽, 유리의 3대에 걸친 시련의 극복, 승리의 영
광을 각인해 최고의 금석문으로 보존했다. 이규보(李奎報)가 『동국이상

국집(東國李相國集)』에 「동명왕」이라는 5언 절구의 운문으로 280여 구, 1400여 자의 본시와 430여 구, 2200여 자의 주석으로 된 영웅 서사시를 창작했다는 데 원인을 두고 있어서가 아니다.

이런 것을 고려해서 『삼국유사』[7], 광개토왕비, 「동명왕」[8]에서 고구려 신화의 공통 인자(因子)를 추출하면 다음과 같은 줄거리가 된다.

천제의 아들 해모수(解慕漱)가 하늘로부터 내려와 나라를 세우고 다스리다가 하루는 청하에서 노닐고 있는 유화(柳化) 등 세 미녀를 발견하고 후사를 얻을 생각으로 미녀들을 유폐시켰으나 두 미녀는 달아나고 유화만이 남게 된다. 해모수는 유화를 겁탈한다.

물의 신인 하백(河伯)은 통혼도 하지 않은 채 딸을 겁탈한 해모수에게 결투를 신청했다가 패하고 만다. 승리한 해모수는 가마를 타고 하늘로 올라가고 혼자 남은 하백은 화가 나 중매도 없이 정을 통한 유화를 태백산 우발수(優渤水)로 쫓아 버린다.

이때 동부여왕 금와(金蛙)가 우발수로 나왔다가 유화를 발견하고 별실에 가둬 버렸는데, 갇혀 있는 방으로 햇볕이 비쳐든다.

유화는 햇볕을 피했으나 햇볕은 그녀를 따라왔다.

그로부터 유화는 태기가 있었고 낳으니 알이었다. 금와는 알이 상서롭지 못하다고 해서 개와 돼지에게 주게 했으나 개와 돼지는 알을 먹지 않았다. 또 길에 버렸으나 소와 말이 피해 갔으며 들에 버리니 새와 짐승이 와 알을 품어준다.

---

7) 『삼국유사』, 권1, 紀異, 고구려편
8) 이규보 : 「동국이상국집」, 동명왕편

금와는 이런 신이에 감동해서 알을 유화에게 돌려준다. 유화는 알을 천으로 싸 따뜻한 곳에 놓아두었는데 껍질을 깨고 아이가 나온다. 아이가 자라서 나이 겨우 일곱 살인데도 기골이 뛰어나 범인과 달랐다. 아이는 스스로 활과 화살을 만들어 쏘니 백발백중이었다. 해서 풍속에 따라 사람들은 그 아이를 주몽(朱蒙)이라고 불렀다.

금와에게는 일곱 왕자가 있었으나 재주로는 주몽을 능가하지 못했다. 금와는 장자 대소(帶素)의 말을 무시하고 주몽에게 말을 기르게 했다. 주몽은 좋은 말은 여위게, 둔마는 살찌게 기른다. 금와는 살찐 말은 자기가 타고 여윈 말은 주몽에게 준다.

왕자와 신하들이 주몽을 죽이려고 모의한다. 이런 기미를 눈치챈 유화는 주몽에게, 왕자와 신하들이 너를 해치려 하니 너의 재주와 지략이면 어디를 간들 못살겠느냐, 어서 달아나라고 한다.

이에 주몽은 오이(烏伊) 등을 데리고 달아나 엄수(淹水)에 이르렀으나 배가 없어 강을 건너갈 수 없었다. 이때 어별이 나타나 다리를 만들어줘 주몽 일행은 추적자들을 뒤로하고 무사히 건너간다.

주몽은 졸본주(卒本州)에 이르러 도읍을 정했으나 미처 궁실을 짓지 못해 비류수(沸流水)에 집을 짓고 국호를 고구려(高句麗)라고 했다.

비루왕 송양(松讓)이 선인의 자손임을 내세워 주몽에게 도전한다. 주몽은 활로 싸워 이겨 투항하게 한다. 그로부터 국가의 위엄을 다지고 향년 40으로 승천해 고구려의 수호신이 된다.

이러한 고구려신화를 각설로 요약하면 다음과 같이 요약한다.

A. 천제인 해모수와 물의 신인 하백의 딸 유화가 결합한다.

B. 비정상적인 결합으로 유화는 하백으로부터 버림을 받는다.

C. 금와의 도움으로 유폐되고 알에서 나온 아이는 양육된다.

D. 왕자와 제신의 살해 모의로 주몽은 위기에 직면한다.

E. 주몽은 탈출해 고구려를 개국하고 죽어 수호신이 된다.

고구려신화의 서사적 구조는 고조선신화보다 위기와 극복이 한번 더 반복되는 회귀구조로 되어 있으며 오늘날의 서사구조에 보다 근접한 형태를 띠고 있는 점에서 고조선신화와는 또 다르다.

이를 현실과 비현실로 분류하면 다음과 같이 된다.

A. 천상계   - 비현실

B. C. D. 지상계- 현실

E. 천상계   - 비현실

그런데 천상계를 대표하는 인물은 해모수, 지상계를 대표하는 인물은 주몽이다. 주몽 또한 광개토왕(廣開土王)의 비문에 나타나 있듯이 추모왕을 태워서 승천했는데 그후 고구려의 수호신(守護神)이 되었다는 데서 천상 선인(仙人)으로 복귀하고 있다. 그리고 천상계는 비현실의 세계라고 한다면 금와(金蛙)와 아들, 주몽(周蒙)과의 갈등 세계는 현실적이라고 할 수 있다. 후에 주몽이 죽어 승천해서 수호신이 되었다는 세계는 비현실의 세계로 도교사상을 뿌리로 하고 있다. 그러면서 고구려신화는 부여계 신화와 남방계 신화와도 자연스럽게 접맥되고 있다.

이를 도표로 제시하면 다음과 같은 그림이 된다.

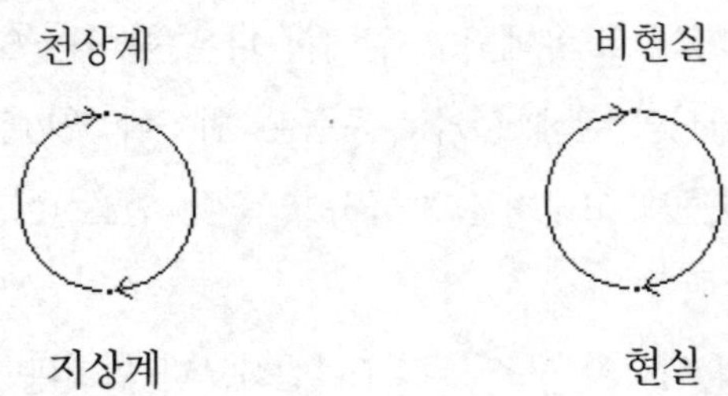

고구려신화는 풍부하고 다채로운 문학의 원천이 된다.

해모수와 하백의 투쟁은 단순한 싸움이 아니라 변신에 의한 도술로 후대 전기소설에 영향을 끼쳤다. 유화가 임신을 하고 그 뒤 학대를 받으며 온갖 시련을 극복해서 새로운 생명을 탄생시키는데, 이는 모체가 죽음을 경험하는 과정을 상징한 것으로 소설이나 서사무가에 영향을 끼쳤다. 주몽의 생애는 영웅의 일대기로, 유리의 시련은 성년식의 절차나 사춘기의 방황으로 뒤에 나온 문학과도 접맥되고 있다.

신화는 아득한 기억의 무게로 신앙과도 같은 신비성을 가지고 있다. 인간은 이런 신이로운 신화를 변형시켜 새로운 사실을 보태고 영웅이나 제신들의 숭배의식을 담아 자유자재로 진실을 주입하는 동시에 또 다른 신기한 세계를 끊임없이 창조한다[9]고 할 수 있다.

오늘날 소설은 이런 신화의 세계에 대해 자문자답하면서 새로운 세계를 제시하는 인간의 부산물이라고 할 수 있다.

신화 이후로는 진실성을 돋보이기 위해 증거물이 제시되는 전설로의

---

9) 김화영 : 「소설이란 무엇인가」, 문학사상사, 24쪽, 1986

변이를 입게 되며 흥미위주의 민담으로 변모되어 집단적·민족적 범주
에서 벗어나 개인 중심의 이야기로 발전되어 소설에 보다 접근한다.

3) 소설의 전신

소설의 태동에 있어 시험대는 가전(假傳)의 등장이다. 그것은 소설이
나타나는 데 오랜 시일과 많은 노력이 소요되었는가를 웅변해 준다.
가전은 한유(韓愈)의 「모영전(毛穎傳)」으로부터 비롯되었는데 그로부
터 전(傳)의 유(類)가 생겨났다. 가전의 전(傳)은 전(轉)의 뜻을 가지고 있
었다. 그랬던 것이 경(經)의 부연 설명으로 전(傳)이 되고 사전(史傳)이
나오면서 문학적 요소를 가미하게 되었다.
송대는 가전이 문체로 인정받았으며 고려조에 전래되어 꽃을 피웠다.
고려조로 전래되어 꽃을 피우게 된 원인은 작가가 자기투영의 그릇으
로 파한의 심리에 부응했기 때문이며 저항없이 조선조로 이어진다.
가전의 문학적 의의는 격조높은 문학성으로 양반계층을 허구의 세계
로 끌어들였고 그들로 하여금 허구의 문학을 이해하는 계기를 마련해
주었으며 조선조 초기 소설의 태동에 영향을 미쳤다는 데 있다.
이런 의의를 가진 가전은 설화와 소설과도 다른 양상을 지니고 있다.
임춘(林春)의 「국순전(麴醇傳)」을 요약한다.

순은 도량이 넓어 처사로 일컬음을 받는다. 그로부터 유명해지고 세속
의 사랑을 받는다. 일찍이 산도(山濤)가 그를 보고, 기특한 사람이나 후에

천하의 창생을 그르칠 것이라고 한다. 순은 청주종사를 거쳐 평원독우에
이르렀으나 향리의 소아(小兒)에 연연해하지 않겠다면서 술에 빠져 담론
만 한다. 이 무렵 관상자가 천종의 녹을 누릴 것이니 때를 기다리라고
한다. 상이 순의 기상을 보고 벼슬을 올려 광록대부예빈경으로 삼는다.
순은 권세를 얻은 뒤로 종묘에 제사하도록 주청했고 야연을 자주 베풀었
으나 근신은 참예할 수 없도록 했다. 그로부터 상은 정사를 폐했으며 순
은 충신들의 간언을 막는다. 순은 돈을 거둬들여 재산을 축적한다.

이에 시론은 그를 미워했다. 상이 묻기를 무슨 버릇이 있느냐고 했을
때, 순은 돈벽이 있다고 대답한다. 또 상이 나이 먹어 기운이 없어서인지
짐의 말을 감당치 못한다고 하자 순은 신을 사저로 돌려보내면 그 분수
를 알겠다고 한다. 상이 좌우에 명해 돌려보냈는데 순은 집에 돌아오자
병이 들어 하룻저녁에 죽는다.[10]

이를 각설로 요약하면 다음과 같이 정리할 수 있다.

A. 순은 도량이 넓어 세속의 사랑을 받는다.
B. 순은 평원독우에 있었으나 늘 불우해 한다.
C. 상이 순을 광록대부에 봉해 종사를 맡긴다.
D. 순은 사직에서 물러나자 병들어 죽는다.

가전은 전에서 비롯했으나 일정한 형식이 없고 필연적인 인과에 의한

---

10) 「동문선」 권100, 傳

구성도 희박하며 대립이나 갈등이 미약한 점 등 만들어낸 이야기라고 할지라도 소설과는 다르다.

이를 행·불행으로 분류하면 다음과 같다.

> A. 발단: 행복
> B. 전개: 불행
> C. 위기: 행복
> D. 종말: 불행

이를 도표로 제시하면 다음과 같은 그림이 된다.

위에서 보듯이 행·불행이 분명히 나타나 있다.

행복에서 곧장 행복으로, 그리고 불행에서 또 불행으로 이어지는 구성의 틀임을 알 수 있다. 그것도 1차와 2차에 걸쳐 행·불행이 교차되었으나 단절되었고 신화에서도 보았듯이 회귀의 구조는 전혀 비치지 않아 소설과는 다름을 알 수 있고 비로소 가전은 위기나 갈등이 없으며 평면적인 구조로만 되어 있음도 알 수 있다.

이곡(李穀)의 「죽부인전(竹夫人傳)」을 요약한다.

부인의 성은 죽(竹)이고 명은 빙(憑)이며 분서갱유(焚書坑儒)로 한미했으나 자태가 빼어났으며 더욱이 정숙했다. 뭇 남성들이 부인을 유혹했으나 부인은 이를 모두 거절한다. 빙은 성장해 송공(松公)에게 시집을 갔는데도 성품은 견후하고 모범적이어서 또 호사가들의 흠모 대상이 된다. 송공은 신선술을 배워 곡성산으로 들어가 끝내 돌아오지 않는다. 해서 부인은 고독을 잊으려고 술을 마신다. 그녀는 청분산으로 이사했으나 병을 얻어 남에게 의지하게 된다. 나라에서는 부인의 만절(晚節)을 알고 부절을 내렸으나 언제나 한탄했으며 후사마저 없다.[11]

이를 각설로 정리하면 다음과 같이 된다.

A. 부인은 자태가 빼어나 뭇 남자들의 유혹을 받는다.
B. 시집을 갔어도 성품은 견후했고 흠모의 대상이 된다.
C. 남편과 생이별하고 홀로 살다가 지병까지 얻는다.
D. 나라에서는 부절을 내렸으나 한탄했고 후사마저 없다.

이를 행·불행으로 나누면 다음과 같다.

    A. 발단 - 행복
    B. 전개 - 행복
    C. 위기 - 불행

---

11) 「동문선」 권100, 傳

D. 종말 - 불행

　AB를 하나로 묶고 CD를 또 묶는다면 각설은 행 · 불행이 단 한번 교차
되는 단순구조가 되는데 바로 이 점이 가전의 특성이다.
　가전은 신화보다도 갈등과 시련의 극복이 미미하기 때문에 신화보다
도 개연성이 약화되었고 소설에 접근했다고 할 수는 없으나 상상에 의해
만들어낸 이야기라는 점에서 소설과의 동질성을 발견할 수 있다.
　이를 도표로 제시하면 다음과 같은 그림이 된다.

　위의 그림에 나타나듯이 신화에서 보이는 회귀구조가 아닌 단절(斷絶)
의 구조를 지니고 있음이 분명히 드러난다.
　흔히 소설은 모든 문학 갈래, 나아가 다른 예술 갈래까지도 흡수하는
경향이 있는데 그렇게 본다면 가전도 소설의 전신이 되며 가전으로 말미
암아 소설의 폭을 넓혔다고는 하겠다.
　소설은 다른 모든 것에 앞서 하나의 이야기라고 할 수 있다. 작가는
어떤 스토리(Histoire)를 가지고 이야기(Recit)를 만든다[12]고 한다. 그러기

---

12) 김화영 : 윗책, 17쪽

에 소설가는 독자의 마음 속에 파고들어 그들의 주의를 끌어서 감동시키고 반성을 유발하기 위해서 이야기를 마음대로 줄이고 늘이고 한다.

이렇게 서술된 이야기는 허구적일 수밖에 없으며 소설 이전의 시대는 신이성(神異性)나 가탁(假託)으로 표현했다. 이렇게 본다면, 가전은 소설 자체는 아니나 신화에서 소설로 이어지는 변형이며 다리를 놓아주는 소설의 전신, 돌연변이라고 할 수 있다. 해서 신화와 가전을 묶어 소설의 소원(溯源)으로 보는 이유가 여기에 있을 것이다.

가전은 독자에게 파한을 즐기게 하거나 계세(戒世)를 주기도 하지만 단순하게 끝나 버린다. 소설이 시간적인 여유를 가지고 요소 요소에 함정을 마련해 두고 뒤엉킨 사건을 이리저리 우회하면서 풀어나가는 서슬 푸른 칼날을 휘두른다는 점으로 보아 소설과는 거리가 멀다.

그러나 소설이란 갈래도 과거로부터 미래에 걸쳐 극히 유동적이며 그것도 시대에 따라 달라질 수도 있다는 점을 감안한다면, 가전은 한 시대에 걸친 소설의 전신이며 변형이라고 하지 않을 수 없다.

4) 소설 태동의 실마리

조선조 초기 훈민정음이 창제되고 이어 『용비어천가』가 제작되었다. 『용비어천가』는 한문으로 먼저 짓고 이를 언해 형식으로 만들어 정음의 실용과 보급을 위해 한문보다 정음을 앞에 놓았다고 보여진다.

그 이유는 당시 처음으로 문자를 만들어 이를 실용화하는 단계에서 언문일치의 글이 그렇게 야무지고 빈틈없이 꾸며질 수 없기 때문이며,

정음을 창제해서 시험삼아 최초로 지어진 글이 한순간에 그토록 중후할
수 있으며 고루고루 완벽하기가 있을 수 없어서이다.13)

　당시는 정음의 실용과 보급에 있어 정책이 뒤따랐던 시대임을 감안하
더라도 처음 만든 문자로 1장, 2장, 125장 등 명문(名文)은 갑작스럽게
지어낼 수 없기 때문이다.

　또 다른 근거의 하나는 정음에 숙달되었다면 그 많은 주를 무엇 때문
에 어려운 한문으로 짓고 한문으로 지은 주에 대해서는 어째서 정음으로
바꾸어놓지 않았는지를 미루어 짐작할 수도 있다. 그것은 또 국한문혼용
체의 첫 시도인『석보상절』도 먼저『증수석가보』를 편찬한 다음, 차례로
언해했음과 같은 경우라고 할 수 있다.

　그러므로 훈민정음은 서와 함께 한문으로 짓고 언해형식으로 만들어
정음의 보급과 실용을 위해 체제상 한문보다 앞에 놓았을 것이다.

　문제는 이런 논의에 초점이 있는 것이 아니라 훈민정음의 창제 이후
언해불서 과정에서 소설 태동의 실마리를 찾는 데 있다.

　언해불서사업은 세종에 이어 세조에 걸쳐 왕실사업의 용단이었는데
이러한 언해불서 중에서 선행된 왕실사업으로는『석보상절』과『월인석
보』가 있다. 그것도 세종의 비호를 받아 수양이 주축이 되었고 당대의
학승들을 중심으로 추진되었다. 그런 학승들 중에서도 만우(萬雨)는 학덕
과 문재로 유신들에게마저 존숭을 받은 대표적 인물이다. 그들은 유교와
의 대립과 갈등의 소용돌이 속에서 왕실을 본거지로 삼아 왕과 왕자는
물론 신불유생까지 하나가 되어 불서언해사업을 완성했다.

---

13) 이병주 :「고전의 산책」, 민족문화문고간행회, 163쪽, 1985

학승들이 주체가 되어 신흥 세력인 유신들의 온갖 반대에도 불구하고 언해불서사업을 밀고 나갈 수밖에 없었던 이유라도 있었을까? 이유는 자명하다. 신흥 유교에 밀려 날로 쇠잔해 가는 불교를 되살리는 유일한 길은 대중포교라는 수단밖에 없었기 때문이다.

조선조가 개국되면서 배불숭유정책은 천년 신비의 불교를 위축시켰다. 이에 불교는 갖은 박해 속에서 각성을 하게 되었고 마침내 정책적으로는 좌우할 수 없는 유구한 대중의 신앙심으로 눈을 돌리게 되었으며 보수성이 짙은 왕실을 본거지로 삼아 불교를 환기시키고 대중의 신앙심으로 여론을 돌려 왕실의 숭불을 돋우기 위해 심혈을 기울였다. 그런 한편으로는 정책과 전혀 충돌함이 없이 은일한 태도로 포교의 실효를 거두는 묘책을 강구했는데 그것이 곧 언해불서다.

정음청(正音廳)이 정음을 매개로 한 왕실의 특설 교습기관이면서 동시에 언해불서에 주력했다는 사실도 결코 지나칠 수 없다. 정음이 불교 전적의 국문화를 보다 소중히 인식하는 가운데 창제되고 이를 수용해서 활용한 저간의 업적으로 보나, 정음이 불교계나 여성 중심의 문자로 전용된 점으로 보아 짐작이 간다. 언해불서는 정음이 창제되어 반포되면서 이를 보다 적극적으로 수용되는 단계에서 수찬(修撰)되었다. 이런 발빠른 수찬은 불서의 기본정신이 정음의 그것과도 통했기 때문일 것이다.

어쨌든 언해불서로 대중포교의 1차적인 목표는 달성했다.

그런데 여기서 주목해야 할 점은 언해불서의 내용이 재미있고 유익한 이야기라는 점이다. 재미있고 유익한 이야기도 대개 지어낸 허구이며 바로 이 점에서 소설 태동에 관한 동인을 찾을 수 있다.

당시의 불교계는 유교와의 심각한 갈등을 해소하고 이를 승화시킬 필

요성을 절감했고 그것도 현실적인 행동화가 아니라 허구적인 상상의 세계로 눈을 돌릴 수밖에 없었다.[14)

당시 불교계가 이러한 갈등을 직접 행동으로 옮겼다고 가정한다면, 보다 거센 유신들의 반발에 부딪쳐 자멸할 수밖에 없었을 것이다. 그들은 허구적인 상상의 세계를 빌려 이를 해소하는 현명한 판단을 했고 이 판단에서 소설 태동의 동인을 발견해 낼 수 있다.

소설이야말로 허구의 세계를 창조해 인간의 온갖 갈등을 수용할 수 있기 때문이다. 이미 고려 대장경으로 서사문학의 세계는 마련되어 있었다. 이른바 널리 알려진 불교설화가 그것이다.

여기서는 불교설화의 소설적 구조만을 살펴보겠다.

불교설화는 시공을 초월한 허구다. 허구의 시종(始終)도 불타 설법의 현장과 결부시켰고 설법의 현장이 프롤로그와 에필로그로 대비되면서 이야기가 전개된다. 그것은 불타를 중심으로 해서 액자 소설적 이중구조를 가지고 있는데 이런 설화의 이중적 구조에서 소설 일반의 유형을 찾을 수 있으며 소설 태동의 실마리를 발견해낼 수 있다. 국문학이 외국문학의 어떤 갈래를 번역하거나 번안할 때 불가피하게 겪는 탈바꿈은 무시할 수 없다. 특히 방대한 대장경에서 발췌해 한문으로 정리하고 이를 바탕으로 언해하다가 자기도 의식하지 못하는 순간에 창작을 하다시피 하고 있었다면 소설 창작에 한 발 다가섰다고 하지 않을 수 없다.

이미 불교설화의 서사문학적인 연구는 성과를 거두고 있기[15) 때문에

---

14) 사재동 : 윗책, 17쪽
15) 장덕순 : 「설화문학연구」, 서울대, 418~427쪽, 1971
　　김동욱 : 신라행자염불 및 설화, 진단학보 23호, 35~55쪽, 진단학회, 1962
　　황패강 : 「신라불교설화연구」, 일지사, 1976

설화의 서사적 형태에서 소설의 원형을 모색할 수도 있으며 소설 태동의 단서를 찾을 수도 있지 않을까 한다.

『석보상절』은 석가여래의 일대기로 뭇 불전(佛典)에서 발췌해 선집한 것이며 『월인천강지곡(月印千江之曲)』은 『석보상절』을 저본(底本)으로 이를 집약하고 승화시킨 언해서다. 따라서 『월인천강지곡』도 『석보상절』과 같이 전체적으로는 일련의 장편적인 분량이나 이를 분단해 볼 때는 독립된 내용과 형태를 가지고 있다.

그런 형태나 내용적 관계가 있었기 때문에 『월인석보』로 편집해 통합할 수 있었고 그것도 자연스러웠으며 순조로웠다고 할 수 있다. 그리고 분단(分段)의 하나 하나마다 다양한 형태를 드러내고 있는데 분류 기준에 따라 전형적인 소설의 유형을 추출해 낼 수 있다.

『월인석보』에서 대표적인 형태 두 편을 골라 구조적인 분석을 통해 소설 태동의 단서를 모색하기로 한다.

「안락국태자전(安樂國太子傳)」[16]은 작품 전체의 길이로 보아 단편의 분량을 가지고 있다. 이 작품의 저본을 찾는다면 정토계의 불전, 삼위 불보살의 본생담(本生譚)에서 찾을 수 있다.[17]

이런 저본이 한역되어 『석보상절』의 일부로 실려지게 된다.

서천국 사라수대왕은 제일 왕비로 원앙부인을 맞이한다. 이때 범마라 국 광유성인이 와 대왕에게 채녀(采女)를 청하는데 왕은 여덟 채녀를 뽑 아주었다. 이어 그는 왕에게 출가를 요청한다. 왕은 기꺼이 왕비와 함께

---

16) 월인석보 제 18, 월인곡 其二百二十에서 二百五十까지 총 31곡
17) 사재동 : 윗책, 33쪽

출가한다. 출가 후 왕은 고행의 길로 들어서는데 왕비는 만삭의 몸으로 시련은 극도에 이르렀으며 더욱이 왕과 헤어져 자현장자의 집으로 팔려가 혹독한 시련에 놓인다. 왕비는 장자의 박해 속에서도 안락국을 낳는다. 안락국이 자라 부왕을 찾아가려고 탈출을 거듭하다 마침내 탈출해서 어떤 강에 도달한다. 안락국은 강을 건너가 8채녀와 만나고 광유성인의 도움으로 부왕과도 상봉한다. 그러나 이들 부자는 만나자 곧 이별한다.

이 무렵 원앙부인은 장자에게 죄 없이 칼을 맞고 죽는다. 안락국은 돌아와 어머니의 시신을 거두고 극락왕생을 비원한다. 드디어 원앙부인은 안락국과 함께 서방정토로 왕생한다.

이상을 각설로 요약하면 다음과 같이 정리할 수 있다.

A. 광유성인이 왕에게 출가를 권유하고 왕은 이를 가납한다.
B. 왕과 왕비는 출가했으나 왕비는 장자에게 팔려간다.
C. 왕비는 안락국을 낳고 태자는 자라 부왕을 찾아 탈출한다.
D. 태자가 부왕을 만나나 왕비는 장자에게 죽음을 당한다.
E. 태자는 돌아와 왕비의 시신을 거두고 서방으로 왕생한다.

이를 행·불행으로 분류하면 다음과 같다.

    A. 발단 - 행복
    B. 전개 - 불행
    C. 위기 - 불행

D. 절정 - 행복

E. 종말 - 행복

이를 도표로 제시하면 다음과 같은 그림이 된다.

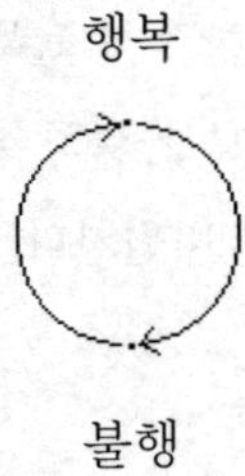

이상과 같은 순환구조는 고전소설의 일반적인 구조가 되며 이런 구조 뿐만 아니라 고전소설의 정형이 모두에서 발견된다.

옛 범마라 국림정사에 광유성인이 오백 제자 데리고 계시되 대승, 소승법을 일러 중생을 교화하시더니 그 수를 못내 헤리로다.
이때 서천국 사라수대왕이 사백 소국을 거느리시어 정한 법으로 다스리시더니 왕위를 받들지 아니하시고 처권이며 자식이며 보배를 탐치 아니하시고 상네 좋은 근원을 닦으시어 무상도를…[18]

인용문에서 보듯이 고전소설의 발단과 동일한 형식이다.

그 선룡 가운데 굵은 보살들이 태자더러 이르되

---

18) 필자가 원문을 현대어로 풀이했음. 이하 인문도 이와 같음

　　"네 부모는 벌써 저 세상에 가시어 부처 되었거늘 네 일을 몰라 걱정
　하고 있으므로 길 잡아오라." 하시거늘 태자 그 말을 듣고 기뻐서 자좌
　에 올라 허공을 타고 극락세계로 가니라.

　이처럼 「안락국태자전」은 대미도 고전소설의 정형인 해피 엔딩이다.
　이미 학계에서는 『석보상절』의 문체에 대해 문장의 유려함으로 보아
문학작품으로 훌륭하다[19]고 인정하고 있다.
　『석보상절』의 문체는 「사씨남정기(謝氏南征記)」보다도 간결하고 수려
하다[20]고 인정하고 있어 소설의 문체로도 손색이 없다.
　「목련전(目連傳)」도 독립된 형태로 단편소설의 분량을 가지고 있다.
그 줄거리를 정리하면 다음과 같다.

　왕사성의 장자인 부상은 나복이라는 아들을 두었다.
　나복은 아버지를 여의고 3년의 시묘를 마친 뒤, 유산을 어머니인 청제
부인과 나눠 갖고 전국으로 다니면서 장사를 한다. 나복이 장사를 떠난
뒤, 청제부인은 갖은 악업을 짓는다.
　나복은 큰 돈을 벌어와 어머니를 모시고 행복하게 사는데 청제부인이
죄보로 급사한다. 이에 나복은 시묘 후에 출가한다.
　나복은 출가해 6년 동안 독실한 수행을 한다. 그는 법력을 얻고 제일가
는 불제자 목련존자가 된다.
　나복은 목련존자가 되어 어머니를 찾아 8대 지옥을 돌아다니면서 온
갖 시련을 겪는다. 목련은 석가의 법력으로 대아비지옥에 들어가 고생하

---

19) 정주동 : 「고대소설론」, 형설출판사, 181쪽, 1970
20) 사재동 : 윗책, 42쪽

는 어머니를 만나나 지옥사자에게 끌려가 헤어진다.

목련은 지효로 어머니를 인간으로 환생시키고 여래의 설법을 깨치게 해서 인리천궁에 나아가 쾌락을 누리게 한다.[21]

이상의 줄거리를 가진 「목련전」을 각설로 정리한다.

A. 나복은 아버지가 죽은 뒤 장사 길로 들어선다.
B. 어머니 청제부인은 죄업을 저지르고 죽는다.
C. 나복은 출가해 목련존자가 되고 어머니를 찾아 헤맨다.
D. 목련은 대아비지옥에서 어머니를 만나나 헤어진다.
E. 목련은 지옥에서 어머니를 구출해 극락세계로 들게 한다.

이를 행·불행으로 분류하면 다음과 같이 된다.

A. 발단 - 행복
B. 전개 - 불행
C. 위기 - 불행
D. 절정 - 행복
E. 종말 - 행복

이를 도표로 제시하면 다음과 같은 그림이 된다.

---

21) 『월인석보』 제二十二잔권, 제七十二에서 제 九十一엽(葉)

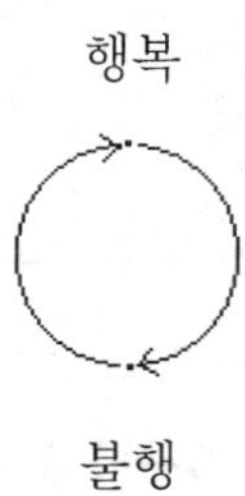

이런 순환구조는 고전소설의 구조 그대로다. 그리고 고전소설의 전형적인 모두를 발견해 낼 수도 있다.

> 왕사성에 한 장자가 있으니 이름은 부상이더니 그 집이 화기해서 약대와 나귀와 상(象)과 말이 죄다 들에 가득하고 고금과 비단과 노와 금과 진주가 고에 가득하고 장리 놓음이 수 모르더라. 장자 말씀하되, 상녜 웃으며 남의 뜻을 거슬지 아니하고 유바라밀을 하더라.

모두만이 아니라 대미에서도 고전소설의 정형이 또 발견된다.

> 목련이 어미를 부처 앞에 데려다 오백 개를 수하게 하고 원하던 어머니의 사심을 버리고 정도에 가소서 하니, 천모가 내려와 마저 어미 도리천궁에 들게 해서 쾌락을 누리도록 하니라.

이 또한 고전소설의 정형인 행복의 결말이 된다.

조선조 소설은 언해불서 사업에서 태동되기 시작했고 언해불서의 교정을 맡아 보았던 김시습에 의해 소설의 출현을 보게 된다.

요컨대 소설의 출현은 언해불서와 무관하지 않다.

5) 방외인과 소설의 출현

방외인(方外人)은 지배체제 밖의 인물을 일컫는다. 그들은 훈구파(勳
舊派)를 적대시했으며 사림파(士林派)에도 동조하지 않은 사람들이다.
그들은 지배체제하에서는 주어진 위치를 거부하고 반발했기 때문에 관
인으로 볼 때는 이단을 택하는 사람들이며 종래부터 있어 왔다.

스스로의 재능에 대한 긍지와 자만을 낳아 방황과 비판으로 일생을
불우하게 지내기 일쑤였다. 그들 중에는 절도를 잃고 방황하며 인류 도
덕에 벗어나는 행동으로 세인의 빈축을 사기도 했으나 소설의 출현에는
결정적인 계기를 마련하기도 했는데 그런 인물이 바로 김시습이다.

김시습은 한미한 무반 출신이었으나 어려서부터 재능이 뛰어나 기대
를 모으기도 했다. 그런데 이런 기대와 재능은 부조화를 낳아 일생을 방
황으로 일관했고 승이 되어 양광(佯狂)을 자처했다. 원인은 천성은 비록
질탕했으나 가정문제, 건강, 과거의 실패 등에도 근원이 있으며 사회적으
로는 단종 양위에도 있었다고 할 수 있다.

물론 김시습으로서는 자기의 재능에 부응하는 사회적 지위를 인정받
기 어려운 시대에 살았는데 정신적인 성격의 결함도 없었고 혁명적인
투쟁가도 아니었으며 완전히 세상을 등진 것도 아니었다. 의(義)와 불의
(不義), 정(正)과 악(惡), 시(是)와 비(非)에 따라 세상에 나아갈 수도 방황
의 길로 들어설 수도 있는 인물이다.[22]

김시습이 방황의 길로 들어선 지 9년, 나이 29세 되던 세조 8년 가을에
서울로 들어왔다가 효령(孝寧)의 권유에 의해 세조의 언해불서사업을 도

---

22) 정주동 :「매월당김시습연구」, 신아사, 65쪽, 1965

와 한때 내불당(內佛堂)에서 교정을 맡아 일을 했고 세조의 공덕을 찬양하는 시까지 지어 바쳤다.[23] 그리고 31세 되던 봄, 금오산실을 복축해 평생을 은거하기로 작정했으나 세조 10년, 원각사 낙성식에 참석하기 위해 금오산을 나섰으며 서울에 도착해서는 수일이나 머물다가 환산의 시를 효령에게 바치고 금오산으로 또 들어갔다.

『금오신화』의 제작 연대에 대해 이설이 있으나 금오산에서 은거했던 시기와 『금오신화』의 내용으로 타당성은 제고된다.

『금오신화』가 출현해 소설문학사에 커다란 획(劃)을 긋게 된다.

석가의 일대기인 『석가보』를 한문으로 짓고 이를 기초로 『석보상절』을 언해했다는 사실에서 추측을 가정해 볼 수 있다.

세조 8년, 그의 나이 29세 나던 가을에 효령의 권유로 김시습은 내불당에서 언해불서의 교정을 맡아 보았다. 교정을 맡아 보았다면 먼저 한문으로 지어진 불서를 대조하면서 언해를 검토했을 것은 상식적이다. 그는 한문에 능통했기 때문에 한문불서에 보다 관심이 갔을 것이다.

이런 불서는 포교의 수단으로, 현실과의 충돌을 피했으며 허구적인 상상의 세계를 통해 이를 실천하려고 했기 때문에 대부분의 불교 설화는 부처님의 설법 현장과 결부되어 있으나 허구의 이야기를 담은 액자적인 구조로 된 소설의 형태라고 할 수 있다.

내불당에서 불서를 맡아 교정하게 된 김시습은 허구의 세계를 자연스럽게 넘나들게 되었을 것이다. 그것이 빌미가 되어 금오산에 은거하면서 시작과 독서로 소일하다가 가져간 『전등신화』를 읽게 되었을 것이며 『석

---

23) 고사본 매월당고

가보』를 기초로 해서『석보상절』을 언해했듯이『금오신화』가 창작되기에 이른 것이라고 추정할 수 있다.

이를 인정하게 되면 소설의 태동은 언해불서로부터 싹이 트이기 시작해서『금오신화』에 이르러 꽃봉오리를 터뜨리게 된 셈이 된다. 또한 김시습이 언해에 보다 관심을 가지고『석보상절』처럼『금오신화』를 언해했다면 한문소설 아닌 국문소설이 나타날 수도 있었다.

『금오신화』가 나타나 소설의 시대로 들어서게 된다.

『금오신화』의 분석은 현존하는 5편을 해석하고 이들 작품에 공통되는 구조를 추출해 유기적으로 검증해야 하나 여기서는 2편만 정리한다.

먼저「만복사저포기(萬福寺樗蒲記)」를 요약한다.

만복사 동쪽에 노총각 양생이 살고 있었다.

어느 날 양생은 부처님께 좋은 규수를 점지해 줄 것을 기도하고 저포놀이를 해 이긴다. 이때 저포놀이를 하던 처녀와 눈이 맞아 두 사람은 자연스레 가연을 맺는다. 양생은 처녀와 하룻밤을 지낸 후 처녀의 집으로 가 며칠을 지낸다.

처녀와 이별할 때, 처녀는 이곳의 3일은 인세의 3년과 같으니 그리 알고 가라고 하면서 징표로 은배를 받아 돌아온다. 양생은 처녀의 부모를 만나 그녀가 2년 전 왜구에게 죽음을 당한 원혼임을 알고 재를 올려주고 지리산으로 들어간다.

이런 줄거리를 각설로 정리하면 다음과 같이 된다.

A. 양생은 처녀와 가연을 맺는다.

B. 양생은 처녀와 며칠을 지낸다.

C. 양생은 처녀와 이별한다.

D. 양생은 재를 올리고 지리산으로 들어간다.

이를 또 행·불행으로 분류하면 다음과 같다.

A. 행복 - 현실

B. 행복 - 비현실

C. 불행 - 현실

D. 행복 - 현실

이를 도표로 제시하면 다음과 같은 그림이 된다.

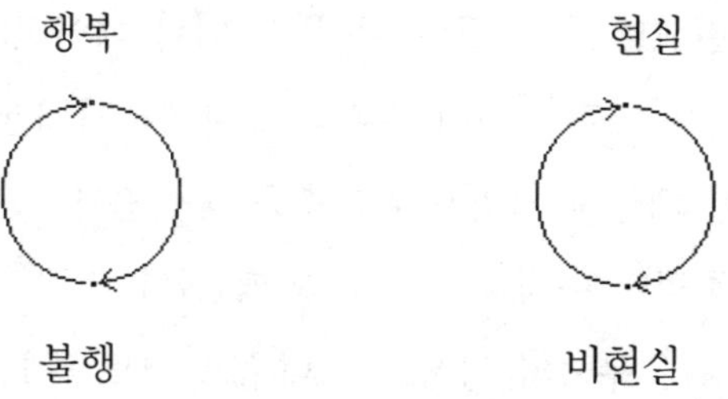

위의 그림에서 보듯이 순환 구조임이 드러난다. 이와 같은 구조는 신화와 언해불서에도 나타났듯이 동일한 구조라고 할 수 있다.

「이생규장전」도 줄거리를 요약한다.

개성에 이생이라는 소년 선비가 살고 있었다. 이생은 서당에 다니면서 최처녀를 엿보게 되고 시로서 통정하고 가연을 맺는다. 이생은 부모에게 발각되어 울주로 농감이나 하라고 쫓겨나고 처녀는 이를 알고 상사 끝에 병들어 거의 죽게 된다. 처녀의 부모는 사연을 듣고 매파를 보내어 반대 속에서도 결국 혼약을 하게 되고 마침내 그들은 결혼해서 행복하게 산다. 홍건적의 난이 일어나자 양가는 피난길에 헤어진다. 이생은 피난에서 돌아왔으나 가족의 생사는 알 길이 없었다. 죽었던 아내가 돌아온다. 그들은 수년 동안 행복하게 산다. 그러다가 아내가 이별을 알리자 이생은 비탄해 마지 않는다. 이생은 아내의 말에 따라 양가 부모의 시신을 거두어 장사 지내고 그 뒤에 이생도 시름시름 앓다가 죽는다.

이런 줄거리를 각설로 요약하면 다음과 같이 된다.

A. 이생은 최처녀와 가연을 맺고 서로 사랑하게 된다.
B. 부모의 반대로 두 사람은 어쩔 수 없이 헤어진다.
C. 처녀의 투쟁으로 마침내 결혼해서 행복하게 산다.
D. 홍건적이 개성에 침입하자 가족은 헤어진다.
E. 이생은 죽었던 아내가 돌아와 함께 산다.
F. 이생은 양가 부모의 장사를 지내주고 그도 죽는다.

각설에 나타난 그대로 2차의 순환구조임을 알 수 있다.
1차 순환을 행·불행으로 분석하면 다음과 같이 된다.

A. 행복 - 현실

B. 불행 - 현실

C. 행복 - 현실

이를 도표로 제시하면 다음과 같은 그림이 된다.

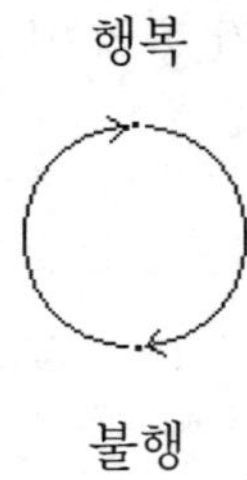

그런데 2차 순환에 오면 1차와는 전혀 반대가 된다.

D. 발단: 불행. 현실

E. 전개: 행복. 비현실

F. 종말: 불행. 현실

이를 도표로 제시하면 다음과 같은 그림이 된다.

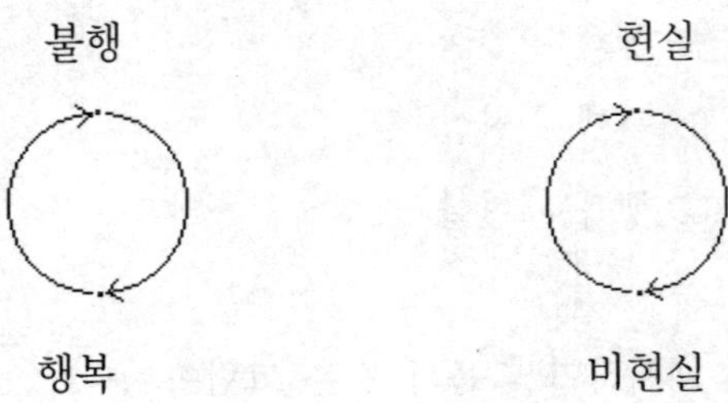

「이생규장전」은 1차와 2차에 걸쳐 회귀가 일어나며 1차와 2차를 묶어 놓는다고 해도 자연스럽게 회귀되고 있다.

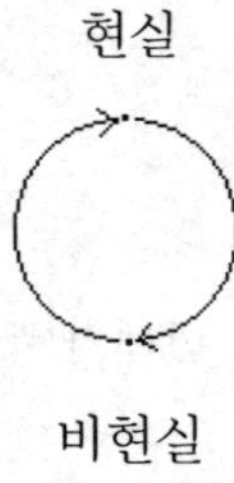

위의 그림에 나타나 있듯이 「이생규장전」 또한 자연스럽게 회귀되고 있어 소설의 태동 과정에서 가전을 제외하고 동일한 구조임을 알 수 있다. 그것도 회귀구조나 순환구조로 나타나고 있다.

소설의 태동 과정에서 드러난 신화, 언해불서, 『금오신화』 등 일련의 구조는 비현실에서 현실계로, 이어 현실계에서 비현실로 회귀되거나 현실에 있어서도 행복에서 불행으로, 재차 불행에서 행복으로 순환되는 구조적인 특성이 발견된다. 그리고 현실계에서 비현실계로, 비현실계에서 현실계로의 회귀도 아주 자연스럽게 진행되고 있다.

신화는 단순한 회귀에 지나지 않는다. 그러나 언해불서에 오면 그 구조가 다소 복잡해졌다. 그리고 『금오신화』는 회귀나 순환이 1차로는 부족해 2차로까지 진행되고 있기 때문이다.

이것은 인지의 발달과 함께 소설의 구조도 복잡해졌음을 짐작케 하는데 이런 복합적인 구성은 장편소설의 출현으로 구체화된다.

5. 한국 소설은 어떤 것인가

1) 소설의 용어 점검

오늘날 문학하면 어떤 문학의 갈래보다도 인정 많고 정이 절로 솟는 이웃집 사촌과도 같은 소설을 연상케 된다. 그만큼 오늘을 사는 사람은 소설의 시대에 살고 있다고 해도 지나친 말은 아닐 것이다.

이처럼 친근한 소설은 현대소설이 있기 이전에 개화기소설이 있었고 보다 위로 올라가면 눈에도 선한 「춘향전」이니 「심청전」이니 「홍길동전」이니 하는 말만 들어도 온고지신이 풍기는 소설이 있었다.

우리 선인들은 긴긴 동지, 그 긴 겨울밤이면 사랑방이나 아늑한 안방에 둘러앉아 이야기책을 청승맞도록 변사 이상으로 읽으면 이를 듣는 보다 많은 사람들이 웃고 울고 아쉬워하면서 취해 밤새는 줄 몰랐었다.

흐릿한 등잔불에 둘러앉아 청승맞게 읽어 내려가는 이야기책, 춘향이 태형 맞으며 백으로 아뢰는 대목에서는 손에 땀을 한 웅큼씩 쥐고 안타까워 몸부림쳤고 누명 쓴 장화가 자결을 각오하고 원한을 하늘에 고축하는 대목에 이르러서는 한숨을 토해냈으며 흥부가 매맞는 대목에서는 처절함에 앞서 되레 배꼽을 쥐고 웃어대는 해학을 즐겼다.

이렇게 보면 소설은 여한을 달래는 일종의 오락, 몸과 상상력의 유기체, 한 걸음 나아가 현실의 고달픈 삶을 잠시 잊고 한낱 지어낸 이야기에 지나지 않는 허구의 세계로 빨려 들어가 즐기는 오락의 일종임에 분명하다. 실제로 소설은 현실을 보다 낫게, 보다 낙천적으로 더욱이 해피 엔딩으로 파악하고 이해하는 문학의 한 갈래에 지나지 않는다. 그리고 소설을 읽는 독자의 입장에서 보면 기적적인 사랑, 너무나도 미녀이고 미남인 남녀 주인공, 현실에서는 도저히 일어날 수 없는 소설 속의 사건에 지나지 않는다.

이렇게 우리의 가슴을 촉촉히 적셔주는 소설이 언제 어디서부터 생겨나서 사람들의 입에 널리 오르내렸고 오늘날에는 인정 많은 이웃 사촌과도 같은 소설이란 용어로 두루 통용되었을까.

『장자(莊子)』 외물(外物) 편을 보면 소설을 지어 현령에게 보였고 이로써 영달을 꾀했으나 그것은 영달과는 거리가 멀다[1]는 기록이 보인다. 이로 보아 최초의 문헌상에 小說이란 두 글자가 분명히 기록되어 있음을 알 수 있다. 그런데『장자』의 小說이란 용어는 오늘날 우리가 대하고 있는 소설이란 상식과는 거리가 멀다.『장자』에서는 소설을 대달(大達)과 상대어로 사용한 듯하다.

그런데도 지금으로부터 2천년 전에 小說이란 용어가 등장했다는 것은

---

1)「莊子」 外物 편에 飾小說以于縣令 其於大達也 亦遠矣.

시사하는 바 의미가 크다고 하지 않을 수 없다.

그리고 『순자(筍子)』 비십이자(非十二子) 편에도 지자(智者)는 도를 논의할 따름인데 소가진설(小家珍說)이 바라는 것은 모두 쇠퇴해 버렸다는 기록2)이 보인다. 이 또한 소가진설이 지자의 상대어로 사용되고 있음을 알 수 있다. 『장자』에 기록되어 있는 사설(邪說), 간언(姦言), 율우(裔宇), 외쇄(嵬瑣) 등도 소가진설의 의미와 통한다고 할 수 있다.

『논어(論語)』에는 비록 소설이란 용어를 직접 지칭하지는 않았으나 소도(小道)란 용어를 제시했다. 小道는 소설이란 용어에 보다 접근된 의미를 내포하고 있다. 비록 소도라고 할지라도 볼 만한 것이 있으나 원대한 일에 미쳐서는 그로 말미암아 오히려 해가 될 우려가 있으므로 군자는 힘써 배우지 않는다3)고 했다. 여기서 소도는 다의적으로 해석이 가능하다. 비록 소도는 道와 대립된 것으로 보고 있으나 소도 자체를 부정한 것은 아니다. 그리고 군자는 말단적인 기구가 되어서는 안된다(君子不器)고 한 말에서 뜻을 좁혀 소설이란 용어로 한정할 수 있다. 노신(魯迅) 같은 사람은 소도를 소설의 대명사로 단정까지 했다.4)

그런데 『논어』에는 이밖에도 길에서 듣고 그것을 말하는 것은 덕을 버리는 것과 같다5)는 도청도설(道廳塗說)이란 숙어도 나타나고 있다. 하물며 공자는 괴이, 폭력, 난동, 귀신 등에 대해서는 일체 말하지 않는다6)고도 했다. 이때의 괴(怪)는 비현실적인 것으로, 신(神)은 비인간적인 귀

---

2) 「筍子」 非十二子 편에 故智者論道而已矣 小家珍說之所願

3) 「論語」 子張 편에 雖小道必有可觀者焉 致遠恐泥 是以君子不爲也

4) 魯迅 : 「중국소설사」(정래동외 역, 금문사, 1964, 15쪽)

5) 「論語」 陽貨 편에 道聽而塗說 德之棄也

6) 「論語」 述而 편에 子不語怪力亂神

(鬼)나 신(神)으로 풀이하면 비현실적인 것, 사실이 아닌 것, 이를 허구라고 한다면 소설이란 용어에 보다 접근하게 된다. 이 또한 소도를 소가지도(小家之道)로 풀이하면 순자가 말한 소가진설과도 통한다.

위에서 든 『장자』의 소설, 『순자』의 소가진설, 『논어』의 소도란 용어에 대해 상통하는 의미를 음미해 보면 小란 말이 질적인 면을 보다 암시한 것임을 추측할 수 있다. 서구에 있어 小는 대체로 짧은 것, 단일한 것을 의미하는데 비해 대체로 가치 없는 것, 소용이 못되는 것으로 인식한 듯하다. 그리고 후대로 내려와 환담(桓譚) 같은 문학가는 소를 짧은 것, 단일한 것이라고 풀이하기도 했었다.

반고(班固)가 지은 『한서(漢書)』 예문지에는 제가(諸家)를 10등분하면서 소설가를 맨 끝자리에 자리매김했다. 그는 소설가를 모두 패관(稗官)에서 비롯된 것으로 보고 이들이 가담항어(佳談巷語)나 도청도설(道聽塗說) 같은 것을 주워들어 기록했다[7]고 덧붙여 놓았다.

여기서 패관에 의해 수집된 시사(時事), 민간전설(民間傳說), 신화(神話) 등을 일컬어 패사(稗史)라고 개념을 풀이했으며 잡록(雜錄)이나 잡식(雜識)을 망라한 수필의 동일 개념으로 파악하려고도 했는데, 이로 본다면 패사도 광의의 소설이라고 보아야 할 것이다.

중국소설은 당대(唐代)에 와 시와 마찬가지로 일대 변모를 겪게 되는데 내용보다는 문장과 표현기교에 있어 발전된 형태로 나타났다.

이를 흔히 전기체(傳奇體)라고 한다. 송대(宋代)에 와서는 특별히 평화(平話)라고 했는데 이 또한 소설을 지칭한 용어가 된다.

---

7) 「漢書」 藝文志 편에 小說家者流 蓋出於稗官 街談巷語道聽塗說者 之 所造也

명대(明代)에 이르러 「삼국지연의(三國誌演義)」, 「수호지(水湖誌)」, 「서유기(西遊記)」 등 소설의 시대를 본격적으로 맞게 된다.

연의(演義) 이후로는 소설이란 용어가 오늘날에 이르기까지 그대로 굳어져 널리 통용되고 있는 실정이다.

이처럼 소설은 중요하지도, 아니 장중하지도 않으면서 사람들에게 오락을 주는 갈래인 것만은 분명하다.

그런 역기능을 가지면서도 소가진설은 후세에 와서 진문, 기문, 기담과 같은 의미를 포괄했고 소가는 지자를 상대적으로 지칭하는 용어로 통용되다가 뒤에 와서는 화설이란 말로 대체되기도 했다.

소설가마저 소가와 같은 의미로 받아들여졌으며 패관의 패(稗)는 소의 의미로, 관(官)은 곧 소관으로 이해되고 있다. 후세에 와서도 소설가를 상용한 차용어로 패관, 곧 소관으로 보았으며[8] 이밖에도 소설을 지칭한 용어로는 패사 곧 소사로 이해했다.

요컨대 중국에 있어 소설이란 용어는 실로 다양했으며 뜻도 다의적으로 이해한 것만은 분명하다.

우리 나라에 있어서는 소설이란 용어가 고려조에 와서야 당대의 가전체와 같은 가전으로 나타났는데 임춘(林椿)의 「국순전(麴醇傳)」이 효시였다. 그로부터 가전, 가전체, 의인체로 지칭되어 왔다. 뒤에 와서 가전체 소설이니, 의인체 소설이니 하는 용어가 덧붙여졌다. 이를 패관소설, 패사, 언패 등으로 불려졌으며 소설의 모태가 되기도 했다.

소설이란 구체적인 용어가 나타난 예는 이규보(李奎報)의 『백운소설

---

8) 胡懷琛 : 「중국소설개론」, 5쪽

(白雲小說)』이란 문집이 단초였다.9) 『백운소설』이 현재 전해지고 있지 않아 내용을 알 수 없으나 홍만종(洪萬宗)의 『시화총림(詩話叢林)』에 재록된 것만으로 파악해 본다면 시화(詩話)의 형태임을 알 수 있다.

이제현(李齊賢)도 『역옹패설(櫟翁稗說)』이란 문집을 남겼는데 이 패설이란 용어도 이규보의 소설이란 용어와 동의어임이 분명하다.

조선조로 들어오면서 김시습이란 방외인이 등장했는데 그는 단종(端宗) 선양의 충격으로 삼각산에 들어가 중이 되었고 30세 이후로는 금오산(金鰲山)에 은거하면서 수도와 함께 문학적인 수업을 쌓았다. 그 결과, 소설의 새로운 획을 긋는 『금오신화』를 남겼다. 이 『금오신화』에서 소설이란 별칭으로 신화(新話)란 용어가 등장한 셈이다.

어숙권(魚叔權)은 『패관잡기(稗官雜記)』 권4에서 동국에는 소설이 드물다(東國少小說)고 전제하고 이인로(李仁老)의 『파한집(破閑集)』, 이제현의 『역옹패설』, 강희안(姜希顔)의 『양화소록(養花小錄)』, 서거정(徐居正)의 『태평한화(太平閑話)』, 성현(成俔)의 『용재총화(傭齋叢話)』 등을 나열한 끝에 김시습의 『금오신화』도 포함시켰다. 이를 함께 포함시킨 까닭은 일정한 이야기를 가진 형태로 인식했기 때문일 것이다.

이처럼 소설이란 용어의 이칭으로 신화 이외에도 소록(小錄), 한화(閑話), 총화(叢話)도 등장했다고 할 수 있다.

이수광(李睟光)도 『지봉유설(芝峰類說)』 권7에서 소설에는 가히 볼 만한 것이 있다고 전제하고 서거정의 『필원잡기(筆苑雜記)』, 조신(曹伸)의 『유문쇄록(諛聞瑣錄)』, 차천로(車天輅)의 『오산설림(五山說林)』 등과 김

---

9) 명대에 나온 「顧氏文彦小說」, 청대에 나온 「五朝小說」 등과 같이 잡기를 수록한 전례를 찾아볼 수 있다.

시습의 『금오신화』를 같은 범주에 포함시켰는데 잡기(雜記)니, 쇄록(瑣錄)이니, 설림(說林) 등 소설의 이칭으로 보아도 무방한 용어가 등장한다.

양성지(梁誠之)도 『동국골계전(東國滑稽傳)』서에서 패관소설에 있어서만은 유학자들이 쾌활한 이야기를 지었다고 한 데서 소설이란 용어를 사용했으며 유몽인(柳夢寅)의 『어우야담(於于野談)』서에도 소설과 총화라는 용어가 나타나고 있다. 이덕형(李德泂)의 『송도기이(松都記異)』에도 소설을 짓는 까닭을 설명하는 데서 소설이란 용어가 등장하며, 김만중(金萬重)도 『서포만필(西浦漫筆)』권 하에서 연의(演義)를 소설의 용어로 사용했을 뿐만 아니라 통속소설을 짓는 이유를 분명히 밝혀 놓았다.

홍만종(洪萬宗)의 『순오지(旬五志)』에는 열국으로부터 송에 이르기까지 연의가 존재했다고 밝히고 연의체(演義體)는 대체로 장편인데 비해 소설은 주로 단편으로 처리하는 것이 통례라고 지적했다.

이 또한 연의체를 소설의 이칭이라고 해도 좋을 것이다.

이규경(李奎景)의 『오주연문장전산고(五洲衍文長箋散稿)』권 5에도 소설은 위로 당론(堂論), 청담(淸談), 시율(詩律)에도 미치지 못한다고 혹평한 데서 소설이란 용어를, 이식(李植)마저도 『택당잡저(澤堂雜著)』에서 연사를 짓는 것은 애초부터 아이들의 장난 같은 문학이라고 악평한 데서 소설의 이칭으로 사용하고 있다.

이처럼 소설이란 용어는 다양하게 등장했고 개념도 다의적이었으나 오늘날 우리가 인식하고 있는 소설과는 거리가 멀다.

그러기에 조선조는 소설가란 명칭을 사용하는 대신 패관(稗官), 전기수(傳奇叟), 강사자(講史者) 등으로 지칭했으며 이는 보다 진실에 가까운 내용을 전하기 위해 의도적으로 지어낸 이야기, 곧 허구의 진실에 눈을 돌리지 못하고 천시한 경향 탓이었다.

　요컨대 조선조는 중국의 소설 명칭을 답습한 상태에서 벗어나지 못했으며 자득(自得)에 의한 소설 용어를 확정해서 사용한 일도 없었다.

2) 어떻게의 관점(觀點)

　문학의 온갖 갈래 중에서도 유독 소설만이 부정적인 시각으로 천대를 받았음은 물론 갖은 비난을 받기도 했다. 그런데도 꿋꿋이 지속되어온 것 자체부터가 우연한 일은 아니다. 그 이유는 소설이란 독특한 그릇이, 현실 그대로를 보여주건, 상상과 괴기를 보여주건 교훈과 오락을 제공해 주는 데는 막강한 힘을 지니고 있었기 때문일 것이다.

　소설이란 그릇은 대중의 다양한 취향을 반영할 뿐만 아니라 대중의 취향을 새롭게 창조해 주기도 한다.

　아니, 소설이 제공하는 이야기는 가변성으로 재생되면서 소설의 매혹적인 힘을 증대시켜 왔다. 현재에도 「춘향전」에 대한 끊임없는 재창조가 시도되고 있으며 영화로, 연극으로, 창으로, TV극으로 끊임없이 재연되고 있음은 이를 단적으로 실증하고 있지 않는가.

　이처럼 막대한 힘을 지닌 소설에 대해 선인들은 어떻게 생각했을까? 단적으로 소설이란 무엇인가 라는 논리적이고 합리적인 이론의 정립보다는 소설은 단지 이러 이러할 것이라고 막연하게 추리하는 선험이 지배적이었다. 무엇에 집착하기보다는 어떻게에 아집을 보였던 것이다.

　김시습이 『금오신화』란 소설을 써 놓고도 석실에 갈무리해 두면서 앞으로 1세기 뒤에나 알려지기를 원했던 것이며 허균(許筠)의 「홍길동전」
이 세상에 알려지자마자 그에 대한 반응하며, 연암소설이 주자파들에 의
해 촛불의 재로 변할 뻔한 일련의 사건을 미루어 보더라도 소설은 무엇
인가보다는 어떻게 생각했는가에 대한 결과라는 것을 알 수 있다.

　앞에서 논의한 것을 한번 더 상기해 보기로 한다.

　『장자』 외물 편에서는 소설은 상대의 환심을 사려는 의도에서 꾸며낸
이야기며 귀담아 들을 필요조차 없는 말재주로 이해한 듯하다. 최초로
문헌에 비친 소설의 개념은 소설이란 무엇인가에 초점이 맞추어졌다기
보다는 소설을 어떻게 생각했느냐에 관심이 있었다.

　『논어』 자장 편에서도 소설이란 말 대신 소도(小道)란 용어를 제시하
고 소도에도 볼 만한 것이 있으나 원대한 일에 있어서는 이를 원용하면
통하지 않을 염려가 있으므로 군자는 그런 짓을 하지 않는다고 했다. 공
자는 소도를 도의 대립적인 관념으로 보았으나 소도 자체를 완전히 부정
한 것은 아니었다. 그리고 공자가 문학을 재도(載道)의 수단으로 간주한
것은 널리 알려진 사실이기도 하다. 즉 도를 삶과 사회에 대한 원리와
규범으로, 구체적이며 보다 쉽게 설명하려는 의도에서 소설의 기능을 말
했을 것이며 공자는 소설의 미적 효과보다는 윤리적 목적을 강조했는지
도 모른다. 『순자』 비십이자 편은 세상에 사설(邪說)과 간언(姦言)을 늘어
놓아 사람들의 판단을 흐리게 하고 있다고 했다.

　『순자』에서도 소설을 판단의 기준으로 삼으려고만 했지 소설이란 무
엇인가 하는 해답을 해명하지 않았다.

　이상에서 장자의 소설, 공자의 소도, 순자의 소가진설 등에 공통되는
의미를 추출해 보면 소설이란 용어에 있어 小의 말이 양적인 것보다는

질적인 면을 보다 강조한 것임을 알 수 있다.

小란 가치 없는 것, 큰 소용이 못되는 것으로, 그리고 현실적인 공감을 받지 못하는 것, 원리나 규범에 어긋나는 것으로 추리된다.10)

이를 두고 호회침(胡懷琛)은 『중국소설개론』에서 小는 본래 중요하지 않은 생각으로, 說은 悅의 뜻을 가진 것으로 풀이했다.11)

소설은 긴요한 이야기가 아닌 사소한 소화(小話)로, 화자는 오락을 제공하며 무료한 시간을 잊기 위한 것으로, 이를 읽는 사람은 즐거움으로서 소설을 경청한 셈이며 소어(小語), 소언(小言), 소기(小記)라고 하지 않고 소설이라고 일컬은 이유가 바로 여기에 있다고 주석을 달았다.

이런 주석은 의미있는 시도라고 할 수 있다.

호회침 이후로도 소설에 대한 끊임없는 논의가 있었다. 동한(東漢)의 환담(桓譚) 같은 사람은 그의 『신론(新論)』에서 소설가가 사소한 이야기를 모아서는 비유를 더해 짧은 글을 지었는데 이런 글에서도 치신이가(治身理家)를 하는 데는 볼 만한 것이 있다12)고 했다.

여기서 사소한 이야기를 모은다는 말은 소재 수집을 말하는 것이며, 비유를 더해 짧은 글을 짓는다는 것은 소설적 상상력 곧 허구성을 강조한 것이라고 가정한다면 소설이란 어떤 것인가에 보다 접근된 견해를 피력한 셈이라고 할 수 있지 않을까.

반고의 『한서』 예문지 편에, 소설가는 모두 패관에서 나왔으며 가담항어나 도청도설은 그들이 수록한 것이라는 기록이 보인다. 이 반고의 기

---

10) 조남현 : 「소설원론」, 고려원, 1983, 13쪽
11) 胡懷琛 : 윗책, 4, 5쪽
12) 桓譚 : 「新論」, 若其小說家合叢殘小語 近取譬喩以作短書 治身理家 有可觀之辭

록에서 소설이란 어떤 것인가의 탯줄을 찾을 수 있다. 패관은 세간의 여론과 풍속을 수집해서 사관에게 제공하는 일을 했는데 이와 병행해 신화, 민간전설, 시사도 수집했다. 뒤에 와서 소설가를 패관으로 지칭했고 그들이 수집한 패사를 소사, 곧 소설로 일컫게 되었다.

이처럼 소설의 탯줄을 패사(稗史)에서 찾으려 했던 의도는 다름 아니라 역사 기술에 근거를 두었기 때문일 것이다.

당대에는 소설이 가전체의 형태로 변모했으며 소설을 부정적으로 본 견해에서 긍정적으로 논의되기도 시작했으나 권선징악의 효과를 기대한 반응에 지나지 않았다. 명대에는 소설의 시대라고 할 만큼 「삼국지연의」, 「수호지」, 「금병매」, 「서유기」 등의 걸작이 쏟아졌다.

이탁오(李卓吾)는 동심은 진심이며 이 진심에서 우러나온 글이야말로 지문(至文)13)이라고 했으며 경전과 같은 수준에 놓고 소설을 생각했다. 그리고 풍몽룡(馮夢龍)은 『유세명언(喩世明言)』이라는 서문에서 소설은 사람의 마음을 쉽게 움직이게 하며 부정적인 성격이나 태도를 긍정적인 것으로 변화시키는 힘까지 지녔다고 지적했다. 그것은 소설이 감동을 유발시켜 삶을 개선시킬 수 있다는 공리설을 피력한 셈이 된다.

그는 『성세항언(醒世恒言)』에서도 소설의 효과를 명(明)과 통(通)으로 이해했다. 明은 어리석음을 깨우칠 수 있는 계몽적 기능으로 이해되며, 通은 사실성의 효과를 지적한 것이라고 보여진다. 환(恒)은 싫증이 나지 않는 것, 오랜 동안 전해질 수 있는 것이라 했는데 소설의 예술성, 곧 미적 성격과 초월적 항구성까지 암시한 것이 아닌가 한다.

---

13) 丁範鎭 : 중국소설의 관념적 변천에 관한 연구, 대동문화사, 14, 성균관대, 1981, 66~71쪽

이상은 소설이란 무엇인가보다는 소설이란 어떤 것인가에 관심을 둔 예가 되는데 소설에 대한 어떤 이론을 제시했다기보다는 소설이란 이러이러할 것이라고 막연하게 의견을 개진한 것에 불과하다.

하기사 후대에 와서도 소설은 인간의 삶에 있어 가치 있는 표현양식으로 긍정하기도 했으나 이 또한 소설이란 어떤 것인가에 대한 막연한 해답을 제시한 것에 지나지 않는다고 하겠다.

우리 나라는 중국의 소설관에서 벗어나지 못했다고 하겠다.

이규보는 『백운소설』이란 문집에 소설이란 용어를 붙였으나, 잡록이라는 범주에서 벗어나지 못했고 이제현도 『역옹패설』이란 책에서 패설이란 용어를 사용했으나 잡록과 동의어로 이해되며 잡록 또한 허구적인 상상의 소설이기보다는 사실에 가까운 실화에 지나지 않는다.

김시습의 『금오신화』가 나타난 지도 오래인데 소설이란 용어는 좀체 비치지 않았다. 그러다가 어숙권에 이르러 동국에는 소설이 드물다고 지적한 데서 소설이란 용어가 비치기 시작했다. 그는 『파한집』『보한집』 등을 예로 들면서 『금오신화』를 이에 포함시켰는데 잡록류에 『금오신화』를 함께 묶은 데는 어떤 공통분모가 있었기 때문일 것이다. 그것은 일정한 이야기를 가진 점에서 묶지 않았나 생각된다.

그렇다고 한다면 소설은 일정한 이야기를 가진 것으로 이해된다.

이수광도 서거정의 『필원잡기』, 성현의 『용재총화』 등과 함께 『금오신화』를 같은 범주로 귀속시켰다.

이들은 소설을 상당히 넓은 의미로 이해하고 있었음이 분명하다.

이처럼 넓은 의미로 사용된 소설을, 어떤 관점에서 무슨 요소를 보다 소중하게 여겼느냐에 따라 견해도 달라지게 되며 긍정적인 면에서 대접을 받기도 했고 부정적인 면에서 천시를 하기도 했던 것이다.

조선조 학자들에 의해 소설의 찬반대립은 치열하게 논의되었다.

먼저 소설을 긍정적인 면에서 본 예를 들어보자.

양성지는 패관소설에 이르러 견문을 넓히는 데 이용되거나 심심풀이로 삼았으니 소용되지 않는 것이 없다[14]고 해서 소설의 효용을 견문제공과 파한으로 보았다. 유몽인은 소설에는 교훈적 기능 이외에 오락적 쾌락까지도 기대할 수 있다[15]고 했다. 이덕형마저도 소설을 교훈적 기능으로 이해한 탓인지 소설 속의 말이 비록 저질이고 조잡하더라도 명교(明敎)에는 도움이 된다[16]고 했다. 이는 서구에 있어 소설의 2대 전통적 기능인 쾌락설, 교훈설과도 우연히 일치함을 발견하게 된다.

이들과는 달리 김만중은 연의와 역사를 구분하면서 소설「연의」이 역사보다는 구체적이면서 호소력 있게 독자를 수용한다[17]고 했고 이규경도 소설의 존재 이유를 역사의 보충[18]에서 찾으려고 했다.

그렇다고 인정하더라도 그들은 소설을 독립된 문학 양식으로 보기보다는 소설의 본질과 존재 이유를 어디까지나 역사 서술에 두고 이를 보충하려는 데서 찾았기 때문에 조선조 학자들은 소설의 양식에 대해 부정적인 견해가 지배적이었다고 하겠다.

이덕무는 소설의 비속함을 지적하기를, 소설은 위로 당론이나 청담에도 미치지 못하고, 가운데로는 패관 야담에도 미치지 못하며, 아래로는

---

14) 梁誠之 :「東國滑稽傳」서
15) 柳夢寅 :「於于野談」서
16) 李德泂 :「松都記異」, 抄爲小說以備閑 賢言雖 俚野 不無有助於名 敎世也
17) 金萬重 :「西浦漫筆」하
18) 李圭景 :「五洲衍文長箋散藁」하

전기(傳奇)나 지괴(志怪)에도 미치지 못한다[19])고 혹평을 서슴지 않았다. 하물며 음탕한 내용을 다룬 소설이나 현실성이 없는 소설을 경멸했다.

또한 소설을 두고 '허(虛)를 세우는, 공(空)을 추구하는, 귀신과 꿈을 이야기하는 데 지나지 않는다'고도 피력하기까지 했던 것이다.

홍만종도 『순오지』에서 소설은 세상을 사악하게 만들 뿐 아니라 종묘 사직을 뒤흔들 위험마저 있다고 신랄하게 비판했다.

이식마저 그의 『택당잡저』에서 연사(演史)의 근본은 어린 아이들이 장난 삼아 쓴 글과 같아서 위로는 속되고 아래로는 사직을 어지럽게 한다고 했다. 그 또한 역사 서술이라는 편견에 지나치게 치우쳐 생각했기 때문에 소설의 본질과 기능에 대한 이론의 궁핍을 면할 수 없겠다.

비록 소설을 긍정적인 면에서 본 학자들일지라도 소설을 역사 기술의 보완관계로 파악한 태도에서 결코 벗어나지 못했다.

요컨대 조선조 유학자들은 진실에 가까운 내용을 전하기 위해 의도적으로 이야기를 지어내는 허구의 묘에 눈길을 돌리지 않았다.

이상에서 살펴보았듯이 조선조의 소설관은 '소설은 무엇인가'보다는 '소설을 어떻게 생각했는가'에 초점이 몰려 있었음을 알 수 있다. 한마디로 관(觀)은 있었으나 논(論)은 전혀 없었다.

따라서 조선조는 소설에 대한 이론다운 이론이 없었으며 소설을 생각하기는 했으나 부정적인 면이 우세했다고 하겠다.

---

19) 李德懋 : 「靑莊官全書」 권5

3) 소설 출현의 실마리

세종(世宗)의 훈민정음(訓民正音) 창제는 자주와 민주의 보람을 보다 알차게 경영한 영단(英斷)임에 분명하다. 특히 창제로부터 반포를 전후한 정음의 보급은 실로 거룩한 영명(英明)이 아닐 수 없다.

먼저 『용비어천가(龍飛御天歌)』를 짓게 해서 역성(易姓)으로 말미암은 갈등을 가시게 하고 천명사상을 고취하는 등 여민동락(與民同樂)을 꾀함과 동시에 정음 보급의 가능성을 시험했다. 이어 세종은 숭유억불의 국시에 어긋나는 『석보상절』을 중수하고 언해하는 신중까지 보였다.

『석보상절』은 불경 가운데서도 가장 흥미있는 대목을 골라 이야기를 하듯이 문답체를 빌어 써 정음의 효용을 굳히고 부처의 거룩함을 되새겨 교화를 베푸는 데 주안을 두었다. 예를 들면 선혜(善慧)와 구이(俱夷)의 꽃사연에서부터 석가의 탄생, 아우 선용(善容)의 출가연, 목련존자(目連尊者)의 효성, 도야와 비도야의 모래 보시, 아육왕(阿育王)의 8만 4천탑 조성기 등이며 중간 중간에 「안락국태자전(安樂國太子傳)」을 비롯해서 「선우태자전」 「인욕태자전(忍辱太子傳)」 「왕랑반혼전(王郞返魂傳)」 등을 삽입했다. 이런 대목들 가운데 소설의 출현에 직접적인 영향을 미쳤을 것으로 보이는 「안락국태자전」, 「목련전(目連傳)」, 「선우태자전(善友太子傳)」, 「금우태자전(金牛太子傳)」, 「왕랑반혼전」 등은 소설적 수준[20]을 어림하기에 부족함이 없다고 하겠다.

언해불서(諺解佛書) 당시는 숭유억불(崇儒抑佛)의 정책이 본궤도에 오른 무렵인데도 유학의 사서삼경(四書三經)을 본으로 하지 않고 불교의

---

20) 史在東 : 불교계 국문소설의 형성과정연수, 아세아문화사, 1979, 29~67쪽

경전인 부처의 삼세담(三世談)을 바탕으로 불경을 언해해 보급했다는 것은 도타운 신심이 아니고는 감히 상상할 수조차 없는 일이다. 실로 현실적인 유학보다는 초월적인 종교인 불교에 귀의하려는 영단임이 분명하다. 물론 세종은 소헌왕후(昭憲王后)의 명복을 빌기 위한 추천(追薦)과 왕권쟁탈을 둘러싼 살륙의 번뇌를 끊으려는 속셈도 없지는 않았을 것이다.

세종은 대궐 안에 내불당을 두면서 유자들의 벌떼같은 반발도 회향으로 숙지게 했고 경향의 선비들과 성균관의 유생들까지 궐기하는데도 불윤으로 물리쳤으며 안평(安平)과 수양(首陽) 대군까지 앞세웠다.

이 무렵의 불교는 지난 날의 찬란했던 교세와 융숭했던 영화를 되새기면서 저항하다가 죄를 짓고 숨어 다니거나 관아에 아부해서 일신의 안위를 누리려는 속승배들로 몰락한 신세가 되었는데, 세종의 영단에 힘을 얻어 아부배로 전락하는 것을 응징하면서 성역을 보호하기 위해 현실을 어떻게 타개할 것인가로 갈등을 겪게 된다.

그랬으니 불승들은 갈등을 승화시키는 방안을 어떻게든 모색했을 것이며 갖은 모색 끝에 당면한 내외적 갈등을 해소하고 이를 승화시키는 방편으로 언해불서 사업에 동참했을 것이다. 그것도 실천적인 행동화가 아닌 오직 허구적인 상상의 세계를 빌릴 수밖에 없었을 것이다.

그 결과, 당연하게도 소설의 세계가 요청되었는지도 모른다. 소설이야말로 허구의 상상세계를 창조하면서 인간의 고뇌와 갈등을 수용하고 이를 해소하는 바람직한 그릇이 아니겠는가.

소설의 그릇을 빌려 재미있고 유익한 이야기를 무기로 하고 그것도 현실적인 행동화로 신흥 사대부와 맞대결하는 것이 아니라 허구적인 상상의 세계, 곧 초월적인 내용을 주로 해 대중 포교의 제1의적인 사업으로 선택했을 것이며, 언해불서는 소설 출현에 있어 단초가 된 셈이다.

마침내 김시습이 나타나 소설의 출현을 보게 된다.

김시습이 방랑의 길로 들어선 지 9년, 나이 29세 되던 세조 8년 가을에 한양으로 들어갔다가 효령(孝寧)의 권유에 의해 세조의 언해불서를 도와 한때 내불당에서 교정을 맡아 일을 했고 세조의 공덕을 찬양하는 시까지 지었었다. 그리고 31세 되던 봄에는 금오산실을 복축해서 평생을 은둔하기로 작정했으나 상경했으며, 한양에 수일 머물다가 환산의 시를 또 효령에게 바치고 금오산으로 곧장 들어갔다.

한때 불서를 맡아 교정했던 김시습은 가장 재미있는 상상과 초월적인 존재를 자연스레 넘나들게 되었을 것이다. 『금오신화』도 허구의 세계인 초월적 상상의 세계를 다루었는데 결코 우연의 일치일 수만은 없겠다. 여기에는 김시습의 인생관과 세계관이 내재되어 있기 때문에 사상적 배경에 대해서도 일단은 관심을 가져야 한다.

『금오신화』의 제작에 이설이 있는데 금오(金鰲)에 유의하면 금오산에 은둔했던 시기로 타당성을 제고할 수 있다.

『금오신화』는 전기소설(傳奇小說)이다. 전기소설을 이해하려면 도선사상(道仙思想)부터 살펴보는 것이 순서일 것이다.

도선사상(道仙思想)은 도가와 신선사상, 그리고 도교의 성격을 포괄하고 있다. 도가(道家)는 노장의 허무와 무위자연이 핵을 이루는 자연의 도다. 노장은 도를 우주의 생성원리로 이해했다.

곧 無로 본체를 삼고 자연의 化를 우주의 실상으로 삼았으며 숙명론에서 초월적 인생관에 도달하려는 사상이다.

신선사상은 영생불사(永生不死) 또는 불로장생(不老長生)을 위한 양생술의 연마에 있다. 장수한다거나 영원히 살 수 있다는 것은 인간이 누릴 수 있는 최대의 꿈이며 이상이라고 할 수 있다. 이런 인간의 욕망을 이루어 보려는 생각이 신선사상을 낳게 되었다.

대표적인 예로 장자(壯子)는 진인(眞人)을 신인, 지인, 성인이라고도 했는데 진인 곧 신선이 초세의 경지에 이르게 되면 현실의 영화에 현혹되지 않으며 욕해(慾海)마저도 빠지지 않으면서 상천하지출세입세간(上天下地出世入世間)을 유유자재하는 것으로 믿었던 것이다.

도교(道敎)는 신선사상에 종래부터 있어 왔던 민간신앙(民間信仰)을 융합시켜 집단적인 종교의식(宗敎意識)으로 개조시킨 것을 말한다.

종전의 귀신에 대한 신앙과 무속을 비롯한 민간신앙은 물론이거니와 신선양생술(神仙養生術)이 융합되고 도가사상이 결합된 결과로 도교가 성립된 것이라고 할 수 있다. 진인은 생사를 초월한 사변적 성격인데 비해 후대에 와서는 육체적으로는 장생불사가 불가능함을 깨닫고 이를 정신적으로 전환시켜 초월적인 신선의 체득으로 방향이 변했다.

이 세 사상은 현실을 초월하려는 기본태도에 있어 상통되는 점을 가지고 있었기 때문에 이를 포괄할 수 있는 것이 도선사상이다.

이런 도선사상이 중국의 소설 형성에 지대한 영향을 끼쳤듯이 우리의 소설에도 영향을 미친 바 실로 크다 하겠다.

『금오신화』도 예외가 아니다. 『금오신화』는 초현실적이고 몽상적이며 비현실적 괴기(怪奇)의 내용을 담았으며 낭만성을 주조로 하고 있다.

주인공이 초현실적인 저승의 세계를 무상히 넘나들며 귀신과 수작하는데 이는 이상향에 도달하려는 열망을 대변해 주고 있다 하겠다. 현실에서 불우했던 주인공이 환상적 세계로 들어가 풍류를 즐기며 그들과 함께 회포를 푸는데, 이는 작가 자신이 현실에서 불우했던 생활을 초월적 세계로 전환시킴으로써 정화하려는 보상심리가 동인이었다고 할 수 있다. 이를 뒷받침할 수 있었던 배경은 도선사상이 된다.

그러나 소설은 단순히 괴기적 공상의 산물만은 아니다. 작가가 의식했든 하지 않았든 무의식적인 욕구가 창작동인이 될 수도 있다. 이 무의식적인 욕구도 도선사상에 있으며 신이의 세계, 곧 초월적 세계에 대한 동경이 잠재해 있었기 때문에 그대로 작품에 반영된 것은 아닐까.

소설은 현실의 갈등을 해소할 뿐만 아니라 이를 승화시켜 준다. 이를 승화시키는 방편의 하나로 행동화가 아니라 허구적인 상상의 세계, 곧 초월적 존재에 대한 보상으로 출현을 보게 된 셈이라고나 할까.

『금오신화』의 초월성은 이승에 살고 있는 주인공이 저승 세계의 귀신과 교잡하는 데 있다. 그것도 주인공이 죽은 후에 저승으로 가서 만나는 것이 아닌 이승에 살고 있으면서 저승의 여귀와 사랑을 나누며 염부와 수부를 넘나든다. 이승 사이에서 이루어지는 교제와 다름없이 진행되며 그것도 일상적인 생활에서 초월적(超越的) 세계로 접근한다.

주인공이 초월적인 세계로 접근할 수 있었던 계기는 불우한 처지에 있었을 때다. 영락한 유생으로서 현실을 타개할 수 있는 유일한 돌파구, 그것은 초월적 세계인 저승의 세계일 수밖에 없었을 것이다.

그러면서 현실의 불우를 보상받을 수 있는 세계, 현실에서는 도저히 이루어질 수 없으나 경이와 신비로 유도되는 초월적 환상의 세계만이 가능하다고 믿지 않았을까.

그런데 초월적 세계를 자유자재로 넘나들 수 있는 사람은 도사나 방사

다. 도사는 신과 내통할 수도 있으며 귀신마저 다스릴 수 있는 심령술에
대통해 있다. 그는 혼백을 찾아줄 수도 있고 부적이나 주술의 방법으로
인간의 비원을 성취시켜줄 수도 있다.

　더욱이 비원을 카타르시스할 수 있다고 믿은 것은 도선적 민간신앙의
믿음이 신실했기 때문에 가능했고 그런 신심이 자연스럽게 소설로 전이
되어 초월적 환상세계를 창조할 수 있었던 것은 아닐까.

현실계

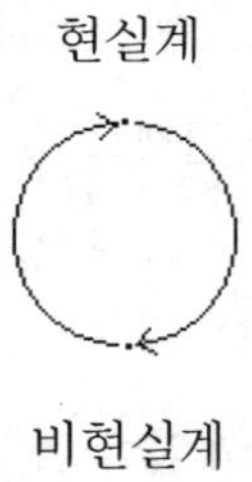

비현실계

　이런 구조는 신화에서와 마찬가지로 회귀나 순환으로 진행되고 있으
며 그것이 가능하다고 믿는 사상적 배경은 조선조 사람들이 믿었던 도선
사상의 신심, 바로 그것에 있었다고 할 수 있겠다. 이런 인식에서만이
현실에서 초현실적 세계로의 점입(漸入)이 가능할 수 있었으며 초월적
세계에서 현실로의 회귀가 자연스럽게 진행되는 틀을 유지할 수 있었을
것이다.

4) 어떤 것인가의 모색

소설이란 무엇인가는 여전히 미해결의 문제로 남아 있다.

소설의 개념조차 분명하지 않으면서도 소설에 대한 연구는 다각도로 진행되고 있다. 원래 소설이란 용어도 오늘날 우리가 흔히 사용하는 소설의 개념과는 달랐다. 즉 오늘날의 소설이란 개념이 옛날의 소설과는 다를 뿐만 아니라 우리가 다루고 있는 소설이란 용어도 옛날의 것과는 의미가 다르다. 하기사 옛날에는 소설이란 무엇인가에 대한 명제에 대해 본격적으로 논의했다기보다는 소설이란 어떤 것인가에 대한 견해만 피상적으로 피력했을 뿐이라고 하겠다.

이를 두고 혹자는 소설이란 무엇인가를 전제로 갈래의 문제를 제기함으로써 소설을 깊이 있게 살필 수 있을 것으로 보았고 실제 그런 작업을 장황하게 추진했다.[21]

그 결과, 문학 갈래를 작품외적 세계의 개입이 없는 세계의 자아화(自我化)인 서정, 작품 외적 세계의 개입으로 이루어지는 자아의 세계화인 교술, 작품 외적 자아의 개입으로 이루어지는 자아와 세계의 대결인 서사, 작품 외적 자아의 개입이 없는 자아와 세계의 대결인 희곡으로 분류하고 갈래 문제에 있어 이 넷으로서 천고(千古)의 의문이 풀렸다고 했다.

이를 전제로 소설이란 무엇인가에 대한 명제를 자아와 세계의 대결로 한정시켜 해답을 찾으려 했던 것이다.

그는 소설을 음양이기(陰陽二氣)의 대립으로 파악했는데 이기철학에 바탕을 두고 음과 양, 곧 이(理)와 기(氣)를 자아와 세계의 대결이라는 지극히 모호한 해답을 제시했다. 소설이란 무엇인가에 대한 명제를 이기

---

21) 조동일: 「한국소설의 이론」, 지식산업사, 1979, 67~136쪽 '자아와 세계의 소설적 대결에 대한 시론'.

철학에 바탕을 두고 논의한 방법론적인 시론은 높이 살 만하나 이기철학의 이해부터 문제로 지적될 수 있다. 단순히 소설은 자아와 세계의 대결로 결론 짓기에는 너무나 복잡하다. 소설가가 자아와 세계의 대결을 위해 소설을 쓰고 보다 많은 독자가 자아와 세계의 대결에 젖어들기 위해 소설을 읽는 것은 아니기 때문이다. 소설이란 그릇에는 그 무엇이 있기 때문에 작가가 소설을 쓰고 독자가 이를 읽는 문학사회현상을 도외시할 수 없다.

그렇다면 소설이란 무엇인가에 대한 해답은 소설이란 어떤 것인가에서 해답을 찾을 수밖에 없다. 소설이란 어떤 것인가는 곧 소설의 성격을 말하게 되며 제반 소설의 성격은 자료 현상에서 찾아내어 공통 분모를 추출하는 것이 바람직하기 때문이다.

고전소설의 용어는 내용적인 것보다는 시간적인 것을 보다 많이 포함하고 있다. 고대 - 여기서는 조선조 - 는 이미 과거의 시대이므로 고정되어 있으며, 어떤 면에서는 완성되어 있어 확고부동한 상태라고 할 수 있다. 현대는 미완성이며 과도적이고 진행 중에 있기 때문에 언제, 어떻게 변모할지 모르는 변용적·유동적·동적인 시기다.

그렇다고 해서 이것이 고전소설과 개화기소설, 현대소설의 단절을 의미하는 것은 아니다. 고전소설은 개화기소설과의 단절이기보다는 어떤 면으로든 새로운 것을 생성시켜주는 지렛대 역할을 했으며, 개화기소설도 현대소설에 어떤 면으로든 영향을 알게 모르게 끼친 것만은 부인할 수 없다. 따라서 고전소설이란 어떤 것인가의 해답은 이 삼자를 대비함으로써 해답을 찾아야 한다.

고전소설은 제재면에서 볼 때 신화, 전설, 민담에서 취했고 문장은 산

문으로 표현되어 있으며, 구성방식은 시간적 · 진행적 방법을 택했다고
한다.

그런데 이런 단순한 제시만으로 고전소설의 성격을 부각시킬 수 없기
때문에 개화기소설과의 대비는 물론이고 현대소설의 성격까지도 대비시
킴으로써 나타나는 차이점으로 성격을 제시할 수밖에 없다.

먼저 고전소설과 개화기소설의 성격을 제시한다.

	고전소설의 성격	개화기소설의 성격
제 재	신화 전설 민담	현실 실생활
문장형식	산문, 구전문학(율문)	산문
용어	문어체	구어체 언문일치
구성방식	시간적 진행적	분석적
주제성향	선추구 권선징악	미학적 실태적
등장인물	유형적 정형적	어떤 성격의 대표
	선 악의 대표	
표현방식	설명적 설화적	묘사적
표현양상	과장적	사실적
표현초점	외부적 상황	내부적 상황
사건성격	행동적 유형적	심리적 내용적
주제초점	인간의 외부적 조건	인간의 내부적 조건
주제방향	낙관적	비관적
종말	행복한 결말	비극적 결말

위의 표를 보면 고전소설은 조선조시대의 반영이며 개화기소설은 근

대시대의 반영이 뚜렷하므로 성격의 차이로 구별이 가능하다.

그리고 고전소설의 성격을 보다 부각시키기 위해 개화기소설과 현대소설의 대비도 해야 한다. 현대소설은 고전소설이나 개화기 소설과는 달리 현재도 진행 중이기 때문에 확고부동한 것이 아니라 언제, 어떻게 변모할지 모르는 가변성은 제고되어야 한다.

	개화기소설의 성격	현대소설의 성격
등장인물	특정된 개인 보편성	개별자 단독자 예외자
구성방식	분석적	입체적 시점의 다원화
사건초점	대사회적 관계로 전개	대아적 관계로 전개
주제초점	내부적 운명적	존재문제 실존문제
시제의식	과거 현재 미래 명확	과거 현재 미래 혼착
표현분야	의식세계	무의식 잠재의식의 세계
표현방식	묘사적	상징적
주제성향	비관적	절망적
공간묘사	명확	혼착

이상의 대비에서 얻어진 고전소설이란 어떤 것인가의 해답은 아직도 지극히 불완전하다. 그것도 소설의 본질에 피상적으로 접근한 것에 지나지 않는다. 고전소설의 성격은 제반 이론을 극명해서 총체적으로 밝혀질 때 비로소 본궤도에 도달할 수 있기 때문이다.

고전소설이란 어떤 것인가, 나아가 고전소설이란 무엇인가 하는 문제는 앞으로도 계속적으로 모색해서 해결의 실마리를 찾아내야 하며 이의 실마리를 위해서도 끊임없이 연구해야 할 것이다.

　이런 이유로 본다면 여기서의 고전소설이란 무엇인가는 한낱 시론(試論)에 불과할지도 모른다.

　그러나 시론이 되지 않기 위해 끊임없이 방법론을 제시하고 추구해 나갈 것임을 밝혀둔다.

6. 작중 인물과 서술

1) 작중 인물의 명명

　소설 속의 인물은 실재 인물이 아닌 허구적인 인물이다. 실재의 인물이라고 하더라도 일단 소설 속으로 들어오게 되면 허구적인 인물로밖에 될 수 없는 것이 소설의 속성이다. 그런데 그런 인물은 현실 속의 인물일 수도 있고 영원히 상상의 틀에만 매어 있는 인물일 수도 있다. 그리고 그런 인물은 다른 인물이나 사건과 동떨어져 존재하는 것이 아니라 뗄래야 뗄 수 없는 관계망을 가지면서 독자적으로 존재한다.

　조선조 소설에는 서로 떨어질 수 없는 관계를 가지면서 상대적으로 짝을 이루고 있는 인물들이 의외로 많다. 「춘향전」의 춘향과 이도령, 「홍부전」의 흥부와 놀부, 「운영전」의 궁녀 운영과 소년 선비 김생, 「콩쥐팥쥐전」의 콩쥐와 팥쥐, 「구운몽」의 성진과 팔선녀, 「심청전」의 심청과 심봉사 등은 나름대로 개성을 가지면서 서로에게 알게 모르게 영향을 미치고 있으며 주어진 환경 속에서 관계의 망을 통해 구체적으로 보여주고 있다.

이런 관계의 망(網)은 인물에게만 한정된 것은 아니다. 경우에 따라서는 장소나 물건으로까지 확대될 수 있으며 작가가 그려서 보여주기 위한 가상의 세계까지도 확대될 수 있다. 뿐만 아니라 인간 존재의 상징 이상으로 소설의 등장 인물들과 불가분의 관계를 가질 수도 있다.

그런 관계도 인간의 행복을 가로막는 장애물이라기보다는 인물과 한가지로 관계의 망으로 존재하기 때문에 작가에게 있어 등장인물이야말로 분신과도 같으며 아들과 딸이라고 할 수 있다.

그렇기 때문에 주인공들의 명명(Appellation)을 결코 소홀히 할 수 없다.

이처럼 중요한 작중 인물에 대해 고전소설의 작가는 어떻게 이름을 지어 관계의 망을 확대하고 심화시켰을까?

현대소설과는 달리 고전소설의 명명풍속도(命名風俗圖)는 어떤 이름인가에 관심이 있었다기보다는 선인과 악인이 인과응보에 의해 권선징악의 교훈성을 독자에게 어떻게 전달하는가에 관심이 있었다. 때로는 관심이 지나쳐 명명이 그대로 표제로 채택되어 주제로까지 확대되고 구조까지 심화시켜 하나의 명명망(命名網)으로 묶었다고 하겠다.

그런 명명의 틀을 정리하기로 한다.

○ 성씨의 명명

성씨만으로 주인공을 명명한 단순한 형태다.

이런 명명의 틀은 소설이 본격적인 단계로 접어들기 이전의 소설에 나타나는 명명이라고 할 수 있다.

「만복사저포기(萬福寺樗蒲記)」: 양생, 최씨

「이생규장전(李生窺牆傳)」 　　　 : 이생, 최랑

「취류부벽정기(翠遊浮碧亭記)」: 홍생, 기씨

「허생전(許生傳)」 　　　 : 허생, 변씨

「한씨보응록(韓氏報應錄)」 　 : 한생

「수성궁몽유록(壽聖宮夢遊錄)」: 김생

이밖에도 「금생이문록」의 금생, 「피생명몽록」의 피생은 주인공이기보
다는 주인공의 이야기를 들려주기 위한 화자의 입장에서 명명한 예가 된
다.

또한 사소설과도 같이 작가 자신의 호를 명명한 예도 있다.

「달천몽유록」의 파담(坡潭)은 윤계선(尹繼善)의 호며, 「대관재몽유록」
의 대관재(大觀齋)는 심의(沈義)의 호다. 이들은 주인공이기보다는 화자
(話者)의 입장에 놓여있기 때문에 주인공의 명명이라고 할 수 없다.

이런 명명의 틀은 현대소설에도 나타난다. 이효석의 「메밀꽃 필 무렵」
의 허생원, 조선달, 동이라는 인물과 전광용의 「사수」에 등장하는 나와
B의 인물이 대표적인 예가 된다.

○ 실존 인물의 명명

실존 인물의 명명은 역사소설이나 전기소설에 나타나는 명명이 되는
데 실존 인물이 소설의 주인공으로 명명되었을 때는 사실보다는 허구적
이며 주로 설화적인 인물이 된다.

「최치원전(崔致遠傳)」	: 최치원
「전우치전(田禹治傳)」	: 전우치
「임경업전(林慶業傳)」	: 임경업
「박태보전(朴泰輔傳)」	: 박태보
「홍경래전(洪景來傳)」	: 홍경래
「홍길동전(洪吉童傳)」	: 홍길동

그런데 「최척전(崔陟傳)」처럼 비교적 사실적으로 서술되기도 했으나 「배시황전(裵是滉傳)」은 신유(申劉)를 내세우기보다는 허구의 인물인 배시황을 등장시켜 나선정벌을 소설화하기도 했다.

○ 탄생에 따른 명명

출생의 신이(神異)나 태몽의 숨은 일화를 그대로 적용해서 주인공의 이름을 명명한 예가 된다.

「금송아지전(金犢傳)」	: 금독
「금방울전(金鈴傳)」	: 금령
「석태룡전(石太龍傳)」	: 석태룡
「신유복전(申遺腹傳)」	: 신유복

이들 주인공들의 명명과정에 있어 금독(金犢)은 보왕후가 왕자를 낳자 다른 왕후가 이를 시기해서 암소에게 던져주고 암소가 이를 먹고 금송아

지를 낳은 데서 명명했고 금령(金鈴) 또한 부인이 죽은 남편과 교합해 낳은 아이가 금빛나는 방울이었기 때문에 명명한 예가 된다.

석태룡(石太龍)은 석공 부부가 태룡사에서 기자발원 후에 아들을 낳았는데 절 이름을 그대로 차용해서 명명했으며 춘향(春香)은 월매의 꿈에 천상 선녀가 도화 한 가지를 전해주는 꿈을 꾸고 태어났기 때문에 도화가 봄 향기의 상징으로 생각해서 춘향이라고 명명했다.

이는 일반적인 의미에서 고유명사로 굳어진 명명이라고 할 수 있다.

○ 도교와 관련된 명명

일반적인 명명과는 달리 도교사상과 관련해 명명한 예가 된다. 이러한 명명에는 두 종류가 있는데 다음과 같다.

첫째, 선금신수사상의 명명이다.

「이인전(李麟傳)」: 부모가 자식을 얻기 위해 후원에 단을 쌓고 백일기도를 드린다. 이에 감동한 옥황상제가 오자서(伍子胥)의 혼령을 장강성에 붙이고 기린의 형상을 주면서 우미인의 혼을 덧붙여 현세로 하강시키는 꿈을 꿨는데 아이가 태어나자 기린의 형상을 따 명명한다.

「난학몽(鸞鶴夢)」: 한공 부부가 석경산에서 기자치성한 후 선녀가 내려와 부부를 옥제에게 인도한다. 옥제는 부부의 정성에 감응해 산호함에서 난과 학을 꺼내주는 꿈을 꾼 데서 학선으로 명명한다.

「육시룡전(陸豺龍傳)」: 육공 부부가 기자치성을 한 뒤, 육공은 여의주를 물고 품안으로 기어드는 꿈을, 부인 박씨는 백호가 품안으로 드는 꿈을 꾼 데서 쌍둥이가 태어나자 육시룡과 육시호로 명명한다.

둘째, 신선사상으로 명명한 예가 된다.

이는 별의 이름이 소설의 주인공으로 명명되는 과정에서 적강 이전의 천상신분과 초월적 능력의 잠재성까지 예견되어 있는 명명이다.

「사각전(謝角傳)」: 사승상이 구리산에 들어가 기자치성한 뒤, 부인의 꿈에 황룡을 타고 내려온 선관이 이르기를, 각성이 상제께 월궁 선녀를 희롱한 죄로 적강되었다는 꿈을 꾼 데서 명명한다.

「오선기봉(五仙奇夢)」: 황업종의 부인이 숭산에 들어가 기자 치성을 한 다음, 그의 꿈에 남극 노인성이 나타나 천상 오성이 상제께 득죄해서 적강되었음을 전하고 그중 갈 데 없는 태을성(太乙星)을 부탁하는 꿈을 꾼 데서 아이가 태어나자 태을(太乙)이라고 명명한다.

「낙성비룡(落星飛龍」: 이주현이라는 사람이 무자함을 근심하다 못해 치성을 드린 뒤, 그의 꿈에 문성(文星)이 방안에 떨어졌다가 황룡이 되어 승천하는 꿈을 꾼 데서 문성으로 명명한다.

이상은 선금신수와 신선 상징이 등장 인물로 명명으로 된 예다.

이런 명명은 천상 적강자가 현세적 초월자로 전이되고 주인공의 성격 창조와도 직결된다고 할 수 있다.

1920년대 명명의 예를 들어보기로 한다.

> 한 화공(畫工)이 있다.
> 화공의 이름은? 지어내기가 귀찮으니 신라 때의 화성(畫聖)의 이름을 차용(借用)하여 솔거(率居)라 하여 두자. —시대는?
> 시대는 이 안하에 보이는 도시가 가장 활기 있고 아름답던 시절인 세종 성주의 때쯤으로 하여 둘까?
>
> 「광화사」

독자는 이제 내가 쓰려는 이야기를, 유럽의 어떤 곳에 생긴 일이라고
생각하여도 좋다. 혹은 사오십 년 뒤에 조선을 무대로 생겨날 이야기라
고 생각하여도 좋다. 다만, 이 지구상의 어떠한 곳에 이러한 일이 있었는
지도 모르겠다. 있는지도 모르겠다. 혹은 있을는지도 모르겠다. 가능성
(可能性)은 있다. ─이만큼 알아두면 그만이다.
   그런지라, 내가 여기 쓰려는 이야기의 주인공되는 백성수(白性洙)를
혹은 ‘알베르트’라 생각하여도 좋을 것이요, 또는 호모(胡某)나 ‘기무라’
모(某)로 생각하여도 괜찮다. 다만 사람이라 하는 동물을 주인공 삼아 가
지고, 사람의 세상에서 생겨난 일인 줄만 알면…… 이러한 전제로써, 자
그러면 내 이야기를 시작하자.

「광염소나타」

이런 명명의 태도는 비록 독자적인 생명체를 가진 등장 인물로 명명했
다 하더라도 귀찮다고, 괜찮다고 하는 투의 명명은 독자적인 명명의 미
학 이전에 작가의 무성의와 독자를 우롱한, 아니 고전소설에 나타난 명
명의 미학보다도 못한 명명이 아닐 수 없다.
   고전소설의 명명은 명명의 미학을 의식하지도 않았는데 때로는 진지
하게 고심해서 명명한 흔적을 엿볼 수 있다.

2) 작중 인물의 틀

소설의 주인공은 작가가 마련한 허구의 세계에서 다양한 성격을 가지
고 활동한다. 그는 선인이 될 수도 있으며 악인이 될 수도 있다. 물론
춘향과 같은 열녀도 될 수 있고 심청과 같은 효녀도 될 수 있다.

때로는 장식적인 요소일 수도 있으며 또 때로는 행동의 주체로서 존재하고 느끼며 타인과의 관계를 지속시켜 나갈 수도 있다.

그러면서 이들 주인공들은 서로 대립하고 조화하면서 하나로 합쳐지는 구성의 핵이 된다.

이런 인물들을 틀로 묶다 보면 일정한 유형으로 분류할 수 있다.

○ 선인과 악인

행동의 주체로서 일에 앞장 선 사람, 충동적이고 역동적인 행동을 유발하는 인물이 주인공이다. 이런 주인공에는 선인도 있고 악인도 있다.

선인의 틀은 악인의 틀과는 대조적이면서 상대적이라고 할 수 있으며 악인이 있기 때문에 선인이 돋보이게 된다.

천하에 둘도 없는 선인이며 효행이 지극한 흥부는 전답과 재산을 놀부에게 빼앗기고 쫓겨난다. 흥부는 형에게 쌀 되나 얻으려고 찾아갔다가 온갖 구박과 욕설이며 매만 맞고 쫓겨나며 품팔이 매맞으러 갔다가 공매만 맞고 헛탕치고 돌아온다. 봄이 돌아오자 제비가 새끼를 치고 어린 새끼가 떨어져 다리를 다쳤는데 흥부는 이를 고쳐주고 이듬해 박씨를 물어다주는데 이를 심어 가을에 부자가 된다.

놀부는 흥부가 제비 때문에 부자가 되었다는 소식에 일부러 제비 다리를 부러뜨려 고쳐주고 부자가 되려다 패가망신하게 된다.

이때 흥보가 이 말 듣고 급히 급히 건너가서 형의 목을 안고 운다.
"애고 형님, 이게 웬일이오. 동생놈의 말을 듣고 이 몰골이 웬일이오.
여보시오, 장군님네들. 부모 대신 장형이오니 형을 이제 죽일테면 소인부터 죽여주오."

"이놈, 놀보야. 네를 죽일테나 네 죄를 이미 안다 하고 또한 너의 동생
으로 보고 살려주는 것이니 차후에는 명심하라."

「박흥보전」

선인인 홍보는 악인인 놀보를 개가천선케 하는 주동인물이다.

「장화홍련전」의 장화 자매도 전형적인 선인이다. 장화 자매는 자랄수
록 미모가 빼어났으며 효행도 특출했다.

그런데 생모가 죽고 계모가 들어오자 학대와 구박이 심하다. 장화는
허씨의 간계로 장쇠에게 끌려나가 심산 못에서 죽임을 당하고 신원(伸冤)
할 길이 없자 신임 부사의 공청에 나타나 허씨의 죄상을 밝히고 배좌수
는 윤씨를 새로 얻어 장화 자매의 후신인 듯한 자매를 낳아 부귀를 누린
다는 권선징악의 주동인물이다.

「콩쥐팥쥐전」의 콩쥐도 선인의 전형이다.

콩쥐는 계모 배씨 밑에서 갖은 학대를 당한다. 배씨는 콩쥐에게 나무
호미로 돌밭을 매게 하고 구멍난 항아리에 물을 긷게 한다. 외가집 잔치
에 가려는 콩쥐에게 짜던 베를 다 짜게 하고 겉피 석 섬을 말려 찧어놓고
가라고 한다. 콩쥐는 하늘 선녀의 도움을 받아 베를 짜며 겉피를 찧어놓
고 외가로 가다가 감사 행차에 놀라 신 한 짝을 빠뜨린다. 그로 인해 감사
의 아내가 되고 팥쥐를 죽여 돌려보내 배씨마저 죽게 한다.

콩쥐는 설화가 낳은 전형적인 선인의 틀이다.

이런 선인형의 틀에 비해 악인형의 인물은 어떤 탐욕이나 개인적인
욕망에 의해 마침내 악의 소굴로 떨어지는 유형이라고 할 수 있다.

놀보는 전형적인 악인으로 탐욕과 심술이 사납다.

이처럼 놀보는 심술이 사나울 뿐만 아니라 욕심이 항우같다. 쌀 얻으
러 온 동생에게 내외가 달라붙어 매로 때리고 구박과 욕설로 내쫓는다.
놀보의 행패는 여기서 끝나지 않는다.

벼락부자가 된 흥보에게 질투심으로 견디다 못해 제비 다리를 부러뜨
려 고쳐준 대가는 재물은커녕 패가망신하게 된다.

「콩쥐팥쥐전」의 배씨도 전형적인 악인의 틀이다.

전씨 소생 콩쥐에게 나무호미로 돌밭을 매게 하고 구멍난 독에 물을
기르게 하며 외가에 가려는 콩쥐에게 짜던 베를 다 짜고 겉피 석 섬을
말려 찧어놓게 한다. 또한 신 한 짝을 주은 감사가 주인을 찾아주려 했을
때, 배씨는 콩쥐의 신인데도 팥쥐의 신으로 우기어 감사의 부인이 되게
했다가 발각되어 죽게 되는 악인형의 전형이 아닐 수 없다.

「장화홍련전」의 허씨도 악인형이다.

허씨는 생김새도 추악하고 심술도 사납다. 장화 자매를 학대하다 못해
아들 장쇠에게 심산 연못으로 끌고 가 물에 빠뜨려 죽게 한다. 그런 악행
끝에 장화 자매의 신원에 의해 끝내 처형되는 악인형이다.

이런 악인형에는 보조 인물이 있게 마련이다. 놀보에게는 그의 아내가,
배씨에게는 팥쥐가, 허씨에게는 장쇠가 그림자처럼 붙어 보조한다.

이런 악인형의 인간은 처음에는 득세하지만 끝에 가서는 패가망신하

거나 죽게 되는데 지나치게 권선징악적 틀에 얽매이어 어떤 개성도 찾아
볼 수 없는 전형적인 악인으로 고정화되고 말았다.

○ 열녀와 충신

춘향은 이도령에 한해 전형적인 열녀형으로 퇴기 월매의 소생으로 보
면 기생신분인데도 변학도의 수청을 거절할 뿐 아니라 죽음으로 항거한
다. 춘향유문은 열녀의 전형을 대변했다고 할 수 있다.

> 서방님, 내 말씀 들으시오. 내일이 본관 사또 생신이라. 취중에 주망나
> 면 나를 올려 칠 것이니 형문 맞은 다리 장독이 났으니 수족인들 놀릴손
> 가. 만수운환 흐트러진 머리 이렁저렁 걷어얹고 이리 비틀 저리 비틀 들
> 어가서 장피하여 죽거들랑 삯군인 체 달려들어 둘러업고 우리 둘이 처음
> 만나 놀던 부용당의 적막하고 요적한 데 뉘여놓고 서방님 손소 염하되
> 입은 옷 벗기지 말고…
>
> 　　　　　　　　　　　　　　　　　　　　　「열녀춘향수절가」

이런 열녀형에는 보조인물로 악인이 등장하고 있다. 보조인물로 말미
암아 열녀형은 더더욱 열녀화되기 마련이다. 춘향도 탐관오리 변학도에
의해 갖은 고초를 겪으나 그로 인해 수절은 빛이 난다.

「옥단춘전」의 옥단춘도 열녀의 전형이다.

옥단춘은 평양감사의 수청도 거절하고 감사의 친구인 혈룡을 사모해
그를 죽음에서 구해줄 뿐 아니라 집으로 데려가 기거하게 하면서 과거준
비를 시킨다. 그녀의 헌신적인 보살핌으로 공부한 혈룡은 상경해 장원
급제하고 평안도 어사를 제수받아 평양으로 내려온다. 그는 옥단춘이 어

떻게 대하나 시험하기 위해 걸인으로 위장하고 그녀를 찾아가 과거에 낙방했으며 가산마저 탕진해 걸인이 되었다고 거짓으로 말한다.

그런데도 옥단춘은 시종일관 열녀의 행동만 보인다.

> "일생을 살자 하면 무슨 일을 아니 보오리까. 한을 말고 일체 근심 마
> 옵소서. 과거는 천수이오니 금년뿐 아니오라 후일 다시 보옵소서. 내 집
> 에 옷이 없소. 그만 일로 장부가 근심하면 대사불성하옵니다.
>
> 「옥단춘전」

평양감사는 이방에게 옥단춘과 혈룡을 배에 싣고 강물에 던져 죽이라고 한다. 이를 보다 못한 혈룡은 감사를 파직하고 유배까지 보낸다.

이처럼 옥단춘은 보조인물에 의해 열녀로 더욱 더 형상화된다.

「채봉감별곡(彩鳳感別曲)」의 채봉, 「부용상사곡(芙蓉相思曲)」의 부용 등 애정소설의 여주인공들도 열녀형에 묶을 수 있다.

충신형의 틀에 들 수 있는 인물은 영웅소설의 주인공이다.

「임장군전」의 임경업은 전형적인 충신형이다.

의주 부윤이 되어 축성하고 호국의 침입에 대비한다. 호졸은 의주를 피해 침입해서 인조에게 항서를 받아냈을 뿐만 아니라 세자 형제를 볼모로 잡아간다. 경업은 세자 형제를 볼모로 잡아가는 길을 막고 호졸을 무찌르다 세자 대군의 요청에 의해 길을 열어주고 대성통곡한다.

경업이 호국으로 끌려가다가 탈출하며 피섬으로 숨어들어 호국을 치려다 생포되어 재차 호국에 끌려가서도 끝내 지조를 꺾지 않는다.

마침내 세자 대군 일행과 함께 송환되어 돌아오다가 의주에서 간신 김자점이 보낸 암살자에게 비운의 일생을 마친다.

천추에 한을 품고 일생을 마친 임경업은 죽어서도 왕의 꿈에 나타나
김자점의 역모를 깨우쳐 음모를 분쇄케 한다.

「임장군전」

꿈의 계시를 받은 왕은 김자점(金自漸)을 죽일 뿐 아니라 배를 갈라
오장을 끊고 간을 내어 제를 올리며 축문지어 경업의 혼백을 위로한다.
충신형의 인물도 보조인물인 간신 때문에 더욱 돋보이게 된다.

○ 적강 선인

적강 선인의 주인공은 비범성을 지니고 태어나게 마련이다.

이런 형태는 고전소설이 지니는 로망스적인 속성에서 비롯되는데 욕
망충족의 실현이나 이상적인 인물형으로 고정화되어 있다.

뿐만 아니라 적강 선인의 초월적 능력은 인간으로서 겪게 되는 사건과
갈등해소에 결정적인 요인이 된다. 이 갈등해소야말로 행복한 종말과 천
상복귀가 전제되어 있다.

「신유복전」은 한라산 선관이 나타나, 천상 규성 선동으로 하느님께 득
죄하고 진세에 적강되었으니 잘 키우라는 꿈을 꾼 최씨의 몸에서 유복자
로 태어난다. 유복은 초년 고생 끝에 장원 급제하고 수원부사가 되어 선
정을 베풀며 승진되어 내직으로 들어가 병조판서가 된다. 호국이 명을

침입하자 조정에서는 유복으로 원수를 삼아 출병하게 한다.

유복은 명제로부터 대원수로 제수되고 백모황월과 청룡유성퇴를 하사받아 격전 끝에 호병을 대파하며 국력을 중원에 떨치고 회군하는 영웅의 원형으로 만년 부귀를 누린다.

이런 인물은 임종시 천상복귀되기 마련이다.

> 때마침 천지 진동하고 채운이 일어나며 옥저 소리 다시 나는 듯하더니 공과 부인이 간 데 없거늘, 비로소 여러 자녀들이며 남녀 노소들도 상공이 백일승천한 줄을 알고 애통해 하며…
>
> 「신유복전」

「김희경전」의 희경도 천상 선동으로 득죄하고 갈 곳을 몰라 방황하다가 황룡사 부처의 지시로 석씨의 몸에 잉태되어 태어난다. 희경은 장성해 과거에 급제하고 한림학사가 되며 승진해서는 이부상서가 된다. 위왕이 모반하자 희경은 대원수가 되어 출정한다.

이에 희경은 공을 세우고 회군하며 함께 출정했던 장원수는 바로 가연을 맺었던 남장 여인 설영임이 뒤늦게 드러나 결혼하고 이어 공주와 이 소저마저 맞아들여 만년의 부귀영화를 누린다.

> 운수로부터 옥저소리 나더니 일위 선관이 내려와 부모를 향하여 왈 "이별하신 후 무량하시나이까?" 하며 읍하거늘,
>
> 부모 답례하여 왈 "존사를 한번도 상면치 못하였사온데 이별이란 말씀이 무슨 말씀이오이까?"
>
> 선관이 미소 왈 "삼청에서 그대 네 선녀를 눈 준 죄로 진세에 적강하였더니 옥황상제께옵서 감동하샤 죄를 특사하시와 나로 하여금 그대와

네 부인을 데려 오라 하시기로 왔사오니 지체 말고 발정하여 가사이다."
하거늘…

　　김희경도 네 부인을 데리고 동시에 천상복귀한다.

　　이런 인물의 주인공은 영웅으로 입증되는 과정에서 시련을 겪게 되고 시련 중에 도사가 나타나 주인공이 지니고 있는 잠재능력을 현실적으로 전환시켜주며 주인공은 인간 능력의 한계에 이를 때마다 이를 극복해내는 영웅의 일생으로 일관하게 되어 있다.

　　주인공의 행동을 어떤 틀로 묶는다는 것이 바람직한 지는 모르겠으나 지금까지 보인 틀은 시도에 지나지 않으며 입체적 인물여부, 인물들 사이의 종속적 관계, 대립과 갈등에서 빚어지는 관계망 등을 고려해서 더 세분할 수도 있을 것이다.

3) 작중 인물의 서술 양식

　　소설의 인물은 서술의 양식에 의해 독자에게 전달되기 마련인데 고전소설에 있어서는 인물의 서술이 이야기 밖의 화자에 의해 전달된다. 그것은 작중 인물을 위해서가 아니라 독자를 위해서 여러 가지 사건과 모험을 무대 위에 올려놓기가 쉽기 때문일 것이다. 권선징악의 교훈이나 영웅들의 시련 극복은 이미 예정된 것이며 그것도 단일한 성격으로 일관했기 때문에 그런 인물은 평면적인 인물이 될 수밖에 없다. 게다가 이야기 밖

에서 서술하기 때문에 묘사보다는 설화적이며 서술적으로 기울어지기
일쑤이다.

> 천중절을 모를쏘냐, 추천을 하려 하고 향단이 앞세우고 나려올 제, 난
> 초 같이 고운 머리 두 귀를 눌러 곱게 땋아 금봉채를 정제하고 나운을
> 두른 허리 미양에 가는 버들 심이 없이 띄운 듯 아름답고 고운 태도 아
> 장거려 흔들거려 가만가만 나와서는 장림 속으로 들어가니 녹음방초 우
> 거져 금잔디 쫘르륵 깔린 곳에 황금 같은 꾀꼬리는 쌍거쌍래 날아들 제,
> 무성한 버들 백척 장고 높이 매고 추천을 하려 할 제…
>
> 「열녀춘향수절가」

이야기 밖에서 소개할 경우는 그에 어울리는 무대에 올려놓고 개성적
인 인물을 보여주기 마련인데 위의 예문은 지나치게 과장하고 있어 인상
적인 모습이 되레 흐려졌다. 춘향의 고운 자태를 보여주려 했는지, 봄
경치의 아름다움을 서술하려 했는지 초점이 맞지 않으며 내용마저도 분
명치 않아 성격이 약화될 수밖에 없다고 하겠다.

> 얽은 중에 추비한 때는 줄줄이 맺혀 얽은 구멍에 가득하며 눈은 다리
> 구멍 같고 코는 심산궁곡 험한 바위 같고 이마는 너무 벗으려져 태상로
> 군 이마 같고 키는 팔 척 장신이요 팔은 늘어지고 한 다리는 저는 모양
> 같아 그 용모를 차마 보지 못할러라.
>
> 「박씨부인전」

이시백이 신부를 처음 본 모습을 독자에게 소개하는 서술이다. 박씨가
전생에 죄를 입어 추한 허물을 뒤집어썼다고 하나 지나치게 과장되어

있어 도무지 생동감이 나지 않는다. 아니, 숙명의 너울을 쓴 박씨에게 동정이나 연민의 정이 솟아나야 하는데도 되레 실소만 자아나게 하는 서술에 독자가 감동할 리 없으며 얼굴, 생김새, 몸집, 팔, 다리 등에 대한 묘사는 시간의 진행에 의해 서술되었지만 실감을 느낄 수 없다.

> 방문을 열어 보니 향취 측비하며 일위 소녀 여아 방중에 앉았으니 요요작작하고 유한정정함이 요조숙녀요 짐짓 일색 가인이라.
> 그 여자 부끄러움을 머금고 일어나 맞거늘 공이 또한 내념에 이상함을 이기지 못하여 도리혀 묵묵무언일러니…
>
> 「박씨부인전」

박씨가 추한 탈을 벗은 순간의 모습을 보여주기 위한 서술이다.

고전소설 특유의 서술은 어떤 추상적인 틀과 과장된 톤을 가지고 있는데 독자에게 보여주기 위한 것인지, 화자 혼자 흥에 취해 흥얼거리는 독백인지 구분이 되지 않는다. 묘사에 치중했다기보다는 한문 문구의 나열과 요식화된 설화로 생동감이 죽어 있다. 그것도 3인칭 서술로 일관하면서 한결같이 과장된 톤으로 이끌어간다. 이야기니까, 이야기하는 식으로 인물을 특징지었기 때문에 개성적인 인물을 창조하기에는 지난했을 것이다.

이런 서술과 묘사를 두고 죽은 서술이며 죽은 묘사라고 한다. 더욱이 이런 문장을 두고 죽은 문장이라고 한다.

4) 작중 인물의 전신

작중 인물은 작품 속에서만 살아 움직이는 인물이다. 그러나 그렇지 않은 인물들도 있다. 작중 인물이 설화적인 인물이거나 실재적인 인물일 때는 소설 속의 인물 이전의 전신(前身)이 있을 수 있기 때문이다.

이런 전신을 가진 인물도 일단 소설 속으로 들어오게 되면 작중 인물이 되기 마련이며 독자는 소설 속의 인물을 대면하기 때문에 도식화된 인물을 만나게 된다. 그것도 갈등과 대립, 숨겨진 가지가지의 동기들, 어떤 감정의 야기, 정신적인 카타르시스까지 독자에게 보여주기 위해서다. 이유는 인물, 사건, 상황 등 소설에서 야기되는 유기체(有機體)를 통해 독자 스스로 지각될 수 있도록 하기 때문이다.

작가는 의식적이든 무의식적이든 작중 인물이 성장해서 입신출세하는 내용만을 독자에게 전달하지 않는다.

소설은 사건의 기술이라기보다는 기술의 사건으로, 소설 속 주인공의 전신에 관심을 두기보다는 소설로 나타난 인물로 인식되기를 바란다.

「최고운전」은 치원이 열두 살에 당에 건너가 열여덟 살에 급제해 고병의 서기가 되고 토황소격서로 문명을 날린 소설 이전의 전신에 관심이 있었던 것이 아니다.

보다 큰 관심은 파경노로서 나승상의 사위가 되고 당으로 들어가 당제를 우롱하며 돈수사죄케 하는 데 있으며 신라로 돌아와서도 현실에 안주하기보다는 가야산 입산으로 지선이 되는 데 있다.

「임경업전」도 경업의 실재적인 전기에 관심을 두기보다 영웅이 철저하게 몰락해 가는 과정을 독자에게 보여주고자 한다.

「윤지경전」도 실존 사실보다는 이름을 차용하는 데 관심이 있으며 「배시황전」도 신유를 전신으로 허구적 인물의 창조에 관심이 있다.

특히 「임진록」은 임진란시 활약한 인물들에 관심이 있었던 것이 아니다. 행동의 옮기기보다는 처절한 패배를 정화시켜 자기보상화나 체념화된 자위화에 보다 관심이 있었다.

따라서 「임진록」은 다양한 이본군이 형성되었고 이본마다 다르고 또 달라야 했던 이유는 바로 발표 지지가 없었던 시대에 있어 오늘날의 칼럼과 같은 표현욕구의 소산이며 당 시대의 소리, 그 총화라고 할 수 있으며 전신보다 소설적인 인물 창조에 관심이 있었다.

고전소설에 있어 보여주기 위한 인물은 소설 이전의 전신은 죽어 버리고 소설 속의 이미지만 남게 마련이다. 그것은 마땅히 그래야 되고 또 그럴 때만이 진정한 소설이 될 수 있다.

우리가 소설을 읽을 때, 인물의 전신에 관심을 두기보다는 소설적인 인물에 관심을 둬야 한다는 명제를 잊어서는 안된다. 그리고 설화적인 인물마저도 설화적인 인물에 관심이 있었던 것이 아니라 소설적인 인물에 관심이 있었음도 잊어서는 안될 것이다.

「심청전」의 심청은 『삼국유사』 거타지(居陀知) 설화에 나와 있듯이 거타지가 품에서 꺼낸 일지화가 여자로 변했다는 설화, 『삼국사기』의 연권녀설화, 『조선사찰사료』에 수록되어 있는 관음사 사적, 구비설화로 전해오는 연기설화에 관심이 있는 것이 아니라 효의 화신으로 눈 먼 아버지를 눈뜨게 했다는 희생정신에 관심이 있었다고 할 수 있다.

「춘향전」의 춘향도 근원설화에 관심이 있었던 것이 아니다.

춘향의 절개, 변학도의 횡포, 암행어사가 되어 내려온 이도령, 감초 같은 향단과 방자 등의 인물에 관심이 있었으며 춘향과 이도령의 맺어질 수 없는 사랑의 진전에 보다 관심이 있었다고 하겠다.

춘향의 가는 허리 후리쳐다 담숙 안고 기지개 아드득 떨며 귓밥도 쪽
쪽 빨며 입술도 쪽쪽 빨면서 주홍같은 혀를 물고 오색단청 순금 장 안에
쌍거쌍래 비둘기 같이 꿍꿍 꿍꿍 으흥거려 뒤로 돌려 담숙 안고, 젖을 쥐
고 발발 떨며 저고리 초매바지 속것까지 활씬 벗겨놓으니 춘향이 부끄러
워 한편으로 잡치고 앉을 제, 도련님 답답하여 가만히 살펴보니 얼굴이
복쩜하여 구슬땀이 송실송실 앉았구나.

「열녀춘향수절가」

위의 인문에서도 확인할 수 있듯이 설화적인 인물보다는 소설적 인물,
소설이 추구하는 주제, 사랑의 결실에 관심이 있었다.

그러므로 소설의 전신은 어디까지나 전신 그 자체로 남아 존재하는
것이지 결코 소설 자체의 인물은 아니라고 할 수 있다.

이때 감사는 수청기생 계월(桂月)이와 함께 자다가 갑자기 문밖에서
"암행어사 출도야!" 하는 벽력같은 소리에 놀라 황망히 깨어났으나 촛불
을 켤 넋마저 잊은 채 어둠 속에서 손으로 더듬더듬 간신히 옷을 찾아
걸쳤는데 웬걸, 계월의 속곳이다. 감사는 다급하게 내헌으로 들어가는데
차림새가 매우 괴상망측했다. 계월이도 벌거벗은 몸으로 감사를 따라 황
급히 들어간다. 감사는 해학을 잘하기도 했으나 또한 좋아했다. 감사는
다급한 와중에서도 계월의 가는 허리 덥썩 안고 사타구니를 가리키면서
"추위에 감기 걸렸는가? 어찌 그리도 콧물을 줄줄 흘리는가?" 하고 희롱
한다. 계월은 잠시 돌아보다가 "사또께서는 정삼품의 지위에 오르셨습니
까? 불같은 물건이 툭 튀어나와 어찌 그리도 크오이까? 그러나 이런 횡
액을 당한 처지에 농담을 해 무엇에 쓰오리까. 정신 좀 차리시고 무사하
시기나 도모하세요." 하고 핀잔을 줬다.

「오유란전」

이런 등장 인물에서 전신을 찾기란 지난한 일이 아닐 수 없다.

그러므로 소설의 등장 인물은 소설 속의 인물이지 실존 인물은 아니다. 비록 실존 인물일지라도 소설 속으로 들어오게 되면 작가의 상상에 의해 만들어진 인물, 가상의 인물이 될 수밖에 없다고 하겠다.

7. 구성, 회귀(回歸)와 순환(循環)

1) 모두(冒頭)의 어떤 틀

소설의 모두는 작품 전체를 관장하는 것으로 소설이 제시하는 최초의 틀이고 암시적이며 상징적으로 드러나기 마련이다. 그것도 독자로 하여금 흥미와 호기심을 유발시키는 최초의 대면이 되며 지극히 자연스럽게 흥미유발의 효과를 배가하는 쪽으로 접근된다. 또한 소설의 모두는 글 쓰는 이에게 있어 최초의 행위요 몸짓이기 때문에 어떤 침묵으로부터 이야기가 떠오르도록 암시적으로 구성하지 않으면 안된다.

고전소설의 모두는 이런 사전 지식이 없는데도, 아니 아무런 묵계가 이뤄지지 않았는데도 어떤 일정한 틀을 가지고 있다.

소설이란 그릇은 상상의 허구 속에 진실을 표현하기 마련인데 고전소설에 있어 상상의 허구는 옥황상제를 정점으로 하는 천상세계다.

그러면서 비현실의 세계는 현실계와 조화되면서 새로운 허구의 세계를 창조해 독자에게 그 어떤 진실을 보여주려고 한다.

모두로 등장하는 공간인 천상, 수중, 저승의 세계는 옥황상제를 정점으로 관계망을 형성하며 유지되고 있다.

이런 모두는 자식이 없는 집에서 기자치성한 뒤, 천지신명이 감동해서 자식을 점지해 주는 것으로 시작된다.

> 일일은 크게 깨쳐 옛 사람을 생각하고 가군을 청하여 엿자오되
> "공손히 하는 말을 들으시오. 전생에 무슨 은혜 끼쳤던지 이생에 부부 되어 창기생활 다 버리고 예모도 숭상하고 여공도 힘썼건만 무슨 죄가 진중하여 일점 혈육이 없으니, 육친 무족 우리 신세 선영 향화 뉘라 하며 사후 감장 어이하리. 명산대찰에 신고나 하여 남녀간 낳게 되면 평생 한을 풀 것이니 가군의 뜻은 어떠하시오?"
> "일생 신세 생각하면 자네 말이 당연하나 빌어서 자식을 낳을진되 무자한 사람이 있으리오."
> 월매 대답하되 "천하 대성 공부자도 이구산에 빌으시고 정나라 정자산은 우성산에 빌어나 계시고 아 동방 강산을 이를진되 명산대천이 없을손가. 경상도 웅천주 천의는 늦도록 자녀 없어 최고봉에 빌었더니 대명 천자 나 계시다. 대명 천지 밝았으니 우리도 정성이나 들여 보사이다. 공든 탑이 무너지며 심은 나무 꺾일손가."
>
> 「열녀춘향수절가」

인용문에 나타나 있듯이 모두는 자식이 없는 집에서 부부가 함께 천지신명께 기도하게 되고 이에 감응한 천지신명은 자식을 점지하여 주는 것으로 시작된다. 그렇게 태어난 주인공은 갖은 시련 끝에 입신출세하게 되며 대미에 가 부귀영화를 누린다.

기자(祈子)의 유형은 부인이 먼저 남편에게 하늘에 기도하여 득남한

예가 있다 하니 우리도 하늘에 기도나 드리자고 하면, 남편은 빌어서 자식을 얻을진되 무자할 사람이 어디 있겠느냐고 반대하다가 나중에는 부부가 함께 명산대천을 찾아가 기도하는 것으로 시작되는 틀이다.

여기서 기도의 대상이 문제된다. 단군이 산신이 되었다는 신화적인 이야기로부터 산악숭배사상은 면면히 이어져 왔으나 고전소설에서는 산악숭배와는 또 다른 면이 있다. 비록 명산대천을 찾아 기도를 드리나 산신 아닌 천지신명으로 표현되는 하늘이다. 이때의 하늘은 자연이나 천공이 아니며 초월적 신은 더욱 아니다. 단지 천지신명일 뿐이다.

그런데도 소설가는 마음껏 허구의 세계를 넘나든다.

> 오월 오일 갑자라.
> 한 꿈을 얻으니 서기 반공하고 오채 영롱하더니 일위 선녀 청학을 타고 오는데 머리에는 화관이요 몸에는 채의로다. 월패소리 쟁쟁하고 손에는 계화 일지를 들고 당에 오르며 거수장읍하고 공손히 엿주오되
> "낙포의 딸이러니 반도 진상 옥경 갔다 광한전에서 적송자 만나 미진 정회하올 차에 시만함이 죄가 되어 상제 대노하샤 진퇴에 내치시매 갈 바를 몰랐더니 두류산 신령께서 부인댁으로 지시하기로 왔사오니 어엿비 여기소서." 하고 품으로 달려들새 학지고성은 장경고라.
> 학의 소리에 놀라 깨니 남가일몽이라.
>
> 「열녀춘향수절가」

> 그날 밤에 부인이 자연 뇌곤해서 안식에 의지하여 잠깐 졸더니 비몽사몽간에 한라산 선관이 일개 선동을 데리고 와 부인을 대하여 왈
> "부인의 정성을 감사히 여기어 이 아이를 드리니 잘 교육시켜 문호를 빛나게 하시되, 이 아이는 범상한 아이가 아니라 천상 규성 선동으로서 하느님께 득죄하여 진세에 적강함을 당하였으니 이후 영귀하려니와, 그

러나 그대 부부 전생에 죄 중하여 수한이 길지 못함에 이 아이가 초년 고생을 면하지 못하겠기로 그대 부부는 아들의 낙을 보지 못할 것이니 가장 슬프고 불쌍하도다." 하고 문득 간 곳을 아지 못할러라.

마침 계명성에 최씨 놀라 깨어보니 일장춘몽이라.

「신유복전」

천지신명일 따름인 명산대천이 천상의 주재신(主宰神)으로 상상의 나래를 접었다. 이때 천상의 주재신은 천상과 지상, 지상과 수중, 지상과 저승까지 주재하는 신이 된다. 도교의 주재신은 옥황상제이다.

이런 도교사상을 전이시킨 고전소설의 주인공들은 한결같이 천상에서 상제에게 득죄한 선인을 진세로 적강시킨 뒤, 갈 곳을 몰라 헤매일 때 산신들이 이들을 인도해 기자치성한 집안에 태어나게 된다.

인간은 현세에서 이루지 못한 온갖 소원을 자신이 믿고 의지하는 신에게 기원하기 마련인데 이와 같은 기원이 소설의 모두로 등장한다.

이런 모두의 틀을 찾아보면 다음과 같은 것이 있다.

첫째, 명산대천(名山大川)이나 일월성신(日月聖神), 후토신령(厚土神靈)에게 발원해 주인공이 태어나는 모두가 된다.[22]

청임을 더우 잡고 산수를 밟아 들어가니 지리산이 여기로다. 반아봉을 따라서 사면을 둘러보니 명산대천 완연하다. 상상봉에 단을 마련해 제물을 진설하고 단하에 복지하여 천신만고 빌었더니…

「열녀춘향수절가」

---

22) 이와 같은 소설로는 「오선기봉」 「형산백옥」 「육효자전」 「신유복전」 「금강취류」 「유충렬전」 「용문전」 「장백전」 「장풍운전」 「유문성전」 「왕장군전」 「장익선전」 「정수정전」 「정비전」이 있다.

　　…상상봉에 올라 삼층 제단을 정결히 건축하고 주야로 부부 정성을 다
하여 하느님께 백일기도 발원하고 집에 돌아온 후에 혹시 하느님이 감동
하샤 은택을 내리실까 부부 서로 위로하며 담화하더라.

「장익선전」

　그런데 명산대천이 감응하여 자식이 태어나는 모두에 있어 그들의 신
령으로 태어나는 것이 아니라 상제(上帝)께 주달하고 상제의 하명을 받
아 인간에게 뜻을 전달하는 매개자(媒介者)에 지나지 않는다.
　때로는 불전에 발원해서 주인공이 태어나는 모두도 있다. 앞의 경우는
명산대천인데 비해 불전(佛前)이라는 점이 다를 뿐이다.

　　홀연 몸이 곤하여 서안을 의지하였더니 비몽사몽간에 한 동자 청의를
입고 들어와 절하여 가로되 "소자는 남해 용자옵더니 부왕을 뫼시고 천
궁에 갔삽다가 서방 금성 차자 태백으로 더불어 백학 승부를 다투다가
상제 노하샤 태백은 적거하고 소자는 인간에 내치시매 갈 바를 몰라 주
저하옵더니 마침 남해 중림사 관음보살이 이리로 지시하기로 왔사오니
어엿비 여기소서." 하고 품안으로 드는지라.

「곽해룡전」

　　자연 몸이 곤하여 난간에 의지하고 잠깐 조으더니 비몽사몽간에 하늘
로서 청의동자가 운무에 쌓여 내려와 절하고 엿자오되 "소동은 동해 용
자로서 옥황께 득죄하여 하계에 내치시매 갈 바를 아지 못하옵더니 금불
안 부처가 지시하기로 왔사오니 어엿비 여기소서."

「어룡전」

　불전에 발원해서 태어나는 주인공은 남해 용자거나 동해 용자로 상제

께 득죄하고 적강한 선인들인데 이들 주인공을 인도하는 매개자는 부처와 보살이거나 때로는 선관도 된다.

이때 용궁이나 수부의 세계도 천상 선계와 마찬가지로 상제의 주재하에 들어가는데 이는 도교의 범우주관에 해당된다. 용궁이나 수부의 왕자라 할지라도 득죄하면 천상 선인들과 같이 진세로 적강하게 되며 부처나 보살이 인도함은 그들도 상제의 권능하에 있음을 시사해준다.

둘째, 부처나 보살에게 직접 발원하는 모두가 있다.[23]

> 일일은 부인이 침선을 다스리다가 오수방농하여 상상해 지었더니 몸이 스스로 가는 사이 없이 한 곳에 다달으니 이곳 다른 데 아니요 처사로 더불어 재계도축하던 연화봉 자하암이라.
>
> 마음에 반가와 정전에 올라가 불전에 무수 배례하니 홀연 석가세존이 하교하시어 왈 "너의 부부가 전생 죄상이 많아 차생에 속죄하노라 혈속을 없이 하였더니 너희 양인의 정성 도축이 지극할 뿐 아니라 선심을 닦기로 내 상제께 주달해 귀자를 지시하나니 이는 천상 태을선으로 요지 연회시에 옥액에 대취해서 태을선녀를 희롱한 죄와 소변을 쏴 좌석을 더럽힌 죄로 상제 노하샤 병인으로 인간에 적강하라 지시하나니 잘 길러 영화가 무궁할 것이오." 하고 그 끝이 홀연 변하여 청룡이 되어 달아들거늘 대경 창황하여 깨달으니 오수일몽이라.
>
> 「유화기몽」

> 그날 밤 이경에 부인이 일몽을 얻으니 공중으로서 청의선관이 황학을 타고 오운에 쌓여 부인전에 재배 왈
>
> "소자는 천상 선관으로서 상제 전에 시위한 선녀를 눈 주며 서로 글

---

23) 이런 소설로는 「옥류몽」, 「김진옥전」, 「운영전」, 「이봉빈전」, 「권익중전」, 「김희경전」, 「장국진전」, 「음양옥지환」 등이 있다.

지어 화합하고 난만수작한 죄로 지하에 내려와 십년 고생 지낸 후에 부
귀를 주시매 갈 바를 아지 못하와 사해로 다니오며 불우지지옵더니 뜻밖
에 쌍룡사 부처님이 부인께 지시하오매 왔사오니 부인은 어엿비 여기소
서.” 하며 문득 간 데 없거늘 부인이 놀라 깨달으니 남가일몽이라.

「설홍전」

이런 모두의 경우라 할지라도 부처가 하늘의 옥황상제에게 주달하고
상제가 이를 받아들여 자녀를 점지해 주며, 이런 주인공은 천상 선관이
거나 상제의 시동으로 반도를 몰래 따 먹거나 시녀를 희롱한 죄가 발각
되어 인간세계로 적강된 인물이다.

여기서 주목해야 할 점은 부처와 옥황상제의 관계다.

불교의 경전에는 상제의 존재에 대한 경전이 있을 리 만무하지만 소설
에 있어서는 양자가 공존하고 있는 점이 특이하다.

우리 나라는 성립도교는 없으나 민간 신앙의 적으로 도교적 의식은
널리 퍼져 있었다. 그리고 천상 주재신인 옥황상제는 만천하의 신으로
지상, 수부, 선계 그 어디에나 존재한다고 믿었다. 그런데도 주재자인 옥
황상제를 직접 받들어 모실 신앙의 적이 따로 없었기 때문에 그 방편으
로 명산대천이나 대찰의 부처 앞에서 발원했을 따름이다.

불은 상제하에 주달하는 중간자이고 상제는 이 중간자를 통해 지상으
로 하명하는 것으로 결구되어 있더라도 의도적인 장치에 불과하다. 이때
신령, 용왕, 부처는 만천하의 주재자인 상제의 명을 충실히 따르는 종속
적인 인물이며 도교의 선관인 성신과도 같다.

따라서 민간신앙의 적이 소설로 자연스럽게 전이되고 모두의 틀을 형
성한 것이 아닌가 생각된다.

고전소설의 모두에 있어 불전에 기도하는 것만을 가지고 불교소설이라고 함은 판단의 잘못일 수 있다. 상제에게 기원하는 중간자로 불전이 모두에 등장한 이외에 어떤 불교적인 의미를 찾아볼 수 없기 때문이다.

셋째, 하우(夏禹)의 묘와 관왕묘(關王廟), 때로는 가신(家神) 사당(祠堂)이 모두로 등장하는 경우의 예가 된다.

공이 들어가 보니 현판에 금자로 씌었으되 하우씨 묘라 하였거늘 즉시 묘에 들어가 목욕재계한 후에 탑하로 나아가 공수재배하고 독축하니…

천상에서 일러 왈 "너의 조상은 유명한 대현(大賢)이라. 어찌 자손의 향화(香火)를 끊이게 하리요. 짐이 너를 위하여 보옥 셋을 주나니 이는 지극한 보배라."

「음양삼태성」

선관이 소왈 "너희 어찌 나를 알지 못하느냐? 고황제를 뫼셔 일광천하하던 위국공이니 매양 향화를 당하여 너의 부부 효성에 감동하여 잔을 받아 취포함을 깨닫지 못하나 다만 너의 후사가 없음을 근심하더니 오늘 마침 문성(文星)을 따라 옥계에 올라가 인간 발원을 살피더니 상제께옵서 너의 염직청결(廉直淸潔)인데도 일개 사속이 없음을 불쌍히 여기샤 무곡을 하강케 하시니…

「화산기봉」

이때 등장하는 매개자는 천상 선관이 된 조상이다.

조상의 혼령은 상제가 인간 세상에 내려보내는 사자로 중간자며 조상 묘당에 정성껏 치성하는 후손에게 자식을 점지해준다.

　　상제 하교하시되 "이 아이는 내 슬하에 두고 매일 사랑하더니 인간화
복 꾸민 문서 한 권을 잃은 죄로 적하하되 널로 하여 암양하라 하시기로
데려다가 부인께 드리오니 부인은 귀히 기르옵소서." 하고 간 데 없거늘
부인이 놀라 깨달으니 일장춘몽이라.

「임진록」

　이와 같은 모두를 가진 소설은 위기의 순간마다 주인공을 음조하는
소설적 변이를 입어 더욱 더 구체화된다.

　요컨대 모두는 독자와 대면하는 최초의 의식적인 행위로 도교적인 몸짓
을 통해 시작되고 꿈이라는 신비성으로 주인공을 탄생시켜 전개로 이어지
며 도교적인 민간신앙을 드러내는 언어와 이야기로 모두의 틀을 형성하고
있다.

2) 소설의 대미

　고전소설의 대미(大尾)는 독자로 하여금 전혀 상상이나 여운이라곤 남
겨주지 않는다. 글 쓰는 이는 독자에게 지나치게 친절하다고 할까. 이제
는 주인공에 대해 더 이상 보탤 것도 뺄 것도 없다는 식으로 종지부를
매정스럽게 찍어 버린다. 아니, 그것이 인생의 어떤 삽화나 일장춘몽에
지나지 않는다고 서슴없이 단정한다. 횡포치고 굉장한 횡포다.

　이런 대미는 모두에서 제시된 내용을 토대로 대립이나 갈등을 결말짓
는 행위와도 직결된다.

　이때 작가의 욕심이라곤 소설의 키를 독자에게 맡기거나 반전을 통해

독자를 우롱하거나 해서 독자의 기대에 어긋나는 과욕은 찾아볼 수 없다.
그저 욕심을 부리지 않고 행복으로 일관하고 있다.
　그런 소설의 대미를 들어보겠다.

　　이때 마침 천지 진동하고 채운이 일어나며 옥저소리가 다시 나는 듯하
더니 공과 부인이 간 데 없거늘, 비로소 여러 자녀들이며 남녀 노소들이
상공이 백일 승천한 줄을 알고 애통해 하며 상공과 부인의 덕성을 사모
하면서 일희일비하며 지내더라.

「신유복전」

　　홀연 공중으로서 채운이 일어나며 옥저소리가 들리더니 백발노인이
공의 앞에 내려와 읍하며 왈 "그대 인간고락이 어떠하뇨? 이미 인연이
진하였으니 날과 한가지로 천당에 올라 선관 행락을 누림이 좋도다." 하
고 금거옥륜(金車玉輪)을 계하에 놓고 오름을 재촉하니 공의 부부 하릴
없이 자질을 이별하고 옥련에 오르니 오운이 옥련을 둘러 가는 바를 아
지 못하니 이른바 백일승천함이라.

「금강취류」

　　홀연 공중으로 옥저소리가 나며 선관 선녀가 내려와 읍하여 왈 "왕상
은 그 사이 무고하시며 인간 흥미 어떠하시나이까? 지금 상제 명하샤 존
공 양위를 뫼시러 왔사오니 시간을 어기지 말고 바삐 가사이다." 하니
연왕 부부 마지 못하여 모든 자질을 불러 왈 "우리는 인간 사람이 아니
라 천상 사람으로 죄를 짓고 인간에 적강하였더니 상제 명이 계시기로
아니 가지 못할지라." 하더라. 이때 여러 자제들이 망극하여 하늘을 바라
보고 백배 축수하며 일변 희한하게 여기고 일변 슬퍼하더라. 진실로 유
공과 이낭자는 선관 선녀로 인간에 적강하여 전생의 죄를 속하고 도로
승천하니라.

「유문성전」

　　운소로부터 옥저소리가 나더니 일위 선관이 내려와 부모를 향하여 왈
"이별한 후 무량하시나이까?" 하며 읍하거늘,
　　부모 답례하여 왈 "존사를 한번도 상면치 못하였사온데 이별이란 말씀
이 무슨 말씀이오이까?"
　　선관이 미소 왈
　　"삼청에서 그대 네 선녀에게 눈 준 죄로 진세에 적강하였더니 옥황상
제께옵서 감동하샤 죄를 특사하시와 날로 하여금 그대와 네 부인을 데려
오라 하시기로 왔사오니 지체 말고 발정하여 가사이다."
　　하거늘, 부모 생각하되 별 도리없는 줄 알고 여러 자녀를 불러 "충효
절의 밖의 행위를 하지 말라." 잠깐 경계하여 말을 마침에 옥저소리가
다시 나더니 부모 여러 부인으로 더불어 선관을 따라 삼청 세계에 오
르니라.

「김희경전」

　　모두의 틀에서는 몇 가지로 나눠 설명할 수 있으나 대미에 오면 한결
같이 선관에 유도되어 승천하는 것으로 일관하고 있다. 독자에게 가장
친절한 듯하면서도 가장 잔인한 대미라고 할 수 있다. 그것은 독자의 궁
금증을 완전히 해소시켜 주었기 때문에 친절하다는 의미이며 독자에게
상상의 여백을 가혹하리 만큼 철저하게 빼앗았기 때문에 잔인하다는 의
미가 된다. 현대소설에 있어 독자가 마음대로 나래를 펼 수 있도록 상상
의 장을 마련해 주고 끝내 버리는 것과는 대조적이다.

　　모두에서 천상 선관, 선녀가 적강되어 주인공으로 태어난 소설은 대미
에 승천하는 장면이 없더라도 승천하는 것은 필연적이다.

　　고전소설은 도교적인 사유와 더불어 도교적 상상에 의해 잉태된 작품
이 태반을 차지한다.

　　이런 소설을 해명하려면 천상 주재자의 통념, 소설에 등장하는 주인공

의 전신, 갈등과 위기가 해소될 때마다 등장하는 도사, 다원 공간에 적응하는 도교적 질서 등 도교적 접근이 아니면 해결하기 어렵다.

3) 모두와 대미의 상관속

고전소설에 있어 모두와 대미의 회귀(回歸)는 만들어낸 이야기에 일관성을 부여했다는 의미와도 연관이 있기 때문에 작가의 인생관과 세계관을 표현하는 데 있어 적절한 수단이 되기도 했다.

소설의 모두부터 도교적인 의식에 의해 남의 자식으로 점지되어 태어난 주인공은 위기와 갈등의 고비마다 이를 극복한다. 그리고 대미에 이르러 스스로 승천하는 회귀의 사슬고리는 꽤나 복잡하다. 이런 고리는 기나 긴 이야기 속에 여기저기 분산되어 있어 찾아내기가 쉽지 않다. 여기에 잡다한 사상마저 가미되면 주제마저 흐려놓기 일쑤이다.

고전소설의 모두와 대미는 회귀나 순환으로 구성되기 마련인데 그런 현상에서 어떤 유형을 발견해 낼 수 있다.

「김희경전(金喜慶傳)」의 줄거리를 각설로 정리한다.

A. 희경은 천상 소동으로 득죄하여 김평의 아들로 태어난다.

B. 그는 성장하면서 공부를 열심히 해 과거를 보게 되고 상경하는 길에 우연히 장설영을 만나 가연을 맺고 헤어진다.

C. 장소저는 부친 시묘를 마치고 희경을 찾아갔으나 만나지 못하고 양자강에 투신하려다 되레 낚시하던 이영찬의 도움으로 살아나나

남장한 장소저는 그의 딸과 정혼한다.

D. 희경은 최소저와 결혼한 후 과거에 급제하며 장소저도 급제해 병부
상서에 제수된다. 위왕이 모반하자 두 사람은 원수가 되어 공을 세운
다.

E. 황제는 김희경에게 장원수와 결혼하게 한다. 부부는 만년 부귀 누리
다가 선관의 인도를 받아 승천해서 상제 곁으로 간다.

이를 천상계와 지상계로 나누면 다음과 같이 된다.

     A. 천상계
     B.C,D. 지상계
     E. 천상계

이를 도표로 제시하면 다음과 같은 그림이 된다.

천상계

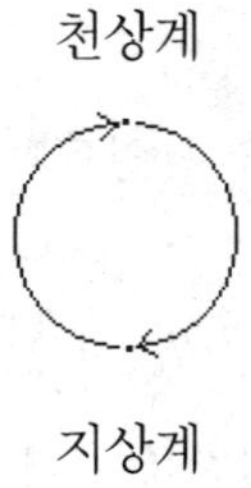

지상계

이런 구조는 선관 선녀가 적강되어 인간세계에서 갖가지 시련과 고난
을 겪는데 그 시련과 고난은 복잡하기도 하고 단순해지기도 한다. 그러

다가 출세해 부귀영화를 누리다가 승천해서 선관 선녀가 되는 회귀로 모두와 대미가 상응하며 조화되고 있다.[24]

4) 회귀(回歸)의 유형

회귀의 틀은 인물, 사건, 배경이 이승과 저승, 지상과 천상, 지상과 수중, 때로는 용궁과 명부를 자유자재로 오가면서 생자와 사자가 서로 교환(交歡)하며 사람이 자연물로, 자연물이 사람으로 변했다가 본래 모습으로 되돌아간다. 현실에 있어서도 행복과 불행이 교차되고 선과 악 등 상반된 상황이 뒤바뀌면서 순환되는 체계[25]를 발견해 낼 수 있다.

그러면 회귀의 틀이 어떻게 나타나 있는지 살피기로 한다.

고전소설에 있어 서사 공간은 현실과 비현실의 이원적(二元的) 틀이 대부분이다. 이때 비현실은 다원적(多元的) 공간으로 나타난다.

○ 이승과 저승

이승과 저승의 틀은 타계의 공간이 저승과 명부의 세계로 주인공이 이승과 저승을 오가면서 사건이 진행된다. 곧 이승에서 저승으로 갔다가 이승으로 되돌아오거나 저승에서 이승으로 왔다가 다시 저승으로 되돌아가는 회귀의 틀이 된다. 그리고 어떤 출발점에서 시작하면 필연적으로

---

24) 이런 소설로는 「신유복전」, 「유문성전」, 「이봉빈전」, 「정비전」, 「최고운전」, 「운영전」 등 애정소설, 영웅소설, 신선소설 등에 고루고루 나타나 있다.
25) 김태곤 : 고소설의 순환체계연구(경희어문학 5, 경희대, 국문학과, 1982)

대미에 가서도 출발점으로 복귀하는 것을 의미한다.

「만복사저포기(萬福寺樗蒲記)」의 줄거리를 각설로 정리한다.

A. 양생은 저포놀이 끝에 처녀와 눈이 맞아 가연을 맺는다.

B. 양생은 처녀와 3일 동안 함께 지내며 사랑한다.

C. 처녀와 이별한 뒤 제를 올려주고 지리산으로 들어 간다.

이를 이승과 저승, 현실과 비현실로 나누면 다음과 같다.

    A. 이승 - 현실

    B. 저승 - 비현실

    C. 이승 - 현실

「만복사저포기」는 현실인 이승에서 출발해서 비현실인 저승의 세계로 갔다가 재차 이승인 현실세계로 되돌아오는 회귀의 틀이 된다.

이를 도표로 제시하면 다음과 같은 그림이 된다.

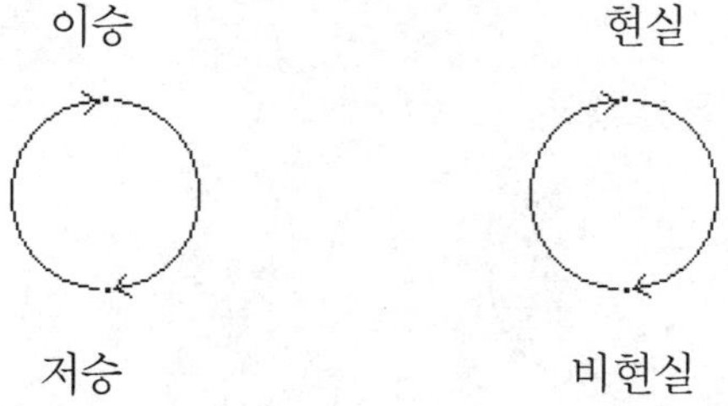

「이생규장전(李生窺牆傳)」의 줄거리를 각설로 정리한다.

A. 이생은 학당을 오가다가 최처녀와 만나 사랑하게 된다.
B. 부모가 이를 알고 아들을 울주로 내려 보내어 이별케 한다.
C. 최랑의 목숨 건 투쟁으로 결혼해 행복하게 산다.
D. 홍건적의 난이 일어나자 피난길에 가족이 헤어진다.
E. 적에게 겁탈 직전 자결한 아내가 돌아와 함께 산다.
F. 이생은 아내와 헤어져 시신을 거둬 장사를 치르고 죽는다.

위의 각설에서 A. B. C를 하나로 묶어 1차로 나누고, D. E. F를 묶어 2차로 나눠보면 1차는 현실 순환이 된다.

    A. 가연 - 행복
    B. 이별 - 불행
    C. 결혼 - 행복

이를 도표로 제시하면 다음과 같은 그림이 된다.

행복

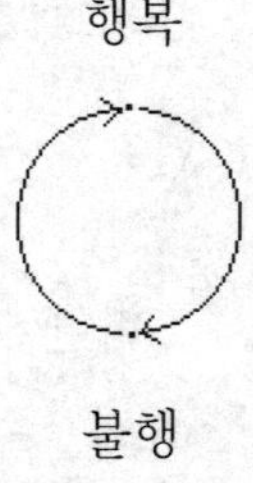

불행

그러나 2차로 오면 자연스럽게 회귀의 틀이 된다.

    D. 발단. 이승 - 현실
    E. 전개. 저승 - 비현실
    F. 종말. 이승 - 현실

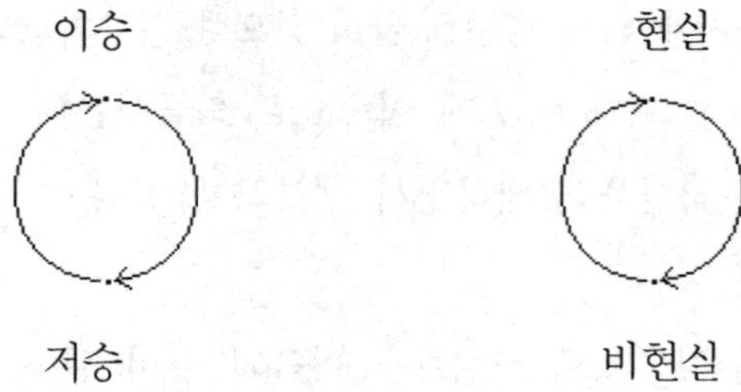

　그림과 같이 현실과 비현실이 자연스럽게 회귀된다. 그러나 1차와 2차의 회귀를 완전히 무시하고 A. B. C를 현실로 보고 D. E 를 비현실로, F를 현실로 본다면 종합적인 틀은 다음과 같이 되는데 현실과 비현실이 단 한번 회귀되는 틀이 된다.

　이런 점에서도 여전히 전기성을 벗어나지 못했다고 하겠다.

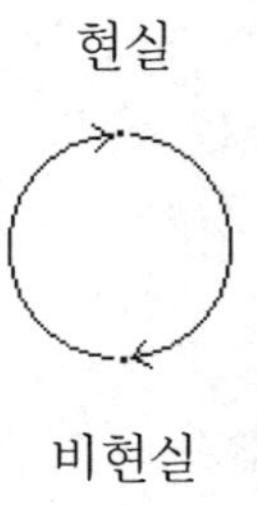

그림과 같이 현실에서 비현실로, 그리고 비현실에서 현실로의 회귀가
자연스럽게 진행되고 있는데 이런 구성이 회귀의 틀이다.
「왕랑반혼전(王郎返魂傳)」의 줄거리를 각설로 정리한다.

A. 왕랑은 이승을 하직한 아내가 어느 날 밤 꿈에 나타나 불도에 전념
   하며 숭상하라는 계시를 받고 불도에 전념한다.
B. 왕랑은 사자에 의해 명부로 끌려 갔으나 염라대왕의 용서를 받는다.
   그리고 죽은 아내와 함께 이승으로 되돌아온다.
C. 부부는 부처님을 숭배하면서 행복하게 살다가 극락왕생한다.

이를 이승과 저승으로 나눠보면 다음과 같이 된다.

   A. 발단. 이승 - 현실
   B. 전개. 저승 - 비현실
   C. 종말. 이승 - 현실

이를 도표로 제시하면 현실과 비현실이 회귀된다.

현실

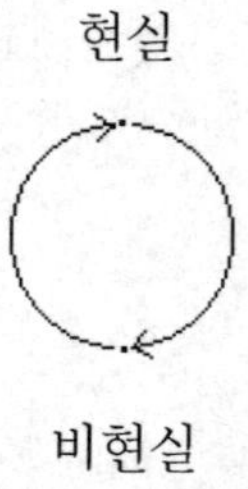

비현실

이를 이승과 저승으로 분류해도 회귀의 틀은 변함이 없다.

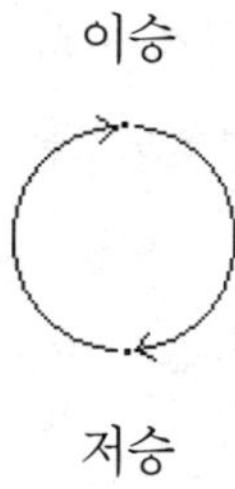

이승과 저승의 틀은 고전소설에서는 자주 나타나는 현상이다.[26]

○ 지상과 천상

지상과 천상은 타계의 공간이 한결같이 천상으로 나타나 있다. 이승과 저승에서는 타계가 이승이 아닌 죽어서 가는 세상으로 막연한 공간인데 비해 타계가 천상으로 구체화되고 이에 따라 지상과는 딴 세상이 된다. 지상과 천상, 이승과 천상이 회귀되는 작품은 수 없이 많다.[27]

이런 소설에서 공통점을 추출하면 다음과 같다.

A. 주인공들은 천상계의 선관 선녀로 득죄해 지상계로 적강하는데 대개 현몽에 의해 기자치성한 가문에 태어난다.

---

26) 최운식 : 재생설화의 연구 (성균관대, 대학원 논문, 1973) 에서는 19편을 대상으로 했으나 「정을선전」「김학고전」「콩쥐팥쥐전」「장화홍련전」 등이 그 대표적인 예가 된다고 했다.
27) 이규복 : 고소설의 환원구조연구(국제대 논문집 9, 국제대, 1981)가 있으며, 김용범의 영웅소설에 나타난 도교사상연구(한양대, 대학원 논문, 1988)에서는 33편을 그 텍스트로 했다.

B. 주인공은 고난과 시련에 처하나 이를 극복하고 입신출세하며 만년
   에는 부귀영화도 누린다.
C. 주인공은 이생에서 천수를 다하면 천상계의 옥황상제께서 지은 죄
   를 사해 주고 승천을 시켜 천상 선인으로 복귀한다.

이를 지상계와 천상계로 나누면 다음과 같이 된다.

   A. 천상계 - 비현실
   B. 지상계 - 현실
   C. 천상계 - 비현실

이를 도표로 제시하면 다음과 같은 그림이 된다.

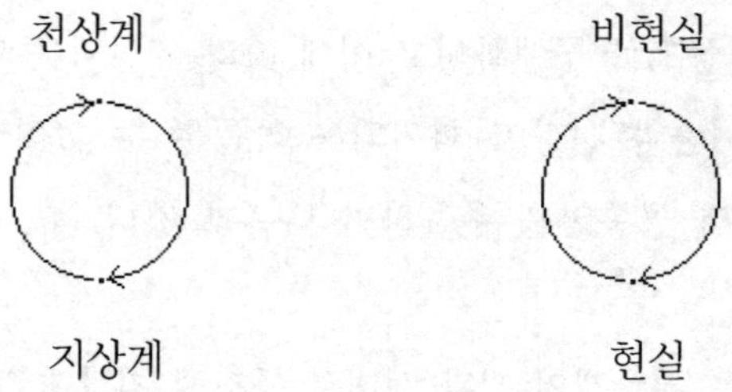

이런 소설 또한 회귀의 틀을 가지고 있음은 말할 나위도 없다.
「신유복전(申遺腹傳)」의 줄거리를 각설로 정리한다.

A. 유복은 천상의 규성 선동으로 상제께 득죄하고 진세로 적강되어

방황하다가 기자치성한 신영의 유복자로 태어난다.

B. 유복은 부모를 여의고 유랑걸식하다가 상주목사의 도움을 받아 성
   장하게 되며 이섬의 딸인 경패와 가연을 맺게 된다.

C. 유복은 7년이나 학문을 배워 과거에 장원급제한다.

D. 유복은 수원부사에서 승진하여 병판이 되며 호국이 중원을 침입하
   자 대원수로 출정해 명성을 중원 천하에 떨친다.

E. 유복은 부귀영화를 누리다가 부인과 함께 승천한다.

이를 지상과 천상으로 나누면 다음과 같이 된다.

   A. 천상　　　 - 비현실
   B. C. D. 지상 - 현실
   E. 천상　　　 - 비현실

이를 도표로 제시하면 다음과 같은 그림이 된다.

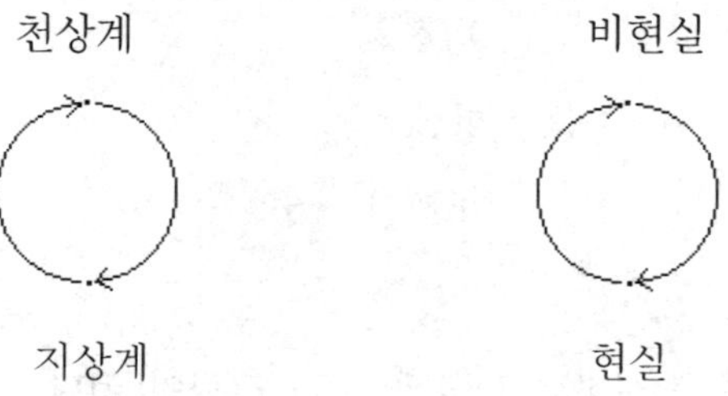

「신유복전」 또한 회귀의 틀임이 분명하게 드러난다.

「유문성전(柳文成傳)」의 줄거리를 각설로 정리한다.

A. 이소저는 천상 선녀로 옥황상제께 득죄하고 진세로 적강되어 방황
하다가 기자치성한 이경윤의 딸로 태어난다.
B. 유문성은 과거 보러 가다가 이소저를 만나 연모하게 되며 과거도
포기한 채 유승상의 청혼으로 그녀와 약혼한다.
C. 천자는 이소저가 현미하다는 소문을 듣고 청혼하나 이를 거절한다.
유승상은 투옥되었다 풀려나 문성과의 성례만을 기다리나 석승상
이 청혼해 오자 문성은 이소저와 이별한다.
D. 석승상이 역모하니 문성은 군사를 일으켜 황성으로 진군할 때 주원
장과 합세해서 석승상을 치고 스스로 왕이 된다.
E. 문성은 만년에 영화를 누리고 자손하며 영귀하는데 부부가 죽어서
는 함께 승천해 상제 곁으로 간다.

이를 천상과 지상으로 나누면 다음과 같이 된다.

    A. 천상　　　　- 비현실
    B. C. D. 지상 - 현실
    E. 천상　　　　- 비현실

이를 도표로 제시하면 다음과 같은 그림이 된다.

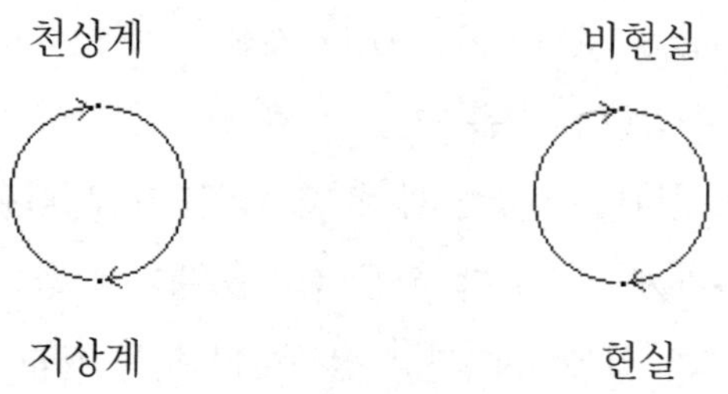

「유문성전」도 회귀의 틀임이 분명하게 드러난다. 「유문성전」은 남주인공 소설이다. 그런데도 모두에 유문성이 적강했다는 이야기가 없고 다만 이소저만이 천상 선녀의 적강임을 서술해 놓았다. 그러나 대미에 가부부가 함께 승천했다고 하는 데서 유문성도 적강자임이 뒤늦게 드러난다. 모두의 천상계와 대미의 천상계는 회귀의 틀로 연결되는데 단순한 것 같으나 지상과의 사건이 단절되지 않고 연속적으로 이어지고 있다.

○ 지상과 수중

다원적 공간의 하나로 수중계가 등장한다. 지상과 수중의 상반된 환경이 서로 회귀하면서 유기적으로 연결된다고 하겠다.

이런 틀의 소설로는 「심청전」이나 「별주부전」 등이 있다.

「심청전(沈淸傳)」의 줄거리를 각설로 정리한다.

A. 심청은 천상 서왕모의 딸로 득죄하고 인간 세상으로 적강해 심봉사의 딸로 태어나나 집안이 가난해 어렵게 성장한다.

B. 심청은 아버지를 봉양하다가 선인들에게 공양미 삼백 석에 몸을

팔고 선인들은 그녀를 인당수의 제물로 바친다.

C. 인당수에 투신한 심청은 수정궁으로 안내를 받아 천상에서 내려온
   어머니를 만나며 연꽃에 쌓여 재차 인당수로 나온다.

D. 연꽃이 왕에게 진상된다. 왕은 심청을 왕비로 삼는다. 맹인잔치를
   열어 부녀가 상봉하게 되고 심봉사는 눈을 뜬다.

이를 지상과 수중으로 나누면 다음과 같이 된다.

    A. B. 지상 - 현실
    C. 수중계 - 비현실
    D. 지상   - 현실

이를 도표로 제시하면 다음과 같은 그림이 된다.

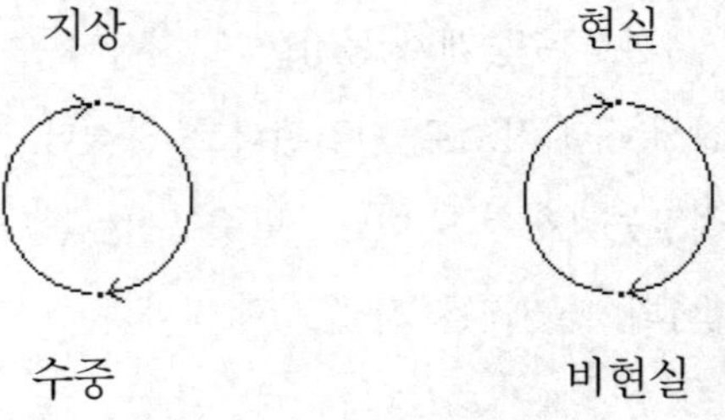

위 도표에서 보듯이 「심청전」도 회귀의 틀이 된다. 그리고 A. 천상,
B. 지상, C. 수중, D. 지상, E는 없으나 고전소설의 대미를 재구성하면
행복하게 살다가 승천했다는 것은 지극히 당연하다.

이런 현상은 모두가 생략되기도 하고 대미가 생략되기도 하는데 모두와 대미가 동시에 생략되는 경우는 드물다.

이를 전제로 재구성해 보면 다음과 같이 된다.

A. 천상계 - 비현실
B. 지상계 - 현실
C. 수중계 - 비현실
D. 지상계 - 현실
E. 천상계 - 비현실

도표로 제시하면 천상, 지상, 수중계를 넘나드는 공간임이 드러난다.

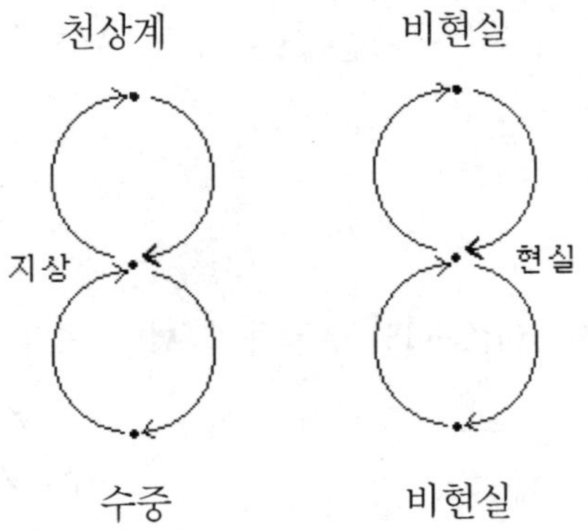

「심청전」에서 다원공간적인 회귀의 틀을 볼 수 있다.

「별주부전(鼈主簿傳)」은 「심청전」과는 또 다른 회귀의 틀로 되어 있는

데 줄거리를 각설로 정리한다.

A. 용왕이 병 드니 특효약을 구하기 위해 자라가 뭍으로 나온다.
B. 자라는 뭍에서 토끼를 만나 용궁으로 데리고 간다.
C. 토끼는 용궁에 끌려갔다가 기지로 탈출해 뭍으로 나온다.
D. 뭍으로 나온 토끼는 달아나고 자라는 자살하려 한다.
E. 자라는 명약을 구해 용왕의 병을 고치고 부귀를 누린다.

이를 수중과 지상으로 나누면 다음과 같이 된다.

A. 수중 - 비현실
B. 지상 - 현실
C. 수중 - 비현실
D. 지상 - 현실
E. 수중 - 비현실

이를 도표로 제시하면 다음과 같은 그림이 된다.

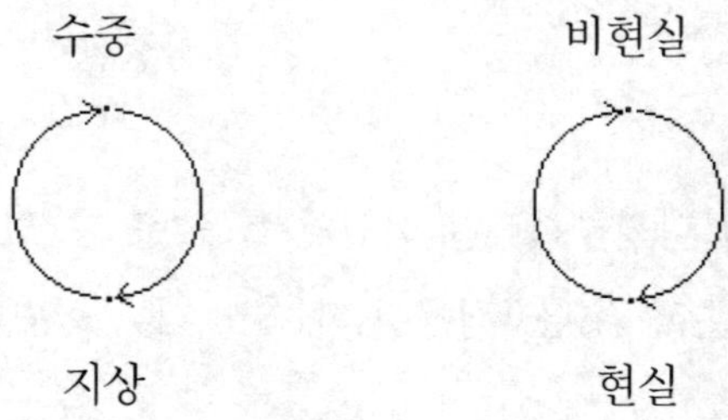

「별주부전」에 있어 특이한 점이 있다면 회귀가 1차로만 끝나지 아니하고 2차로까지 연장되는데 있다.

「당태종전(唐太宗傳)」「용궁부연록(龍宮赴宴錄)」 등도 있는데 이승과 저승, 지상과 천상, 지상과 수중으로 회귀한다.

이런 소설의 공통 인자(因子)는 이승과 지상은 현실계이며 저승, 천상, 수중은 비현실계라는 점에 있다.

이런 틀은 두 종류로 나눌 수 있는데 하나는 다음과 같다.

    A. 현실계
    B. 비현실계
    C. 현실계

이를 도표로 제시하면 다음과 같은 그림이 된다.

현실계

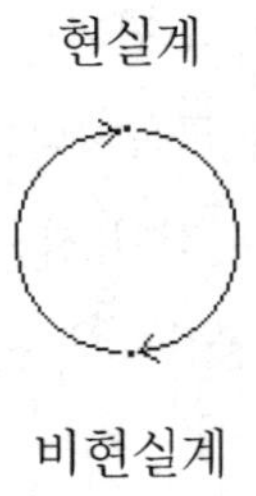

비현실계

다른 하나는 다음과 같은데 앞의 예와는 반대가 된다.

    A. 비현실계

B. 현실계

C. 비현실계

이를 도표로 제시하면 다음과 같은 그림이 된다.

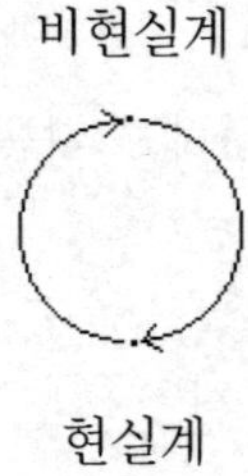

그런데도 회귀를 기조로 하고 있음은 한결같다.

회귀의 틀은 저승, 천상, 수중을 저승으로 통일하면 이승과 저승의 회귀가 이루어지고 이승과 저승을 자유롭게 넘나들면서 고난과 시련이 극복된다고 하겠다. 이 또한 현실과 비현실이 회귀되는 틀로 대체시킬 수 있으며 현실의 고난과 시련이 비현실에서 극복된다고 할 수 있다.

이로 보면 고전소설의 작가는 무대를 현실적인 시·공간과 현실 밖인 비현실의 세계까지 확대시켰으며 우주적인 공간까지 수용했다고 할 수 있다.

5) 변신과 환원

주인공이 변신하면서 사건의 진행에 따라 자연물이 되었다가 대미에 가서는 변신 이전인 본 모습으로 환원하는 틀이 된다.

「금우태자전(金牛太子傳)」의 줄거리를 각설로 정리한다.

A. 왕자는 세존의 제자 금수나한으로 상제께 득죄하고 적강되어 파사 국왕 셋째 왕후의 몸에 잉태되어 태어난다.

B. 왕후가 질투해서 아이 가죽을 벗겨 버렸으나 살아나니 또 암소에게 줘 버렸는데도 셋째 왕후의 몸에서 금송아지로 태어난다.

C. 금송아지는 왕자의 변신임이 탄로나 왕궁을 떠나게 되고 관음보살을 만나 공주와 결혼하게 된다. 이때에야 비로소 선관의 혼골단으로 소의 허물을 벗고 호남자로 환골탈태한다.

D. 허물을 벗은 김독은 인국왕의 양자로 들어가 공주와 결혼하며, 나중에 국왕이 되어 인국을 다스려 만민을 태평케 한다.

E. 수명을 다하고 부부가 함께 승천해서 연화대로 간다.

이를 변신전과 변신후로 나누면 다음과 같이 된다.

  A. 변신 전　　　- 현실
  B. 변신 후　　　- 비현실
  C. D. E. 환원 후 - 현실

이를 도표로 제시하면 다음과 같은 그림이 된다.

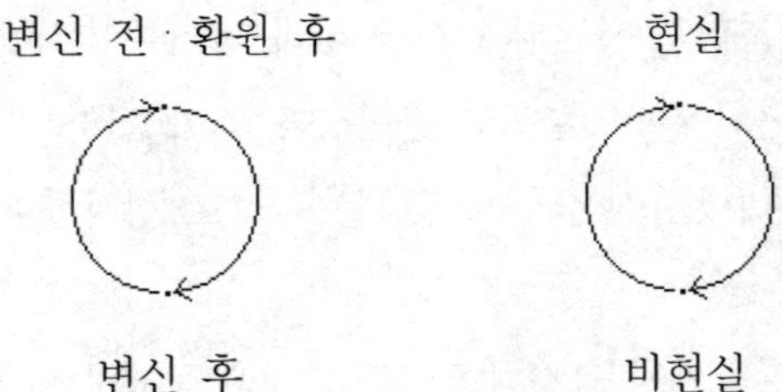

이런 변신을 무시하고 지상과 천상의 틀로 분류할 수도 있으나 그렇게
분류해도 회귀되는 것은 변함이 없다.

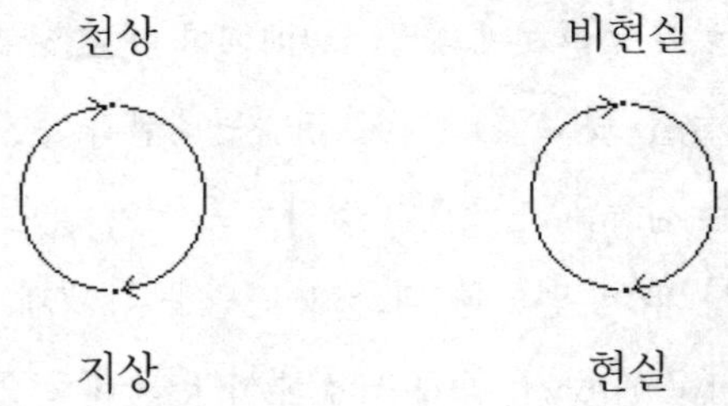

변신과 환원의 틀에 있어 바로 이 점이 특이성이라고 할 수 있다.
「옹고집전」은 또 다른 틀이 되는데 줄거리를 각설로 정리한다.

A. 옹고집은 부자인데도 인색하며 수전노 노릇만 하는데 하루는 시주
   온 학대사를 옹고집이 학대해서 내쫓는다.
B. 학대사는 허수아비로 가짜 옹고집을 만들어 진짜 옹고집을 쫓아낸
   다. 가짜 옹고집은 부인과 함께 살며 여러 아이를 낳고 가산을 탕진
   한다.

C. 진짜 옹고집은 자살하려다 도승을 만나 잘못을 뉘우친다. 그리고
   부적을 얻어 집으로 돌아와서는 가짜 옹고집을 짚단으로 환원시킨
   다. 옹고집은 참회하고 불신자가 된다.

이를 변신전과 변신 후로 나누면 다음과 같이 된다.

   A. 변신 전 - 현실
   B. 변신 후 - 비현실
   C. 환원 후 - 현실

이를 도표로 제시하면 다음과 같은 그림이 된다.

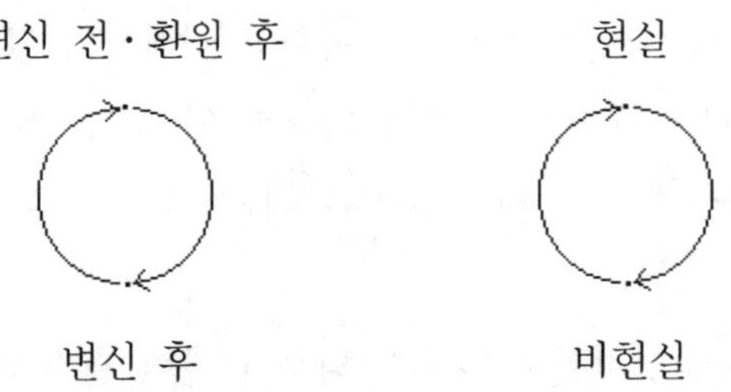

다만 옹고집이 변신하는 것이 아니라 짚단이 옹고집으로 변신해 가짜
가 진짜 행세를 하는 불완전한 틀인데, 이 점이 논란의 대상이 된다.
   이런 논란을 지닌 변신과 환원의 틀은 현실의 고난과 시련이 변신의
세계에서 극복되며 현실에서 성취되는 고난극복이 변신의 세계에서 충
족되며 현실과 비현실이 자연스럽게 교차된다. 그러면서 현실의 시공간

을 초월해 현실 밖인 비현실의 시·공간까지 폭을 넓혔다.

이런 작품 외에도 전개에 따라 일시적으로 변하는 소설도 있는데 「금
령전」, 「이화전」, 「전우치전」 등은 이런 틀에 묶을 수 있다.

6) 꿈과 현실 회귀

현실에서 꿈의 세계로 들어가 주인공으로 사건 진행에 직접 참가하거
나 방관자로서 사건의 진행을 지켜보다가 현실로 복귀하는 틀이 된다.
이런 작품으로는 몽유록계 소설이 있다.[28]

「수성궁몽유록」의 줄거리를 각설로 정리한다.

A. 유영은 수성궁을 찾아가 술을 마시고 취해서 잠이 든다.

B. 유영은 미소년과 미녀를 만나 그들의 이야기를 듣는다.

C. 유영은 가끔 신책을 읽으며 시름시름 앓다 죽는다.

이를 현실과 꿈의 세계로 나누면 다음과 같이 된다.

    A. 꿈꾸기 전 - 현실

    B. 꿈의 세계 - 비현실

    C. 꿈깬 후   - 현실

---

28) 「원생몽유록」, 「대관재몽유록」, 「금생이문록」, 「달천몽유록」, 「피생몽유록」, 「수성궁몽유록」,
「강도몽유록」, 「안풍몽유록」, 「금화사몽유록」, 「사수몽유록」, 「구운몽」 등이 있다.

이를 도표로 제시하면 다음과 같은 그림이 된다.

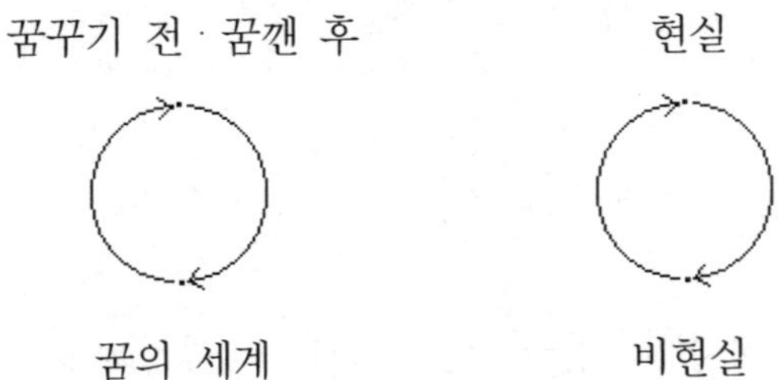

현실에서 꿈으로, 꿈에서 현실로의 회귀가 자연스럽게 진행된다.
몽유자가 주인공인 「남염부주지」의 줄거리를 각설로 정리한다.

A. 박생은 주역을 읽다가 깜박 졸며 꿈을 꾼다.
B. 박생은 명부로 가 두루 구경한 후 인간세계로 나온다
C. 박생은 꿈에서 깨어난 뒤 병들어 죽는다.

이를 현실과 꿈의 세계로 나누면 다음과 같이 된다.

    A. 꿈꾸기 전　- 현실
    B. 꿈속의 세계 - 비현실
    C. 꿈깬 후　　- 현실

이를 도표로 제시하면 다음과 같은 그림이 된다.

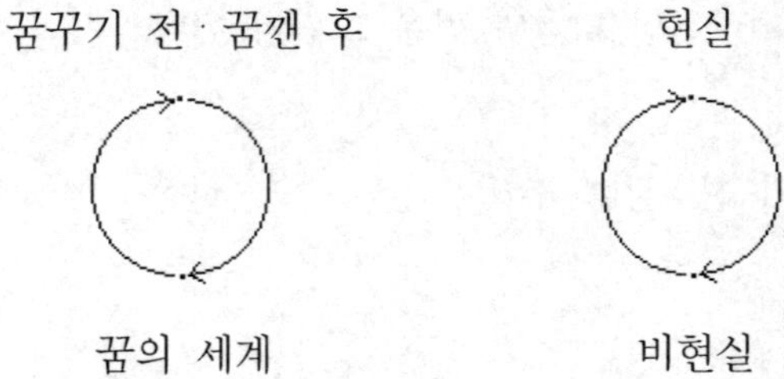

꿈과 현실복귀의 틀은 이승의 고난과 시련이 몽유세계로까지 증폭되며 시·공간의 무대를 꿈의 세계로까지 넓힌 셈이다.

7) 현실 순환의 당위성

현실순환의 유형은 이승인 현실에서 고난과 시련이 극복되며 행·불행이 교차되는 틀인데 대부분의 작품은 이런 유형이다.
「춘향전」의 줄거리를 각설로 정리한다.

A. 춘향과 이도령은 광한루에서 가연을 맺고 사랑하게 된다.
B. 변학도의 부임으로 춘향은 시련에 놓이게 된다.
C. 이도령은 과거에 장원 급제하고 암행어사가 되어 내려와서는 옥중의 춘향을 위기에서 구출하며 부부가 되어 부귀영화를 누린다.

이를 행·불행으로 나누면 다음과 같이 된다.

A. 가연 - 행복

B. 이별 - 불행

C. 상봉 - 행복

이를 도표로 제시하면 다음과 같은 그림이 된다.

행복

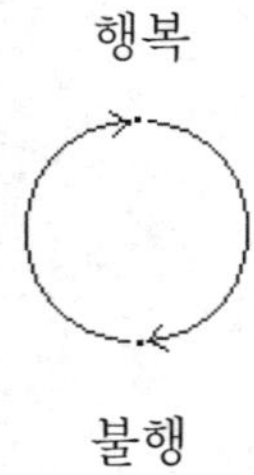

불행

「춘향전」도 행복에서 출발해 불행으로 들어가고 불행에서 다시 행복으로 되돌아오는 행·불행의 순환이 자연스럽게 진행된다.

「채봉감별곡(彩鳳感別曲)」의 줄거리를 각설로 정리한다.

A. 채봉은 강성필을 만나 인연을 맺고 그와 약혼한다.

B. 채봉의 아버지는 벼슬에 눈이 멀어 가산을 팔아 상경하나 투옥되고 채봉은 아버지를 빼내기 위해 기생이 된다.

C. 강성필은 채봉을 만나려고 이방이 되고 감사는 두 사람의 사연을 듣고 혼담을 주선해 줘 결혼하게 되며 행복하게 산다.

이를 행·불행으로 나누면 다음과 같이 된다.

A. 가연 맺음　- 행복
B. 시련과 고난 - 불행
C. 극복, 결혼　- 행복

이를 도표로 제시하면 다음과 같은 그림이 된다.

행복

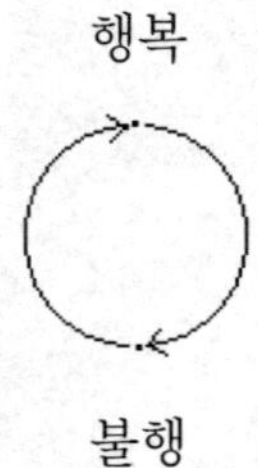

불행

「채봉감별곡」도 현실에서 행·불행이 순환되고 있다.

이처럼 현실순환의 유형은 현실에서 행·불행이 교차되는 틀이 되는
데 권선징악적 주제 성향을 구현하는데 알맞은 틀이라고 할 수 있다.

그러나 현실순환의 틀로 말미암아 정형성을 벗어나지 못했다는 기존
관념을 낳았다. 주제에 있어서도 권선징악적 선을 추구했다는 일률성은
제고(提高)될 수밖에 없다.

8) 회귀와 순환, 그 의미강

고전소설에 있어 서사 공간은 현실과 비현실의 이원적 틀로 나누어진

다. 이런 이원적 틀에서 천상은 수중, 명부, 선계라는 공간을 포괄한다. 그리고 주재자는 분명히 다른 데도 천상계와는 종속관계라는 위계질서로 연결되어 있기 때문에 다원적 공간이라는 의미강을 찾아볼 수 있다.

그런데 이런 다원공간이라고 하더라도 주인공의 행동영역에 따라 천상, 수중, 선계 중에서 하나를 택할 수도, 둘 이상을 택할 수 있다.

물론 이런 선택의 폭은 창작동인에 의해 작품마다 다르고 또 달라야 하지만 그런데도 회귀와 순환으로 일관하고 있다는 상호 이동원리는 도교적 인식 행위를 떠나서는 생각하기 어렵다.

따라서 의미강은 존재의 종말을 거부하는 존재지속욕구에서 뿌리를 찾을 수 있는데 지속욕구가 시·공을 초월하지 못한다는, 곧 존재의 유한성이라는 절망감이 비극의 실상이었다.

우리 선인들은 신선사상이 매우 신실했고 상호순환에 의해서만 인간의 존재를 영속시킬 수 있다고 믿었다. 영생불사, 불로장생, 아니 장수한다거나 영원히 살 수 있다는 것은 인간이 누릴 수 있는 최대의 꿈이며 이상이라고 할 수 있다. 이런 욕망을 이루어 보려는 생각이 신선사상의 믿음을 낳게 했다. 진인(眞人)을 신인, 지인, 성인이라고 했다. 진인이 초세의 경지에 이르면 현실의 영화에 현혹되지도 않으며, 욕해마저도 빠지지 않은 채 상천하지출세입세간(上天下地出世入世間)을 유유자적한 것으로 믿었다.

그런데 후대로 내려오면서 육체적으로는 장생불사가 불가능함을 깨닫고 초월적인 신선의 체득으로 변했다. 진인은 생사를 초월한 사변적 인물이라고 믿었다. 해서 유한적인 삶을 극복하는 유일한 수단으로 도교적 인식 행위의 사유를 낳았으며 도교적 믿음의 결과, 무한순환의 체계가 자연스럽게 소설의 틀로 자리를 잡게 된 것이 아닌가 한다.

도교의 속신은 장생불사에 있고 도사는 천상, 수중, 명부를 마음대로 오갈 수 있다는 자체부터가 소설의 상상세계이겠기 때문이다.

조선조는 이런 믿음이 민간신앙으로 뿌리 박혀 있었기 때문에 글을 쓰는 이는 소재를 인생 체험에서뿐만 아니라 원리를 다른 곳에서 구했다기보다는 도교에서 찾아, 도교와는 다른 소설을 창조했다고 할 수 있다.

8. 공간과 층위

1) 로칼문학과 로드문학

어떤 소설이든 공간이 제시되어 있기 마련인데 단순히 독자에게 현장
감을 보여주는 것으로 끝낼 수도 있으나 상상력을 발전시키기 위해 여러
공간을 조직적이며 치밀하게 제시할 수도 있다. 이런 작업은 작가마다
다르고 작품마다 달라야 하지만 일정한 장소에 로칼「Local」시킬 수도 있
고 얼마든지 로드「Road」시킬 수도 있다.

채만식(蔡萬植)의 「탁류」, 안수길(安壽吉)의 「북간도」, 한승원(韓勝源)
의 「그 바다, 끓며 넘치며」 등은 다분히 로칼적이다.

한승원의 「그 바다, 끓며 넘치며」을 인용하기로 한다.

> 응달 개포는, 입 험한 사람들이 오짓개라고 이름해 부르는 자그마한
> 연안이다. 검푸른 해송 숲이 빽빽하게 들어선 두 개의 산굽이가 자줏빛
> 바위를 디딘 채 바다 깊숙히 묻히면서 연안을 만들고 있었다. 두 산굽이

사이에는 흰 모래밭이 있으며 모래밭 넘어로는 솔숲 짙은 계곡이 새텃몰
로 넘어가는 잔등의 메밀씨 같은 바위 밑으로 음험하게 패어 들어가 있
었다.

　음험하게 패어 들어간 거기서 검푸른 전나무 숲이 이루어진 조그마한
산 모퉁이 하나를 돌아 안골로 접어들면 더욱 깊은 계곡이 열리는데 그
계곡은 진초록의 잡나무 숲으로 덮혀 있었다. 거기에는 여기 저기 옹달
샘들이 많고 질척질척한 습지가 많았다.

　그래서 그런지 몰라도 사람들은 그곳을 봇골이라고 불렀다. 아기봇골
이라는 말이었다. 그 봇골에는 큰동네 청도댁 소유인 네댓 배미의 논다
랭이들이 있었다.

　옹달 숲에는 야릇한 금기의 말이 전해오고 있었다. 남자들이 그 숲속
에 들어서면 자기도 모르는 사이에 음심이 동하고 여자들은 그 숲에 들
어서서 남자를 만나면 마음이 물러져 버린다고 했다. 때문에 여자들은
혼잣몸으로 그 숲을 다녀서는 안된다고 했다.

「그 바다, 끓며 넘치며」

　남도 갯가의 로칼을 한승원은 성공적으로 묘사하고 있다. 선명한 로칼
은 채만식의 장편소설 「탁류」를 통해 군산항이 되살아나는 것과 같이
남도 갯가가 선명히 되살아나고 있다.

　한승원의 전라도 갯가는 서정인(徐廷仁)의 전라도 소읍, 아니 「달궁」
에서 보여주는 로칼의 생생함을 보여 주고 있다. 김정한(金貞漢)을 낙동
강 파수꾼이라고 부르게 된 「모래톱 이야기」도 빼놓을 수 없다. 충청도
지방의 특색을 잘 살린 이문구의 「관촌수필」도 물론이고 30년대 서울을
배경으로 한 염상섭(廉想燮)의 「삼대」 등과 함께 소설의 로칼지도를 작
성할 수 있을 만큼 지방색을 잘 드러내고 있다.

　이정호(李貞浩)의 「감비 천불붙이」를 인용하기로 한다.

「천불」이란 「天火」를 말하고 「감비」는 「가문비나무」의 약칭이 아닐까. 이 골짜기는 가문비나무가 많다. 고원지대의 원시림엔 원인불명의 자연화가 종종 일어났다. 그것이 천화요 천불이다.

그래서 선 채로 숯이 된 숲도 있다. 그것이 다시 풍화되어 나무는 일종의 석회질로 화한 괴기한 골상을 하고 있다.

상록의 활엽수와 침엽수의 밀림을 배경으로 한 괴한 골상의 사림(死林)은 풍치가 수려 웅장하여 장관일 뿐 아니라 화전을 일구기가 수월했다. 「감비 천불붙이」는 이런 사림에 이어 관목대(灌木帶)와 초목대(草木帶)가 연결된 습지가 분지를 이루고 있었다.

마주 앉은 비탈을 까서 엎고 반 마장 길이의 분지에다 불을 질렀다. 불은 삽시간에 들을 덮었다. 나무가 선 채로 타올랐다. 졸지에 거대한 산호의 밀림이 전개되는 것이었다.

선 채로 나무가 타는 요원(燎原)의 열기는 대지가 뿜어내는 원시의 정기(精氣)였다. 나무는 타오르면서 원시의 정기를 두 사나이, 덕구와 종섭의 혈관에 쏟아 부었다. 힘이 용솟음쳤다.

「감비 천불붙이」

이정호도 관북지방의 특색을 성공적으로 그려내고 있다. 한 나라의 지방, 그것도 국토가 분단되어 50년이라는 긴 세월이 흘렀음을 상기할 때 보다 값진 작업이 아닐 수 없다. 그리고 독자에게 놀라움을 주는 것은 이해하기조차 어려운 낯설고 생소한 방언과 로칼적인 특성이며 관북지방의 풍물지를 읽는 것 같은 착각을 들게 한다.

이런 소설로는 안수길의 「북간도」도 있다.

「북간도」는 그 지방에서 태어나 성장하지 않았다면 그려낼 수 없을 만큼 지방색을 독특한 문체로 그려냈다.

이런 현대소설에 비해 고전소설은 고정적인 공간이 단순히 제시되어 있을 뿐이다. 그것도 '이때 전라도 남원부에 월매란 기생이 있으되', '충청도 충주 단월 땅에 성은 임이요 이름은 경업이라' 등 아주 단순하게 제시되는 것이 정형으로 굳어져 있다. 이 땅에 태어나 살아가는 기나 긴 인생의 여정에 비해 너무도 단순하고 압축적이다.

역설적으로 말하면 독자가 작가에게 이리 저리 끌려 다니면서 장소를 안내를 받는다기보다는 독자편에서 이러 이러하다고 작가를 깨우쳐주는 입장에 놓이게 된다. 그만큼 공간 제시가 허술하다고 할 수 있다.

고전소설에 있어 로드적인 면도 로칼적인 것과 마찬가지인데 이해를 돕기 위해 현대소설에서 인용하기로 한다.

이효석(李孝石)의 「메밀꽃 필 무렵」이나 김주영(金周榮)의 「객주」는 다분히 로드적인 소설이라고 할 수 있다.

「메밀꽃 필 무렵」에서 두어 장면을 인용하기로 한다.

"그만 거둘까."
"잘 생각했네. 봉평 장에서 한번이나 흐뭇하게 사본 일 있었을까. 내일 대화장에서나 한 몫 벌어야겠네."
"오늘 밤은 밤을 새서 걸어야 될 걸."
"달이 뜨렸다."

조선달 편을 바라는 보았으나 물론 미안해서가 아니라 달빛에 감동하여서였다. 이지러는 졌으나 보름을 갓 지난 달은 부드러운 빛을 흐뭇이 흘리고 있다. 대화까지는 팔십 리의 밤길, 고개를 둘이나 넘고 개울을 하나 건너고 벌판과 산길을 걸어야 된다.
길은 지금 산허리에 걸려 있다. 밤중을 지난 무렵인지 죽은 듯이 고요한 속에서 짐승 같은 달의 숨소리가 손에 잡힐 듯이 들리며 콩포기와 옥

수수 잎새가 한층 달에 푸르게 젖었다.

　산허리는 온통 메밀밭이어서 피기 시작한 꽃이 소금을 뿌린 듯이 흐뭇
한 달빛에 숨이 막할 지경이다. 붉은 대궁이 향기 같이 애잔하고 나귀들
의 걸음도 시원하다. 길이 좁은 까닭에 세 사람은 나귀를 타고 한 줄로
늘어섰다. 앞장 선 허생원의 이야기 소리는 꽁무니에 선 동이에게는 확
적히는 안 들렸으나 그는 그대로 개운한 제멋에 적적하지는 않았다.

　허생원은 젖은 옷을 웬만큼 짜서 입었다. 이가 덜덜 갈리고 가슴이 떨
리며 몹시도 추웠으나 마음은 알 수 없이 둥실둥실 가벼웠다.
　"주막까지 부지런히 가세나. 뜰에 불을 피우고 훗훗이 쉬어. 나귀에겐
더운 물을 끓여주고. 내일 대화 장 보고는 제천이다."
　"생원도 제천으로?"
　"오래간만에 가 보고 싶어. 동행하려나, 동이?"
　나귀가 걷기 시작하였을 때 동이의 채찍은 왼손에 있었다. 오랫동안
아둑신이 같이 눈이 어둡던 허생원도 요번만은 동이의 왼손잡이가 눈에
뜨이지 않을 수 없었다.
　걸음도 해갑고 방울소리도 밤 벌판에 한층 청청하게 울렸다.
　달이 어지간히 기울어졌다.

「메밀꽃 필 무렵」

이 얼마나 정감이 넘치는 로드인가. 그것은 시적이며 수필적인 경지를
넘어 독자에게 감동을 수반하기 마련이다.
　김주영의 「객주」도 마찬가지이다. 한 장의 문학지도를 그리고도 남을
정도로 지방색을 독특하게 그려내고 있다.
　이에 비해 고전소설은 로드적이라고 하더라도 지극히 추상적이다.
　「최고운전」을 예로 들겠다.

최치원은 문창령에서 태어나나 버림 받고 동해 바닷가에서 자란다. 나이 들어 서울로 들어가 파경노를 자처하고 나승상의 사위가 된다. 그는 중국 황제의 시를 풀이했다고 해서 중원을 향해 가다가 첨성도란 섬에 머물며 중원으로 들어가 오문을 무사히 통과하고 황제와 대면한다. 그리고 과거에 급제하고 고병의 종사관이 되어 격서로써 황소를 굴복시키며 그 후 문명을 떨치자 시기심으로 참소받아 남해도로 귀양간다. 귀양에서 풀려나 낙양으로 올라와 황제를 돈수사죄케 하고 신라로 돌아와서는 가야산 은거로 지선이 된다.

이런 공간이 제시된 「최고운전」은 다분히 로드적이다.

고전소설은 장소의 이동이 단순히 제시되어 있기 때문에 독자는 작가가 여기 저기 흩어놓은 장소를 주위 모아 전모를 파악하는 번거로움이 없다. 고전소설에 있어 공간을 나타낸 것이 빈약하게 기술되거나, 기술되었다고 하더라도 제시하는 것으로 끝내 버리거나, 구체적으로 세세한 부분까지 묘사되어 있지 않은 경우라 하더라도 작가의 능력 부족이나 독자를 우롱하고 무시한 것으로 오해되지 않는다.

어렴풋하고 모호한 상태를 유지함으로써 독자를 신비의 세계나 꿈의 세계로 유도하고자 하는 의도로 해석되기 때문이다.

예로 중이도에 이른 최치원은 용왕의 아들 이목을 만나며 이목으로 하여금 섬사람들을 위해 비를 내리게 한다. 옥황상제는 노하여 늙은 중을 내려보내어 이목을 죽이려 하나 치원이 들어 늙은 중으로부터 이목을 살려내고 그를 따라 용궁까지 방문한다.

이때 최치원과 중이도 섬사람은 현상계, 이목은 수중계, 늙은 중은 천상계를 대표하는 인물이라고 한다면 중이도는 현상계가 합일하는 신비한 장소로 해석될 수도 있기 때문이다.

인당수에 투신한 심청이 사해 용왕에 의해 수정궁으로 인도되고 그곳에서 하늘로부터 내려온 어머니를 만난다. 이때 심청은 현상계, 수정궁은 수중계, 어머니는 천상계를 대표한다고 하면 수정궁은 현상계, 수중계, 천상계가 합일되는 장소가 된다.

이와는 반대로 공간을 상상하게 하거나 재구성할 수 있도록 장소를 세심하게 처리했을 때는 소설을 잘 조직했다는 것을 입증할 수 있으나 독자를 현혹시켜 의도대로 이야기를 이끌어가는 데 목적이 있다.

> 수성궁은 안평대군의 옛집으로 장안 서쪽 인왕산 아래 있는데 산천이 수려해서 용이 틀임을 한 듯, 호랑이가 걸터앉은 듯했다. 남으로는 사직이 있고 동으로는 경복궁이 있다.
> 인왕산 한 줄기가 굽이치며 뻗어 내리다가 수성궁에 이르러 불끈 치솟아 올랐다. 비록 높고 험준하지는 않았으나 올라가서 내려다보면 넓은 거리의 상가와 장안에 즐비한 저택은 바둑판을 벌려 놓은 듯, 하늘의 별을 따다 놓은 듯 손에 잡힐 듯이 역력했고 완연하기가 실을 여러 갈래로 펼쳐놓은 듯 가지런했다. 동쪽을 바라보면 궁궐이 아득해서 회랑이 허공에 비껴 있는 듯 안개가 자욱했다. 날로 푸르름을 더했으며 아침, 저녁으로 교태 겨워하니 가장 아름다운 명소라고 할 수 있었다.
>
> 「수성궁몽유록」

위의 인용문처럼 공간을 빼어나게 묘사하기도 했다.

그런데 독자는 이런 묘사에 현혹되기보다는 운영과 김진사의 사랑에 보다 관심을 가져야 하고 작자도 이런 기대를 가지고 그들의 비극적인 사랑 이야기를 내밀하게 표현하는 데 보다 심혈을 기울였다.

2) 로드문학의 여정

어떤 소설은 사건이 전개되는 동안, 공간이 이동하지 않고 한 곳에만 고정된 채 반경을 넓혀 들락날락하는 로칼적인 경향이 있는가 하면, 이와는 반대로 작가의 경험이나 상상력을 뛰어넘어 무한한 넓이로 발전되는 로드의 여정도 있다. 이런 소설은 장소의 출현 빈도수, 장소 이동의 이유 등 소설의 진행에 있어 얼마나 요긴한 장치인가, 다른 구성 요소와 얼마나 밀접한 관계에 놓여 있는가를 알 수 있게 한다.

그리고 장소의 이동은 이야기를 전진시켜 주고 시간에 리듬을 주어 세월의 흐름까지도 감지시켜 준다.

로드의 여정이 복잡한 소설이 「최척전」이다. 「최척전」은 조위한이 실화인 「홍도전」을 바탕으로 쓴 소설인데 로드의 여정이 복잡하다.

남원에 살고 있는 척은 옥영으로부터 구애를 받고 약혼한다. 그는 변사정이라는 의병장에 이끌려 의진에 가담하게 되며 결혼 날짜가 다가와도 고향으로 가지 못한다. 척이 돌아오지 아니하자 옥영의 어머니는 파혼을 서두르나 옥영은 죽음으로 항거한다.

이런 소식을 들은 척은 병이 되어 몸져눕게 된다. 뒤늦게 딱한 사정을 안 의병장이 귀가를 허락한다.

척은 귀가해 옥영과 결혼하고 아들 몽석을 낳는다.

정유재란이 일어나자 남원성이 함락된다. 척은 아내를 남장시켜 지리산 연곡으로 피난시킨다.

척이 식량을 구하러 갔다 오는 사이, 연곡은 왜적의 침입을 받아 척의 가족은 포로로 끌려간다. 척은 잃은 가족을 찾아 섬강으로 갔다가 찾지 못하고 남원으로 되돌아온다.

여기까지는 남원이라는 로칼에 고정된 채 의진으로 출정한다. 그리고 연곡으로 피난가며 가족을 찾으러 섬강까지 갔다가 남원으로 되돌아오나 로칼적인 테두리를 벗어나지 않았다. 로칼에 고정시키고 반경을 넓혀 들락날락했을 뿐 고정된 장소에 묶여 있다.

남원으로 돌아온 척은 살 의욕을 잃고 자포자기하다가 당장 여유문의 귀국에 편승해서 중국 절강성 도흥부로 간다.

한편 척의 아버지와 장모는 적의 감시가 소홀한 틈을 타 탈출해서 연곡사로 되돌아간다. 가는 길에 잃었던 손자 몽석을 찾아 남원으로 돌아온다. 그리고 소진된 집을 수리해서 살아간다.

남장한 옥영은 왜적에게 잡혀 일본으로 끌려간다. 그녀는 왜인 돈우 밑에서 왜와 중국 절강성을 오가는 장사 길에 오른다.

비록 아버지와 장모가 남원에 거주하는 로칼이라 하더라도 주인공들은 중국으로, 일본으로 헤어져 로드의 여정이 복잡해진다.

척은 도흥부에서 여공과 의형제를 맺는다. 여공이 죽자 유람의 길에 올라 송우를 만난다. 경자년 봄이다. 척은 송우를 따라 안남을 왕래하다가 절강성에서 며칠을 머물게 된다. 이 무렵 옥영도 돈우를 따라 절강성으로 온다. 척은 통소를 불어 울적한 심정을 달래다가 뜻밖에도 헤어졌던 아내를 만난다. 척은 정유재란시 헤어졌던 아내를 만나 도홍부로 돌아와 함께 살다가 몽선을 낳는다. 몽선이 성장하자 조선으로 출정한 후 소식이 없는 진위경의 딸 홍도를 아내로 맞이한다.

남원이라는 로칼이 중원의 도홍부로 옮겨진 듯하다.
절강성과 안남을 오고 간 긴긴 로드의 여정과 절강성을 오고 간 로드의 여정은 여기서 일단 종지부를 찍는다.

기미년, 노후가 요양을 침범한다.
오세영이 백총으로 출정할 때 척도 함께 출전한다. 오세영은 요양 부근에서 조선병사와 이웃해 진을 친다. 오세영은 적을 가볍게 여기고 진격했다가 대패한다. 이때 척은 포로가 되었으나 조선인이라고 해서 죽음을 면하고 갇히게 되었으나 천만 다행히도 강홍립을 따라 출정했던 아들 몽석을 만나 부자가 함께 조선으로 탈출한다.
척은 귀환 도중에 등창이 나 고생하다가 은진에 이르러 천병의 도망자로 침술을 익혀 생계를 이어가는 진위경을 만나 치료받고 남원으로 함께 돌아온다. 척은 뜻하지도 않았던 아들까지 만나고 장모까지 생면했으나 두고 온 아내를 못 잊어한다.

마침내 척은 로드의 여정 끝에 남원이라는 로칼로 복귀한다.

도흥부에 남은 옥영은 자살하려다 부처님의 계시로 포기하고 배를 마련해서 조선을 향해 머나먼 귀국 길에 오른다. 그들은 바다에서 해적을 만나 약탈당하고 목숨만은 부지해 고도에 갇힌다. 거의 굶어 죽기 직전, 지나가는 조선 무역선에 구조되어 순천에 상륙하고 남원으로 돌아오며 죽었다고 믿었던 가족들과 극적으로 상봉한다.

온 가족이 긴 로드의 여정 끝에 남원이라는 로칼에 복귀한다.

이는 로칼과 로드가 분리되었다가 한데 뒤엉키고 뒤엉켰다가 다시 분리되며, 그것도 인물과 사건과 시간의 흐름 속에서 하나로 통합되는 뚜렷한 공간질서를 유지하고 있다. 실로 조선, 왜, 중국 등 극동을 무대로 기나 긴 로드의 여정은 사랑과 모험이 점철되었다고 하지 않을 수 없으며 「최척전」만큼 로드가 복잡한 소설은 찾기 어렵다.

3) 묘사의 존재 탐색

묘사는 소설의 제 요소 사이의 상관 속으로 매우 복잡하며 찾아내기가 쉽지 않다. 묘사는 서술과 대립되나 묘사 단독으로는 존재하지도 못하고 또 존재할 수도 없으며 서술의 바탕 위에서만 존재가 가능하다. 그것도 인물이나 사건의 모습을 서술하는 가운데 도입되면서 잠재력이 나타난다. 묘사는 서술과 무관하게 존재할 수도 있으나 묘사 자체로만 존재하는 문장은 찾아보기 어렵다. 묘사는 동시성 속에서 대상으로 하는 사물과 존재에게 관심을 보이며 나아가 그 자체마저도 시간의 흐름을 정지시키기까지 하면서 주어진 공간 속에 펼쳐 보일 수 있다.

따라서 묘사는 행동적이라고 하기보다는 관조적이며 시적인 것이 된다. 뿐만 아니라 묘사는 담화의 시간적 연속성을 재현할 수 있으나 대상의 재현과 시간적인 차원에서 벗어나지 못한다.

고전소설에 있어 묘사라는 것이 존재하지도 않으며 존재한다고 하더라도 미미하다고 꼬집는다. 이 말은 사실일 것이다. 그렇다고 고전소설에는 묘사가 없는 것도 아니다. 분명히 묘사는 알게 모르게 존재하고 있다. 존재하고 있으나 눈에 잘 드러나지 않을 뿐이다. 물론 설화적이고 설명적인 서술에 의해 사건이 진행되기 때문에 묘사 자체를 거의 무시하기는 했다.

> 발 밑에 가는 티끌 바람 좇아 펄펄, 앞뒤 점점 멀어가니 머리 위에 나뭇잎은 몸을 따라 흐늘흐늘, 오고갈 제 살펴보니 녹음 속의 홍상자락이 바람결에 내비치니 구만 장천 백운간에 번개를 불러 쐬이난 듯 천지재전 호현후라. 앞에 얼른 하는 양은 가배얍은 저 제비가 도화 일 점 떨어질 제 차려 하고 쫓아난 듯, 뒤로 번듯 하는 양은 광풍에 놀랜 호접 짝을 잃고 가다가 돌아치는 듯, 무산선녀 구름 타고 양대산 나리는 듯, 나뭇잎도 물어 보고 꽃도 질끈 꺾어 머리에다 실근실근…
>
> 「열녀춘향수절가」

춘향의 그네 뛰는 모습을 사실적으로, 그리고 묘사적으로 이렇게 또 표현할 수 있을까. 그것이 흠으로 지적되는 것은 지나치게 과장되었다는 것뿐, 묘사 자체는 결코 부인할 수 없다.

머리가 없는 사람, 오른쪽 어깨나 왼쪽 어깨가 잘려나간 사람, 왼쪽 다
리나 오른쪽 다리가 잘린 사람, 허리는 있어도 다리가 없는 사람, 창자가
흘러나와 절뚝거리는 사람 등 다들 물에 빠져 죽은 사람들이었다. 흐트
러진 머리카락이 얼굴을 가렸으며 그런 얼굴도 말로 다 할 수 없을 만큼
피를 흘린다. 더욱이 사지마저 참혹해서 처절한 정경은 눈뜨고 볼 수 없
었다. 하늘에 절규하고 가슴을 치며 통곡하자 산악도 움직이고 흐르는
물도 멎는 듯했다.

「달천몽유록」

이런 묘사는 겉으로 드러나지 않고 서술 속에 깃들어 있으면서도 사실
적으로 표현되어 있다. 서술 속의 묘사, 묘사 속의 서술이다.

대상이나 물상을 묘사한 것과는 다른 심리묘사도 있다.

한번 눈 맞은 인연을 맺은 뒤로 마음은 붕 떴고 넋은 나간 듯 마음을
진정할 길이 없었으며 언제나 그대 있는 곳을 향해 오만간장을 태웠던지
요. 일전에 벽 틈으로 전해 받은 편지는 잊을 수 없는 옥음이며 이를 공
경히 받들었으나 펴서 읽기도 전에 목이 메이고 반도 미쳐 못 읽어 눈물
이 주룩주룩 흘러내려 종이를 다 적셨답니다.

그런 일이 있은 뒤로는 잠자리에 들어도 잠을 이루지 못했으며 먹어도
목에 걸려 넘어가지 않았답니다. 날로 깊은 병은 골수에 맺혀 온갖 약마
저 효용이 없으며 다만 저승이 눈앞에 아련합니다. 오직 원하는 바는 조
용히 죽음을 따를 뿐이오.

조물주도 굽어보아 불쌍히 여기시고 신들도 도우시어 혹 살아 생전에
단 한번만이라도 이 맺힌 한을 풀어 주신다면 몸을 가루로 만들고 몸에
지닌 뼈를 다 깎아서라도 천지신명님 영전에 재를 올려 보답하겠습니다.
그대 편지 받고 서러워 목이 메이는데 무슨 말을 할 수 있겠습니까.

「수성궁몽유록」

이처럼 서로 그리워하는 마음을 내밀하게 묘사할 수 또 있을까.

육성에 찬 진실성이 묘사의 무기이며 이런 묘사만이 인지와 확신까지도 나눠 가질 수 있는 기회를 누리게 된다.

소설에 있어 묘사는 가지가지 수법으로 그려낸다. 그것도 묘사에 사용된 수단, 묘사가 떠맡은 기능, 묘사가 드러내는 작가와 세계 사이의 관계 등을 통해서 생생하고도 리얼하게 그려낼 수 있다.

4) 해학과 풍자

사회의 부조리, 제도의 모순이나 결함에 대해 그 시비(是非)를 정면으로 부딪치기보다는 우회적으로 표현해서 꼬집기도 한다. 때로는 인간 자체를 꼬집기도 하고 사회 자체를 비판하기도 한다. 또 풍자(諷刺)는 해학 속에 묻혀 있는 날카로운 바늘과 같다. 그것은 익살도 되고 아이러니(irony)도 되며, 위트(wit)도 되고 때로는 자조(自嘲)로 나타나는데 필수적으로 해학, 폭소, 아이러니, 희화, 과장, 패러디(parody) 등을 수반한다.

풍자의 영역은 넓게는 우화소설까지 포함된다.

그렇기 때문에 사실을 왜곡하는 것과 상관없이 피사체에 투영시킨 의미와는 대립적인 현실비판의 기능까지 가지며 현실과의 호응관계는 자유분방한 산문정신으로 나타난다.

해학의 실체를 인용하기로 한다.

　　육방이 넋을 잃어 공형이요. 등째로 휘닥딱 애고 죽다, 공방, 공방. 공

방이 보선 들고 들어오며, 안하려는 공방을 하라 더니 저 불 속을 어찌
들랴. 등째로 휘닥딱 애고 박 터졌네. 좌수별감 넋을 잃고 이방 호방 실
혼하고 삼색 나졸 분주하네. 모든 수령 도망할 제 거동 보소. 인궤 잃고
과절 들고, 병부 잃고 송편 들고, 탕근 잃고 용수 쓰고, 갓 잃고 소반 쓰
고, 칼집 쥐고 오줌 누기, 부서지니 거문고요 깨지나니 북 장고라. 본관
이 똥을 싸고 멍석 구멍 새앙쥐 눈뜨듯 하고 내아로 들어가서, 어 추워
라. 문 들어온다, 바람 닫아라. 물 마른다, 목 들여라. 관청색은 상을 잃
고 문짝 이고 내달으니…

「열녀춘향수절가」

위의 인용문은 추상 같은 어사출도에 산천초목이 덜덜 떠는 모습보다
는 되레 배꼽부터 쥐게 한다. 또한 폭소부터 터뜨리게 하는 해학의 절정,
살벌함보다는 해학의 묘미를 만끽하게 한다.

홍보 깜짝 놀래어, 나를 잡아들이라는 영이 났나 부다, 잡으러 나오도
록 있어서는 죄가 더 무거울 것이니, 미리 내 손수 작정하고 그 수밖에
없어 갓 벗어 하마석에 놓고 제 상투 제가 잡고 제 곤말 제가 끼고 공연
히 엄살하며
　"여보시오, 번수님. 내 볼기를 살피시고 가만가만 때리시오."
　사령들이 기가 막혀 "네 이 경을 칠 놈, 네 웬 놈이냐?"
　홍보 하는 말이 "어따, 번연히 알면서 그러하는고."
　"이놈, 번연이는 네 미코꾼이 번연이냐."

「박흥보가」

홍보가 굶주리다 못해 돈을 받기로 하고 매품 팔러 관가에 들어서는
장면인데, 처절한 비애미보다는 폭소를 짓게 하는 해학이 넘쳐난다.

　"글랑은 조금도 염려 마시오. 사또께서 이러한 때에 병 나는 줄은 대강 짐작하시나 봅니다. 그러나 들으니 이러한 복통에는 한 계집의 손으로 배를 살살 문지르면 그 신효가 귀신같다 하니, 기생 중에 묘한 년 하나 골라두고 갈 것이니 잘 문질러 보시오."

「배비장전」

　위의 인용문은 애랑이 배비장의 성화를 녹여주는 장면으로 해학성이 두드러지듯이 판소리계 소설은 해학성이 요소 요소에 잠재해 있다.

　이때 감사는 수청 기생 계월(桂月)이와 함께 자다가 갑자기 문밖에서 "암행어사 출도야!" 하는 벽력같은 소리에 놀라 황망히 깨어났으나 촛불을 켤 겨를마저 잊은 채 어둠 속에서 손으로 더듬더듬 간신히 옷을 찾아 걸쳤는데 웬걸, 계월의 비단 속곳이다. 감사는 다급하게 내헌으로 들어가는데 차림새가 매우 괴상망측했다. 계월이도 벌거벗은 몸으로 감사를 따라 황급히 들어간다. 감사는 해학을 잘하기도 했으나 또한 좋아했다. 다급한 와중에서도 계월의 가는 허리 덥썩 안고 사타구니를 가리키면서 "추위에 감기 걸렸는가? 어찌 그리도 콧물을 줄줄 흘리는가?" 하고 희롱한다.
　계월은 잠시 돌아보다가 "사또께서는 정삼품의 지위에 오르셨습니다. 불같은 물건이 툭 튀어나와 어찌 그리도 크오이까? 그러나 이런 횡액을 당한 처지에 농담을 해 무엇에 쓰오리까. 정신 좀 차리고 무사하시기나 도모하셔요." 하고 핀잔을 줬다.

「오유란전」

　암행어사 출도라는 다급한 처지에서도 익살로 여유를 찾는 평양 감사와 기생, 이런 점이 진정한 의미의 해학이 아닐까 한다.
　다음으로 풍자성의 실체를 보기로 한다.

「허생전」은 사회의 모순은 물론 북벌의 무모성을 신랄하게 꼬집는데 이점이 풍자성의 백미다.

허생은 인재 등용의 불합리성을 들어 이완에게 내 당연히 와룡선생(臥龍先生)을 천거할 터이니, 그대는 조정에 청해서 삼고초려(三顧草廬)토록 하겠소? 하고 인재 등용의 누적된 폐단과 훈척(勳戚)들의 전횡을 신랄하게 꼬집는다.

허생은 이에만 그치지 않는다.

이완이 난색을 나타내자 또 명나라 장병들은 일찍이 그들이 조선에 입힌 은혜가 있다고 해서 그들 자손들이 조선에 오지 않았소. 그런데도 그들은 모두 떠돌이로 살거나 홀아비로 고생스럽게 살고 있소. 그대가 능히 조정에 청해서 종실의 딸들로 하여금 두루 시집 보내고 김유와 장유 등의 집을 징발해서 살림살이를 마련해 줄 수 있도록 주청할 수 있겠는가? 하고 훈척들의 부정에 대해 신랄하게 꼬집는다.

실로 이 정도면 촌철살인을 하고도 남음이 있겠다.

허생은 또 나라 안의 자제들을 뽑아 머리를 깎게 해서 오랑캐의 옷을 입게 하며 군자는 중원으로 들여보내 빈공과에 응시케 하고 소인들은 멀리 강남으로 장사치로 내보내 허실을 정탐하게 할 뿐만 아니라 호걸들과 사귀어야 천하의 일을 꾀함직하고 비로소 국치도 씻을 수 있지 않겠는가? 고 북벌의 무모함을 고도의 우롱으로 풍자하고 있다.

끝으로 허생은 소위 사대부란 족속들은 다 무엇인 게야. 이백의 땅에 태어나 살고 있으면서도 자칭 사대부라고 으스대다니, 어찌 엉큼하지 않으리. 바지 저고리는 오로지 희게만 입으니 상복이요, 머리털은 묶어 상투만 트니 곧 방아꽁과 같도다 하고 사물을 구체적으로 제시해 사대부들의 무능과 위선을 통쾌하게 풍자하고 있다.

「호질」의 경우도 예외가 아니다.

동리자(東里子)와 북곽선생(北郭先生)의 이름부터가 풍자적이다. 동리자는 청상(靑孀)인데 천자가 그 정절을 가상히 여겨 고을 둘레를 동리과부지려(東里寡婦之閭)로까지 봉했으나 그녀의 다섯 아들은 각기 성이 다르다는 데서 허상(虛像)은 이미 드러났다.

북곽의 경우도 그렇다.

북곽은 예의 화신, 이학의 천재, 군자의 표상이나 석덕지유의 지식과 글재주는 한낱 탕녀의 유혹을 위해 동원되다가 성씨가 다른 다섯 아들에 의해 아이러니를 동반한 풍자로 백일하에 드러난다.

> "내가 듣기로는 이 고을 성문이 무너진 것은 천년 묵은 여우가 구멍을
> 내어 그리 되었다고들 하더라."
> "내 듣기로는 여우가 천년을 묵으면 환생해서 사람의 시늉을 능히 할
> 수 있다 했는데, 그놈은 북곽 선생의 모습을 한 여우일 거야."
> 다시금 의논하기를 "내 듣기로는 여우의 갓을 얻은 사람은 천금의 장
> 자가 되었고 여우의 신을 얻은 사람은 대낮에도 그림자를 감출 수 있으
> 며 여우의 꼬리를 얻은 사람은 남을 잘도 꾀어 누구라도 그를 좋아한다
> 고 하니, 우리 저 여우를 잡아 나눠 갖는 게 어떨까?" 하고 다섯 놈이 일
> 시에 어미방을 에워싸고 들이닥쳤다.
>
> 「호질」

이런 풍자는 여우가 북곽을 본뜬 것이 아니고 북곽이 여우를 본뜬 아이러니에 있다. 권위와 도덕의 화신인 북곽이다.

북곽이 아이들의 습격을 받고 도망치는 것은 아이러니의 한 패턴이다.

북곽이 몹시 놀래어 달아날 때, 남들이 행여나 자기 얼굴을 알아 볼까, 한 다리를 비틀어 목덜미에 얹고 도깨비처럼 춤추고 웃으며 문밖을 나서자 들고 뛰어 가다가 마침내 들판 똥구덩이에 빠진다.

이런 아이러니는 북곽 선생 스스로 똥통에 빠지게 함으로써 다음에 이어지는 풍자를 극대화하는 데 있다.

> 마침 들에 나온 농부가 "선생은 무슨 일로 이렇게 일찍이 벌판에서 절 하십니까?" 하고 묻자, 북곽 선생은 "내 일찍 들으니, 하늘이 비록 높다 하되 머리를 어찌 아니 굽히며 땅이 단단하다 한들 얕딛지 않을손가 하 였다네그려." 했다.
>
> 「호질」

농부를 만나기 전에 범을 만나 살려달라고 애걸복걸하다가도 농부 앞에서는 '비록 악인일지라도 목욕재계하면 상제를 섬길수 있다' 고 은근슬쩍 돌려대는 북곽이다. 호랑이 앞에서는 개전의 정을 보이다가 농부에게는 돌변하는 데서 풍자의 실체는 확연히 드러났다고 할 수 있다.

해학과 풍자는 단독, 아니면 이를 혼합시켜 효과를 배가한다. 그리고 기지, 우롱, 아이러니, 비꼼, 조소, 냉소, 고차원적인 욕설 등으로 다양하게 풍자를 표출할 수도 있는 것이 그 특색이 된다.

5) 저항의 실체와 한계

저항은 왕권체제에서 지배층과 피지배층의 갈등으로 야기되기 일쑤인데 소설이라고 해서 예외가 아니다.

곧 지배층과 피지배층 사이의 대립과 갈등이 있고 외세의 침입으로 나라가 위기에 놓였을 때, 저항하는 실체가 반영되기도 했다.

「홍길동전」은 적서차별에 불만을 품고 가출해 지방 수령을 질타하며 그들이 모은 불의의 재물을 약탈해서 빈민에게 나눠주는 의적으로 저항한다. 병판에 제수된 뒤에도 제도를 개혁하려는 의지조차 보이지 않다가 율도국으로 건너가 이상국을 건설한다. 그런데도 사회모순제거니, 체제에 대한 저항이니, 이상국 건설이니 하고 주제를 내세운다.

「전우치전(田禹治傳)」도 빈민구제를 위해 지배층이나 부호들의 재물을 약탈해서 도와줄 뿐이지 근본적으로 제도의 모순이나 지배층의 의식 전환을 위해 노력하거나 구체적인 대안을 제시하지 못했다.

「신미록(辛未錄)」도 관 주도로 편파되었기 때문에 신미란의 원인이나 반란에 동조한 사람들의 갈등을 해소하기 위한 제도 개선의 노력은 눈을 씻고 찾아도 보이지 않는다. 오히려 체제 수호의 초유 성격만 드러내어 미래지향적인 진실의 세계가 묻혀 버렸다.

이런 체제의 모순이나 지배계층의 부패상에 저항한 소설과는 달리 외세의 침입에 저항한 소설은 이와는 다르다.

「최고운전」마저도 신라와 당의 역학관계, 신라왕과 당제와의 힘의 종속, 일방적으로 당하기만 하는 현실을 극복하고 정신적인 자위화로 귀결시켰기 때문에 한계점을 드러내고 있다.

「임진록」도 사명당이 왜왕에게 항서를 강요하면서 '매년 십오륙 세 된 여아로 하여금 인피 3백 장씩 무공으로만 바치고 십오륙 세 된 남아로 하여금 고환 서 말씩을 까서 바치라'고 한 데서 복수심과 적개심에 불타는 정신적인 승리로만 주제를 내세웠다.

그러나 「임진록」의 주제는 임진란의 처참한 피해상을 재결합할 때 생기는 방해적인 요소로부터 탈출을 의미하며 이런 탈출과정에서 창조적인 정화를 여과해 꽃을 피운 정신적인 보상화(報償化)와 자위화(自慰化)에 초점이 맞춰져 있다고 하겠다.

「박씨전」도 강도 실함의 참극은 그만두고라도 인조 스스로 성을 내려가 성하지맹을 맺고 한번 절할 때마다 세 번 이마를 땅에 박는 삼배구고두례(三拜九叩頭禮)의 치욕에 적개심과 복수심을 고취함직도 한데 그런 저항은 찾아볼 수 없다. 다만 국가의 위기를 위기로 받아들이면서 뼈아픈 패배의 치욕을 정화했으며 비참한 패배를 천명관으로 합리화하고 당위화해서 그 패배를 씻어내려는 정화의 미학에만 초점을 맞췄다. 그랬기에 엄연한 패배를 두고도 국운이 불행하며 천의에 의해 이미 예정되어 있기 때문에 이를 역행할 수 없으며, 천의에 순응하기 위해 성하의 치욕이나 세자 대군이 볼모로 끌려갈 수밖에 없었다는 천의관으로 정화되어 있다.

「임경업전」도 모든 사실을 천명, 천수로 돌리고 있다. 성하의 치욕도 세자 대군이 볼모로 끌려가는 것도 천수로 받아들인다. 임경업이 의주에서 용골대의 길을 막자 세자와 대군은, 천수니 길을 터주라고 한다. 임경업이 호왕 앞에 끌려가서도 당장 목을 벨 수도 있으나 이것도 천수며 천명에 순응하기 위해서 참는다고 체념해 버린다.

「임경업전」은 호국에 대해서는 천명관으로 시종하고 있으나 명에 대해서는 명분론으로 일관하고 있어 한계를 드러내고 있다.

전란의 아픔을 꿈의 세계를 빌려 표현한 소설도 나타났다. 모든 비난을 꿈이니까, 꿈속이니까, 꿈속에서 일어난 일이며 일장춘몽에 지나지 않는데 뭘 그래, 하고 변명과 달아날 구멍을 마련할 소지가 있었는데도 저항의 실체는 스스로 한계를 드러내고 있다.

「달천몽유록」은 임진란시에 달천전투를 비판했는데 그것도 패인 전가라는 편파성으로 기울어졌다. 신립(申砬)은 재주도 없고 은총만 입어 임금의 간절한 부탁에도 패할 수밖에 없었던 저간의 사정을 말하고 패인은 자기에게만 있는 것이 아니라 천운으로 돌리고, 누구를 탓하며 누구를 원망할 수도 없다고 잘라 말한다.

그리고 엉뚱하게도 성패는 운수가 있고 시비는 이미 정해졌으니 연연해 하지 말고 시회나 열어 회포를 푸는 방향으로 반전하고 있다. 그리하여 임진란 때 죽은 충절의 추모에 초점이 모아져 패인에 대한 신랄한 비판은 어느 새 숙지고 저항의 실체만 드러내고 있을 뿐이다.

「강도몽유록」도 그렇다. 등장하는 부인들의 행색부터가 처참하다. 목매어 죽었거나 칼을 물고 자진해서 목에는 끈이 달려 있고 분골에는 피가 낭자하게 엉켰으며 머리마저 으깨졌다. 게다가 물에 빠져 죽어 배에는 물이 가득 차 있는데 행색은 눈으로 볼 수도, 글로 옮길 수도 없는 처절한 몰골이다. 그들은 모두 절사한 부인들이다.

첫째 부인은 김경징의 부인이다. 그녀는 시부인 김유가 조정 공론을 살피지 않고 사정에 치우쳐 무능한 아들로 하여금 강화수비의 중책을 맡겨 실기한 점을 들어 신랄하게 비판한다. 강도실함은 군무를 알지 못해서라고 단정하고, 강이 깊지 않음도 아니요, 성이 높지 않음도 아닌데 대사를 그르쳤으니 죽어 마땅하고 허물이 있어 죽었는데 나 또한 자결함은 진실로 지당해서 한은 없다고 자탄한다.

이렇게 열세 부인은 한결같이 위정자를 비판하며 한을 달랜다.

열네 번째 부인은 절의는 높고 정렬은 아름다운 것이니 하늘도 반드시 감동할 것이며, 부인네들은 죽음으로써 항거했으니 죽었어도 죽은 것이 아닌데 어찌 유한이 있을 것인가 하고 위로한다. 또한 강도가 함락되고 산성이 위급했을 때, 주상의 욕됨을 열거하면서 국치는 한없이 깊었으나 충의나 절사(節死)는 만에 하나도 없는데 오직 정조와 품렬은 오직 부녀자들에게만 있었으니 이것 하나만으로도 죽어서도 오히려 광영일 텐데 슬퍼하거나 애석해 할 필요가 없다고 원혼들을 달랜다.

이처럼 조정 신하들의 무능과 불충을 신랄하게 비판하고 패인을 날카롭게 꼬집고 죽음으로써 저항했다.

그러나 호적에 대해서는 일언반구도 언급이 전혀 없다. 이는 청과의 주종관계에 대한 또 다른 한계점을 노출시키고 있다.

꿈이니까, 꿈속이니까 얼마든지 가능했을 텐데 비판이나 저항이 없었다는 것에서 한계를 실감하지 않을 수 없다.

6) 판소리 열두 마당

영·정조를 전후할 무렵, 귀족문학에서 평민문학으로 전환되는 과도기에 가창을 중심으로 한 문학이 형성되기 시작했는데 이때 나타난 대본을 판소리라고 할 수 있다.

이런 판소리를 두고 타령, 창극, 잡가, 창극가, 극가 등으로 부르다가 판소리로 일반화되었다.

판소리의 갈래 명칭에 대해 다양하게 견해가 피력되었다. 이런 개진 (開陣)의 이유는 판소리가 본질상 복잡한 여러 갈래의 층위에 걸쳐 있기 때문일 것이다. 실상 판소리 자체부터가 문학적 요소와 음악적 요소를 동시에 지니고 있다. 이런 층위를 포괄하면서 인간행위의 몸짓인 연극에 까지 걸쳐 있기 때문에 판소리의 개방성을 짐작할 수 있다.

판소리의 대본으로는 「춘향가」, 「심청가」, 「흥보가」, 「적벽가」, 「배비 장타령」, 「옹고집타령」, 「토끼타령」, 「장끼타령」, 「변강쇠타령」, 「매화타 령」, 「신선타령」, 「무숙타령」의 열두 마당이 있었다고 전하나 「매화타령 」, 「신선타령」, 「무숙타령」은 원본이 발견되지 않았다.

판소리의 구성 요소는 창자와 고수, 사설과 창, 감상자나 청중인데 이 요소들은 동시에 공존한다. 그러면서 판소리의 층위가 개방되어 통합성 을 중심으로 층위의 개방으로 확대되며 창자와 고수, 해설과 창자 사이 에는 재현의 주체화와 그 객체화가 상호 보완적으로 이루어진다.

또 창자와 고수, 감상자나 관람자 사이에는 북, 장단 발림(너름새), 창, 사설로 교감되며 추임새도 주고받게 된다. 그리고 해설과 창자, 감상자나 관람자 사이에 관능적 기능이나 청중적 기능도 가지게 되며 들려주는 기능과 보여주는 측면까지 아울러 수행하게 된다.

이처럼 복잡한 구성적 요소를 가진 판소리가 문자로 정착한 것이 판소 리계 소설이다. 판소리계 소설은 판소리 사설이 문자로 정착된 것을 말 하며 세속소설이라고도 볼 수 있다. 그것은 서민들의 발랄성과 진취성을 바탕으로 한 서민들의 공동작이라고 할 수 있기 때문이다.

판소리계 소설은 근원설화에서 판소리로, 판소리에서 소설로의 정착 과정에서 많은 변형을 입어 원형을 알 수 없다.

판소리 열두 마당에서 소설로 정착된 작품으로는 「춘향전」, 「흥부전」, 「심청전」, 「토끼전」, 「배비장전」, 「변강쇠전」, 「장끼전」, 「옹고집전」 등이 있으며 「무숙타령」은 「이춘풍전」으로 유추가 가능하다.

고전소설의 미학적 특징으로 해학이니, 골계니 하는 용어를 든다. 해학은 영어의 Humor를 번역한 것이다.

골계는 비극 혹은 비장의 상대어로 사용했다. 이 경우 골계는 웃음을 문학적으로 형상화해 놓은 미학적 현상을 의미한다.

판소리계 소설의 특징으로 희극성을 지적할 수 있다. 희극성은 웃음과 뗄래야 뗄 수 없는 관계를 가진다. 웃음은 대상과 자아에서 야기되는 괴리감, 작품세계에 대한 자아의 우월감, 부조화의 인식에서 일어나는 정서적 반응일 수 있다.

웃음은 긍정적인 웃음인 미소와 부정적인 웃음인 조소가 있으나 그 성격은 그리 단순하지 않다. 긍정적인 웃음은 해학으로, 부정적인 웃음은 풍자로 나눌 수도 있으나 대개 희극성으로 묶을 수 있다.

인물의 희극성은 아리스토텔레스(Aristoteles)가 말했듯이 보통인 이하의 악인을 모방하는 데서 야기된다. 보통인 이하의 악인은 우스운 존재가 되고 우스운 것이 추의 일종일 때 희극적이 된다.

「옹고집전」의 옹고집은 고집불통의 악인이다. 부모에게 불효하고 스님을 능멸하는 범인의 행동 양식을 벗어난 인물이다. 「흥부전」에서 놀부는 보통 이상의 악인으로, 흥부는 선인으로 그들의 행동은 희극적인 인물이 되기에 충분하다. 「배비장전」의 비장도 속인 근성을 가진 위선적인 인간으로 우습고 추한 희극적인 인물이 되고도 남는다.

사건의 희극성은 어리석은 인물에 대해 탈선적인 행동을 다룸으로써 어리석은 사람의 행위, 속물 근성으로 중상 모략하는 행동 등으로 천박하고 부조리한 사회현상이 희극화된다.

「배비장전」의 정비장이나 배비장의 행동은 방자와 애랑의 술수에 놀아나는 유(類)의 희극이고, 「흥부전」의 흥부가 매맞으러 가서 야기하는 사건도 희극적이며, 「옹고집전」의 옹고집이 가짜 옹고집에 밀려나는 것도 희극적이며, 「변강쇠전」의 음탕성도 다분히 희극적이다.

표현의 희극성은 주로 양반들의 관념론적 인과론을 거부하고 기존의 불평등과 허위를 꼬집고 비판하는데 있다.

폭로와 비판, 해학과 풍자는 문체로써 표현되며 사실적인 문장으로 폭로의 효과를 높이기도 한다. 희극적인 표현은 언어유희로 나타나는데 동일음의 반복이나 유사 음상은 수사학적 해학이라고 한다.

9. 서사와 화자

1) 서사와 화자의 양면

고전소설에 있어 서사적인 화자는 서사의 대상으로서 작품과 이를 받아들이는 독자와의 관계로 3인칭 관찰자의 범주에 속한다. 문체로 보면 구어체라기보다는 문어체의 특징을 가진다.

그렇다고 해서 문어체만 있는 것은 아니다. 구연자와 청자의 입장에서 서술된 판소리계 소설은 구어체 화자이다. 서사와 화자는 작가와 독자 사이의 관계와 같으며 대립적인 통일원리가 된다고 하겠다. 서사와 화자의 관계도 말하는 사람이 듣는 사람에게 직접 들려주거나 제삼자가 끼어 들어 전달하는 방식으로 진술된다.

이때 이야기를 중개하는 사람이 화자가 된다. 중개자 없이 진술되는 경우에는 듣는 사람의 입장이 듣는다기보다 엿듣는 처지에 놓이게 되며 어떤 중개자가 끼어 들어 이야기를 들려주는 경우에 있어서도 독자에게 단순히 전달한다는 처지에 놓이게 된다. 비록 3인칭 소설이라 할지라도 서사는 화자가 단순히 이야기를 독자에게 전달하는 입장에 놓여 있기 때문에 때로는 '너'와 '나'가 엄연히 존재한다고 할 수 있다.

다음 인용문을 보기로 하자.

> 이때는 정히 춘삼이라.
> 화초는 좌우에 만발한데 봉접은 쌍쌍이 날아들어 꽃을 보고 반겨 춤도 춘다. 노송은 늘어지고 양류는 세류 중으로 왕래하며 금성이 난만하니, 공이 헤오되 진실로 진세를 떠나 선경을 범한 듯 하더라.
>
> 「박씨부인전」

인용문은 정경을 객관적으로 서술한 부분으로 화자의 목소리를 어느 정도 느낄 수 있으나 화자라기보다는 등장 인물이 화자가 된 예이다. 공이 춘삼월 금강산 경치를 보고 진세를 떠난 선경이라고 느끼는 자각의 시점이 결부되어 있으며 화자의 목소리와 시점의 화술이 혼합되어 있기 때문이다. 화자가 등장 인물의 목소리에 직접 스며드는 서사와 반대로 등장 인물의 목소리가 화자의 목소리에 파고드는 서사도 있다.

> 장사가 대왈 "본값이 닷냥이라. 어찌 과가(過價)를 받으라 하느뇨?"
> 노복 등이 왈 "대감 분부대로 주는 것이니 여러 말 말고 받으라." 하며 주거늘, 장사 어쩐 일인지 몰라 의혹하여 굳이 받지 아니한다.
> 노복 등이 마지 못하여 억지로 백 냥을 주고 이백 냥은 은휘하여 가지고 말을 이끌고 돌아와 엿짜오되 "과연 망아지가 있삽기로 중가(重價) 삼백 냥을 주고 사 왔나이다."
> 공이 자부에게 말 사 온 말을 하니, 박씨 노복더러 가져 오라 하여 익히 보다가 여짜오되 "이 말값이 삼백 냥 중가를 주어야 쓸 데 있삽는데

무지한 노복이 백 냥만 주압고 이백 냥은 은휘하고 말장사를 주지 아니
하였삽기로 쓸 데 없으니 도로 갔다 주라 하옵소서."

「박씨부인전」

　　이런 대화는 등장 인물들의 현장을 재현했다기보다 화자가 개입되어
등장 인물들에게 알게 모르게 간섭하고 있는 셈이 된다. 그럴 경우, 화자
가 등장 인물의 존재를 희생시키면서까지 독자와 의사소통을 한다면 이
야기의 신빙성은 떨어질 수밖에 없다.

　　서사는 화자가 등장 인물을 통해 이야기를 독자에게 전달하는 기능을
가지고 있다. 그런데도 화자의 존재가 드러나는 경우는 소설마다 다르고
같은 소설에서조차도 다르다.

　　고전소설에 있어서는 화자의 존재를 완전히 무시한 것도 아니다. 그렇
다고 이를 인정한 것도 아니다. 은연중에 서사와 화자가 맺어지고 있다
고 할까. 이런 관계는 화자가 인물들의 대화 속에 끼어 들어 간섭하거나
오히려 대화 속으로 숨어드는 경우가 된다. 때로는 등장 인물이 화자에
게 부단히 간섭받는 예도 있다. 이런 경우는 전지적 서사로서 화자의 목
소리를 담아 독자에게 전달하게 된다. 이때 서사와 화자의 특징은 겉으
로 드러나거나 숨어버린다. 서사의 목소리와 시점이 화자의 목소리와 시
점에 침투하거나 공존한다고 할까.

2) 묵계의 모두

이야기가 진행되는 도중, 적당한 곳에 일화를 장치하거나 갖가지 문양

(文樣)을 반복·교차시켜 소설적 흥미를 고조시키는 요소들만이 구성의
전부는 아니다. 이야기를 전개시켜 나가는 주요한 특성의 하나는 어떤
소설이든 일단 서술적 양식을 띠었다면 어떻게 이야기를 독자에게 전달
하느냐 하는 시점의 문제제기이다. 그것도 겉으로 드러나게 하거나 암시
적으로 감추게 하는 이중구조로 소설 속에 잠재하는 데 있다.

　이런 시점은 작가 자신과 독자 사이를 알게 모르게 관계를 유지시켜
줄 뿐만 아니라 이야기를 하는 사람과 듣는 사람 사이에 묵계적으로 어
떤 관계가 성립되어 있음을 전제로 한다.

　서사와 화자에 있어 이야기를 하는 사람과 듣는 사람과의 친분, 듣는
사람과 또 다른 이야기를 하는 사람과의 사이, 멀고 가까운 거리 등에
비춰 일련의 상황을 묵계로 간주하면 제 특성을 이해할 수 있다.

　일단 이야기를 하는 사람과 이를 듣는 사람 사이에 어떤 묵계가 이미
성립되어 있다는 사실을 상기해 보기로 한다.

　　"옛날 옛적에 어떤 마을에 팥죽 할미가 있었는데, 어느 날……"
　　"그래서요? 어서요. 그래, 어떻게 되었어요?"
　　"어린 오누이를 남겨두고 산 너머로 팥죽을 팔러 갔거든."
　　"빨랑빨랑 이야기해요. 궁금해 죽겠어요."
　　이야기를 하는 사람은 듣는 사람에게 잔뜩 궁금증을 불러일으키도록
　뜸을 들일 대로 들이며 표정까지 살피는 여유까지 보인다.
　　"그런데 산등성이를 넘다가 송아지만한 호랑이란 놈을 만났거든."
　　"그래서 어떻게 되었나요?"
　　"호랑이가 할미를 보고, 팥죽 한 그릇 주면 안 잡아 먹지, 했겠다."
　　"그래서요. 얼른 얼른요."
　　듣는 사람은 보채다 못해 안달득달한다.

　　"달라는 대로 팥죽을 퍼 주었겠다. 그런데 팥죽을 다 먹은 호랑이란
　　놈이, 나 팥죽 한 그릇 또 안 주면 잡아먹지, 했겠다."

이쯤 이야기가 진행되면 듣는 사람은 조용해지고 이야기를 하는 사람
은 내키는 대로 이야기를 늘이거나 줄이면서 이끌어 갈 수 있게 되면
이야기를 하는 사람과 듣는 사람 사이에 묵계가 성립된 셈이 된다.

그리고 이야기를 하는 사람과 듣는 사람은 다 함께 이야기 속으로 빨
려들어 허구 속에서 흥미와 어떤 진실을 찾아 나설 수 있다.

이야기를 하는 쪽이 전기수(傳奇叟)나 변사처럼 다재다능할수록 독자
를 눈앞에 둔 듯이 자기 목소리로 자기 생각을 나타내거나 감정을 흠뻑
풀어 표현할 수도 있다. 그래도 부족하다고 생각되면 창의적이고 독특한
입심으로 갖가지 일화를 삽입시켜 독자가 자문자답하게 하거나 궁금증
을 불러일으키게 한다. 심지어 이야기를 하는 사람은 독자나 상대방을
따로따로 떼어놓고 수작을 걸기도 한다.

또 때로는 이야기를 하는 사람이 이야기 속에 스스로가 존재하고 있다
는 사실을 숨기기는커녕 오히려 상대방을 불러 세우고 자신의 이야기가
어느 정도 먹혀들고 있는지 가늠하면서 강조하고 궁금증마다 함정을 파
놓고 듣는 사람이 걸려들기를 기다리기도 한다.

이와 같은 장치는 시점의 다원화로 효과를 배가할 수 있으며 실제로
작품 속에 이를 장치해서 변화를 추구하기도 한다.

몽유록 계열은 꿈의 세계를 빌려 시점의 다원화를 교묘하게 위장한
유형의 소설이라고 할 수 있는데 기존연구는 몽유소설을 방관자형, 참여
자형, 주인공형, 「운영전」의 시점[1]으로 고찰하기도 했다.

몽유소설에 있어 꿈 자체가 중요한 비중을 차지하는 것은 아니다. 현실과 꿈의 이중장치, 독자로 하여금 비록 꿈의 세계일지라도 현실로 인식되고 현실일지라도 꿈으로 받아들이도록 인식시키는 데 있다.

이러한 인식이 가능한 것은 작가나 독자 사이에 알게 모르게 꿈이라는 묵계가 성립되어 있기 때문이다. 꿈이라는 묵계 속에서 작가는 독백의 형식인 1인칭이나 객관적 3인칭 시점에서 때로는 방관자나 참여자가 되고, 또 신(臣), 첩(妾), 여(余), 당신이라는 애매한 시점 속에 자기의 존재를 숨기기도 한다. 아니, 작가는 자신과 자신이 만들어낸 이야기 사이에 꼭꼭 숨어 숨바꼭질을 하기도 한다. 더욱이 눈에 보이거나 드러나지 않게 작가와 독자 사이에 중개자 노릇까지 천연덕스럽게 연기하기도 하는데 이런 것은 계획된 서술구조와 상응한다.

작자와 독자, 발화자와 수화자 사이에 설정되어 있는 어떤 관계의 유형, 노골적으로 드러내거나 아니면 뒷받침하는 서술적 묵계, 이를 고전소설에서는 꿈의 세계를 빌려 표현한 셈이 된다.

3) 꿈꾸기 전과 꿈깬 후의 시점

몽유록계 소설에 있어서는 잠을 자는 과정을 거쳐 꿈속에서 현실을 이야기하거나 꿈속의 이야기를 서술하기 일쑤이다. 이때 꿈속으로 들어서기까지의 과정이 꿈꾸기 전의 시점에 해당된다.

꿈꾸기 전의 시점은 타락한 비분강개의 선비이거나 인애자비한 선사

---

1) 서대석 : 몽유소설의 장르적 성격과 문학사적 의의(한국학논집 3, 계명대)

에 의해 서술되기 일쑤이다. 선비나 선사는 이야기를 이끌어 가는 사람으로 사건의 현장성과 사실성에 힘을 불어넣는다. 그리고 불가항력적인 현실을 꿈으로 돌려 혹시 있을지도 모르는 온갖 비난을 면할 수 있는 가상의 인물이며 작자의 분신이라고도 할 수 있다.

더욱이 작가는 장치된 인물로 하여금 내면 깊숙이 꿰뚫어 보는 혜안까지 부여한다. 아니, 현재 미래 과거까지도 빈틈없이 추적할 수 있게 하며 죽은 사람의 세계까지 엿들을 수 있는 전지전능을 부여해 주기도 한다. 그들은 죽은 사람들의 세계와 삶의 의미마저 위탁받은 사람이며 위무하는 능력까지도 한 손에 쥐고 있다. 또한 특별히 통찰력을 부여받은 천재이거나 도에 대통한 선인의 혜안을 가진 사람이다.

이런 장면을 인용해 보기로 한다.

세상에 자허(子虛)라는 사람이 있었다. 그는 비분강개한 선비로 기질이 탁락(磊落)해서 시세에 용납되지 않았다. 언제나 나은(羅隱)의 한을 품었으나 원강(原康)의 가난을 배겨낼 수 없었다. 아침에 나가 밭을 갈았고 저녁이면 들어와 벽을 뚫어 월광을 끌어들이거나 주머니에 반딧불을 담아 고인의 글을 두루 열람했다.

하루는 고사를 읽다가 역대의 흥망성쇠에 이르러 책을 덮고 눈물까지 흘렸다. 자기가 당대에 살았다고 하더라도 살기에 급급해서 망해 가는 것을 단지 지켜보기만 했지 미력으로는 도저히 지탱할 수 없었을 것이라며 슬퍼하기도 했었다.

어느 가을밤이었다. 자허는 달빛을 좇아 글을 읽었다. 이미 밤은 깊었고 정신마저 노곤했다. 그는 서책에 기댄 채 잠이 설핏 든다.

그런데 몸이 가벼워지고 냉기마저 바람 따라 스며들더니 표연히 우화등선(羽化登仙)하는 것이 아닌가.

「원생몽유록」

자허는 복건자의 인도를 받아 왕과 다섯 신하의 모임에 참여하며 비분강개한 시를 읊는 참여자로 활동한다.

이런 활동이 몽유자의 입장이다.

곧 몽유자의 입장에 들어서기 전인, 자허에 대해 해설 부분이 꿈꾸기 전의 시점에 해당된다. '세상에 자허라는 사람이 있었다. 그는 비분강개한 선비로…'처럼 3인칭 객관적 시점으로 시작된다. 그러다가 '하루는 고사를 읽다가 역대의 흥망성쇠에 이르러 책을 덮고 눈물을 흘렸다.' 는 등 내밀한 심리까지 들여다본다.

이 점이 3인칭 전지적 시점이 된다.

「금생이문록(琴生異聞錄)」은 꿈꾸기 전의 부분이 다양하다. 그것은 한시(漢詩)를 곁들였다는 의미 이상이라고 할 수 있다.

금생은 봉산도사(蓬山道士)에게 거문고를 배워 묘법을 터득했다. 거문고를 타면 풍운변화며 귀신마저 상하로 회동했기 때문에 호를 금생(琴生)이라 지었고 남들도 그렇게 알고 있었다. 금생은 성격이 질탕(跌宕)하고 불기(不羈)해서 큰 뜻을 품고 있었다.

하루는 금생이 개연히 탄식하기를 "산을 오른다면 정상에 올라야 하고 물을 보려면 대해를 보아야지. 어찌 대장부가 편방에 묻혀 먹기만을 급급해 하며 우물 안의 개구리마냥 허송할 것인저. 여러 도시의 문물이 융성했던 것을 볼 뿐 아닌 천하를 두루 돌아다니면서 우적(禹跡)이 미치지 못한 곳하며 자장(子長)이 보지 못한 곳을 남김없이 보리라. 그런데 먼 길은 가까운 곳으로부터 시작하라고 했듯이 이미 해 뜨는 나라에 태어났으니 마땅히 청구로부터 시작해 곤륜산(崑崙山)에서 마치리라." 하고 다짐했다.

금생은 북으로 장백산, 동으로는 풍악산에 올라 푸른 바다에서 해뜨는 것을 조감했고 서쪽으로 기자성, 남으로는 금오산에 이르기까지 고국의

유허를 찾아다녔다. 산으로는 묘향산, 태백산, 구월산, 천마산에 이르기
까지 강으로는 압록강, 패강, 한강, 웅진에 이르기까지 찾아보지 않은 곳
이 없었다.

충현의 묘당을 치경하지 않고는 지나치지 않아 등짐 속에는 시를 지은
것이 수백 편인데 모두가 옛 현인을 조상하는 시편이었다.

길이 영남으로 들어섰다. 금생은 호산옹수하며 문물의 순미함을 사랑
했다. 관동의 절승에 미쳐서는 순박하고 맑음을, 서도의 화려함에 있어
서는 온화하고 평화로움을 완상했다. 실로 청아한 기상하며 화려한 정경
이 극치(極致)를 다한 것만 같았다.

가야를 탐방한 뒤, 금생은 방장(方丈)의 배에 올라 순풍을 타고 남해로
들어갔다. 노를 저어 달빛 비친 나루를 벗어나자 옷깃은 소연한데 가진
것이라곤 거문고와 네 벗뿐이었다. 중추 십오야 비 온 뒤 개인 하늘은 보
름달이 휘양하고 물빛은 하늘에 닿아 있었다.

금생은 거문고를 뜯고 시를 읊으니 소리만이 끝없이 울려 퍼진다.

수색과 산광이 눈을 휘뜨게 하니
배안 가득한 풍월이 시정일레
어디 태을선만이더냐, 연잎에 올라
진인을 만나러 태청궁에 들었다

水色山光刮眼明　滿舡風月摠詩情
不須太乙乘蓮葉　已覺尋眞入太淸

금생(琴生)은 이어 시 한 수를 또 읊는다.
맑은 정기는 진인의 정일레
한 잔 술도 세정은 아닐세
남주의 문물 이제 와 보니
어찌 동도가 이름만이더냐

扶輿淑氣孕眞精　醞釀寧無間世英
從古南州文物地　東都不必擅雄名

「금생이문록」

　　이야기를 이끌어 가는 사람이 주위 환경은 물론 주인공의 내밀한 세계까지 파고들어 서술해 나가고 있는데 객관 서술이 주이고 내면세계는 부분에 치우친 듯하지만 3인칭 전지적 시점에 가깝다.
　　「피생명몽록(皮生冥夢錄)」도 예외는 아니다.

　　피생(皮生)은 여강(驪江)에 살고 있었다. 이름은 달이고 자는 백통인데 인품은 수려했고 성품마저 강개했다.
　　피생이 스스로 이르기를 “대장부로서 집안에서만 안거할 것이 아니라 천하의 대관(大觀)을 내 기분으로 돋우고 내 문장으로 표현함이 마땅하도다.” 하고 자탄해 마지 않았다. 피생이 수·당의 길로 나아가려고 이성(利城)을 나서 도적산(圖寂山) 밑에 이르자 태양은 이미 숨어버렸고 새들도 숲 속을 찾아들고 있었다.
　　그런데 밥짓는 연기는 보이지 않는데 들판만이 분분했다. 아니 썩어 가고 있는 백골이 여기저기 흩어져 있기까지 했다. 피생은 얼굴을 찡그리며 탄식해 마지 않았고 눈을 감고 지나다 못해 시까지 지었다.

　　돌길 비집고 가다 보니 날은 저물어
　　어둑한 숲에서 새들만이 슬피운다
　　들판에 널린 인골 거두는 이 없어
　　남은 뼈 이끼 낀 채 풀만 성글었다

石路索行落日低　暝烟沈樹鸎鶿啼
原頭朽骨無人掩　苔蝕殘顱長疾藜

때마침 스님이 단장 짚고 지나가고 있었다.

피생은 머리를 숙여 말했다.

"이곳은 싸움터가 아니었는데도 뼈를 이고 있는 것이 저리도 심하오이까. 어지럽게 흩어진 시신을 보건대 예봉에 맞아 죽은 사람만도 헤일수 없을 것 같소이다. 이미 왜적도 물러갔으니 산 사람이 거뒀을 것이요 부모가 있으면 있는 대로, 처자가 있으면 있는 대로 시체를 편안히 모시고 혼을 위로했을 터인데도 아직도 수많은 시신이 잡초에 묻혀 불에 타기도 하니 말이오. 유독 저 지점이 나그네로 하여금 슬픔을 자아내게 하오이다."

스님은 초연해 하다가 뒤늦게 말했다.

"임진년이었소. 성중 사녀들은 황망히 적에게 몰려 귀천을 막론하고 다 죽었소. 그래 죽어서인지 두개골이 깨지고 창자는 다 찢기었소. 죽은 사람은 이왕에 죽었거니와 산 사람마저 산지 사방으로 쫓기다 못해 이리와 승냥이에게 먹히고 까마귀와 매에게 창자를 쪼아 먹히게 되었소. 날이 가고 해가 깊어질수록 뉘라서 뒤엉킨 시체를 알아보며 바람에 부대끼고 비에 씻기어 뼈만 앙상한 시체를 알아보겠소. 흐린 저녁이나 달 없는 밤이면 처연한 귀곡성이 숲속에서 끊이지 않은 지 10년이나 되었소. 내 듣기로는 달포 전이었을까. 서울서 이원외(李員外)란 사람이 내려왔다고 합디다. 그는 주변에 살고 있는 사람들을 방문도 하고 지나는 객에게 묻기도 해서 아비 죽은 곳을 찾아 시체더미에서 해골 하나를 주웠답디다. 그리고 염을 해서 칠 척이나 되는 관에 넣고 붉은 기로 구름을 뒤덮듯이 표막을 향해 상여가 나갔답디다. 길가는 사람마다 탄복해 하며 미담을 들먹이지 않는 이가 없었소. 남의 자식으로 태어나 어버이를 장사 지냄에 화려하기 장구함보다는 검소하면서 빨리 끝냄이 좋을 듯하오."

존함을 물었으나 스님은 웃을 뿐 말없이 가버렸다.

피생은 재를 넘어 재 아래 외로운 마을에서 유숙했다. 세상은 적막한데 산 위에 솟은 달만이 허공에 걸려 있었다.

그는 요를 깔고 잠자리에 들었다.

「피생명몽록」

「피생명몽록」의 피생도 인품이 수려할 뿐 아니라 천품이 비분강개한 선비인데 그런 사람을 화자로 등장시켜 이야기를 이끌어가고 있다. 그러면서도 외부적인 상황에 대해 섬세한 서술은 물론 내면세계의 심리변화까지도 세세하게 서술하고 있으며 3인칭 객관적 시점과 전지적 시점을 적절히 절충하면서 이야기를 실감나게 이끌어간다. 게다가 주고 받는 대화까지 구사하며 다양하고 변화 있게 이끌어간다.

선사 한 분이 적멸사(寂滅寺)에 기거하고 있었다. 이름은 청허(淸虛)였다. 청허 선사는 성품이 인애롭고 자비로웠다. 헐벗은 사람을 보면 옷을 벗어주었고 굶주린 사람에게는 먹을 것을 주었다.
해서 사람들은 대한지제(大寒之際)에 춘풍이라고 했으며 음지에 비치는 태양이라고들 했다.
슬프다! 국운이 불행해서 온 세상은 적의 말굽 아래 짓밟혔고 성주는 산성에 갇혔으니 백성들도 애달프도다. 국토는 반이나 적의 선봉에 들어갔으나 그 중에서도 강도가 더욱 심했다. 흐르는 것은 피요 쌓인 것은 시체뿐, 까마귀가 시체를 쪼아먹어도 이를 묻어주는 사람이 없었다. 선사는 주인없는 시체가 가엾다 못해 거둬주고자 수양 버들가지를 손에 쥐고 강을 건너갔으나 인가는 소진되어 의지할 곳이 없었다. 선사는 연미정 남쪽에 풀을 베어 초막을 짓고 살면서 법사도 보며 한가지로 침식했다. 달이 대낮처럼 환한 밤이 들자 선사는 꿈을 꾼다.

「강도몽유록」

청허 선사도 성품이 자비롭고 인애스러워 대한 추위에 춘풍과 같으며 응달에 태양이 스며들듯이 인정이 풍기는 위인이다.
이런 인물을 화자로 등장시켜 이야기의 겉과 속, 존재하는 것과 존재하지 않는 것을 설교하고 위무하며 감회에 젖게 한다.

요컨대 꿈꾸기 전의 시점은 꿈의 세계로 들어서기 전의 작업으로 독자에게 진실성을 대변해 줄 뿐 아니라 이야기 속을 마음대로 넘나들며 참가자도 되고 방관자도 되면서 주인공의 위치에 서기도 한다.

작가 자신이 화자가 되느냐, 아니면 작중 인물이 화자가 되느냐에 따라 시점을 달리 보는 방법[1]도 있다. 때로는 중심인물을 기준으로 본 시점과 부속인물을 기준으로 본 시점으로도 나눌 수 있다. 이런 기준에 따르면 몽유소설은 방관자적 시점, 참여자적 시점, 주인공 시점으로 나눌 수 있으나 전체적으로는 3인칭 주·객관식이 된다.

인물과 사건을 어떤 각도에서 어떻게 보는가에 따라 시점이 다를 수도 있으며 어떤 시점을 취하느냐 하는 것은 복잡한 요인에 의해 결정된다. 따라서 작가는 선택한 소재를 어떻게 하면 가장 효과적으로 처리할 수 있을까 하는 시점 선택에 골몰하기 마련이다.

한 마디로 작가는 자신의 지적 수준, 기질, 취향, 창작의도에 따라 일정한 시점을 고집하게 되는 셈이다.

꿈꾸기 전의 시점은 작품 전개상 전지적 시점, 자신의 목소리로 독자에게 전달하고자 하는 중립적 전지성, 한 등장 인물에게만 한정시켜 간섭은 물론 보충 설명도 서슴지 않는 선택적 전지성 등이 있다.

꿈깬 후의 시점은 감회의 서술이면서 꿈꾸기 전의 시점과는 보완적 관계에 놓여 있어 수미가 가지런하다고 하겠다.

매월거사(梅月居士)가 듣고 통분해 말했다.
"대저 자고 이래로 주군이 암둔하면 신하마저 혼미하다더니 졸지에 배

---

1) 조남현 : 「소설원론」, 고려원, 1983, 231쪽

신자가 너무도 많으오. 이제 주군으로 볼 것 같으면 분명히 현명한 군주라고 생각되며 여섯 신하 또한 충절의 선비였소. 이들 신하가 보필하고 밝게 인도했다면 어찌 패망의 화가 이에까지 미치어 참혹하게 당한 사람이 있을 수 있었을까. 슬프다! 형세가 이미 그랬으니 천도로 돌릴 수도 없도다. 복은 착하고 화는 음탕하다는데 천도가 아니오리까. 무릇 천도로 돌린다고 해도 막연하기 짝이 없도다. 하물며 이치를 헤아리기는 어렵소. 우주는 유유한데 지사의 한만 헛될 따름이오."

그는 이어 시 한 수를 읊었다.

만고(萬古)의 슬픈 한일지라도
허공을 나는 한마리 새
새도 날 수 없는 찬 안개
화려한 영화마저 추초로다
당우시절 그리우나 아득하고
어지럽도다, 탕무시절
달은 밝아도 물빛은 어둑
구성지게 울려퍼지는 죽지가

萬古悲凉意　長空一鳥過
寒烟鎖銅雀　秋草沒章華
咄咄唐虞遠　紛紛蕩武多
明月湘水闊　愁聽竹枝歌

「원생몽유록」

대미 부분은 감회 어린 3인칭 시점이 된다. 꿈꾸기 전의 부분도 3인칭 시점이듯이 수미가 가지런하며 시점도 일치해서 상보적 관계에 있음을 보여주고 있다. 단지 시로서 대미를 장식하고 있음만 다를 뿐이다.

  강물은 도도하게 흐르고 서산은 창창한 데도 들판을 두루 돌아다녔다. 산은 금오산, 강은 낙동강이었다. 산 아래에는 충신묘가 있었다.

  금생은 "황홀하기 짝이 없음을 형용하기 어렵도다. 즐겁고 아름답다는 것은 여기에 다 모였구나. 하물며 강을 건너고 산에 올라 그 자취 천하에 비길 데 없음을 안 연후라야 비로소 대관(大觀)을 보았다고 할 수 있으리라." 하고 한숨 지었다. 금생은 배를 풍교에 매어두고 길을 따라 산 아래로 내려갔다. 묘당을 찾아 치경을 하다 보니 선생의 위패가 있었다. 마치 꿈 속에서 본 것과 다름없었으나 다만 네 노인과 두 사람만이 없었다.

  금생은 들은 대로 기록한 뒤 군자전이라고 했다.

「금생이문록」

  끝으로 「금생전(琴生傳)」을 초고했다가 임진란 시에 잃어버린 내력이며 이준(李埈)의 제발을 덧붙여 놓아 이색적이지만 꿈깬 후의 시점도 3인칭으로 서술되어 있다. 물론 여(余)라는 1인칭 시점을 취하고 있으나 그것은 금생전을 짓게 된 내력을 덧붙인 것이지 꿈깬 후의 부분과는 다르다.

  이 또한 꿈꾸기 전의 시점과 꿈깬 후의 시점이 가지런해서 상보적(相補的) 관계에 놓여 있음을 알 수 있다.

  「달천몽유록」은 꿈에서 깨어나 베개를 어루만지며 기억을 더듬어 기록하고 있는데 인물의 관직명에 따라 성명을 밝혀놓은 점이 특이하다.

  파담(坡潭)은 뜻이 있는 사람이었다. 어떤 사람이라도 나라 일로 죽었다면 그를 생각해 줄 것이며 그것도 절의를 숭모하며 절개를 가상히 여겨 죽음을 애도하면서 공적을 찬탄하리라 생각했다.

  "꿈속에서나마 만나보게 된 사람들은 평소 흠모했던 이들인데 마음 속에 간직하다 보니 꿈에 보이는 수도 있음일까."

> 파담은 제문을 짓고 술을 마련해 화악산으로 올라갔다. 그리고 남쪽
> 구름 낀 곳을 바라보기도 하고 서해를 굽어보았다. 그리고 곡을 하기도
> 하면서 초혼 불러 제문을 읽었다.
>
> 「달천몽유록」

그리고 제문까지 장황하게 덧붙여 놓았다.

화자인 파담은 작자 자신일지라도 작자 자신의 목소리가 아닌 등장 인물의 목소리로 대치시킨 3인칭 시점이 된다. 따라서 「달천몽유록」도 대미가 꿈꾸기 전의 시점과 일치함을 보여준다.

「피생명몽록」은 '종소리가 절로부터 들려오고 들녘에서도 계명성이 들렸다. 마침내 기지개를 하면서 깨어나니 침상일몽이었다. 너무도 괴이해 이를 기록한다'고 간단히 후기하고 있다.

「강도몽유록」은 '말을 마치자 좌중의 부녀들이 일시에 통곡하니 울음소리가 하도 처절해서 차마 들을 수 없었다. 선사는 탄로날까 조바심이 되어 수풀 속에 숨어 있다가 날이 새기를 기다려 물러 나오다가 놀라 깨어나니 꿈이었다' 고 대미를 장식하고 있다.

요컨대 꿈깬 후의 시점은 꿈꾸기 전의 시점보다 다양하지는 않으나 나름대로 시점의 특성을 지니고 있다. 그리고 감회나 느낌을 덧붙여 놓았거나 제문과 제발을 부기해서 진실성을 돋보이게 한 특징도 있다.

소설의 기교상으로 볼 때, 「강도몽유록」처럼 꿈깬 후의 시점이 없는 것이 뛰어나다고 할 수도 있다. 꿈인지 생시인지 독자가 의식하지 못하도록 꿈깬 후의 시점을 생략할 수도 있기 때문이다.

이와는 반대로 「구운몽」처럼 꿈꾸기 전의 시점은 비치지도 않은 채 꿈의 세계에서 전개되다가 종말에 가서야 일장춘몽이었다고 현실복귀되

는 것처럼 꿈깬 후의 시점이 있을 수 있다.

그러나 대부분의 몽유소설은 꿈꾸기 전의 시점과 꿈깬 후의 시점이 상응하며 현실에서 꿈속으로, 꿈속에서 현실로의 회귀가 자연스럽게 진행되고 있으며 작가 나름의 독특한 목소리로 이끌어가고 있다.

4) 시적 시점과 그 기능

서사시를 거쳐 소설이라는 갈래가 나타났다. 해서 오늘날은 문학하면 소설이라는 강한 인상을 풍기고 있다. 그만큼 현대는 산문의 범람시대며 현대인은 소설의 시대에 살고 있다고 해도 지나치지 않을 것이다.

이러한 현상은 의도적이라기보다는 운문에서 산문으로의 전환, 곧 자연스런 역사의 흐름이라고 할 수 있다.

그런데 우리의 소설은 태동부터 완전한 산문으로 나타난 것이 아니다. 소설의 모태라고 하는 『금오신화』의 몇 편 속에는 운문의 잔재가 너무나 뚜렷하다. 그것은 그 당시 시가 중심의 문학관을 감안하더라도 음미해 봄 직하다. 어쩌면 산문 정신을 추구하면서도 운문 정신에의 미련을 버리지 못한 현상은 아닐까 한다.

「만복사저포기」에 있는 20여 편의 한시, 「이생규장전」의 장시하며 「용궁부연록」의 한시는 소설 전체가 차지하는 비중에 비겨 결코 산문에 예속되어 있지 않다.

「원생몽유록」의 원 자허와 여섯 사람의 한시, 「금생이문록」의 금생의 시와 네 사람의 시, 「달천몽유록」의 한시는 시회를 열고 있는 것만 같다.

어쩌면 시적 시점의 독자성을 나름대로 지니고 있다.

이런 한시는 시만을 독립시켜 기능을 연구할 만큼 비중이 높으며 「수성궁몽유록」에 등장하는 시들도 산문 속에 장식으로 삽입된 시 이상의 기능을 발휘하고 있기 때문에 삽입된 시라고 해서 과소 평가할 수 없다. 산문적인 것을 시적인 정서로 유도할 수 있는 강한 힘을 지녔다고 할 수는 없으나 치장(治裝)으로서는 기능을 수행하고 있기 때문이다. 다시 말해 현실의 비참함을 시의 서정성으로 대치했다고 할까.

그렇다고 비참한 현실을 서사시로 돌려놓지 못했는데 이는 산문정신의 여력으로 이해될 수 있다. 왜냐하면 시의 생리상 문제점을 독자에게 전달하기보다는 이미지나 상징성을 나타내기 때문이다.

현실의 당면성을 서정적 분위기로 시화하다 보니 문제를 파헤치는 데는 미약하더라도 현실의 비참함을 주관적으로 시화하려 했다는 점은 높이 살 만하다. 비록 시적 시점은 아름답고 조화로운 세계와 외부세계와는 아무런 관련이 없을지 모르나 선험적 세계를 서사적 의미보다는 분위기로 유도함으로써 소설의 또 다른 세계, 그 가능성을 시도했다는 점은 지나칠 수 없다.

깊은 한 장강에 스며드니
흐르던 물마저 멎고
갈대 꽃잎 단풍 든 잎새
바람마저 싸늘하다
분명코 길고 긴 사장
예 있음에도
달 밝은 밤이면

영혼들은 어디에서 노닐꼬

恨入長江咽不流 狄花楓葉冷颼颼
分明認是長沙岸 月白英靈何處遊

「원생몽유록」

원 자허는 우화등선해서 장강에 이르며 휘파람을 불다 시 한 수를 읊는다. 그리고 다가온 선비에 의해 정자로 안내 받아 접근하게 된다.
「금생이문록」의 금생은 거문고를 뜯으며 시를 읊는다.

산색 수색이 눈을 휘뜨게 하니
배안 가득한 풍월이 시정일레
어디 태을선만이더냐, 연잎에 올라
진인을 만나러 태청궁에 들었다

水色山光刮眼明 滿紅風月摠詩情
不須太乙乘蓮葉 已覺尋眞人太淸

「금생이문록」

밤은 이미 깊었는데 금생은 책을 베고 누었다가 잠이 들며 꿈결에 서생의 안내를 받아 네 분 선생을 만나게 된다.
「달천몽유록」의 꿈꾸기 전의 부분도 마찬가지다. 파담이 여러 도를 암행하다가 충주 달천에 이른다. 때는 임진란이 지난 지도 9년, 아직도 생생한 전흔에 시를 지어 강개지심을 달랜다.

풀은 옛 전장에서 몇 번이나 돋아났는고

9. 서사와 화자 275

그윽한 향춘이 꿈속을 헤매이게 해
비바람 지나자 벌써 한식
촉루마다 푸른 이끼, 또 만춘은 저물어
古場芳草幾回新　無限香閨夢裡人
風雨過來寒食節　髑髏苔碧又殘春

「달천몽유록」

　변성에 달이 돋고 좋은 밤은 마냥 깊어가는데 파담은 베개 베고 누웠다가 잠이 든다. 그는 호접의 안내를 받아 무인지경으로 들어간다. 갑자기 질풍이 내닫아 살기가 등등하고 온 세상이 칠흑처럼 어두워 지척을 분별할 수도 없는데 횃불을 든 일대를 만나 사건에 참여한다.
　「피생명몽록」은 피생이 중원을 향하다가 도적산 밑에 이른다. 날은 이미 저물었는데도 밥 짓는 연기는 피어나지 않고 들판에 어지럽게 흩어져 있는 해골만 보일 뿐이다.
　피생은 처절한 정경을 보다 못해 시 한 수를 읊는다.

돌길 비집고 가다 보니 날은 저물어
어둑한 숲에서 새들만이 슬피 운다
들판에 널린 인골 거두는 이 없어
남은 뼈 이끼 낀 채 풀만 성글었다

石路索行落日低　暝烟沈樹鶯鶯啼
原頭朽骨無人掩　苔蝕殘顱長疾藜

「피생명몽록」

　피생은 지나가는 스님에게 물어 들판에 널려 있는 시체는 임진란시 죽은 것임을 알게 된다. 그는 스님과 헤어진 뒤 재를 넘어가 재 아래 산촌에서 묵으면서 꿈의 세계로 들어간다.

「수성궁몽유록」의 발단부분은 여인이 시를 짓고 술을 유영에게 권하는 데서부터 이야기는 시작된다.

깊고 깊은 궁궐에서 이별한 님이시여
천분도 미진, 인연 없이도 만나보네
꽃다운 봄을 아파한 지 몇 번이리
아픔이 비구름되니 꿈, 생시는 아니리
지난 일 사그라져 티끌이 되었으니
헛되도다, 눈물지어 손수건만 적시네

重重深處別故人　天緣未盡見無因
幾番傷春繁華時　爲雲爲雨夢非眞
消盡往事已成塵　空便今人淚滿巾

「수성궁몽유록」

유영은 여인이 흘리는 눈물에 젖어 이야기에 흠뻑 빠져든다.

이처럼 시적 시점은 사건의 발단에 장치되어 만단정회를 풀어나가는 기능을 하고 있으나 주인공의 심리나 리얼리티를 부여하는 데는 부자연스럽다. 그리고 객관적이기보다는 주관에 치우친 모순도 발견된다.

더욱이 시적 시점이 객관성을 지나치게 지향할 때 어쩔 수 없이 소설은 서사시로의 회귀와 반소설로의 접근을 묵과할 수도 없다.

소설에 삽입된 시라고 해서 서사시로 보아서도 안된다. 왜냐하면 객관적 서사를 극복하기 위해 시적 시점을 극대화하다 보면 산문과는 틈이 벌어질 수도 있기 때문이다.

　그렇다고 시적 시점이 서사적 성격과 감정적 열정으로 내면화함으로써 신분의 우월성이나 자유로운 삶을 구현하기 위해 산문보다 유리한 점까지 부정할 필요는 없겠다.

　「달천몽유록」에서 보듯이 각양각색의 개인적 운명을 시적 시점 속에 포용하고 있다. 포용했다고 해도 엉킨 매듭을 풀어 나가기보다는 회고와 감회라는 치장에 지나지 않는다. 좌정하자 향연이 시작되고 가무를 즐기며 시를 읊는다. 고 임파가 일어나 신상 이야기 끝에 시를 읊는다.

　　　해마다 해마다 풍우가 스쳐갈수록
　　　모랫벌 해골에는 이끼만 푸르러
　　　원수를 갚고자 평생에 심은 맹세
　　　티끌만큼도 한은 씻지를 못했네

　　　風雨年年過　沙場骨已苔
　　　平生報仇志　一寸未成灰

「달천몽유록」

　이어 임진란시 입은 한을 차례로 돌아가며 시로 읊는다. 고 종후(從厚)로부터 27인째인 승 영규(靈圭)에 이르기까지 한결같다.

　마지막으로 한 스님이 내달아 시를 읊는다.

　　　혈혈고혼 한번 가고 다시 아니 오니
　　　청산은 어지럽다 못해 멀어만 가오
　　　인간세상사 윤회설을 말하지 마오

한번 다진 쇄천대의 한, 풀 길 없소

子子孤魂去不來 亂山靑走鬱崔嵬
人間莫道輪廻說 一鎖泉臺怨未開
「달천몽유록」

임진년에 당한 갖가지 사연마다 시를 삽입시킨 것은 재치로 시종여일하게 분위기를 이끌어 가고 있으나 삶의 문제나 실마리에 대해서는 언급이 없다. 뿐만 아니라 어떤 가능성도 제시하지 아니한 채 소설의 대미를 장식하며 현실로의 회귀라는 장치로 급전한다.

이처럼 시적 시점은 꿈이라는 도구를 환상적으로 다뤘으나 거둔 효과는 미지수일 수밖에 없다. 이유는 형상화의 가치마저 없는 것까지 실체를 부여하려 했기 때문이다.

더욱이 소설의 형식을 넘어서려는 노력에도 불구하고 치장으로 끝나버린 듯하다. 아니, 오히려 소설을 절하시켰으며 구성상 불협화음격으로 끼어 들고 있어 분위기마저 흐려놓은 듯하다.

「원생몽유록」에서도 이와 같은 분위기는 한결같다.

자허는 왕을 알현하고 말석에 앉자 차례로 다섯 사람이 앉는다. 이에 그들은 고금의 흥망에 대해 토론한다. 그것도 달 밝은 밤이면 주연을 베풀어 대작하며 시를 짓고 가영한다. 상좌에 앉은 사람이 시를 읊는다.

한은 깊고 재주 없이 지내다 보니
변이 생겨 욕됨에 목숨도 버렸다오
이제사 부앙해도 세상이 부끄러워

도모한 일 이루지 못해 후회스럽소

深恨才非可托孤 國移君辱更捐軀
如今俯仰慚天地 悔不當年早自圖

「원생몽유록」

끝으로 말석에 앉은 사람도 시를 읊고 자위한다.

슬프다, 당일의 의거 어떻다 마오
차라리 죽어 후광을 얻으리
큰 한 천추에도 씻지 못하나
집현전 시절 남긴 공훈 가상도 하오

哀哀當日意如何 死耳寧論身後譽
最恨千秋難雪恥 集賢曾草賞功書

「원생몽유록」

「금생이문록」의 금생도 시를 읊고 회한에 젖는다.

대여섯이 받은 전조 총애
죽긴 쉬워도 고절을 지키긴 어려워
금강 물결은 밤낮으로 오열하는데
어느 해나 고혼은 고향에 돌아가리

受命先朝臣六七 方知死易立孤難
錦江日夜波聲咽 蜀魂何年返故山

「금생이문록」

이런 시적 시점은 경이로운 사건일지라도 일종의 회고나 의도적으로 강조된 모티브가 되고 있으며 단순히 회고적 장식이 되고 만 경우일 수 있다. 그렇다고 몽유소설이라는 취향의 의미가 없는 것은 아니다.

비록 소설적인 요소가 아니라고 해도 몽유소설에서 시적 기능을 제외시켜 놓고 생각할 수 없다.

왜냐하면 시점과 기능을 생각하지 않을 수 없도록 꿈이라는 세계가 유도하고 있으며 작가가 문제를 제기하는 데 있어 소극적으로 머물 수밖에 없었던 당 시대를 감안한다면 어쩔 수 없는 현상이기 때문이다.

요컨대 몽유소설에 있어 시적 시점의 기능은 시대상을 감안하고 문학 형식이 갖는 한계점까지 고려해서 평가해야 한다.

그렇게 인정한다면 시적 시점은 비록 예술적 기교와 성숙성으로 발전하지는 못했으나 시점의 확대와 서술 영역의 새로운 개척이라는 점에서는 높이 살 만하지 않겠는가.

5) 몽유세계의 시점

작가가 작품 속으로 들어가 이야기를 직접 끌고 가느냐, 아니면 작품 속의 인물로 하여금 이야기를 이끌어 가도록 하느냐에 따라 시점을 나누기도 한다. 이때 작중인물이 이야기를 이끌어 가는 경우는 참가자적 시점이라 하고, 작가가 직접 작품 속으로 뛰어들어 이야기를 이끌어 가는 경우는 비참가적 시점[2]곧 방관자적 시점이라 한다.

---

2) S. Barnet : An introduction to Literature, 1967, 37~400쪽

　1인칭 참가자적 시점에 있어서도 주인공 화자 시점은 부인물 화자 시점과 동일하며 3인칭 비참가자적 시점으로는 전지적 시점, 선택적 전지적 시점, 객관적 시점이 있다.

　작중 인물과 사건을 어떤 각도에서 처리하느냐 하는 문제는 어떤 시점에서 이야기를 이끌어 가느냐 하는 문제와도 결부된다. 이 경우, 복잡한 요인이 개재되기도 한다. 그리고 같은 소재, 같은 사건일지라도 이를 처리하는 시점은 얼마든지 달라질 수 있다.

　때로는 작가가 소재의 영역에는 별로 관심을 두지 않고 작품마다 비슷한 시점만 고집하는 경우도 있다. 그것은 작가의 지적 소양, 기질, 창작의도 등 복합요인에 의해 시점을 고집하게 되는 경우가 된다. 그런 경우의 예를 몽유소설에서 찾을 수 있다.

　몽유소설은 꿈을 꾸고 있는 사람의 입장에서 꿈의 세계를 전개시킨다. 그러면서 꿈을 꾸는 사람이 꿈의 세계에서 어떤 일을 하는가에 따라 시점이 달라진다. 꿈을 꾸고 있는 사람이 주인공으로 활동하는 경우, 주인공은 아니지만 꿈속의 사건에 참여하는 경우, 꿈속의 사건에 전혀 개입하지 않고 어느 정도 거리를 두고 바라보는 방관자인 경우가 있다.

　이때, 꿈을 꾸는 사람에 따라 시점을 확정하게 되는데 꿈꾸기 전의 현실세계와는 다를 수 있다.

　또한 꿈을 꾸고 있는 사람의 입장에서 본 참여자적 시점도 있다. 이때 화자는 꿈속 세계에서 주요 인물이 아닌 부속 인물이며 사건을 독자에게 전달하는 단순한 기능만 수행하게 된다.

　예로 「원생몽유록」이 있는데 자허의 입장에서 본다면 참여자적 시점이 되나 전체적으로는 3인칭 시점이 된다.

한 강가에 이르렀다. 물결은 들이치고 산들은 분분했다.

바야흐로 한밤이다. 세상은 적막한데 달은 대낮처럼 밝아 물결에 비친 달빛은 비단처럼 아름다웠다.

기러기는 갈대 숲에서 울어대고 이슬은 단풍 든 잎을 적셨다.

원 자허는 초연해 하다 눈을 들어 살폈다. 천년이나 오랜 기운이 깃든 듯해 불현듯 휘파람을 불어대다가 시 한 수를 읊었다.

깊은 한 강에 스며드니
흐르던 물마저 멎고
갈대 꽃잎 단풍 든 잎새
바람마저 싸늘하다
분명코 길고 긴 사장
예 있음에도
달 밝은 밤이면
영혼들은 어디에서 노닐꼬

恨入長江咽不流　狄花楓葉冷颼颼
分明認是長沙岸　月白英靈何處遊

「원생몽유록」

3인칭 시점으로 꿈속 세계를 이끌어 가고 있다.

그러나 몽유자인 원 자허가 사건에 참가하는 정도에 따라 시점을 나눠 보면 주인공 입장이 아닌 부속 인물로 단순히 참가하고 있다.

자허가 시를 읊고 있는데 두건 쓴 선비에게 이끌려 정자 있는 곳으로 안내된다. 그곳에서 자허는 왕자를 시중하는 다섯 신하를 만나 작시하고 가영하는 것을 듣기만 하다가 권유에 못 이겨 시 한 수를 짓는 참가자적 입장에 놓인다.

시 읊기를 끝내고 자허에게도 권한다. 원래 자허는 비분강개한 사람이
다. 그는 눈물을 거두고 구성지게 시 한 수를 읊었다.

지난 일 누구에게 물어나 볼꼬
산은 황폐해져 구릉이 되었는데
깊은 한 정신마저 나약한데
얼을 빼는 두견새의 울음소리
고향엔 언제 돌아가려나
강루에서 노닐기만 하는데
노랫소리 몇 번 멎었던고
갈대꽃 수심만 자아내는데

往事憑誰問 荒山土一丘
恨深精衛死 魂斷杜鵑愁
故國何時返 江樓此日遊
悲凉歌數関 殘月荻花愁

시를 읊는 틈틈이 사람들은 처연해 눈물을 뿌렸다.

「원생몽유록」

참가자적 입장에서 서술되고 있음이 분명히 드러난다.
「달천몽유록」도 참가자적 시점이 된다. 그것은 꿈을 꾸고 있는 파담의
입장에서 보았을 때의 관점이나 전체적으로는 3인칭 시점이 된다.
머리가 송끗해 바라보니 머리가 없는 자, 팔이 없는 자, 다리가 없는
자, 허리가 없는 자, 배가 불룩한 자 등 차마 눈뜨고 볼 수 없다.

하늘을 우러러 절규하니 잠마저 달아났다. 땅을 치며 통곡하니 산악도

동요하고 흐르는 물마저 멎었다.

구름은 흩어지고 달도 높이 솟았는데 세상은 고요했다. 이슬은 서리가 되고 갈대밭은 창창했다.

밤은 적막하기 이를 데 없는데 광야만이 비단처럼 빛났다.

귀신들은 눈물을 닦고 "하늘이 무너지고 땅마저 갈라져도 이와 같은 한은 있을 수도 없소. 하물며 달 밝고 바람 자는 좋은 밤을 어이할 것인가. 한바탕 이야기를 오늘 에도 하지 않을 수 없으리." 하고 소리하며 노래를 부른다.

「달천몽유록」

이처럼 이야기는 3인칭 시점으로 전개되고 있으나 몽유자인 파담의 입장에서 보면 참가자적 시점도 된다고 할 수 있다.

김종사가 좌석을 둘러보며 "이곳에 세속의 선비가 와 있으니 찾아서 이곳으로 오게 합시다." 하고 동의를 구했다. 모두들 "그렇게 하도록 합시다." 하고 찬성했다. 해서 파담은 말석으로 가 앉았다.

「달천몽유록」

모든 참가자들이 시 읊기를 끝냈다. 파담은 참가자들의 요청을 견디다 못해 뭇 사람들이 지은 시를 품평(品評)하는 글을 짓는다.

바로 이런 행동이 참가자적 시점이다.

「피생명몽록」의 피생은 재 아래 한적한 마을에서 잠을 잔다. 그는 잠을 자다가 꿈속에서 이헌이라는 사람을 만난다. 그는 맏아들 극신이 등과해서 벼슬이 높아지자 사람들의 비난을 면하기 위해 임진란 때 희생당한 아버지의 시신을 거둬 장례를 치른다.

그런데 김검손의 시신을 자기 아버지의 시신으로 알고 장례를 치른 뒤, 현몽으로 자기 아버지 시신이 아닌 줄 알았으나 아버지의 장례를 두 번 치를 수는 없으니 어떻게 했으면 좋겠느냐고 피생에게 묻는다. 김검손이 나타나 전세의 인연으로 보면 극신의 어머니는 내 아내요 극신 또한 내 아들인데 극신이 내 시신을 수장한 것은 하늘의 뜻일지언정 어찌 마음대로 했을 리 있겠느냐고 시비한다.

> 피생이 끼어들어 시비를 가려준다.
> "이헌은 고문성족임에 비해 그대는 평민에 지나지 않는데 어찌 감히 이렇게까지 당돌하시오. 비록 극신의 모친과는 전생에서 부부가 되었을지라도 이헌은 금세의 부부로서 극신을 낳은 사람이 이헌이요, 기른 사람도 이헌이외다. 또한 극신이 그대의 시신을 수장해준 것은 그의 잘못 탓이며 턱수염의 영악스런 형상만을 생각해서 그대와 흡사하다고 주장한다면, 이 또한 그대로서 아버지라고 인정할 수 있겠소? 그러니 그대는 아예 상관하지 마시오."
>
> 「피생명몽록」

이어 피생은 생사의 이치를 들어 이헌(李憲)을 위로한다.

이처럼 피생은 몽유자로서 시비만 가려주는 참여자의 입장을 고수하고 있다. 피생이 몽유자로서 사건에 깊이 개입하고 있기 때문에 주인공 입장으로 이해될 수도 있으나 주인공은 이헌과 김검손이지 피생은 아니다. 어디까지나 수장문제로 다투는 이헌과 김검손의 시비를 가려주는 중재자 입장만 고수하기 때문에 참가자적 시점에 놓여 있다.

때로 참가자적 시점은 몽유세계의 사건 전개상 흔히 3인칭 시점으로 서술되기 일쑤이다

「강도몽유록」도 방관자적 시점에서 서술하고 있다. 강도실함시 절사

한 부녀자들이 모여 겪고 당한 일들을 이야기하고 있는데 몽유자인 청허선사는 이를 몰래 엿듣는 입장만 고수한다.

> 선사는 쇠지팡이를 짚고 달빛 아래 산책했다.
> 밤이 깊어지자 바람결따라 말소리가 들려오는데 노랫소리며 웃음소리하며 곡소리가 뒤섞여 있었다. 노랫소리, 웃음소리, 곡소리는 부녀자들이 한곳에 모여 내는 소리였다.
> 선사는 이상히 여기고 가까이 가 몰래 엿본다. 열을 짓고 대오를 갖춰 앉아 있는 사람들은 모두 여자인데 홍안은 시들었고 센 머리는 수염처럼 늘어뜨렸다. 검은 머리도 있으나 뒤엉켰다.
> 늙었는지 어떤지는 표시따라 알 수 있었다.
> 그런데 선후는 생각지 않고 뒤죽박죽 앉아 있는데 창황한 태도며 비참한 분위기는 도저히 형용할 수 없었다.
>
> 「강도몽유록」

선사는 한 걸음 다가가 몰래 살핀다.

목매어 죽은 사람, 칼을 입에 물고 죽은 사람, 머리를 받쳐 죽은 사람, 물에 빠져 죽은 사람 등 그 처참한 정경은 차마 볼 수도, 기록할 수도 없었다. 해서 열 네 부인들이 하는 이야기만 엿듣는다.

열 네번째 부인의 이야기가 끝나자 선사는 혹시나 자기가 듣고 있는 것이 탄로날까 걱정되어 나무 밑에 숨어 날이 새기를 기다린다.

날이 새자 선사는 몰래 나오다가 '홀연 놀라 깨어나서 생각하니 꿈이었다'고 하는 데서도 방관자임이 드러난다.

요컨대 몽유자는 몽유세계의 사건에 참여하거나 주인공들과 자리를 함께 하는 것이 아니라 다만 이야기를 엿듣기 위해 일정한 거리를 유지하며 엿들은 이야기를 독자에게 전달만 한다.

물론 「금화사몽유록」처럼 몽유자가 입몽 없이 일정한 거리를 두고 바라보는 방관자로만 일관하는 예도 있다.

서생은 산 속에서 길을 잃고 방황하다가 금화사 선실에서 잠을 자다 몽중에서 중국 역대의 창업주는 물론 명장(名將), 명상(名相)이 회동하는 것을 엿보며 그들의 대화만 엿듣는 것으로 일관하고 있다.

이상에서 살펴보았듯이 방관자적 시점은 몽유자의 의식이나 행동을 직접 서술하지는 않았으나 작가의 눈을 대신해서 이를 지켜보게 하며 관찰하는 눈을 제공하는 단순한 기능만 한다.

경우에 따라서는 주인공 시점이라는 것도 있다. 몽유자가 몽유세계에서 직접 주인공으로 활동하는 시점인데 「대관재몽유록」은 몽유세계에서 몽유자를 주인공 시점으로 한 소설이다.

가슴은 마냥 두근거린다.
그런데도 엎드려 아뢰기를 "천신은 풍산 심모이온데 감히 뵙고자 하나이다." 하고 청했다.
어디서 흘러나오는지 알 수 없으나 아름다운 향기가 온 몸에 휘돌았다. 옥같은 소리가 아미 가까이 다가오더니 10여 인이 심의를 공손히 붙들고 일으켰다.
"천자께옵서 심모를 불러들이라 했습니다."
신이 등에 땀이 홍건히 밴 채 국궁하고 들어가니 걸음마다 금련이어서 세간 경계는 분명 아니었다.

「대관재몽유록」

천자에게 인도된 심의는 총애를 받아 장형의 딸 옥란을 아내로 맞이한

다. 김시습이 반란을 일으키자 그는 출정해 싸워보지도 않은 채 진압한
다. 그 공으로 안동백이 되어 부귀를 누리다가 천자로부터 대관재 선생
이라는 호를 하사받고 집으로 돌아온다.

> 상국 이색이 등을 두드리며 협실로 인도했다. 욕실로 데려다 목욕시키
> 고 금도로 신의 장부를 찔러 피를 한 되나 빼가면서 "40년이나 기다려
> 부귀를 누렸으니 이제는 여한이 없겠지요." 하고 말했다. 그제서야 칼로
> 찌르는 듯 배가 아파 왔다. 깨어나 보니 배는 불러 북처럼 팽팽했다. 잔
> 등은 가물거리고 병든 아내는 옆에 누워 신음하고 있었다.
>
> 「대관재몽유록」

주인공 시점은 '臣'이라는 1인칭 시점으로 일관하고 있다. 그것도 꿈
꾸기 전과 꿈깬 후에도 1인칭으로 서술되어 있다.

요컨대 현실세계와 몽유세계가 같은 시점으로 밀착되어 있으며, 주인
공 중심으로 서술되고 있기 때문에 주제적 의미를 보다 집약시킬 수 있
는 장점을 가진다. 그리고 주인공의 내면세계에 보다 접근할 수 있는 이
점도 주인공 서술의 시점이 지니는 장점이다.

10. 시점의 다원화

1) 실마리의 보따리

시점(視點)의 다원화(多元化)를 논의하기 위한 전제로 현대라는 시대적 개념은 물론 현대소설의 성격부터 파악하는 것이 순서일 것이다. 현대가 암시하는 개념은 형식적 조건과 내용적 조건이 있는데 양자를 나눠 생각할 수도 있으나 결합에서 정리하는 것이 바람직하다.

첫째, 시간적 분기점으로 보아 1차 대전 이후로 보는 경향이 일반적 견해였으나 최근 2차 대전 이후, 원폭투하 이후로 보는 추세가 짙다.

둘째, 시간적 분량 면에서 시기라고 해야 할 것이다. 예로 우리는 60년대니, 70년대니 하고 시기적 특성을 거론하기 일쑤기 때문이다.

셋째, 내용적 조건으로는 유심론과 유물론의 대립, 민주주의와 공산주의의 대립, 냉전 등 철학적인 면과 정치적인 면을 무시할 수 없다.

동서 냉전의 구도가 무너지고 민족주의가 팽배한 90년대 이후는 80년대와는 분명히 다르며 2천 연대 들어 세계는 급속히 변하고 있다. 더욱이 우리 나라는 국토분단으로 보아 심각한 현실임은 부인 못할 것이다. 요컨대 현대라는 개념은 시간적인 것보다 내용적인 조건을 많이 포함시켜 사용하기 때문에 시기라고 해야 한다.

다음으로 현대라는 성격의 특성은 미완성이며 과도적·진행적이기 때문에 근대의 연장이 아닌 근대에서 볼 수 없는 새로운 것이 복잡하게 혼합되어 나타나고 있다. 그것도 확고부동한 가치가 고정된 것이 아닌 언제, 어느 때, 어떻게 변모할지 모르는 변용적·유동적·진행적이며 불확실성을 발견하게 된다.

따라서 문학은 시대와 같은 방향에 서서 진행되고 반영되며 발전하는 생리를 지녔기 때문에 시대와는 무관할 수도 없다.

그러면 현대소설의 성격을 정리하기로 한다.

근대소설이 특정된 개인이나 보편성을 추구한 데 비해 현대소설은 개별자, 단독자, 예외자 등 특수 인간형을 추구하는 경향이 짙다. 구성방식에 있어서는 분석적인 것에서 입체적으로, 사건의 초점은 대사회적인 관계의 전개에서 자신과의 대자아적 관계로 전환되었다. 주제의 초점은 대부분 운명적 문제에서 존재 문제인 실존으로, 시제의식은 과거, 현재, 미래가 명확한 것에서 혼착으로 방향 전환을 시도했다.

그리고 표현 분야는 의식의 세계에서 잠재의식·무의식의 세계로, 주제의 성향은 비관적인 것에서 절망적인 세계로 끊임없는 시도가 추구되고 있는 것이 현대소설의 성격이라고 하겠다.

그러한 예로 「지킬박사와 하이드」 「동키호테」로 대표되는 특수 인간형, 「25時」의 절망적인 주제성향, 「세월」 「젊은 예술가의 초상」 「잃어버린 시간을 찾아서」 등에서 잠재의식의 표현을 들었다.

근대소설은 작자가 직접 작품 속에 개입하는 데 비해 제임스 조이스의 「젊은 예술가의 초상」으로 대표되는 현대소설은 등장 인물 자체가 화자가 되어 작가가 간접으로 개입하는 성향이 두드러졌다. 이런 성향은 혁명적인 소설의 기법이며, 그것도 등장인물 자신들의 활동을 의식의 흐름으로 표현한 것은 반소설적인 기법이 된다.

근대소설에는 과거가 회상과 추억으로 나타나 시간의식이 뚜렷했으나 「잃어버린 시간을 찾아서」로 대표되는 현대소설은 시·공간의 위상이 자유자재로 나타난다. 그것은 의식의 흐름과 심리적 분위기로 독자를 유도하기 위해서다. 근대소설이 분석적인 구성을 주로 시도했는데 비해 현대소설은 「이방인」으로 대표되는 소설에서 입체적인 구성을 시도했으며 등장 인물 자체마다 화자가 되는 구성 방법을 택하고 있다.

그러나 이상의 전개는 서구의 소설에만 치중한 나머지 우리의 전통적인 소설을 소홀히 다룬 경향에서 비롯했다.

소위 의양지학과 자득지학[1]의 입장에서 볼 때, 의양이 성행하고 있어 우리의 소설이론은 이를 적용하는 데 급급했을 뿐, 자체의 소설이론을 정립하는 데 저해 요인이 되어 왔다.

여기서는 자득의 대안으로 「수성궁몽유록(壽聖宮夢遊錄)」의 시점과 시제를 분석하고 조선조소설에서는 서구의 그것보다 2세기나 앞서 혁명적인 기법의 시도가 있었음을 제시하려고 한다.

---

1) 조동일 : 「한국소설의 이론」, 지식산업사, 1979, 63쪽

2) 시점의 다원화

어떤 소설이든 일정한 이야기가 포함되어 있기 마련이다. 그러나 이야기만 있다고 해서 소설이라고 하기에는 아직 이르다. 이야기 속에는 귀담아 듣고 눈여겨볼 만한 최소한의 가치가 있어야 한다. 우리는 이를 작가의식 곧 주제의식으로 내세웠다. 작가는 그러한 주제의식을 어떤 서술 구조를 빌려 구체적으로 표현하는가? 그것은 묘사와 서사를 양축(兩軸)[2]으로 해 이야기를 전개시켜 나간다.

화자의 관점에서 본 서술은 작가가 인물과 사건을 있는 그대로 서술하는 것과 작가가 직접 나서서 설명하는 두 가지 방법이 있다.

화자의 관점도 누가 독자에게 전달하는가, 이야기를 어떤 위치에서 전개하는가, 화자는 어떤 통로를 통해서 전달하는가 등 독자와 이야기와의 거리감을 고려해 서술하게 된다.

화자의 문제는 시점의 관점에서만이 해답이 이루어질 수 있다. 시점(a point of view)의 문제는 시점을 탄력성 있게 변화시킬 수 있는 능력이며 시점의 원근 변화에 따라 작품 내용의 전체적 조망과 세부적 상황 등 작가 특유의 기법을 발휘해 보다 효과적으로 살릴 수 있게 된다.

요컨대 이야기를 어떤 위치에서 서술해 가느냐는 문제와 비슷하며 화자와 동일한 전제로 받아들여야 한다.

또한 시점의 선택에 따라 외형은 물론 분위기까지 달라질 수 있다. 그 예로 「여자의 일생」은 처음부터 끝까지 작가가 직접 작품 속에 개입되어 있는 데 비해 「잃어버린 시간을 찾아서」나 「젊은 예술가의 초상」은 인물

---

2) 조남현 : 「소설원론」, 고려원, 1983, 207쪽

마다 화자가 되어 의식의 흐름을 표현했으며 작가는 어디까지나 작품 속에 간접적으로 개입되어 있을 뿐이다.

또 「이방인」은 입체적인 구성으로 처리했다고 하는데 그것은 시점의 다원화에 원인을 두고 있다. 그러면서 이들 작품은 근대와 현대소설의 성격을 단적으로 말해 주는 예가 된다.

그런데 시점의 다원화는 현대소설에서만 발견되는 것만은 아니다. 고전소설에서도 불완전하나 이러한 시도는 분명히 있었다.

고전소설에서는 서술자 주관적 3인칭 소설3)이 대부분이나 몽유록 계열의 소설은 예외적이라고 하겠다.

「강도몽유록(江都夢遊錄)」「금화사몽유록(金華寺夢遊錄)」은 방관자형 입장이고 「원생몽유록(元生夢遊錄)」, 「달천몽유록(達川夢遊錄)」, 「피생 명몽록(皮生冥夢錄)」은 참여자 유형이며, 「대관재몽유록(大觀齋夢遊錄)」 과 「몽결초한송(夢決楚漢訟)」은 주인공형 입장4)을 취하고 있다. 이에 비 해 「수성궁몽유록」은 특이한 시점5)을 취하고 있어 주목된다.

그러면 「수성궁몽유록」을 대상으로 현대소설의 성격이 서구에서만 시 도된 것이 아니라 고전소설에서도 시도되었음을 입증하려고 한다. 「수성 궁몽유록」의 구성은 이중액자의 틀로 전개하고 있다6)고 한다.

그러나 김동리(金東里) 소설에서 보이는 프롤로그(Prologue)와 에필로 그(Epilogue) 부분을 제외하면 운영의 이야기가 주된 구성이며 김생의 이 야기가 보완되면서 통일된 형태의 구성을 취하고 있다. 그것도 이야기의

---

3) 이재선 : 「한국단편소설연구」, 일조각, 1977, 182쪽
4) 서대석 : 몽유록의 장르적 성격과 문학사적 의의, 한국학논집 4, 계명대, 513~517쪽
5) 「수성궁몽유록」의 텍스트는 김기동의 「고전한문소설선」(교학연구사, 1984)을 자료로 했음
6) 서대석 : 윗 논문 참조

진행에 따라 시점도 이동해 가며 효과를 극대화했다.

텍스트로 택한 한문본인 「수성궁몽유록」에 있어 3인칭 전지적 시점은 프롤로그인 꿈꾸기 전의 부분이 된다.

수성궁의 절경에 취한 청파사인 유영(柳泳)은 바위에 앉아 술을 마신 뒤 잠시 잠이 들고 잠에서 깨어났을 때 정겨운 밀어가 들려온다. 유영이 소리나는 곳을 따라가 보니 소년과 절세미인이 있다. 유영은 그들과 통성명을 하고 내력을 듣는다. 운영은 "심중에 쌓인 한을 잠시 잠깐인들 잊을 수 있겠습니까? 제가 이야기를 할 것이니 서방님은 옆에서 듣고 계시다가 빠진 부분이나 들려주셔요." 하고 저간의 사연을 실토한다.

이와 같은 3인칭 전지적 시점은 1인칭 주관적 시점의 단점을 보완했으며 작가의 훌륭한 기교라고 할 수 있다.

> 인왕산 한 줄기가 굽이치며 뻗어내리다가 수성궁에 이르러 불끈 치솟아올랐다. 비록 높고 험준하지 않았으나 올라가서 내려다보면 넓은 거리의 상가와 장안에 즐비한 저택은 바둑판을 벌여놓은 듯, 하늘의 별을 따다 놓은 듯 손에 잡힐 듯이 역력했고 완연하기가 실을 여러 갈래로 펼쳐놓은 듯 가지런했다. 동쪽을 바라보면 궁궐이 아득해서 회랑이 공중에 비스듬이 비껴 있는 듯 안개가 자욱했다. 날로 구름과 안개는 푸르름을 더했으며 아침 저녁으로 교태 겨워하니 가장 아름다운 명소라고 할 수 있었다.

화자는 확신에 찬 음성으로, 자신감에 넘친 음성으로 주인공이 알지 못하는 사실을 정확하게 독자에게 전달할 수 있는 3인칭 시점의 장점을 보다 완벽하게 구사하고 있다.

　　이어 작가는 3인칭 전지적 시점의 장점을 활용하다가 운영의 이야기로 들어서면서 1인칭 주관적 시점을 원용한다.

　　　소년은 탄식 끝에 말하기 시작했다.
　　　"성함을 말하지 않은 것은 다 뜻이 있습니다. 자꾸 말하라고 하니 말하기는 어렵지 않으나 이야기하자면 길어집니다."
　　　하고 초연해 하다가 한참 뜸을 들인 뒤에야
　　　"저의 성은 김(金)이라고 합니다. 십세부터 시문을 잘해 학당에 이름이 났으며 나이 열넷에 진사 제2과에 오르니 사람들은 김진사라고 불렀답니다. 제 나이 비록 어리나 협기도 있고 품은 뜻도 자못 호방해 스스로도 억제하기가 쉽지 않았답니다. 그리고 옆에 앉아 있는 낭자는 부모의 유체를 받들고자 했는데도 끝내 불효여식이 되었으니, 천지간 죄인의 이름을 어찌 굳이 알려고 하십니까. 낭자는 바로 운영이고 저쪽 비녀는 녹주(綠珠)와 송옥(宋玉)으로 모두 옛날 안평대군의 궁녀였답니다."
　　　유영이 그 말을 받아 "말을 하다가 끝맺지 않으면 애초부터 말을 하지 아니한 것만 같지 못합니다. 안평대군의 한창 때 일이며 진사가 마음 아파하는 까닭을 자세히 들었으면 해서요." 하고 채근했다.
　　　진사는 운영을 돌아보며 "성상이 여러 번 바뀌고 일월이 오래되었는데 당시의 일을 그대는 기억해 낼 수 있겠소?" 하고 물었다.
　　　운영이 대답하기를 "심중에 쌓인 한을 잠시 잠깐인들 잊을 수 있겠습니까. 제가 이야기를 할 것이니 서방님은 옆에서 듣고 계시다가 빠진 부분이나 들려주셔요." 하고 이야기를 시작했다.
　　　장헌대왕의 여덟 왕자 중 안평대군이 가장 영준했는데 왕은 안평을 매우 사랑해서 후한 상을 하사했답니다. 해서 전민과 재화로는 다른 왕자들보다도 많았답니다. 나이 열셋 들어 사저로 나가 살았는데 그곳이 바로 수성궁이었답니다. 대군께서는 학문에 힘써 밤으로는 글을 읽고 낮으로는 서예를 익히느라 잠시도 게을리하지 않았답니다. 새벽닭이 울 때까지 강론을 소홀히 하지 않아 필법이 뛰어남으로는 온 나라에 명성을 떨쳤답니다. 그리고 문인이나 재사들이 수성궁에 모여 시문의 장단점을 비교도 했답니다.

그로부터 운영의 이야기는 가식없이 전개된다. 운영의 이야기는 1인칭 주관적 시점을 최대로 활용하면서 서술된다. 3인칭 전지적 시점이 가지는 단점인 친숙감을 회복해 주인공의 관심에 초점을 맞췄다. 그리고 독자는 주인공의 가장 깊숙한 감정, 느낌, 태도 등을 받으며 자신에 찬 음성, 진실이 넘친 이야기로 빨려들게 된다.

예로 괴테의 「젊은 베르테르의 슬픔」은 가장 친숙한 서간체의 형식을 빌려 쓰고 가장 고백적인 일기체의 내용으로 서술하여 독자의 심금을 사로잡았다. 서간체와 일기체는 진실을 토할 수 있는 그릇으로 심리 표현뿐 아니라 독자에게 친숙할 수 있는 요건이 된다.

「수성궁몽유록」도 고백적인 내용의 심리표현뿐만 아니라 가장 내밀한 육성을 통해 1인칭 주관적 시점을 극대화하고 있다.

김생이 운영을 본 후 애끓는 마음을 전한 사연은 1인칭 주관적 시점에서 서간체를 활용한 백미라고 하지 않을 수 없다.

한번 눈 맞은 인연을 맺은 뒤로 마음은 붕 떴고 넋은 나간 듯 마음을 진정할 길이 없었으며 언제나 그대 있는 곳을 향해 오만간장을 하마나 태웠던지요. 일전에 벽틈으로 전해 받은 편지는 잊을 수 없는 옥음이며 이를 공경히 받들었으나 펴서 읽기도 전에 가슴이 메이고 반도 미쳐 못 읽어 눈물이 주룩 흘러내려 종이를 다 적셨답니다.

그런 일이 있은 뒤로는 잠자리에 들어도 잠을 이루지 못했으며 음식을 먹어도 목에 걸려 넘어가지 않았답니다.

날로 깊은 병은 골수에 맺혀 온갖 약마저 효험이 없으며 다만 저승이 눈앞에 아련하답니다.

오직 원하는 바는 조용히 죽음을 따를 뿐이오. 조물주도 굽어보아 불쌍히 여기시고 신들도 도우시어 혹 살아 생전에 단 한번만이라도 이 맺힌 한을 풀어 주신다면 몸을 가루로 만들고 몸에 지닌 뼈를 다 깎아서라도 천지신명님 영전에 재를 올려 보답하겠습니다.

그대 편지받고 서러워 목이 메이는데 다시 무슨 말을 할 수 있겠습니까.

이와 같이 육성에 찬 진실성은 1인칭 주관적 시점이 가지는 최대의 무기이며 작가가 거짓된 설명에 빠지기 쉬운 태도를 일깨워 주기도 한다. 뿐만 아니라 독자는 주인공의 가장 내밀한 생각이나 느낌은 물론 인지와 확신의 감정까지도 나눠가질 수 있는 기회를 누리게 된다.

게다가 운영의 사연도 구구절절 육성의 몸부림, 육화된 고백이라고 하지 않을 수 없다. 김생의 편지를 받고 운영이 해답한 편지는 「수성궁몽유록」의 백미이며 육성에 찬 진실, 바로 그것이 된다.

일전에 무산 신녀로부터 서찰을 전해받으니 낭낭한 옥음으로 정녕 가득했나이다. 공경히 받들고 세 번이나 읽으니 슬픔과 기쁨이 교차되어 마음을 진정할 수 없었답니다. 곧장 답장을 보내려 했으나 인편은 믿을 수 없었고 또 누설될까 걱정되지 않을 수 없었답니다.

다만 고개를 들어 바라만 볼 뿐 날아서라도 가고 싶으나 날개마저 없으니 간장은 끊어지는 듯하고 넋은 소진된 듯했답니다. 죽기만을 기다릴 뿐이오나 죽기 전에 편지로 평생의 회포를 고백하나이다. 엎드려 바라옵건대 진사님께서는 마음에 부디 새겨 두시옵소서.

저의 고향은 남쪽이랍니다. 부모님께서는 저를 사랑하시어 여러 자식들 중에서도 저만 유독 편애하셨답니다. 나가 노는 데도 제가 하고 싶은 대로 모두 맡겨두었고요. 해서 숲 속이나 시냇가하며 매, 죽, 귤, 유자 있는 숲으로 나가 노는 데만 저는 열중했답니다. 이끼 긴 바위에서 낚시를 즐기는 사람이며 꼴 베고 소 먹이며 피리 부는 아이들이 아침 저녁으로 눈에 들어왔답니다. 더욱이 산야의 태깔이며 전원의 흥취는 일일이 열거하기가 어렵나이다. 그런데도 부모님께서는 틈틈이 저에게 삼강 행실은 물론이고 칠언 당시(唐詩)를 가르쳤답니다.

나이 열세 살 들어 대군의 부름을 받았답니다.

부모 형제와 생이별하고 궁으로 들어오니 고향으로 돌아가고 싶은 마음은 잠시도 잊을 수 없었답니다. 날이면 날마다 헝클어진 머리며 흙 묻힌 얼굴하며 남루한 옷을 입어 보는 사람으로 하여금 더럽다고 혀를 내두르도록 했으며 뜰에서 발버둥치며 울어대니 궁인들마저 연꽃 한 송이가 뜰 가운데 피어났다고 했답니다.

대부인께서 사랑하시기를 당신이 낳은 자식과 조금도 다름이 없었고 대군께서도 저를 범상한 아이로는 보지 않으셨답니다.

함께 지내는 궁인들도 골육처럼 사랑하지 않은 이가 없었고요. 더욱이 한번 학문을 배운 뒤로는 자못 의리도 알게 되었으며 음율마저 익히니 궁인들도 경탄해 마지 않았답니다. 서궁으로 옮긴 뒤, 저는 가야금과 시문에만 전념해서 조예가 더욱 깊어졌답니다. 무릇 빈객이 지은 시일지라도 한번도 눈에 걸린 적이 없었답니다. 재주는 닦기 어렵다고 하지만 제게는 그런 것도 아니었습니다. 아쉬움이 있다면 남자로 태어나 입신양명하지 못하는 것이 한일 뿐 헛되이 홍안박명의 몸으로 심궁에 갇혀 종래 고사하게 되었으니 어찌 슬프지 않아요.

인생은 한번 죽어지면 누가 알아준답니까. 그것이 한이 되어 마음 속속들이 맺혔으며 원한만이 가슴속에 차곡차곡 쌓여 있답니다.

어느 새 자수하는 것마저 놓아버렸고 등잔불에 실마저 태워 버렸으며 옥비녀도 분질렀답니다. 잠시라도 흥을 잃으면 바깥으로 나가 이리저리 배회하며 계단 앞의 꽃을 꺾어 짓밟고 손으로는 정원의 풀을 뜯어 찢어 버리곤 했는데 이처럼 바보 같고 미치광이 같은 짓을 해도 마음을 억제할 길이 없었답니다.

지난 가을 달밤이었습니다. 진사님의 환한 모습을 한번 보고 마음 속으로는 천상 선인이 속세로 적강한 것이 아닌가 생각했답니다.

저의 자태는 열 궁녀 중에서 가장 못났는데도 무슨 전생의 인연이 있었던지 어쩌다 붓끝의 일점으로 마음에 새겨두게 되었으며 마침내 한이 되는 빌미가 되었답니다. 주렴 사이로 바라보면서 봉추(奉箒)의 인연을 맺을 수는 없을까, 꿈속에서나마 애 타는 사랑을 이룰 수는 없을까 하고 얼마나 생각했는지요.

비록 한번도 비단금침 속의 환락은 없었으나 옥 같은 얼굴이며 용모의 황홀함이 언제나 눈앞에 어른거렸답니다.

배꽃이 필 제나 소쩍새가 울 때는 물론이고 오동잎 떨어지는 소리며 쓸쓸히 내리는 가을비 소리마저도 슬퍼서 들을 수 없었답니다. 뜰앞에 풀잎나고 하늘에 외기러기 날아가는 것도 슬퍼서 볼 수 없었고요. 때로는 병풍에 기대거나 난간에 의지해 가슴을 치고 발을 동동 굴리면서 홀로 푸른 하늘을 향해 애소하기 얼마였는지요. 모르겠습니다. 진사님께서도 저를 생각하고 계셨는지요? 제게 맺힌 것이 있다면 진사님을 뵙기도 전에 죽게 되는 한입니다. 그렇게 되면 땅이 꺼지고 하늘이 내려앉을 때까지 이 그리움은 사그라지지 않을 것이며 바다가 마르고 바위가 불에 다 탈 때까지 한은 씻기 어려울 것입니다.

오늘은 빨래하러 가는 날입니다. 두 궁 궁녀들이 벌써 다 모여 있은 지 오래이므로 더는 지체할 수 없습니다.

눈물은 변해 먹물이 되고 넋은 비단천에 서려 있습니다. 엎드려 바라옵건대 굽어살피시어 한번 읽어 주옵소서.

운영이 김생의 편지 받고 소격서동으로 빨래하러 가는 틈을 타서 동문 밖 무녀를 찾아가 김생에게 전한 편지의 전문이다. 사모의 열정을 이처럼 진솔하게 표현할 수 또 있을까.

육성의 몸부림 그대로를 독자에게 전달하는 방법, 그것은 1인칭 시점만이 가능하며 기능마저 최대로 발휘할 수 있다.

그들의 사랑이 대군에게 의심을 받게 되고 진사는 궁중출입을 자제하게 된다. 그러다가 특의 간계에 빠져 운영과 도망치기 위해 궁을 넘어가 상의했으나 자란이 반대하니 성사가 될 수 없다. 이를 알고 운영은 삼생의 인연은 오늘밤으로 끝이라며 진사에게 편지를 준다.

이 편지도 1인칭 주관적 시점이다.

> 박명한 저 운영은 서방님의 발 아래 고백하나이다.
> 저는 박복하기 짝이 없는 재색인 데도 서방님은 제게 불행히도 정을 주시어 서로 생각하기 몇날이며 서로 애타게 바라보기만 하기 얼마였어요. 다행히 하룻밤의 즐거움을 나눴을 뿐 바다 같은 깊은 정은 사루지 못했답니다. 그런데도 호사다마라고 조물주의 시기함이 끼어든다더니 궁인들이 알고 대군마저 의심하시니 화가 조석에 박두했습니다. 오직 죽음만이 눈앞에 있을 따름입니다.
> 바라옵건대 서방님께서는 저와 이별한 이후부터는 천한 저를 가슴 속에 품어 마음 아파 마시고 힘써 학업에 전념하시와 과거에 올라 후세에 이름을 떨치시고 부모님을 현저케 하시옵소서. 다만 저의 의복과 보화는 팔아 부처님께 공양하시고 온갖 기도와 지성으로 발원하시어 삼생의 미진한 인연을 후세에나 다시 잇게 하여 주옵소서.

진실된 육성은 독자의 심금에 파고들어 공감하게 만든다. 독자와 가장 친숙할 수 있고 독자에게 깊이 파고드는 그 점이 1인칭 주관적 시점의 장점이며, 1인칭 시점이 아니고는 이와 같은 효과는 거둘 수 없다.

그런데 운영의 이야기는 독립된 형태의 단편소설이다. 결코 액자소설 류로는 볼 수 없다. '서방님께서는 옆에서 듣고 계시다가 빠진 부분이나 들려주셔요.'는 복선이며 후일담에 해당된다. 오히려 독자의 상상력을 빼앗는 횡포며 효과를 반감하는 구성의 미숙성을 드러낸 셈이랄까.

운영의 이야기를 구성적인 면에서 분석하기로 한다.

○ 발단부분

안평대군은 수성궁에 거처하며 시문 재사를 불러들여 담론하며 소일한다. 대군은 궁녀 중에서 나이 어리고 얼굴이 예쁜 10인을 가려 뽑아 비해당과 맹시단을 지어 기거케 하며 바깥 출입을 금하고 시문에만 몰두하게 한다.

○ 전개부분

여러 문사들이 수성궁의 시회에 참석한다.

그 무렵 김진사란 어린 선비가 찾아와 대군과 시문을 화답하다 운영과 눈이 마주친 후 사랑에 빠져든다.

○ 위기부분

김진사는 무녀를 통해 운영에게 연서를 전달한다. 운영은 소격서동으로 빨래하러 나온 틈을 타 저녁에 만나기로 한 연서를 전달한다. 그러나 진사는 담이 높아 만날 길이 막연하다.

○ 절정부분

김진사는 특의 도움으로 월장하여 운영을 만나 회포를 푼 뒤로는 밤마다 드나들어 흔적이 남게 되고 탄로의 위험이 따른다. 김생은 특의 간특한 계교에 말려들어 두 사람은 도망가지도 못한 채 특에게 재물만 빼앗긴다.

○ 대단원

소문은 안평대군의 귀에 들어간다. 궁인들은 하나같이 문초를 받게 되고 운영은 별당에 유폐된다. 유폐된 운영은 끝내 비단으로 목 매어 자살한다.

이러한 구성은 하나의 통일된 이야기가 아닐 수 없으며 액자소설류의 구성이라기보다는 독립된 형태의 단편이 된다.

운영이 죽으니 그네의 입을 통해서는 진행이 불가능하다. 여기서 작가는 슬쩍 3인칭 전지적 시점으로 전환하는 기법을 또 활용한다.

> 대군께서는 읽기를 다했답니다.
> 그리고 자란의 공초(供招)를 다시 펴서 든 채 눈길을 주는데 노여움이 점점 사그라들고 있었답니다.
> 소옥이 무릎을 꿇고 울면서 "전일에 빨래하러 가자고 했을 때, 성내로는 가지 말자고 제가 우겼답니다. 그랬는데 자란이 남궁으로 찾아와 부탁하는 것이 너무나 간절했기 때문에 제가 그 생각을 애처롭게 여겨 여러 사람들의 의견을 꺾고 따르자고 했습니다.
> 운영의 훼절한 죄는 저에게 있으며 운영에게 있었던 것이 아니옵니다. 엎드려 바라옵건대 대군께서는 저의 몸으로 운영의 목숨을 대신케 해 주옵소서" 하고 아뢰었답니다.
> 그제서야 대군께서 노여움이 풀어지시며 저만을 별당에 가두고 나머지 궁녀들은 모두 방면했답니다. 그 밤에 저는 비단 천으로 스스로의 목을 매어 자진(自盡)했고요. 진사는 붓을 들고 기록하고 운영은 옛일을 떠

올리며 이야기하는데 매우 자상하기가 이를 데 없었으며 연인은 마주 대하고 있으면서도 슬픔을 스스로 억제할 수 없었다.

운영은 진사더러 이르기를 "이홀랑은 서방님께서 이야기하옵소서." 하고 간청하자 진사가 뒤를 이어 이야기했다.

운영이 자결한 뒤, 궁인들은 한결같이 부모가 돌아가신 것처럼 통곡하지 않은 사람이 없었다고 해요. 곡성이 궁문 바깥까지 흘러나왔기 때문에 저 또한 알고 기절을 했답니다.

집안 사람들은 초혼을 하고 발상까지 서두는 한편, 저를 살려 내려고 백방으로 애를 써 날이 저물어서야 겨우 깨어났답니다. 정신을 간신히 차리고 일을 돌이켜보니 이미 엎질러진 물이었답니다.

저는 단지 불공의 약속만은 저버릴 수 없었고 더욱이 황천의 원혼만이라도 위로해 주고 싶어 금팔찌와 보경하며 문방 도구까지 팔아 쌀 사십 석을 마련했답니다. 그리고 청령사로 올려 보내어 재를 마련하려 했으나 믿을 만한 사람도 없었답니다. 생각다 못해 아이를 시켜 특을 찾아오게 했답니다.

진사의 이야기는 '我'로 시작되는 1인칭 주관적 시점이 된다.

진사는 운영이 죽었다는 소식을 듣고 쌀 40석을 마련하고 특을 시켜 청령사(清寧寺)에서 재(齋)를 올리게 하나 특은 거짓으로 재를 올렸다고 진사에게 아뢴다.

뒤늦게 특의 거짓이 드러나자 진사는 청령사로 올라가 운영의 명복을 빌어준 뒤, 나흘을 굶어 쓰러진 채 영영 이생을 저버린다.

진사가 죽은 순간부터 1인칭 주관적 시점은 끝나고 자연스럽게 3인칭 전지적 시점으로 되돌아온다.

바야흐로 계수나무가 누렇게 물드는 계절을 맞이했답니다.

저는 비록 과거에 뜻이 없다고 하더라도 독서로 소일하다가 하루는 청령사로 올라가 수일이나 머물렀답니다.

저는 머물면서 특의 소행을 자세히 듣고는 그 분함을 억제할 수 없었으나 저로는 어떻게 할 방도도 없었습니다. 다만 목욕으로 몸을 깨끗이 하고 불전에 나아가 향을 피우고 머리가 바닥에 닿도록 절을 했으며 합장한 채 불공만 드렸답니다.

"운영이 죽으면서 한 약속이 너무나 처절해서 차마 저버릴 수 없었습니다. 해서 노비 특으로 하여금 경건한 마음으로 재를 준비해 명복을 빌어주도록 했답니다. 이제 발원한 내용을 듣고 보니 패악스럽기 짝이 없으며 운영이 남긴 유언은 모두 허사로 돌아가게 되었습니다. 감히 소인이 재차 간절히 기원하나이다. 운영을 다시 살아나게 해 주시옵고 저의 이와 같은 원통함을 면케 해 주옵소서. 엎드려 세존께 바라옵나니 특을 죽여서 철판을 씌워 지옥에 가둬 주시옵소서. 엎드려 세존께 애걸하옵나니 저의 발원처럼 운영이 이승이 된다면 열 손가락을 지져서라도 십이층 금탑을 세울 것이며 저도 승이 되어 오계를 베풀며 거찰 셋을 세워 은혜에 보답하겠나이다."

저는 축원을 끝내고 머리가 바닥에 닿도록 또 백 번이나 절을 하고 불전을 물러나왔습니다. 그렇게 불공을 드린 지 이레 만인가 특은 샘이 무너지는 바람에 깔려 죽었답니다. 저는 세상일에 뜻이 없어 목욕으로 몸을 깨끗이 한 뒤, 새옷으로 갈아입고 조용한 방에 누워 나흘이나 음식을 일체 대지 않다가 한번 길게 소리쳐 탄식하고 영영 일어나지 못했답니다.

진사는 쓰기를 마치자 붓은 버려 둔 채 서로 마주 보고 섧게 울어대는데 스스로 그칠 줄을 몰랐다. 유영은 위로해 말했다.

"두 사람은 다시 만났으니 소원을 이루었소. 원수 같은 노복도 이미 없어지고 통분함도 사라졌을 터인데 어찌 슬픔을 그만두지 아니하오. 다시 인간 세상에 나오지 못하는 것을 한탄함이오?"

김생은 눈물을 훔치고 말했다.

"우리 두 사람은 한을 품고 죽었습니다. 명부에서도 죄 없음을 가련하게 여기시어 인간 세계로 내보내려고 했답니다. 그러나 지하의 낙이 인간 세상의 낙보다 못하지 않은데 하물며 천상의 낙이야 말할 필요가 있겠습니까. 해서 인간 세계로 나가는 것을 원치 않아요. 다만 이밤에 슬퍼하고 가슴 아파하는 것은 대군이 한번 패하자 궁에는 주인이 없어지고 까막까치 슬피 울어대며 인적이 딱 끊어졌음을 서러워함입니다. 더욱이 새로이 병화를 입어 화려한 집들은 모두 재가 되었으며 담장도 훼손되어 무너졌습니다. 오직 섬돌 밑 꽃들만이 향기를 뿜어대고 잡초만이 무성할 뿐입니다. 봄빛은 옛 정경 그대로이나 인사는 확연히 변했습니다. 이제 다시 찾아와 옛날을 돌이켜보는데 어찌 슬퍼하지 않을 수 있겠습니까."

유영이 "그렇다면 그대들은 천상 선인들이오?" 하고 물었다.

두 사람은 천상 선인으로 인간에 적선되었다가 상계로 돌아가는 길이며 두 사람의 비극적인 사랑을 길이 전해줄 것을 부탁한다.

이로써 이야기는 끝나며 에필로그인 후기로 연결된다.

유영은 또 취해 잠깐 사이 잠이 든다. 그리고 산새의 일성에 깨어나 주위를 살핀다. 안개는 자욱했고 새벽빛은 창망했다. 사방을 둘러보아도 사람의 그림자라곤 없는데 김생이 기록한 책자만이 남아 있다.

유영은 처연해 하다가 신책을 거둬 돌아왔다.

그 뒤로 유영은 신책을 상자에 간수해 두면서 때때로 열어서 읽고 망연자실했으며 침식마저 잃었다. 나중에는 명산을 두루 찾아다니며 유람했는데 마친 바에 대해서는 알 길이 없다.

이처럼 유영이 잠에서 깨어나 보니 김생이 기록한 책자만 남아 있었다. 그는 신책을 거둬 가끔 읽다가 식음을 전폐하기도 했다. 나중에는 명산을 두루 찾아다녔는데 마친 바를 알 수 없다고 한다.

이상을 요약하면, 프롤로그 부분에서 3인칭 전지적 시점을 최대로 활용한 작가의 기법이 뛰어나며 운영의 고백적 이야기는 1인칭 주관적 시점으로 전환하여 사랑의 주제 표현은 물론 내면세계의 묘사에 보다 주력한 작가의 노력이 역력히 드러난다.

이어 운영이 죽자 이야기를 더 이상 이끌어 갈 수 없게 된다. 해서 작가는 3인칭 전지적 시점으로 돌아가 김진사에게 초점을 맞춘다.

김진사의 내밀한 이야기는 1인칭 주관적 시점으로 표현하여 독자의 심금을 울려주다가 김진사마저 죽자 3인칭 전지적 시점으로 전환한 작가의 기교가 새삼 놀랍다.

프롤로그와 에필로그는 몽유소설 특유의 기법임과 동시에 운영의 사랑 이야기에 현실성을 부여하기 위한 작가의 의도적 장치다. 그렇기 때문에 액자소설의 구성적 골격이라기보다는 운영의 사랑 이야기에 초점이 집중되어 있는 그 자체로써 훌륭한 단편이 된다고 할 수 있다.

김진사의 이야기는 사족으로 액자소설의 구성적 골격이라는 분석을 낳게 했으나 시점의 다원화로 볼 때는 가히 혁명적인 기교를 발견하게 되며 시점의 이동은 성공했다고 하겠다.

그렇다고 하더라도 현대소설에 있어 주인공의 등장에 따라 시점이 이동하는 다원화에 비하면 초보적 단계에 지나지 않으나 임·병 양란 직후에 시점의 다원화를 시도한 점은 꿍장히 높이 살 만하다.

「수성궁몽유록」의 시대적 기준은 프롤로그 부분에서 추측할 수 있다. "만력신축춘삼월기망(萬曆辛丑春三月旣望)"은 고전소설의 기교이므로 믿을 것이 못되지만 "새로이 병화를 입어 화려한 집들은 모두 재가 되었으며 담장도 훼손되어 무너졌습니다." 란 내용으로 보아 임·병 양란 무렵임을 알 수 있다. 17세기 중엽에 시점의 다원화를 시도했다는 것은 놀라운 사실이 아닐 수 없다.

현대소설의 성격을 이야기할 때, 흔히 시점의 다원화를 거론하기 일쑤
인데 이로 보면 서구에 비해 2세기나 앞서 우리 나라 소설에서는 시점의
다원화를 시도한 셈이 된다. 그리고 시대의 추세에 따른 시점의 변화를
통해 우리는 단순히 작가가 이야기꾼의 형태에서 사상과 정서를 전달해
주는 창작 예술인의 형태로 진일보해 갔음도 알아야 한다.

어떤 시대에는 어떤 시점이 성행했다는 단순한 기교상의 차원에서만
논의할 것이 아니라 시점의 다원화를 작가의식과 연결시켜서 연구할 때
보다 소설의 제 요소를 규명해 낼 수 있을 것이다.

3) 시제의 혼착

현대소설에 있어 시제의식을 들어 성격을 말하기 일쑤이다. 근대소설
에서는 과거가 회상과 추억으로 나타나 시간의식이 명확한데 비해 현대
소설에서는 과거가 현재의 경험 중에 알게 모르게 나타난다. 그것도 현
재의 진행 중에 과거가 등장하기 때문에 시간의식은 그야말로 혼착되어
있다. 「잃어버린 시간을 찾아서」 등에서 지적되듯이 시・공간의 위상도
자유자재로 나타난다. 그것은 의식의 흐름과 무의식의 세계로 독자를 유
도하기 위한 수법이 된다. 그리고 줄거리도 앞뒤가 뒤바뀌어 뒤죽박죽인
데 그것도 심리적 분위기로 독자를 유도하기 위해서라고 볼 수 있다.

이처럼 시제의식과 시・공간이 혼착되어 있는 바로 그 점이 현대소설
의 성격 중 하나라고 할 수 있다.

　이런 전제를 가지고 「수성궁몽유록」에 나타나 있는 현실과 비현실, 곧 몽중세계는 어떻게 표현되어 있는지 살피기로 한다.

　「수성궁몽유록」에서는 현실세계에서 비현실의 세계인 몽중세계로 잠입하는 순간이 혼착되어 나타나고 있다. 프롤로그 부분에 있어 유영이 현실세계에서 몽중세계로 들어가는 순간의 시제는 현실인지 꿈인지 깨닫지 못하게끔 구성되어 있다.

> 　유영은 바위에 앉아 동파(東坡)의 시 '아침에 일어나 보니 만춘은 거의 저물어, 땅마다 지천인 낙화 쓸려고들 아니하네(我上朝元春半老 滿地落花無人掃)' 란 시구를 흥얼대다가 문득 차고 온 술병을 끌러 쭉 들이키고는 이내 취하여 바위 한 모서리를 베개삼아 누웠다.
> 　잠시 뒤 술에서 깨어나 머리를 들고 사방을 두리두리 살펴보았다. 이미 놀러온 사람들은 모두 돌아갔고 동산 머리에는 벌써 달이 돋아 있었다. 밤안개는 버들가지를 감싸고 산들바람은 꽃잎을 간지럽혔다.
> 　바로 그때 정겹게 속삭이는 밀어가 들려왔다.

　이 부분은 환몽순환(幻夢循環)이 불안전하며 미숙하다고 해석될 수도 있다. 왜냐하면 유영을 화자로 보더라도 환몽세계와 현실세계가 불분명하며 어떤 환상을 본 것 같이 전개되고 있기 때문이다.

　술에 취해 누운 것을 잠이 든 것으로 가정하면 술에서 깨어난 것은 잠에서 깨어난 것으로 해석될 수도 있다.

　그리고 꿈을 꾸고 있는 사람이 꿈속의 인물은 아니며 꿈꾸기 전의 상태는 꿈속의 사건을 전달하기 위해 설정된 것에 지나지 않는다고 할 수 있다. 또한 자아의 세계가 화합과 분열의 역설을 보여주는 데 그치지 않고 비극적 대결을 정면에서 벌이기 위한 장치7)일 수도 있다.

한편 술에 취해 돌을 베개 삼아 누운 것, 다시 말하면 잠이 든 것은 현실의 시제요, 술에서 깨어 일어난 것은 꿈속에서 깨어나 몽중세계의 활동인 비현실의 시제라는 해석이 가능하다.

이런 해석은 조선조 사람들이 믿은 신선사상에서만 가능하다. 만약 잠에서 깨어난 것이 현실이라면 유영이 신선이 아닌 이상 사자들의 세계에 뛰어들어 방관자로 작중활동은 불가능하기 때문이며 자연스레 현실과 비현실이 혼착되어 나타났다고 할 수 있다.

시제혼착은 독자로 하여금 시간에 대한 혼란을 야기시킬 수도 있으나 비현실적 세계를 현실적 세계로 돌려 진실성과 감동을 불러일으키기 위한 작가의 의도적인 장치다. 곧 작가의 기교며 비현실의 세계를 현실로 유도하기 위한 의도적이기 때문에 훌륭한 기법이라고 해야 한다. 실제로 꿈의 세계는 무의식의 세계이므로 의식의 흐름에 따라 독자를 유도하는 기법인데 현대소설에서도 자주 활용되고 있다.

에필로그 부분에서도 이와 같은 시제의 혼착은 프롤로그 부분과 동일한 수법으로 적용되고 있어 수미가 가지런하다.

> 유영은 또 취해 잠깐 사이 잠이 든다. 이어 산새의 일성에 깨어나 주위를 살핀다. 안개는 자욱했고 새벽빛은 창망했다. 사방을 둘러보아도 사람의 그림자라곤 없는데 김생이 기록한 책자만이 남아 있었다. 유영은 처연해 하다가 신책을 거둬 돌아왔다.
> 그 뒤로 유영은 신책을 상자에 간수해 두면서 때때로 열어서 읽고 망연자실했으며 침식마저 잃었다. 나중에는 명산을 두루 찾아다니며 유람

---

7) 조동일 : 위의 책, 279쪽

했는데 마친 바에 대해서는 알 길이 없다.

유영이 술에 취해 잠이 들었다가 깨어나는 것으로 서술되어 있다. 이로 본다면, 유영이 운영과 김진사의 이야기를 들은 것은 깨어 있을 때가 되도록 구성되어 있으나 프롤로그 부분과 마찬가지로 현실에서 몽중세계로, 몽중세계에서 깨어나 몽중활동을 하는 이중구조의 해석으로도 가능해진다. 꿈속에서 깨어나 몽중활동을 하게 되고 다시 꿈결에서 잠이 든 다음에라야 현실로 깨어나는 형태이기 때문이다.

또한 이런 해석은 몽중의 세계에서만 사자와의 교환이 가능하며 현실적으로는 도저히 불가능하기 때문이다.

이처럼 현실인지 비현실인지, 곧 몽중세계인지 아닌지 불분명하게 시제의 혼착을 시도했기 때문에 시제의 혼착은 독자로 하여금 현실세계에서 실제로 진행되고 있는 양 착각하게 하는 기법의 하나가 된다.

운영과 김진사의 사랑은 현실적이며 실제 일어나고 있는 이야기와 같이 너무나도 사실적이기 때문에 이런 시도는 그만큼 독자에게 실화처럼 감동을 불러일으킬 수 있다.

굳이 몽중세계다, 현실세계다 하고 분석하는 입장도 필요하지만 현실과 비현실의 시제 혼착으로 이해하며 현대소설의 기법이 이미 「수성궁몽유록」에서 시도되었다고 해석하는 것이 보다 바람직하다.

그것은 허무맹랑한 이상론이 아니라 실제로 그런 분석이 가능하기 때문이며 그렇게 해석할 수도 있기 때문이다. 실상 시제의 혼착은 기교상의 차원에서만 거론될 성질의 것이라기보다는 작가의식의 맥락과 새로운 기법의 발견이라는 차원에서 논의되어야 할 것이다.

4) 시제 공간의 이해

실제로 죽은 운영과 김생, 그리고 산 사람인 유영이 회동하여 작중 활동을 할 수 있었고 했다고 믿는 공간은 도교적 믿음이며 조선조 사람들이 믿은 도교사상에서 뿌리를 찾아볼 수 있다.

> 유영이 "그렇다면 그대들은 천상의 사람이오?" 하고 물었다.
> 김생이 나서 "우리 두 사람은 본래 천상 선인으로 오랫동안 옥황상제를 가까이서 모셨습니다. 그런데 하루는 상제께서 태청궁에 나시어 저에게 옥원의 과일을 따 오라고 하셨답니다. 그래서 제가 반도를 많이 따 운영과 함께 몰래 먹다가 그만 들켜 인간 세상으로 적강되어 인간의 고통을 두루 겪었습니다. 지금에 와서 상제께옵서 전에 지은 허물을 용서하시와 삼청궁으로 오르게 하시어 다시 상제의 향안을 모시게 되었답니다. 이제 천상으로 복귀하는 길에 바람의 수레를 타고 와서 진세의 옛 노닐던 곳을 다시 찾았답니다." 하고 대답했다.

이처럼 도교사상이 신실하다고 믿을 때, 시제공간의 이해는 보다 확실해진다고 할 수 있다. 예로 최치원이 '최후에는 가족을 데리고 가야산으로 들어간' 뒤로 사람들은 등선했다고 믿었다.

『동국여지승람(東國輿地勝覽)』등은 최치원의 도교사상을 전제로 조선조 사람들의 보편적인 생각을 기록하고 있다. 여기서 확실한 사실 하나는 그러한 믿음 그 자체에 있다.[8]

고전소설에서 도교의 수용과 굴절과정이 중요한 것이 아니라 믿음 바

---

8) 김용범 : 최고운전연구, 한양대, 1980, 석사학위청구논문

로 그 자체다. 조선조 사람들은 '선옹이 부처님과 더불어 배회했다'느니 '유선은 안개처럼 사라졌다'느니 '천고의 유선은 물색을 나누었다'느니 '선관은 선산 경치를 좋아했다'는 등[9] 이러한 믿음의 기반에서만이 시제 공간의 논의가 가능하다. 곧 신선이 되기를 원한 후세인의 소망과 신선의 존재를 믿는 믿음이 어우러져 신선사상을 심화시켰다. 그러기에 이러한 시제의식은 신선사상의 존재인식으로만 가능하며 정말 신실(信實)한 세계인 선계를 동경하고 그러한 동경을 시나 소설로 표현했다. 그것도 신선이거나 선화(仙化)의 사실이 실제 믿음을 통해 나타났으며 시제공간으로서의 시화력(視和力)도 존재하게 된다.

「수성궁몽유록」에서도 사자인 김생과 운영, 산 사람인 유영이 몽중에 회동해서 이야기를 끌고 갈 수 있었던 계기는 후세인들의 신선사상에 대한 신실한 믿음의 굴절이다. 선인은 시·공간을 초월해 인간 세계에 나타날 수 있으며 천상계, 지상계, 수중계를 마음대로 넘나들 수가 있다고 믿었다. 그런데 이러한 믿음은 몽중 세계에서 나타나기 마련이다. 몽중의 세계는 정말 몽중의 세계가 아닌 동경의 현실이며 그것은 흔히 시·공간을 초월해서 영생하고 싶은 이상향의 세계로 나타난다.

>   유영은 위로해 말했다.
>   "두 사람은 다시 만났으니 소원도 이루었소. 원수 같은 노복도 이미
>   없어지고 분통함도 사라졌을 터인데, 어찌 슬픔을 그만두지 아니하오?
>   다시 인간 세상에 나오지 못하는 것을 한탄하오?"
>   이에 김생은 눈물을 훔치고 말했다.

---

9) 「동국여지승람」, 권30. 합천군 편에 洪侃의 "仙翁釋子俱徘徊", 裵仲孚의 "儒仙一去烟者", 兪好仁의 "千古儒仙分物色", 退溪의 "儒官好關仙山境" 등의 시에 나타나 있다.

“우리 두 사람은 원한을 품고 죽었습니다. 명부에서도 죄없음을 가련
하게 여기시어 인간 세상으로 내보내려고 했답니다. 그러나 지하의 낙이
인간 세상의 낙보다 못하지 않은데 하물며 천상의 낙이야 말할 필요가
있겠습니까. 해서 세상에 나가기를 원치 않아요…”

　　김생은 인간 세계의 낙도 낙이지만 천상계의 즐거움 때문에 인간 세계
에 더 이상 머물지 아니하고 천상계로 복귀한다.
　　천상계의 복귀는 곧 도교적 믿음에서 우러나온 이상향이 된다.

11. 사실의 소설화와 설화의 주제화

1) 사실의 소설화

「최고운전(崔孤雲傳)」은 「최문헌전(崔文獻傳)」, 「최치원전(崔致遠傳)」의 이본으로 신라 말 실존인물인 최치원을 주인공으로 한 소설이다.

최치원의 이야기는 이미 『수이전(殊異傳)』에서 소설적 구조를 가진 기이한 전기(傳奇)로 나타났으나 「최고운전」은 박인량(朴寅亮)이 수찬한 『수이전』에 덧붙인 소설은 분명 아니다.

「최고운전」은 최치원의 탄생, 소년기의 시련, 중국에서의 갈등, 귀국 후의 입산 등 신이한 능력을 가진 도교적 인물로 심화시켜 적대적인 두 세계가 서로 용납할 수 없는 소설 속의 세계를 다뤘다. 그것도 무덤 속의 여인과 하룻밤의 사랑을 나눴다는 『수이전』의 전기성은 사라지고 도교적 인물에 초점을 맞추면서 구비전승을 다양하게 수용했다.

치원은 어머니가 괴물에게 납치당했던 탓으로 금돼지의 아들이라고 버림을 받았으나 대문장가로 성장한다. 그리고 거울을 고친다며 거짓으로 나소저의 거울을 깨뜨려 파경노를 자처해 노비가 되며 나소저와의 사랑을 쟁취한다. 또한 시를 지은 탓으로 중원으로 들어가 천자의 갖은 박해에도 불구하고 이를 극복하는 극적 요소를 갖춘 주인공으로 변이되었다.

실제로 최치원은 자를 고운(孤雲), 호는 해운(海雲)으로 널리 알려져 있으나 출생지에 한해서는 『삼국사기』[1]에는 동경 6부의 하나인 사량부 (沙梁部), 『삼국유사』[2]에는 본피부(本彼部)에서 태어난 것으로 기록되어 있다. 뿐만 아니라 『요제지이(聊齊志異)』[3]에는 고군산도 또는 두주란 기 록도 보인다. 그 외는 유년기의 기록은 사·전(史·傳)이 인멸해서인지 알 길이 없다. 다만 좋은 가문에서 태어나 훌륭한 스승을 찾아 공부했을 것이며 그러기에 동방의 해우(海隅)에 편재한 신라에서는 뜻을 펼 수 없 어 중원으로 향하는 꿈을 실현시키려고 노력했는지는 모른다.

이런 신빙성은 도당유학의 의지에도 나타나 있다.

신이 열두 살에 집을 떠나 서쪽으로 가려고 배를 탈 때였다.
돌아가신 아버지께서 훈계하시기를
"십년 공부하여 과거에 오르지 못하면 나의 아들이라 하지 않을 것이 며 나 또한 아들을 두었다 하지 않을 것이니, 가거든 부지런히 힘써 나태 하지 말고 노력해라" 하고 일러 보냈다.[4]

치원은 어려서부터 정민하여 배우기를 좋아했다.
그는 나이 열두 살에 당나라로 가서 학문을 배우려고 하니 아버지께서

---

1) 『삼국사기』 권46, 최치원
2) 『삼국유사』 권2, 기이
3) 「요제지이」 최치원
4) 「계원필경」 서

는 "10년 안으로 과거에 급제하지 못하면 내 아들이 아니니, 가거든 부지런히 힘써 공부하라." 고 하셨다.[5]

이러한 사실이 소설로의 변이과정(變移過程)에서는 상당한 차이를 드러내고 있다. 그것은 황제가 석함의 비밀을 푼 것에 대한 진노로 입당(入唐) 동기를 구체화시킨 데 있는 것만은 아니다.

> 이튿날 치원이 나아가 왕을 뵈었다.
> 왕이 물었다. "지금 네 나이가 몇인고?"
> 치원이 "열두 살입니다." 하고 대답했다.
> "어린 아이가 중원으로 들어가 능히 황제를 감당해 낼 수 있을꼬?"
> "만약 나이가 많음으로써 큰 일을 감당할 수 있다면, 우리 나라에는 나이 많은 사람으로 능히 석함 속의 물건을 밝혀내지 못해 저를 곤란하게 하셨습니까." 왕은 깜짝 놀라 또 물었다.
> "중원으로 들어가면 어떤 방법으로 천자를 상대하겠는고?"
> "어른이 어린이를 대접함에 있어 어른의 도리로써 어린이를 대접하지 아니하면 어린이는 어린이의 도리로써 어른을 섬기지 않을 것입니다. 이제 중원이 대국의 도리로써 소국을 대접하지 않는데 어찌 소국의 도리로써 대국을 섬기겠습니까. 지금은 그렇지 않습니다. 되레 소국을 침략코자 석함에 달걀을 넣어보내 시를 지어 바치라 하고, 또 시를 지어 바친 것을 시기해서 시를 지은 선비를 잡아들이라 했으니, 무슨 뜻으로 그런 짓을 하는지 알지 못하겠습니다. 대국의 도리를 이처럼 반복하는데도 소국의 도리로써 섬기고자 한다면 그것은 나무에서 고기를 구하는 무리와 같습니다. 이로써 황제를 대하고자 합니다."

입당 목적이 개인의 입신양명과 일문의 영달에 있다고 한다면 소설에

---

5) 『삼국사기』 46권, 열전 6, 최치원

서는 당에 대한 신라의 현실적 의지로 변이되었다.

중국 천자가 신라왕을 위협하는데 있어 정당성이 없는데도 신라왕은 저항하지 못하고 나약성만 드러내나 치원은 이러한 현실을 거부하고 새로운 의지양상으로 등장한다. 그것은 사실이 소설로 변이되는 과정에서 작가의식의 뚜렷한 일면을 드러낸 셈이다.

나이 12세라는 동질성 이외에는 허구다.

그런데 치원이 입당시에 배를 타고 당나라로 들어간 것은 기록과 소설이 일치하고 있다.

> 사람들과 이별하고 배를 타고 떠나갔다(諸人分抉 乘舟浮海).

그러나 소설에서 배를 타고 가면서 일어나는 사건은 사실을 초월한 상상의 세계다. 그것도 도교적 인물로 심화되었다고 할 수 있다.

치원은 급제할 때까지 남다른 노력을 했을 것이다.

다음과 같은 사실이 이를 뒷받침하고 있다.

> 저는 아버지의 엄훈을 마음에 깊이 새겨 감히 뜻을 늦추지 않았습니다. 쉴 새 없이 현자했으며 오로지 아버지의 뜻을 받들고자 했습니다. 실로 남이 백 번 해 이루면 저는 천 번 해서 유학 온 지 6년만에 이름을 금방에 걸게 되었습니다.[6]

치원은 남다른 노력으로 공부에 힘썼다. 나이 18세 되던 경문왕 14년, 당 희종 건부 원년(874), 빈공과(賓貢科)에 급제한다.

---

6) 「계원필경」 서

치원은 당에 이르러 스승을 찾아 학문을 게을리하지 않았다. 건부 원
년(元年), 예부시랑 배찬이 주관하는 과거에 급제했다.[7]

빈공과는 과거가 있을 때마다 항상 별시를 보여 방끝에 걸었다.
(김)운경으로부터 당말까지 과거에 합격한 사람은 모두 58인이며, 오대
의 양과 당시대에도 32인에 이르렀다.[8]

비록 외국인을 위한 별시(別試)라고 하더라도 당당히 합격했다. 그런
탓인지 「여예부배상서찬장」에 다음과 같은 기록이 보인다.

전도통순관전중시어사 최치원은 다행히 하찮은 재주로 제생의 열에
끼이자 먼저 우심을 씹어 계구가 되었습니다. 즉 설후와 더불어 석차 다
투기를 면했고 조장으로 하여금 혐의를 품지 않게 했으니, 실로 지극히
공정함을 입어 예전 수치를 씻을 수 있었습니다.[9]

위의 기록으로 알 수 있듯이 곧 득설전치(得雪前恥)가 그것인데, 최치
원은 장원급제했음이 분명하다.

이는 전에 정공(靖公) 최시랑이 빈공 급제자로 뽑혔으나 발해의 오소
도(烏昭度)로 상등을 삼았었다. 그가 이런 수치를 씻었으니 바로 장원이
된다. 이밖에도 계구(鷄口)는 수석으로 급제했음을 암시한다. 그는 이때
의 감격을 개인의 영광이 아니라 신라의 영광이라고 했다.

그런데 언제 선주율수현위(宣州慄水縣尉)가 되었는지 알 수 없으나 「
초투헌태위계(初投獻太尉啓)」에서 열두 살에 계림을 떠나 스무 살에 앵

---

7) 『삼국사기』 권46, 최치원
8) 안정복 : 「동사강목」 권5
9) 서거정 : 「동문선」 권47, 狀

곡(鶯谷)으로 옮겼다. 천금의 벗들과 벗하며 곧 황수(黃綬)의 벼슬에 종사하게 되었다는 기록에서 알 수 있듯이 황수는 당의 승(丞), 위(尉)의 신분을 나타내는 것이니 20세에 율수현위가 되지 않았나 추측된다.

이런 사실이 소설로 수용되는 과정은 단순하게 기술되어 있어 사실보다 못한 소설이 되고 말았다.

그해 가을, 느티나무가 누렇게 물든 때를 타 천하의 선비들이 태학궁에 마련된 과장에 모여들었다. 그 수는 무려 8만5천인이었다.

여러 선비들과 치원은 장원을 다퉜다. 치원이 장원을 했다. 황제는 그에게 거만의 상금을 하사했다. 황제가 친히 답안지를 보는 날, 쌍룡이 하늘에서 내려와 답안지를 가지고 하늘로 올라갔다.

황제가 치원에게 "경이 지은 시를 하늘이 가져갔으니 잘 지었는지 어떤 지를 알 수가 없도다." 하고 조롱했다.

치원은 말 없이 다시 써서 바쳤다.

이를 보고 황제는 "아름답기도 해라, 치원의 시여! 천하에 어찌 이와 같은 시가 있을꼬. 아마 이런 이유로 하늘이 답안지를 가지고 갔음이로다." 하고는 장원을 삼고 급제한 사람과 함께 이레 동안 놀게 했다. 그 영화로움은 지극했다. 황제는 치원을 문신후로 책봉했다.

치원이 입당 6년만에 급제한 사실을 그해 가을로 변이시켰다. 그리고 문재 빼어남을 기리기 위한 장치로 하늘에서 내려온 쌍룡이 답안지를 가지고 올라간 것으로 묘사해 극적인 효과를 더했다고 할 수 있다.

치원이 언제 고병(高騈)의 휘하로 들어가 서기가 되었는지 분명한 기록은 없으나 그가 지은 「계원필경」 서에 의하면, '내가 회남에 종군하여 고시중 앞으로 오는 필연의 일을 도맡게 되자 답지하는 군의 문서 등을

힘껏 처리했는데 4년 동안이나 마음을 써 이룬 작품이 만여 수나 된다'
는 기록에서 4년 동안이나 종사했음을 알 수 있다.

또 귀국이 확정되어 공직에서 물러난 것이 28세 되던 6월이다. 이를
환산하면 24세 되던 광명 원년(880), 고병의 휘하로 들어간 셈이 된다.
그의 「장계(狀啓)」[10]에 의하면, 고병이 황제에게 추천해서 내전헌질(內殿
獻秩)을 받고 장발(章跋)을 겸했다고 했는데, 「토황소격서(討黃巢檄書)」
를 써 황소의 난을 평정한 공로로 '도통순관승무랑시어사내공봉(都統巡
官承務郎侍御史內供奉)'이라는 지위로 승차하고 자금어대(紫金御袋)를
하사받은 것을 지적한 것이니 그의 문명(文名)을 짐작할 수 있다.

이런 사실마저 『삼국사기』는 단순하게 기록하고 있다.

> 황소(黃巢)가 모반을 하자, 고병을 제도행영병마도통으로 삼아 이를
> 토벌케 했다. 고병은 최치원으로 하여금 종사를 삼아 서기의 임무를 맡
> 겼다. 그때 지은 글이 지금까지도 전해지고 있다.

송나라 구양수(歐陽修), 송방(宋邦) 등이 찬한 『신당서』[11] 예문지에,
'최치원은 사육문 1권과 『계원필경』 20권을 지었으며 고려인으로 빈공과
에 급제하고 후에 고병의 종사가 되었다' 고 기록해 놓았다. 당대의 당당
한 인물들도 한 항목만 실었는데 그에게는 주까지 달아 고려인이라고
하면서 두 항목으로 기록한 것은 그의 인물됨을 알 수 있다.

이를 두고, 이규보는 『동국이상국집』[12]에서 과연 중국인은 도량이 넓

---

10) 「계원필경」 권18
11) 「신당서」 권60, 志50, 예문지
12) 「동국이상국집」 권22. 唐書不立崔致遠列傳議

다고 가상히 여겼다. 그것은 외국인이라고 가볍게 다루지 않았다는 데 있을 것이다. 그러나 『문예열전』에는 최치원의 전을 지어 넣지 않았다. 그 의도를 모르겠다면서 다음과 같이 꼬집었다.

> 최고운은 열두 살에 바다를 건너 중원으로 들어갔고 유학해 한번 과거를 보아 급제했다. 뒤에 고병의 종사관이 되었다. 황소에게 격문을 지어 보내자 황소는 격문을 읽고 당장 기가 꺾였다. 뒤에는 벼슬이 도통순관 시어사(都統巡官侍御史)가 되었다.

이를 가지고 전을 지어 싣는다면, 심전기(沈佺期), 유변(柳弁), 최원한(崔元翰) 등의 반장 짜리 열전보다 나을 것이다. 이미 『신당서』 예문지에 나타냈으며 더욱이 『번진호용열전(藩鎭虎勇列傳)』에는 이정기(李正己) 흑치상지(黑齒常之) 등은 고려인인데도 그 전을 소상히 기록했는데 어째서 『예문열전』에는 최치원을 위해 전을 두지 않았을까? 옛날 사람들은 문장에 있어 시기가 있었는데 최치원은 외국의 외로운 서생으로 중국에 들어가 당시 명사들을 짓밟았음이다. 이는 중국인들의 질투에 지나지 않으며 저들의 문명에 저촉될까 생략한 것인지도 모르겠다면서 사뭇 미심쩍어했다.

안정복(安鼎福)도 『동사강목』에서 다음과 같이 지적했다.

> 치원이 황소에게 보낸 격문에 "다만 천하의 사람이 다 너를 죽이려고 생각할 뿐만 아니라 땅속의 귀신들마저도 이미 몰래 죽일 것을 의논했다." 는 귀절을 읽은 황소는 저도 모르게 걸상에서 떨어졌다.
> 이로 말미암아 치원의 명성은 중원 천하에 진동했다.[13]

이러한 사실이 소재로 채택되어 소설화하는 과정에서 최치원을 보다 허구화시켜 영웅화했음은 물론이다.

> 수년이 지났다. 황소가 정병 3만을 일으켜 변방 고을을 침범하니 여러 고을이 함락되었다. 황제는 군사를 내어 일년 내내 토벌했으나 능히 쳐부수지를 못했다.
>
> 황제는 최치원으로 하여금 대장을 삼아 토벌케 했다.
>
> 치원은 황소의 진에 이르자 싸우지는 않고 엉뚱하게도 격서를 써 보냈다. 이에 황소는 천하문장 최치원이 왔다는 소문을 듣고 감히 싸워 보지도 못한 채 항복하고 스스로 물러갔다. 치원은 적의 괴수 수십 명을 사로잡아 돌아왔다. 황제는 몹시 기뻐해 식읍을 늘려주고 황금 3만 냥을 하사하니, 은총은 중원 천하에 견줄 데가 없었다.

고병의 종사관이 되고 토황소격서를 쓴 사실이 상상의 나래를 펴 대장군에 올라 직접 황소를 토벌한 것으로 서사했으나 승전에 대한 황제의 은총은 곧 문명의 변이라고 할 수 있다.

이 대목은 극적 장면으로 절정을 이룰 수도 있으나 조선조 소설이 갖는 병폐 그대로 지극히 간략한 사건의 개요로만 서술했다.

최치원은 28세 들던 해에 귀국을 결심하고 황제에게 「귀관계(歸觀啓)」를 올리고 당을 출발해 춘삼월 신라에 도착했다.

「석봉(石峰)」이란 시에서 '중화 갑진년 10월, 사신의 임무를 띠고 대주산(大珠山)에서 배를 띄우게 되었다.' 는 기록이 보인다. 중화 갑진년은 헌강왕 10년(884)에 해당되며 28세 나던 해다.

---

13) 안정복 : 「동사강목」 권5

『삼국사기』에도 ‘28세 들던 해에 부모를 뵈려 돌아갈 뜻을 비치니, 희종이 이를 가납하고 광계(光啓) 원년 사신을 제수해 조서를 가지고 귀국하게 했다’ 는 데서 28세 들던 해, 당을 출발했음을 알 수 있다. 신라로 돌아가려면 뱃길로 5, 6개월이 소요되었다. 치원이 신라에 도착한 해는 이듬해 봄, 29세 들던 춘절일시 분명하다.

이처럼 귀국한 때가 분명한 데도 비현실적으로 서술했다.

> 소매 속에서 저자를 꺼내어 땅에 던지니 청사자로 돌변했다. 치원은
> 청사자를 타고 구름 사이로 들어가 고국으로 돌아왔다.

가히 신화적인 비현실로 변이되었다. 뿐만 아니라 인간 최치원이라기보다는 소설 속의 인물로 구상화되었다.

헌강왕은 귀국한 그에게 시독겸한림학사수병부시랑지서서감(侍讀兼翰林學士守兵部侍郎知瑞書監)을 제수했으나 그는 당에서 배운 학문을 널리 펴지도 못했으며 의심하고 시기하는 사람도 많았다. 치원은 골품제도에 대한 비판과 정치체제에 저항하는 반신라적인 행동을 보이다가 최후로 가솔을 거느리고 가야산 해인사로 들어가 모형인 부도 현준, 승 정현사와 말벗을 삼아 지내다 여생을 마쳤다.

치원이 언제 해인사로 들어가 숨어 살았는지 알 수 없으나 42세 이후에 남긴 시가 해인사를 배경으로 했으며 불사의 글로만 이루어져 있음과 문장 말미에 흔히 보이던 관직명도 없는 것으로 미뤄 42세 이후로 은거를 시작한 것이 아닌가 추측된다. 그런데도 이런 사실과는 너무나 동떨어진 소설상의 변이를 입어 허구화되었다. 바로 도교적 인물로의 변이가

그것이다.

> 신라 변경에 도착하니 사람들이 시냇가에 모여 있었다.
> 치원이 구면을 찾아 물었다. 그들은 속여 말했다.
> "국왕이 출유했소."
> 치원이 가서 보니 그들은 수렵을 하는 사람들이었다.
> 치원의 지우가 말했다.
> "내가 자네를 위해 이 수레를 팔겠네."
> 치원은 사마를 타고 갔다. 신라의 동문 밖에 도착했다. 때마침 국왕이 출유했다가 멀리 말을 탄 채 지나가는 사람을 보자 신하을 시켜 잡아오게 했다. 그는 곧 치원이었다. 왕은 최치원을 대뜸 꾸짖기를 "그대는 국왕 앞으로 말을 타고 지나가는 죄를 범했도다. 그 죄 마땅히 주살해야 하나 나라에 공이 있으니……" 하고 마지 못해 사면해 주면서 "이후부터는 이와 같은 짓을 말라." 하고 비로소 용서했다.
> 치원이 집에 돌아와 보니 승상은 이미 죽었다. 그는 나씨를 데리고 가야산으로 들어갔다. 참으로 기이한 일이다.

치원이 신라왕에게 무례를 범했다는 행위는 사실 아닌 허구며, 다만 만년에 가야산 해인사로 들어갔다는 서사만이 사실이다. 신라왕에게 무례를 범했다는 허구는 왕과의 대결이 아닌 단지 가야산 은거를 위한 복선(伏線)이며 개연적 장치에 지나지 않는다. 사실이 소설로 수용되는 과정에서 최치원의 사실성보다는 허구를 형상화해 소설로 변이되었다고나 할까. 이런 점에서도 사실과 문학성의 또 다른 괴리(乖離)를 보게 된다.

2) 설화의 주제화

사실이 어떤 소설적 변이를 입어 주제로 구현되었을까?

단적으로 말해 주제는 작가의 창작 동인에서 찾을 수 있으며 그것도 창작심리의 원용을 통해 주제에 보다 접근할 수 있다.

발단 부분은 탄생에 얽힌 피납설화의 변이라고 할 수 있는데 유년기의 기록을 알 수 없다는 데서 동인을 찾을 수 있다.

충은 일찍이 등용되었으나 벼슬길이 순탄하지 못했다. 뒤늦게 문창령에 제수된다. 그러나 괴변이 자주 일어난다는 소문에 걱정이 태산같다. 그런데도 충은 왕명이라 문창령으로 부임한다. 부임한 지 얼마 되지 않아 충은 대낮에 아내를 탈취당한다. 그는 아내가 일러준 대로 실을 따라 사라진 곳을 확인하고 밤중에 동굴 속으로 잠입하는데 성공한다. 충은 꽃 사이에 숨어 몰래 창 틈으로 안을 들여다본다. 누런 금돼지란 놈이 아내 무릎을 베고 엎드려 자고 있는데 앞뒤로 미녀 십수 인이 둘러앉아 음악을 연주하고 있었다. 미녀들은 모두 전에 부임했던 수령의 부인들이었다. 충은 아내와 약조한 대로 요괴를 쫓기 위해 허리띠에 차고 있던 약주머니를 풀었다. 그리고 약을 창 틈에 끼워두고 냄새가 안으로 흘러 들어가게 했다.

> 금돼지는 자다가 벌떡 깨어나더니 "어떻게 해서 인간 세계의 냄새가 나는가?" 하고 반문했다. 충의 아내는 냄새를 맡고 남편이 온 줄 대뜸 알 아차리고는 "제가 이곳에 온 지 얼마 되지 않아 아직도 인간의 냄새가 남았는가 봅니다." 하면서 눈물을 뚝뚝 떨어뜨렸다.
> "그대는 어찌 그렇게 슬퍼만 하오?"
> "이곳을 볼수록 인간 세상과는 달라 눈물이 절로 나는 걸요."
> "비록 이곳은 인간 세상은 아니나 만사에 있어 조금도 차이가 없으며

걱정거리도 없으니 슬퍼하거나 마음 상하지 마오."

충의 아내는 눈물을 흘리다가 정을 담뿍 실어 물었다.

"제가 인간 세상에 있을 때입니다. 선계의 사람들은 사슴 가죽만 보면 당장 죽어 버린다고 들었는데 정말 그러합니까?"

"내 알 수 없으나 단지 사슴 가죽을 싫어하는 것만은 분명하오."

"어째서 싫어하시는지요?"

"씹어서 뒤통수에 붙이면 발작을 하면서 죽는다나 어쩐다나……"

충의 아내는 한을 씻으려 했으나 사슴 가죽이 없었다. 문득 생각하니 차고 있는 주머니 끈이 사슴 가죽임이 생각났다.

그네는 끈을 풀어서 꼭꼭 씹어 몰래 자고 있는 금돼지의 뒤통수에 붙였다. 금돼지는 말 한마디 못한 채 곧장 죽어 버렸다.

충은 아내와 함께 무사히 돌아왔다.

충의 아내는 임신한 지 석 달만에 괴변을 당했고 돌아온 지 여섯 달만에 아이를 낳았는데도 충은 금돼지의 자식이라고 내다버리게 한다. 이와 같은 발단은 최치원의 유년기가 사(史)·전(傳)의 인멸로 베일에 가려 모호한 데서 창작 동인을 찾을 수 있다.

뿐만 아니라 12세에 중원으로 들어가 18세 들어 빈공과에 급제하고 고병의 휘하로 들어가 「토황소격서」로 문명을 떨친 인물을 극적으로 탄생시키기 위해서 의도적으로 이입설화에 연계시켰으며 이인탄생의 신성성 부여는 물론 소설적 상상력이 낳은 결과라고 할 수 있다.

설화의 구성적 뿌리는 「최고운전」에서만 발견되는 것은 아니다. 신화시대의 주몽탄생신화, 내려와서는 견훤탄생신화에서도 발견되고 전라도 고군도 동굴전설이며 평안도 철산군의 동굴전설에서도 나타난다.

역사적 인물을 소설화함에 있어 민담적인 구성 골격, 곧 인물이 짐승

일 경우에는 Totemism 내지 Animism의 잔재일 수도 있으며 원시종교에
서 비롯된 민간신앙이 설화로 전이되고 그것이 또 소설로 수용될 수도
있다. 더욱이 탄생에 얽힌 피납설화에서는 도교적 흔적을 찾아볼 수 없
다. 그것은 「최고운전」 대부분을 차지하고 있는 도교적 지배구조로 볼
때 주목할 필요가 있다. 비록 이입설화라고 하더라도 오랜 세월에 걸쳐
윤색되고 변질되어 토착화했다면 굳이 차용설화라고 할 것까지야 없겠
다. 오히려 전통적인 민간신앙에 뿌리내린 설화를 이인탄생에 전이시킴
으로써 현실 초극적 주제 성향의 발로, 바로 환골탈태, 그것에 있음도
알아야 한다.

　이런 시련 끝에 태어난 아이는 바로 도교적 인물로 전환된다. 시비가
아이를 내다 버리려고 나가는데 아이는 길에 죽어 있는 지렁이를 보고
一자라 하고 죽은 개구리를 보고는 天자라고 한다. 시비는 감동을 받아
아이를 도로 데리고 들어가 상전에게 사실대로 아뢴다.

　그런데도 아이는 버림을 받는다.

　　　아이는 길에 죽어 있는 지렁이를 보더니 "저건 한 一자다." 했다.
　　시비가 돌아와 아이의 말을 그대로 전했다.
　　충은 "갖다 버리라니까. 버리라는데두." 하고 불같이 역정을 냈다. 시
　비는 눈물을 흘리면서 아이를 안고 나갔다.
　　아이는 또 죽은 개구리를 보더니 "저건 하늘 天자다." 하고 말했다. 시
　비는 아이의 신이함을 보고 차마 버리지 못해 되돌아와 "죽은 개구리를
　보더니 신기하게도 하늘 천자라 했습니다." 하고 아뢨다.
　　충은 "네가 정녕 사또의 말을 듣지 않는다면 마땅히 참할 것이니라."
　하고 벌컥 화를 냈다.
　　시비는 아이를 솜에 싸 길에 버렸다. 그런데 소와 말이 피해 다녔으며

밤이면 하늘에서 선녀가 내려와 품고 젖을 물렸다. 이를 보고 아전이나 백성들이 거두려 했으나 사또의 엄명이 두려워서 아이를 거둘 수도 없었다. 충은 아이가 아직도 살아 있다는 소문을 듣고 이번에는 연못에 버리게 했다. 연못에 버리니 부용 한 송이가 나타나 아이를 붙들고 백학 한 쌍이 나타나 날개로 감쌌다.

그런 지 몇 달이 지났다. 바닷가에서 아이가 노니는데 모래 위에는 문득 글이 쓰여진다. 또한 새 우는 소리는 아이가 책 읽는 소리로까지 들린다.

충의 아내는 아이를 데려오자고 간청한다.

충은 금돼지의 자식이라고 해서 버렸는데 이제 데리고 온다면 남들에게 웃음거리밖에 더 되겠느냐고 반대한다. 아내는 기지로 아이를 데려오면 웃음거리를 면할 수 있다고 설득한다.

그러나 아이는 자기 자식이 아니라고 해서 길에 버렸는데 이제 와 제가 무슨 면목으로 돌아가서 부모님을 뵐 수 있으며, 강제로 데려가려 한다면 바다 속으로 숨어 버리겠다고 해서 데려오지 못한다. 충은 뒤늦게 자책하고 사람들을 동원해 바닷가에 대를 쌓고 누각을 지어주며 붓삼아 글을 쓰도록 세 척 쇠몽둥이를 주고 돌아온다.

그런데 밤이면 선녀가 내려와 아이를 안고 젖을 물리며 부용 한 쌍이 솟아나 아이를 공경히 받들고 백학 한 쌍이 날아와 날개로 감싸며 아이가 스스로 바닷가를 거닐면 모래에는 문득 글씨가 쓰여지고 새 울음소리는 모두 책읽는 소리로 들리는 것이며, ‘자식이 부모의 영을 거역하는 것은 도리가 아니나 소자는 잠깐 몸을 빌려 세상에 태어났으니’라고 말하는 데서 도교적 인물로의 전환이 자명하다. 도교의 우주관으로 헤아릴 때, 인간의 상상을 초월하기 일쑤이다.

그러기에 적선된 아이는 인간적 질서를 거부하고 선인의 심미안으로 사물을 보며 우마를 다스리고 꽃과 새들마저 포용한다.

더욱이 모래 위에 글을 쓰고 새 소리를 글 읽는 소리로 바꿔놓는 현실 초극은 이미 도교적 질서로 확대된 셈이다.

어느 달 밝은 밤이었다. 중국 황제는 후원으로 산책 나왔다가 낭랑히 들려오는 시 읊는 소리에 놀라 하문한다. 한 신하가 달이 밝은 밤이면 편소지국인 신라에서 들려온다고 아뢴다. 황제는 선비를 소집하고 시문에 능한 학사 두 사람을 선발해 신라에 파견한다.

>학사는 배를 타고 오다가 바닷가 월영대에 이르러 날이 저물자 그들은 배를 대 아래에 정박시켰다.
>
>때는 바야흐로 중추였다 보름달이 두둥실 떴다. 달은 물결 위에 잠겨 있고 서늘한 바람마저 불어온다. 밤은 고요하기 짝이 없는데 고기들은 물결을 차고 날며 흥취를 돋웠다.
>
>학사는 시 한 구절을 읊었다.
>
>"하얀 물결이 잠긴 달을 꿰도다(棹穿波底月)."
>
>대 아래 모래밭에서 이를 받았다.
>
>"배는 물에 잠긴 하늘을 눌도다(船壓水中天)."
>
>학사는 주위를 둘러보다가 "누가 따라서 읊지?" 하고 알 수 없어 하다가 아이를 보고 또 시를 읊었다.
>
>"물새는 날아 올랐다가 물에 잠기도다(水鳥浮還沒)."
>
>"산에 걸린 구름은 흩어졌다 모여든다(山雲斷復連)."
>
>학사는 마음 속으로 매우 놀랬으나 여전히 멸시하는 투로 말했다.
>
>"새와 쥐는 짹짹 우도다(鳥鼠何喳喳)."
>
>아이는 노래하듯이 이를 받았다.

"돼지와 개는 멍멍 짖도다(猪犬忽蒙蒙)."

"개가 멍멍 짖는다는 것은 그렇다 치더라도, 돼지마저도 그렇게 멍멍 짖는고(犬吠蒙蒙可也 猪亦可乎)?"

"새가 짹짹 운다는 것은 그렇다 치더라도, 쥐마저도 그렇게 짹짹 우나이까(鳥啼嗺嗺可也 鼠亦可乎)?"

두 학사는 대답을 못해 머뭇거리다가 "어디 사는 아이건대 이 밤에 바닷가를 다 나왔는고?" 하고 물었다.

"저는 신라 나승상 천엽(千葉)의 창두로 명령을 받고 이곳에 와 바둑돌을 줍다가 날이 저물어 돌아가지 못했소이다."

"네 나이가 몇인고?" 하고 물었다.

"여섯 살입니다." 하고 대답했다.

학사는 아이의 글이 매우 빼어남을 알고는 "겨우 여섯 살 아이의 재주가 저처럼 빼어난데 하물며 신라의 재주 있는 선비들을 어떻게 우리 둘이 당해낼 수가 있겠소." 하고 상의하다가 아이더러 "나라에는 재사가 많은가?" 하고 묻자 "나라에는 재주와 문명으로 이름을 떨친 사람만 해도 수백 명이며 문사의 수는 콩을 수레에 가득 실은 수만큼 많습니다." 하고 대답했다. 학사는 "문사와 재사들이 일국에 가득하다는데 우리가 들어간다고 한들 무슨 이득이 있겠소. 뭍에 올라 망신만 당하기보다는 차라리 돌아간만 못하겠소." 하고 되돌아갔다.

학사는 돌아가 황제에게 거짓으로 아뢴다. 황제는 몹시 노해 석함을 신라로 보내어 합당한 시를 지어 보내라고 하며 만약 시를 지어 바치지 못하면 살륙의 화를 면치 못하리라고 협박한다.

당이 신라를 이유도 없이 생트집을 잡아 침탈하려 함은 신라의 대당 교린상 힘의 종속에서 비롯된 지 오래다.

비록 신라가 당의 힘을 빌려 삼국을 통일했으나 당은 오히려 웅진도호부니, 안동도호부를 설치해 신라를 끊임없이 괴롭혔으며 평양·원산 이

북을 차지한 것도 사실이다. 이러한 현실은 조선조에 들어와서도 더욱 심화되어 사대교린을 왕권의 존속으로 보고 외교정책을 우직하게 밀고 나갔던 것 또한 부인할 수 없는 사실이다.

신라가 겪는 현실적 수난, 수난을 고의로 장치하고 사사건건 생트집을 잡고 늘어지는 당제, 이를 해결하지 못해 쩔쩔 매는 신라의 나약함, 그것은 신라의 현실일 수도 있고 조선조의 실상일 수도 있다. 이러한 현실이 적강 인물인 버려진 아이에 의해 극복된다.

아이는 거울을 수선하는 쟁이로 변장을 하고 서울로 들어와 나승상댁의 문전을 기웃거린다. 나소저는 유모에게 수리할 거울을 들려 내보낸 뒤, 동정을 살핀다. 아이는 안을 엿보다가 나소저의 미모에 반해 수선하던 거울에서 눈을 떼며 일부러 거울을 떨어뜨려 깨뜨린다.

아이는 노비가 되어 깨뜨린 거울을 보상하겠다고 자청한다. 나승상은 아이에게 말을 기르게 한다. 아이가 말을 타고 들로 나가면 말들이 떼를 지어 뒤를 따랐으며 다투는 일도 없이 무럭무럭 자란다.

아이에게 황폐한 후원을 돌보게 했다.

그러자 밤마다 선녀가 내려와 꽃을 가꿨으며 새들이 찾아와 둥지를 틀고 벌 나비가 꽃 사이를 날아다녔다.

아이는 나소저가 후원의 꽃을 구경하고 싶어도 아이가 돌보고 있어 구경할 수 없다는 말을 듣고 휴가를 얻어 거짓으로 고향에 가는 체하고 후원 숲속으로 잠적한다.

이 때를 틈타 나소저가 후원을 완상하며 "난간 앞 꽃은 미소짓는데 웃음소리 나지 않네(花笑檻前聲未聽)." 하고 싯구를 읊는다.

아이는 이를 받아 "숲에서 우는 새는 눈물도 흘리지 않네(鳥啼林下淚

難看)” 하고 응수해 문재가 빼어남을 은근히 암시한다.

신라 조정은 석함의 비밀을 풀지 못해 전전긍긍하다가 나승상에게 석함을 맡긴다. 승상은 석함을 가지고 집으로 돌아와 식음을 전폐하고 드러눕는다. 집안은 당장 초상을 치르게 되었다.

파경노는 곤경에 처한 승상을 보고 내심 기뻐한다. 그러면서 시를 짓는 조건으로 나소저와의 결혼을 요구한다. 승상이 천비라고 반대하나 소저가 들어 부모를 설득하고 결혼한다.

그런데 나소저는 초야부터 시 짓기를 재촉한다.

경노는 성함을 최치원(崔致遠)으로, 자를 고운(孤雲)으로 짓기부터 하는데. 소저는 경노 곁에 바싹 다가앉아 시 짓기를 재촉한다.
“시는 밤 사이에 지을 것이니 너무 독촉하지 마오.”
경노는 소저에게 종이를 벽에 붙이게 하고 스스로는 붓을 발가락 사이에 끼우고 잠을 청한다. 소저도 지친 데다 피곤해 잠이 든다.
쌍룡이 하늘로부터 내려와 석함을 둘러싸고 때때옷 입은 10여 명의 아이는 석함을 들고 일제히 소리 높여 노래를 부른다.
그러자 함이 열리려고 들썩인다. 그 틈을 타 쌍룡의 입에서 오색의 기운이 흘러나와 함 속을 꿰뚫는다. 붉은 옷 푸른 두건 쓴 사람들이 좌우로 벌려서서 시를 읊거나 붓을 들고 쓰기도 하는데 서로 이름을 부르면서 속히 시를 지으라고 재촉한다. 소저는 시를 지으라는 재촉에 놀라 깨어나 시를 쓴 종이를 보니 글씨가 용사비등했다.

석함 속 둥근 물건
반은 희고 반은 황금.
밤마다 때를 알고
울려 해도 생각뿐.

團團石函裡　半白半黃金.
夜夜知時鳥　含情未吐音.

　기실 신라가 당으로부터 알게 모르게 당하는 핍박, 그것은 정도의 차이는 있으나 피할 수 없는 정치적 현실이었다.

　단지 소설이라는 허구의 그릇을 빌려 표현했을 뿐이다.

　수선공으로 위장해서 일부러 거울을 깨고 파경노를 자처한 것은 도교적 낭만의 시발인 동시에 도교적 인물만이 현실을 극복할 수 있다는 복선이 된다. 또한 그것은 치원 자신의 변신일 수도 있고 도교적 인물로의 다양한 변이일 수도 있다. 천관에 의해 길러진 소년은 천하 문장으로 변신하며 당나라 학사와의 대결에서 그들의 간담을 서늘케 해서 되돌아가게 하며 나승상댁의 후원을 가꾸는 파경노로 공간과 사건에 대응해 간다.

　그러면서 극적 요소는 파경노가 집을 비운 뒤, 나소저가 후원으로 나가 시를 읊자 이에 응하는 화답에 놀라는데 있으며 나중에 소저와의 결혼조건을 제시하는 현세적 인물의 창조에 있다.

　이러한 성격 창조는 다원 공간에 적응하려는 데 있으며 이런 점에서 주인공은 입체적 성격의 소유자라고 할 수 있다.

　황제는 시를 보고 기재에 놀란다. 그러나 소국이 대국을 능멸했다 해서 되레 시를 지은 장본인을 잡아들여 당으로 압송하라고 신라왕에게 명령한다. 왕이 승상을 불러 사정을 말하자 나승상이 대신 당으로 가려고 한다. 그런데 아이가 불가하다면서 자청하고 나선다. 나소저가 어떻게 살아서 돌아올 수 있을까 하고 걱정하자 중원으로 들어가는 것은 재상이 될 기회며 대장부로서 천하를 주류하는 것이 당연하다면서 위로한다.

승상은 사위를 왕에게 알현시킨다.

> 왕은 기특히 여기고 옥좌에서 내려와 아이의 손을 덥썩 잡았다.
> "중원으로 간 뒤에 마땅히 네 집안을 보상하고 의복 등도 하사하리로
> 다. 그리고 네가 무사히 돌아오기를 기다리겠노라. 이제 곧 길을 떠날 터
> 인데 원하는 것이 있으면 무엇이든 말하라."
> "다른 것은 원치 않으나 오십 척 나는 뿔모자를 원하옵니다."
> 왕은 즉시 만들어 주라고 하교했다.
> 치원의 나이 겨우 열두 살이었다.

여기서 주목할 대목은 나이 열두 살이라는 데 있다.

그것은 치원이 입당한 나이기 때문이다. 비로소 문학성과 역사성이 일치하는 편린을 보게 된다.

황제의 횡포는 비밀을 풀었으면 끝나야 하는데도 시를 지은 장본인을 불러들여 죽이고자 한다. 신라왕은 문제가 해결되었는데도 전혀 저항하지 못하고 순응하고 따르기만 하는 나약함만 드러낸다. 강자가 약자에게 행하는 횡포, 거기에는 정당성이라든가 어떤 이유도 찾아볼 수 없다. 이런 현실을 초극하는 유일한 방법은 도교적 공간의 지배질서에 의존하는 길밖에 없다. 치원은 자기 외에는 당나라로 들어갔다가 다시는 살아서 돌아올 수 없다는 이유를 내세워 신라를 출발한다.

치원이 배를 타고 당나라로 향하다가 침성도란 섬에서 용자인 이목과 동행한다. 그들은 함께 배를 타고 가다가 중이도란 섬에 이르러 가뭄에 시달리는 주민들에게 비를 내려준다.

갑자기 먹구름이 하늘을 뒤덮고 세상이 캄캄해지더니 비가 억수같이 쏟아졌다. 눈 깜짝 할 사이에 빗물이 철철 흘러넘쳤다.

주민들은 환호작약했다. 이목이 산속에서 나오더니 치원의 곁에 바싹 붙자 새로이 구름이 몰려오고 뇌성이 또 진동했다. 갑작스레 폭우가 쏟아지더니 청의노승이 검을 들고 하늘에서 내려왔다.

이목은 지은 죄를 알기 때문에 뱀으로 변신해 치원의 무릎 밑에 숨었다. 노승은 무릎을 꿇고 치원에게 말했다.

"저는 천제의 명을 받들어 이목을 죽이려고 내려왔습니다."

"이목에게 무슨 죄가 있단 말입니까?"

"이 섬에 살고 있는 주민들은 인륜을 알지 못하고 부모께 불효하며 형제애도 모른답니다. 더욱이 곡식을 되는 대로 낭비하고 된장 찌꺼기를 길에다 함부로 버리며 힘센 사람이 약한 사람을 능멸합니다. 그러므로 천제께서는 이를 증오해서 굶주리는 재앙을 내렸는데 이목이란 놈이 천제의 허락도 없이 자기 멋대로 비를 오게 했으니 벌주려고 합니다."

"이 섬의 비참한 정경을 내 눈으로 볼 수 없어 이목에게 비를 내리게 했으니 죄는 당연히 내게 있소. 죄를 주려면 나를 벌하시오."

"천제께서 말씀하시기를, 치원이 천상에 있을 때 불행히 죄를 지어 잠시 인세로 내쳤도다. 치원이 반드시 이목을 구하려고 할 것인즉 치원이 간절히 요청한다면 집행을 중지하고 살려주라고 하셨답니다. 이제 명공의 간청을 듣고 보니 죽일 수 없습니다."

청의노승이 하늘로 올라가서야 이목은 사람으로 환신해 치원에게 감사하며 "만약 선생이 아니라면 어찌 목숨을 보전할 수 있었으리오. 선생께서는 무슨 죄로 인세로 내침을 당하셨습니까?" 하고 물었다.

"월궁에 계수나무가 피지도 않았는데 벌써 핀 지 오래라고 천제께 거짓으로 아뢰어 내침을 당했다네."

여기서 중이도 사람은 현세, 이목은 수계, 청의 노승은 천상계를 대표하는 인물들이다. 옥황상제 스스로가 이르기를, 치원이 천상에 있을 때 불행히 죄를 지어 잠시 인간에 적선되었으니 그가 간구한다면 이목을 살려 주도록 허락했던 것으로 보아, 이미 치원은 현세와 수계, 천상계의 청의노승까지 다스리는 천상 선인으로 부상했다. 치원이 스스로도, 내가 월궁의 계화가 피지도 않았는데 피었다고 천제에게 거짓 아뢰어 적강되었다고 했듯이 천상 적선인이기 때문에 현세적 장애를 받지 않고도 현세, 수계, 천상계를 교통할 수 있다는 당위가 성립된다.

다원공간의 성립은 도교적 우주관에서만 이해가 가능하다. 다원공간이 옥황상제를 정점으로 상호 유기적 관계로 성립되어 있음에야.

이런 연속적인 사건은 흥미 본위로 장치한 것이 아니다. 치원을 천상 선인으로 부상시켜 황제와 상대할 때, 현실을 초극할 수 있는 도교적 인물임을 환기시키려는 창작 동인에 있다.

치원은 뒤따르겠다는 이목을 뒤로 한 채 중원으로 향한다. 그는 배에서 내려 길을 간다. 절강에 이르러 노온(老媼)을 만나 부적을 얻고 길을 떠난다. 가는 곳마다 치원을 보려고 파시(波市)를 이뤘다.

드디어 낙양에 도착했다. 도착하는 즉시 온갖 수난에 직면한다. 중국 학사가 "일월이 하늘에 걸려 있다면 하늘은 어디에 걸려 있습니까(日月懸於天 而天何懸也)?" 하고 물었다.

치원은 "산수는 땅에 실려 있다면 땅은 어디에 실려 있습니까(山水載於地 而地何載也)?" 하고 응수한다.

황제를 만나려고 첫문을 통과할 때, 치원은 뿔난 모자로 위기를 면한다. 둘째 문을 지나는데 땅속에서 음악이 들려 푸른 부적을 던져 벗어나고 셋째 문에서는 요란한 소리가 나자 흰 부적을 던져 위기를 벗어난다. 넷째 문에서는 누런 부적을 던져 무사히 통과한다. 네 문을 통과했다는 보고를 받은 황제는 천신이라고 놀라워한다.

다섯째 문에서는 좌우에 학사들이 벌려 서서 다투어 말을 걸었으나 치원은 시로써 응대하며 어전에 이른다

학사가 음식을 가져왔는데 밥상 위에 나락 네 알을 얹어 놓았고 밥속에는 독을 넣어 두었다. 그리고 기름으로 끓인 국을 내놓았다.

치원은 밥상을 밀쳐둔 채 식초를 문앞에 내놓았다.

황제가 "어째서 식초를 문앞에 놓아뒀소?" 하고 물었다.

치원이 "밥상 위에 네 알의 나락을 얹어 놓았는데 이는 제 이름을 묻고 있다는 뜻입니다. 해서 제가 식초를 문앞에 내놓았습니다. 그것은 대문장가인 최치원을 표시한 것입니다." 하고 대답했다.

황제는 더욱 기특하게 여긴다.

그러나 치원은 황제에게 여전히 힐난하듯 말했다.

"소국일지라도 간장으로 국을 끓이고 기름으로는 등불을 밝히는데 씁니다. 지금 소반을 보니 기름으로 국을 끓였으니, 이유를 알 수 없습니다. 대국에서는 간장으로 등불을 밝힙니까?"

황제는 국을 바꿔 오라고 했다.

그러자 치원은 숟갈만 휘적이며 먹지 아니한 채 "저희 나라에서는 소인일지라도 잘못이 있으면 그 죄상을 밝혀 스스로 죄를 알게 하지, 무고한 사람을 죽이지 않습니다." 하고 황제를 힐난했다. 황제는 "무엇이 어쨌다는 게오?" 하고 반문했다.

"지금 옥상에서 지저귀는 새 소리를 들어 보니까, 밥속에 독이 들었으니 먹으면 죽는다고 지저귀고 있습니다."

황제는 독을 넣은 줄 모르고 미소까지 지으며 "경은 어찌 그리 망령된 말만 하오?" 하고 반문했다.

치원은 말없이 숟갈로 밥을 뒤적이며 황제에게 보여주었다. 독을 넣어 둬 밥그릇이 누렇게 변질되어 있었다.

황제는 옥좌에서 내려와 "천재로다. 인간으로서는 속일 수가 없구려.

새로 밥을 지어 내오도록 하겠노라." 하고 치하했다.

입당한 그해 가을이었다. 태학궁에서 과거를 베푸니 최치원은 장원 급제를 하고 문신후에 책봉된다.

몇 년이 지났다. 황소가 난을 일으키자 치원은 대장이 되어 나아가 싸웠다. 그런데 치원은 싸우지도 않고 격서로써 황소를 굴복시켜 명성을 중원 천하에 떨친다. 이에 황제는 그에게 식읍을 늘려주고 총애하게 되니 뭇 신하들의 미움을 받아 마침내 남해도로 귀양간다.

이상은 당나라에 들어가 18세에 비록 빈공과이긴 했으나 급제했다는 사실과 황소의 난에 「토황소격서」로 싸우지도 않고 항복받았다는 역사적 사실에 도교사상을 덧붙여 허구화했다. 역사성과 문학성이 가감되는 과정에서 현실적이기보다는 도교적 세계로 표출되었다고나 할까.

「최고운전」은 도교관을 떠나서는 이해될 수 없다. 그리고 도교적 인물로의 변신임도 분명히 드러난다. 신라인의 우수성과 주체성을 도교에 점화시켜 현실적으로 구현하기에 이른 결과이다.

이런 창작 동인은 당과는 실제로 대결이 불가능하므로 도교적 세계의 대결로 장치한 것이며 현실로의 전환에 있다.

남해도로 귀양간 치원은 노온이 준 간장 묻힌 솜을 씹고 이슬을 받아 먹으며 무인고도에서 지낸다.

한 달이 지났다. 황제는 치원이 어떻게 지내는지 알아 보려고 대신을 파견한다. 대신이 오자 치원은 다 죽어가는 소리로 응대한다. 대신은 소국의 천한 노비가 중원에 와 황제를 기만하고 학사를 교만한 죄로 굶어 죽게 되었다고 희롱한다.

안락국 사신이 치원이 유폐되어 있는 섬을 지난다. 그들이 시 한 수를 청하니 치원이 지어준다. 사신이 그 시를 황제에게 바친다. 황제는 시를 보고 사자를 보내어 정탐한다. 이에 치원은 사자를 질타한다.

황제도 하늘이 낳은 사람을 죽일 수가 없어 조서를 내려 낙양으로 불러들인다. 치원은 용자를 써 청룡 타고 낙양에 이른다.

황제는 "경은 절해 고도(絶海孤島)에 석 달이나 있으면서도 한번도 짐의 꿈에 나타나지 않았으니 어찌된 연고인고?" 하고 반문하다가 이어서 "온 세상이 왕의 영토 아님이 없고 판도가 미치는 구석구석까지 왕의 신하 아님이 없다고 했소. 이로 미루어 본다면 그대는 비록 신라 사람이나 신라의 영토 또한 짐의 영토인데 짐의 사자를 혹독하게 질타했다니, 어찌 그리 무엄한지고?" 하고 힐난한다.

치원은 공중에 글 한 자를 쓰더니 그 위에 뛰어올라 "그렇다면 이곳도 폐하의 땅이오이까?" 하고 조롱했다.

황제는 몹시 두려워 옥좌에서 떨어지더니 머리 조아려 사죄했다.

치원은 "소인들이 참소하는 말만 믿고 신을 사지에 버려두었도다. 어질지 못한 임금은 신하가 어진지 어떤지 모른다더니 그렇도다." 하고 소매 속에서 저자를 꺼내어 땅에 던지자 청사자로 돌변했다.

치원은 청사자를 타고 구름 속으로 해서 신라로 돌아왔다.

중국의 천자는 천상의 유일 절대자인 옥황상제의 '子'란 뜻이다. 따라서 현세는 天의 下이고 천하의 통치자는 天의 子인 중국의 천자라는 의미는 저들의 뿌리깊은 통념이었다. 더욱이 당과 신라와의 실질적 관계로 보아 신라는 당의 속국으로 왕이라고 불려졌던 것도 부인할 수 없는 힘의 종속이었다. 이런 힘의 종속관계로 본다면 최치원은 신라인이기 때문에 현실적으로 중국 황제와의 대결은 도저히 불가능하다.

그런데도 최치원은 황제를 마음대로 우롱하고 돈수사죄케 한다. 그것은 최치원 스스로 밝혔듯이 천상인의 적선이기 때문에 가능하다.

작가가 이 점에 창작 동인을 심화시켜 황제의 어리석음을 질타할 수 있게 구성한 것은 결코 우연이 아니다.

이제 저 하상공(河上公)설화를 환골탈퇴한 것도 아니며 널리 알려진 대로 민족의 우월성과 반항정신의 표출은 더구나 아니다. 그런 현실의 모순에 대한 저항이라는 주제적 양상은 무의미해졌다. 그것은 단지 절정의 순간에 주제를 찾는 모순에서 나온 결론에 지나지 않는다.

이제라도 도교사상으로 승화시킨 창작 동인의 압권이라는 데서 주제적 성향을 찾아야 한다.

최치원은 당을 떠날 핑계를 마련해 신라로 돌아온다.

그는 신라에 돌아와서도 화를 자초한다. 말을 탄 채로 왕 앞을 지나가는 죄를 짓는다. 이러한 무례는 당의 현실을 떠난 신라의 현실이다. 뿐만 아니라 주제를 향한 필연적 과정의 하나가 된다.

천상인 최치원이 인간 세계에 태어나 현세를 극복하고 마침내 천상으로의 복귀를 암시하는 구성이 그것이다.

당에서는 치원이 천상 선인이기 때문에 황제를 질타할 수 있었으며 신라로 돌아오다가 신라왕에게 단순히 무례했다는 이유로 죄를 뒤집어쓴 모순은 가야산 은거로의 필연적인 귀착이 된다.

이제서야 「최고운전」의 주제적 성향은 현실을 떠난 천상인 최치원으로서 기존연구의 주제적 모순을 극복했으며 「최고운전」 자체의 비현실적 구조도 자연스럽게 제거되었다.

치원은 부인 나씨를 데리고 가야산으로 들어간다. 어떤 나무꾼이 나무하러 산으로 들어갔다가 승려와 유생이 서로 수작하며 바둑 두는 것을 망연자실하여 구경하다가 도끼를 집으니 자루가 이미 썩어 있었다. 나무꾼은 주는 솜을 받아 씹다가 찌꺼기를 뱉아내니, 승려와 유생이 우리를 따를 수 없다고 하며 돌아가기를 허락한다. 나무꾼이 집에 돌아와 보니 벌써 3년 상을 치른 뒤였다.

치원이 만년에 가족을 데리고 가야산으로 들어가 은거했다는 사실까지도 소설적인 창작 동인으로 수용되었다.

이러한 창작 동인을 이해하면 주제의식은 보다 분명해질 것이다.

나무꾼은 현상계라고 한다면 승려와 유생은 천상계이다. 이때 유생은 도교적 인간이며 천상으로 복귀한 최치원의 변신이다. 도끼자루가 썩었다거나 집으로 돌아와 보니 3년이 지났다는 것은 도교적 공간이며 나무꾼이 솜을 씹다가 뱉아 버렸다는 것은 현세로의 복귀를 암시한다.

이로 보아서도 「최고운전」은 천상인의 천상복귀라는 등선에 있으며 그것은 곧 현실초극의 의지를 의미한다.

따라서 「최고운전」은 실존인물인 최치원을 모델로 삼아 도교적 우주관의 질서를 씨로, 현실초극의 시대의식을 날로 해서 주체적 의미를 구현했다고 할 수 있다.

> 세상에 전하기를, 어떤 사람이 남의 문에 시 한 수를 짓고 지나갔다고 한다. 그 시는 다음과 같다.

> 내 본래 신라 말엽 사람이라네
> 나이는 팔백 하고 세 살이라.
> 비온 뒤 갈 길은 멀고도 바빠
> 그대와 담소할 여유 없다네.

> 我是新羅末葉人 年將八百又三春.
> 行忙雨濕歸程遠 不與高門談笑然.

<blockquote>사람들은 치원이가 지선이 되어 가야산으로 들어갔으니 지금도 오히
려 살아 있을 것이다. 이 시는 모름지기 그의 시일 것이다고 했다.
「동사강목 권2」</blockquote>

이와 같은 사실은 후대인들의 도교적 믿음이며 「최고운전」의 비현실
성도 제거된다.

더욱이 도교적 우주관(宇宙觀)의 지배 질서는 비현실적 구조를 자연스
럽게 극복시켜주며 필연적 결구로서 이해되어 주제를 더 더욱 돋보이게
했다고 할 수 있다.

12. 설화의 소설화와 의미화의 그릇

1) 예점설화의 전이

조선조는 임진란이란 미증유의 7년 전쟁을 치르는 와중에서 전쟁으로 야기된 피해는 말로 다할 수 없는 처참 그것이었다.

침략으로 말미암아 일본에 대한 적개심, 명과의 예속적 갈등, 전쟁을 통해 드러난 조정의 무능, 일부 조신들에 대한 불신감 등 실로 심각한 문제를 노출시켰다.

또한 기존 질서와 새로운 경험의 조화는 오랜 시일을 두고 해결해야만 하는 난제로 등장했다. 기존 질서를 수용할 경우에는 새로운 경험을 축소 내지 최소화해서 새로운 조화를 찾아야 했으며 새로운 경험에 삶의 의미를 부여하기에는 전제 군주제가 이를 용납하지 않았다. 해서 이를 해소하는 방법을 찾다 보니 서민들 사이에 설화가 자연발생적으로 생겨나 파생하게 되고 이를 소설화하기에 이르렀다.

임진란이 평정되자 예점설화가 꽃을 피워 문헌에 정착되기도 했으며 때로는 입과 입으로 전해지기도 했다. 그 중 극히 일부는 「임진록」으로 수용되어 변이를 입었다. 반대 급부로 「임진록」에서 파생된 예점설화도 상당수에 이른다. 예점설화가 구전으로 전해지고 때로는 소설로의 전이를 입게 된 것은 임진란에 대한 당 시대인들의 민감한 반응을 노출한 그 이상의 의미를 지녔다. 임진란 이전의 기존질서에 대한 반역사성, 사전에 왜란을 예상하고 대비라도 했으면 그처럼 처절한 패배는 당하지 않았을 것이라는 울분, 조정을 믿고 따랐던 배신감 등 지극히 소박한 것으로부터 다양한 욕구불만에 이르기까지 민간인들 사이에는 자아각성을 불러일으켜 수많은 설화를 낳았던 것이다.

설화는 사실을 마음대로 변형시키는 생리까지 지니고 있다. 생리의 주체는 어디까지나 민간인들이 주동이다. 이런 민간인들의 생리에 걸려들면 사실은 윤색되어 사실성의 본질마저 잃게 된다. 그런 예는 「임진록」에서 찾아볼 수 있다. 「임진록」은 숱한 예점설화 중에서 극히 일부분만이 소설적 전이와 변이를 입었으며 설화의 집대성이라고 해도 좋을 것이다. 그렇다고 예점설화 그대로가 「임진록」에 수용된 것은 아니다. 소설적인 전이나 변이를 입어 수용되었다.

그것은 설화의 주체가 민간인이듯이 소설의 주체는 어디까지나 작가이기 때문에 소설적 전이를 입은 결과라고 할 수 있다.

율곡이 10만 병력을 양성해 뒀다가 다가올 임진란에 대비해야 한다고 주청했다. 그러나 유성룡과 제신들의 반대로 묵살된다. 그런데 막상 임진란이 일어나자 유성룡은 뒤늦게 "후세에 내가 소인배라는 비난을 면할

수 없을 것이야. 평소에 숙헌의 10만 병력을 준비하라는 요청을 받고도
내가 반대하고 제신들도 이를 묵살했으니… 오늘에 이르러 이렇게 후회
가 되는구려." 하고 몹시 뉘우쳤다.[1]

율곡 이이(李珥)의 10만 양병설은『조선왕조실록』에는 비치지 않으나
문헌설화에는 기록되어 전해지고 있다. 이를 그대로 반영해 이이를 이인
화(異人化)한 반면, 유성룡을 무력화시킨 바로 그 점이 설화의 생리가 된
다. 더욱이 서애를 조정의 무능으로 대치시켰고 위정자들을 사뭇 무기력
하게만 표현한 설화다.

이런 설화가 「임진록」의 이본에는 다음과 같이 서술되어 있다.

> 율곡이 병란에 대비해 10만 양병설을 상소했으나 선조가 이를 거절하
> 고 조정 신하들이 동조했다. 그리고 선조는 율곡을 해주로 유배시켰다.
> 율곡은 유배지에서 헛되이 죽고 말았다.
>
> 「흑룡일기, 40쪽」

이런 구비를 통해 위정자들의 무능을 신랄하게 꼬집기도 했다.
때로는 복선을 의도적으로 장치하기도 했다.

> 율곡은 충청도 아산에 있는 고택을 방문하는 길에 이순신(李舜臣)을
> 만난다. 그는 이순신이 비범한 인물임을 알고 후일을 기약해서 그에게
> 병란이 있을 것을 암시해 준다. 이순신은 이를 명심해 두었다가 임진란
> 이 일어나자 대응한다.
>
> 「흑룡일기, 41쪽」

---

1) 유몽인 : 「어우야담」 권1

율곡의 고향은 강원도 강릉이다. 아산에 고택이 있을 리도 없고 그곳을 방문한 기록도 보이지 않는다. 단지 이순신의 연고지일 뿐이다.

그런데도 민간인들은 난을 사전에 대비라도 했다면 그렇게 처절한 패배는 당하지 않았을 텐데 하는 아쉬움을 소설에서 항변하고 있다.

이와는 달리 다음과 같이 표현한 이본도 있다.

> 율곡은 10만 양병설을 주장하고 선조의 몽진을 사전에 예견했으며 끝까지 군신의 의를 잃지 않았다.
>
> 「임진록(국도본 · 한문본)」

이상의 이본에서 보듯이 문헌설화의 소설 전이과정에서 10만 양병설은 작가 나름대로 상상의 나래를 펼쳐 표현되었다.

구비설화는 문헌설화보다 다양하게 서술되어 있다.

선조는 여자가 벼를 이고 대궐로 들어오는 꿈을 꿨다. 그리고 신하들에게 해몽을 하라고 한다. 율곡이 나서서 왜의 침입 징조라고 해몽을 한다. 해서 율곡은 평안도로 유배를 가게 된다. 율곡은 유배길에 오르고 임진강변에 도착하자 초가를 지어뒀다가 유사시에 불을 지르라고 일러둔다. 임진란이 일어나자 선조는 피난길에 올랐다. 선조가 임진강변에 도착했을 때 날이 저문다. 행차는 강을 건너지 못해 쩔쩔 맨다. 이때 대안에서 불을 환히 밝혀 무사히 강을 건너갔다.[2]

---

2) 이명선 : 「임진록」, 왜란에 관한 전설, 134~137쪽

이런 구비설화는 많은 이본에 나타나고 있다.

지팡이를 든 계집이 머리에 벼를 이고 남문으로 들어와 대궐 안에 내려놓는 순간, 나라에 불이 나 백성들이 고통을 당하는 꿈을 선조는 꿨다. 선조는 꾼 꿈을 신하들에게 해몽하라고 한다.

이에 최일경이 나서 왜가 침입할 징후라고 풀이한다. 선조는 오히려 요망스런 해몽이라고 해서 최일경을 귀양 보낸다. 왕의 생각과는 달리 난이 일어났다. 최일경은 왕명도 없이 유배지를 이탈해 의주로 선조를 찾아간다. 그런데도 선조는 유배지를 임의로 떠난 최일경에게 되레 잘못을 사과하고 충성을 부탁한다.[3]

구비설화에는 율곡이라는 실존인물을 내세우기는 했으나 다분히 설화적인 생리가 작용하고 있으며 허구의 인물인 최일경을 내세워 보다 튼튼한 구조의 소설이 되게 했다. 이런 구조는 한 나라의 통치자로서 하늘의 계시인 꿈조차 깨닫지 못하고 되레 해몽한 신하를 귀양보내는 왕의 옹졸함을 꼬집은 것이며 막상 전쟁이 일어나자 왕명도 없이 유배지를 이탈한 죄인에게 오히려 사과하고 충성을 부탁하는 우유부단한 모습 등 개연성을 더해 주고 있다. 따라서 설화와는 또 다른 의미를 소설이라는 그릇이 포용했다고 할 수 있다.

실로 연산군의 학정으로 정변이 일어났다.

중종이 즉위한 이래 인종, 명종 등 어린 왕의 재위와 선조같은 나약한

---

3) 이런 내용은 「임진록」 이본인 김동욱본, 연세대본, 흑룡일기 등에 삽입되어 있다.

인물이 집권함으로써 왕권소외는 물론이고 권신 등장의 시대상 등 일련의 사태에 대한 서민의식의 반영이라고 하겠다. 신성불가침 같은 지존에 대한 도전과 비판의 변모는 임진란을 몸소 체험한 세대들에 의해 수많은 설화로 이입되면서 갖가지 유형의 왜자설화가 파생했고 그것이 자연스럽게 「임진록」으로 전이된 것일 수도 있다.

유성룡의 형인 겸암은 벙어리로 바보 행세를 하나 신이를 지니고 있었다. 이를 아내만이 알고 묵묵히 베를 짜서 팔아 뒷바라지한다. 하루는 겸암이 서애가 부질없는 도술만 행하는 짓거리를 보고 그를 질책했다. 그런데 어느 날 겸암은 왜장이 서애를 죽이려고 잠입한 것을 예지하고 왜장을 사로잡았으나 천운이니 할 수 없다면서 살려보낸다. 겸암은 왜장을 살려보내면서 안동지방은 절대 침략하지 못하도록 단단히 엄포를 놓는다. 임진란이 발발하자 겸암은 3일이면 난을 종식시킬 수 있는 신이를 지녔는데도 끝내 등용되지 못하고 묻혀버린다.[4]

유성룡과 초야에 묻혀 지내는 겸암의 신이는 너무나 대조적이다.
이런 구비설화는 지역성이 짙으며 상징적이기는 하나 암시하는 내용은 매우 다의적이다. 전쟁을 체험한 세대들에 의해 무력한 조정에 대한 비판의 일면일 수도, 묵묵히 베를 짜는 아내와 신이를 지녔으나 초야에 묻혀 지내는 겸암은 소외심리의 일면일 수도, 신이로 왜장을 퇴치하는 것은 외세와의 승리의식일 수도, 3일만에 전쟁을 종식시킬 수 있다는 것

---

4)「한국구비문학대계」 5-1, 190~200쪽 요약

은 대결양상일 수도 있다. 그러나 임진란의 전쟁을 몸소 체험한 당 시대
인들이 변란에 대비해 만반의 준비를 하지 못한 위정자에 대한 안타까움
이 변이되어 설화를 배태시켰다는 데 그 뜻이 있다.

　여기에 갖가지 형태의 설화를 잉태시켜 현실을 우회적으로 피력한 의
도하며 4백년이 지난 지금에도 생생하게 시대상을 읽을 수 있다는 지속
성의 가치 등도 되새겨 봐야 한다.

　왜장 숙주는 신장을 데리고 조선 장수를 죽이려고 건너온다. 관우가
선조의 꿈에 나타나 왜의 흉계, 숙주를 죽이는 방법을 현몽해 준다. 그런
데도 선조는 주저하며 단안을 내리지 못한다. 관우가 재차 선조의 꿈에
나타나 현몽해 주어서야 선조는 마지 못해 숙주를 사로잡았으나 호기심
때문에 놓쳐 버린다. 그 틈을 타 왜의 신장은 도성을 엄살하니 황희가
풍백을 불러 그를 잡아 죽인다.[5]

　구비설화는 초야에 묻혀 있는 겸암과 재상까지 오른 유성룡을 등장시
켜 왜장을 퇴치하고 있으나 「임진록」의 왜장퇴치설화는 다소 작의적인
의도가 가미되어 있다. 곧 임진란을 주관한 선조를 내세워 무력함을 질
타했다. 또한 겸암 대신 관우를 등장시킨 것은 임란 이후 민간신앙의 일
면을 엿볼 수 있게 한다.

　뿐만아니라 세종 때 재상인 황희를 선조조로 끌어내렸음은 난국을 수
습할 새로운 인물의 등장을 갈망한 당 시대인들의 마음이라고 할 수 있

---

5) 왜장퇴치설화가 전이된 「임진록」의 이본으로는 권영철본, 이명선(한문본), 고대본(한문본)
　 등이 있다.

다.

실상 선조의 무력함과 위정자들에 대한 서민들의 배신감은 임진란 이후 팽배한 시대의식이었다. 관우까지 등장시킨 것은 변란과 혼란이 점철하는 불안한 사회에 있어 백성들의 정신적 지주를 대변해준 셈이다. 의지하고 믿을 데 없는 서민들은 정신적 지주로서 관우신앙을 신봉하게 되고 민간신앙의 적이 된 시대의식을 그대로 반영한 셈이랄까.

예점설화는 창의성까지 우회적으로 표현해 위정자들의 무력함을 비판했으며, 그것이 「임진록」으로 전이되어 다양하게 수용되어 있다. 심지어 선조의 무력함까지 비판하는데 몫을 했을 뿐만 아니라 관우의 음조로까지 비화했다. 그것은 사대적 발상에서 비롯된 것이 아니라 당 시대인들의 정신적 갈등과 불안을 해소시켜 주는 해원의식이다.

허구적인 소설뿐만 아니라 때로는 시로 전이되기도 했다.

그 예를 『한국한시선』(이병주 역주, 137쪽)에서 볼 수 있다. 이호민(李好閔)의 「용만행재(龍灣行在…)」란 시에 '듣자니 남쪽 병사들 승리를 했다네. 한양성 수복 날은 언제일고(聞道南兵近乘勝 幾時三捷復王畿)' 라고 했듯이 수복을 천추같이 기다렸고, 신위(申緯)도 '착잡도 하다, 천심은 강물에 드리웠는데 석양을 대하니 대책마저 서지 않네(天心錯莫臨江水 廟算凄凉對夕暉)' 하고 술회했다.

흔히 「임진록」은 역사소설, 전쟁소설, 군담소설이니 하고 분류를 시도한다. 임진란을 배경으로 설정했기 때문에 외형상 역사소설로 분류되기도 하지만 설화의 집대성이라는 면에서는 민담소설의 성격이 짙으며 「임진록」의 이본마다 설화가 주조를 이루고 있다.

오랜 세월, 억압과 소외의 그늘에 가려 단 한번도 역사의 주체가 되지 못하고 희생만 일방적으로 강요당했던 민간인들의 자아반성과 각성이 설화로 전이되었으며 「임진록」에서 찾을 수 있다.

「임진록」으로 전이된 설화는 임진란 이후, 또는 임·병 양란 이후 당시대인들의 심층에 면면히 흘러 체질화되었으며 그것도 생리에 알맞게 변이되었는데 이로 본다면 설화는 단순히 설화 자체만이 아니라 민족문학으로서 한 자리를 차지한다고 하겠다.

특히 「임진록」에 이입된 설화는 어느 특정한 사람의 확고부동한 문학의식에서 비롯된 것이 아니다. 오랜 시공간에 걸쳐 다수의 사람들에 의해 자연발생적으로 체질화된 문학의 소산이므로 작가군의 다양한 사념이 점철되어 있다고 할 수 있다.

2) 음우설화의 동점

음우설화는 「임진록」을 보다 튼튼한 구조로 소설화하기 위한 동인에서 찾을 수 있다. 중원에 있어 관우숭모는 그의 절륜한 무용과 충절을 기리는 데서 유래해 재난과 안녕을 기원하는 대상으로 승화된 민간신앙이다. 관우숭모사상은 죽음의 공포에서 헤어나기 위해 신앙의 적이 된 명군에 의해 유입되고 임·병 양란 이후 널리 유포되었다.

그것은 전쟁에 임하는 명군의 불안심리와 전쟁을 몸소 치른 조선인의 구원심리가 합일점에 이른 결과라고 할 수 있으며, 충의나 무용보다는 병란과 혼란이 점철되는 불안한 사회에 있어 서민들의 정신적 지주로서 신앙의 적이 되었다고 할 수 있다.

이처럼 관우숭모신앙이 자연스럽게 「임진록」으로 전이된 것이며 음우
설화는 서민의식의 반영이라고 할 수 있다.

관우가 허구의 인물을 점지해 주는 장면부터 등장한다.

관우는 조선의 수호신으로 최일경이라는 가공의 인물을 점지하여 임
진란 동안 암약하게 하며 조선이 위기를 당할 때마다 음조와 구제의 신
으로 등장한다. 더욱이 관우의 음조로 태어난 최일경은 성장 과정부터
선견지명을 지닌 걸출한 인물로 부상된다. 그런 인물도 선조 앞에 나아
가 해몽을 한 죄로 억울하게 유배당한다. 그럼에도 불구하고 일경은 임
진란이 일어나자 왕명도 없이 유배지를 이탈하고 왕이 몽진한 의주로
달려가 청병을 권유하는 한편 대비책을 강구한다[6]

최일경을 등장시켰을 뿐만 아니라 간신들의 권력투쟁과 당쟁의 암투
에 혈안이 된 위정자들도 우회적으로 비난하고 있다.

청병과정에 있어서는 관우가 천자를 현몽으로 일깨워 주기도 한다.

관우는 천자의 몽중에 나타나 조선은 형제지국이니 조선에서 청병이
오면 응해줄 것을 현몽한다. 그러나 천자는 주저하고 망설인다. 관우는
재차 꿈속에 나타나 내 동생 장비가 다스리는 동생의 나라인데 만약 천
자가 도와주지 않으면 그냥 두지 않겠다고 협박하며 거듭 촉구한다. 그
제서야 천자는 마지 못해 청병에 응한다.

---

6) 가상의 인물 최일경이 등장하는 이본이 여러 편 있으나 여기서는 「임진록 (국도본·한글본)」
　　에서 요약했음.

실상, 조선의 청병은 굴욕적이었다.

이런 굴욕외교에 대해 관우를 등장시킨 것은 작의성이 두드러진다. 청병은 유교관에 의한 형제지의를 내세웠든, 명나라 자체의 당위론을 들었든 천명에 의해 순응한 것이라는 천명관은 민족의식의 하나였다. 따라서 음우설화는 원병이 시혜나 구걸 행위가 아닌 당위적 행위로 합리화하기 위해 변이된 것이며 자존을 회복하려는 의지가 반영되어 있다.

이런 음우설화가 전쟁의 불안으로부터 탈출이라는 욕구를 충족시켜 주고 당 시대인들의 구원상과 수호신으로 「임진록」에 전이되었다고 하더라도 쓰라린 패배나 굴욕을 설분하고 복수하는 그런 면에서는 사명당의 항왜설화보다 못하다. 그것은 관우신앙이 동점해서 민간신앙에 깊이 뿌리를 내렸으나 체험한 경험현실을 뒤엎지 못했다는 의미가 된다.

음우설화는 임진란의 발발 계시, 청병과정, 도일출전소식 등 허구를 곁들여 소설의 구조를 보다 튼튼히 하기 위해 이입된 설화며 의미화를 보다 굳건히 했다는 데 그 의의를 둘 수 있다.

3) 원병설화의 저의

명의 조선출병은 왜군의 화가 그들의 나라에까지 미칠 것을 염려한 데서 비롯된 것이었다. 그랬기에 그들은 조선과의 연합전선에서 성의를 보이지 않았으며 원병의 책무보다는 체면에만 급급했고 전쟁과 강화의 양동작전으로 시일만 질질 끌었다.

황해, 평안, 경기, 강원 4도를 회복하고 청정이 한양성으로 물러나자,
이여송은 이미 이겼기 때문에 경솔하게도 기병만으로 적을 벽제관까지
추적하다가 대패해서 개성으로 물러나 머물렀다.[7]

벽제관 패전 이후 명은 강화수단으로 금살패문(禁殺牌文)이라는 격왜
금지령을 내려놓고 조선의 관군과 의병을 묶어 놓았다. 심지어 왜병의
작전을 도와주기 위해 조선군의 활동까지 방해했다.

　　벽제전에서 순변사 이일(李鎰)이 회군을 반대하고 나서자 명장 장세작
　　(張世爵)은 발로 차고 욕설을 퍼부었으며 권율(權栗)이 마음대로 왜군을
　　공격했다고 해서 유정(劉綎)의 장형을 받았으며 진린(陳璘)은 전공에 혈
　　안이 되어 이순신이 참획한 수급까지 탈취했다.[8]

뿐만이 아니라 명군은 가는 곳마다 주민을 구타하고 재물을 탈취했으
며 부녀자들을 집단으로 강간하는 횡포가 비일비재했다.

　　서울 외지의 각 병참에서 군량미를 방출하는데 명병들이 난입해 관원
　　이나 아래 사람들을 구타하고 군량미를 마음대로 가져갔다. 양총병(梁摠
　　兵)은 한술 더 떠 맨 뒤에 와서도 먼저 가져갔으니 앞으로 관원들은 어
　　떻게 처신해야만 될는지 모르겠다.[9]

　　이여송이 평양성을 탈환할 때 벤 수급의 절반 이상은 조선인이니 이를
　　보상해야 된다고 해서 물의를 빚었으며 나중에는 그로 인해 회군하기에
　　이르렀다.[10]

---

7) 「명사」 권 320, 열전 15
8) 유성룡 : 「징비록」, 권3, 벽제전
9) 「선조실록」 권78, 선조 30년 4월, 壬午

이와 같은 사실은 『조선왕조실록』이외에도 여러 문헌에 적나라하게
기록되어 지금까지 전해지고 있다.

> 가축과 군량미는 명군에게만 넘겨주어 그들만이 배불리 먹고 과식까
> 지 하는데 명군 바로 옆 조선인들은 굶주려 죽어가고 있다. 그 참상은 차
> 마 눈뜨고 볼 수 없는 정경이었다.[11]

　명군의 포학은 왜병의 잔악상 이상이라고 할 수 있다. 이와 같은 원병
에 대한 응어리진 한(恨)과 원(寃)이 「임진록」에 그대로 전이되어 다양하
게 수용되었는데 바로 원병설화가 그것이다.
　원병 초기에는 조선인들도 명군을 호의적으로 환영했다. 이여송을 조
선계 인물로 부각시켜 놓은 점에서 찾을 수 있다. '이여송의 부친은 이성
량(李成樑)으로 일찍부터 압록강을 내왕했다' 는 설화가 전이된 이본으
로는 다음과 같은 내용이 있다.

> 백사가 청병 사명을 띠고 중원을 향해 가던 중, 평릉의 무인지경에 이
> 르자 날이 저물었다. 해서 백사는 어떤 노파의 집에 머물게 되었는데 노
> 파에게서 이여송의 화상을 얻는다. 이런 인연으로 백사는 원병장을 이여
> 송으로 데려온다.
>
> 　　　　　　　　　　　　　　　　　　　　　　「임진록겸토사(고대본)」

　이여송의 열전에는 조선과 관련된 기록이 전혀 없다. 그런데도 엉뚱하
게 이여송을 조선계 인물로 전이시켜 소설화했다.

---

10) 「선조실록」, 권34, 선조 30년, 정월, 乙丑
11) 이긍익 : 「연려실기술」, 권17

　　이여송은 옥황상제로부터 죄를 짓고 인간세계로 적강되어온 태을선관
이다. 그리고 화상을 준 노파는 조선의 구원을 돕도록 지시를 받은 천상
선녀가 하계로 적강한 여인이다.

「임진록(경북대본)」

　　이와 같은 신선사상은 당 시대인들의 믿음이며 원병에 대한 지나치리
만큼 큰 기대감을 소설 속으로 수용한 데 있다.

　　그러나 이런 기대와 바램과는 달리, 이여송은 국경에 도착하자마자 갖
가지 생트집을 잡는 소설적인 전이로 심화된다.

　　다음은 원병에 대한 부정적인 면을 단적으로 보여주는 예가 된다.

　　이여송이 조선 국경에 이르자 환영 나온 조선 신하들에게 일언 반구도
없이 바위 같은 주먹을 쑥 내밀었다. 이에 도열한 조선 신하들은 영문을
몰라 당황할 수밖에. 선견지명이 뛰어난 백사가 두 말도 하지 않은 채
소매 속에 미리 준비해 둔 두루마리를 꺼내어 불쑥 내받았다. 여전히 기
고만장하던 이여송이 두루마리를 펴보는 순간, 사색이 되었다. 그것은
그의 기대를 완전히 무너뜨린 것이었으며 더욱이 조선에도 인재가 있음
을 알았기 때문이었다. 이여송은 조선에 도착하는 즉시 조선인들의 기를
여지없이 꺾어놓으려고 단단히 벼르고, 말도 없이 손을 불쑥 내밀어 조
선의 전략지도를 요구했던 것이다. 만약 요구했던 전략지도가 아니면 당
장 대갈일성을 지르려고 했는데 그런 기고만장이 꺾여 벼렸으니 기가
죽을 수밖에. 백사는 이런 일이 있을 것을 예지하고 대비했으니 오히려
이여송의 콧대가 납작해졌다.

「상주지역 구비전승」

이와 같은 구비전승이 그대로 소설로 전이되었다.

　　　　　　　　　　　　　　　　　　　　「임진록(경북대본)」

갖가지 생트집을 잡는 것으로 소설화해서 원병에 대한 당 시대인들의
부정적인 일면을 여실히 보여준 예가 된다.

이여송은 한양으로 진군하자 더 이상 군을 재촉해 남진하려 하지 않았
다. 이유는 조선왕이 그를 맞이하지 않았다는 구원장의 오만이었고 왜병
을 두려워한 핑계에 지나지 않았다. 도저히 이여송의 마음을 돌릴 수 없
음을 안 백사는 만반의 대비책을 세우고 선조에게 이여송을 만나줄 것을
간청한다. 그리고 이여송을 속이기 위해 조선은 전쟁으로 염병이 돌아
왕도 괴질에 걸렸다. 그런 중병인데도 장군을 만나려 한다. 그런데 장군
은 병이라도 전염되면 원병장으로서 큰일이 아닐 수 없다. 해서 이를 막
기 위해 중간에 병풍이라도 가리고 만나는 것이 보다 안전하겠다고 위하
는 척했다. 오히려 배알을 청한 이여송이 당황했다. 배알을 하던 날, 이여
송은 천군만마를 호령하던 야전장답게 우렁찬 목소리를 한껏 뽑았다.
　그랬는데 웬걸, 염병에 걸려 죽어간다던 조선왕의 목소리가 되레 천지
를 진동하듯 쾅쾅 울려나오는 것이 아닌가. 실은 여자 같은 가냘픈 음성
을 가진 선조일지라도 큰 독 속에 들어가 소리치니 소리가 울려나올 수
밖에. 이여송은 저 소리가 평소 건강하다면 얼마나 클까 하는 생각이 들

자 기가 꽉 꺾였고 선조는 정말 왕상답다고 혀를 내둘렀다.

「상주지역 구비전승」

이런 냉소적인 구비전승도 소설로 전이되었다.

> 이여송이 조선왕은 왕상이 아니라는 핑계로 회군하려 하자 선조는 신
> 하들의 간청을 받아들여 칠성단을 쌓고 그 위에 독을 올려 놓고 독 속에
> 들어가서 통곡을 해 회군을 멈추게 했다.

「임진록(국도본)」

그리고 저 『청구야담』에 수록되어 전해지는 '노옹기우범제독(老翁騎牛犯提督)'은 이런 설화의 압권(壓卷)이라고 할 수 있다.

이여송은 평양 대첩 후 성중으로 들어간다. 문득 산천을 보니 아름답게 빼어났음에 시기심이 생겼다. 하루는 참모를 대동하고 연광정 아래 강변 모래밭에서 잔치를 베풀었다. 때마침 한 노인이 흑우를 타고 지나가자 군교를 불러 노인을 멈추게 했다. 그러나 노인은 들은 체 만 체 가던 길을 계속 갔다. 이여송은 대노했다. 그는 천리마를 타고 노인의 뒤를 추격했다. 외진 산촌에 이르니 흑우가 매여 있었다. 이여송은 칼을 빼어 들고 뛰어들었다. 노인이 일어나 맞았다. 이제독은 몹시 격분해 '너는 어떤 노인이건대 황상의 명을 받들고 너의 나라를 구원하려 온 내게 무례를 이렇게 범하느냐, 너의 죄 마땅히 죽음이 있을지로다.' 했다. 노인이 웃으며 내 비록 산야의 노인이나 어찌 천장을 존중하지 않으리오. 오늘 내 행동은 그대에게 아들의 비행을 깨우처 달라고 부탁하기 위함이라고

했다. 제독이 그 까닭을 묻자 노인은 내게는 두 아들이 있는데 농사는
힘쓰지 아니하고 나쁜 짓만 하고 있는데도 내 기력이 다해 어쩔 수 없으
니 제독이 버릇 좀 고쳐달라고 한다. 제독이 후원 별당으로 가니 두 아이
가 책을 읽고 있었다. 제독은 칼을 빼어들고 대갈일성으로 뛰어들었으나
아이들은 얼굴색 하나 변하지 않은 채 책만 읽고 있는데도 도저히 제어
할 수 없었다. 두고 보다 못한 소년이 대나무로 제독의 칼을 받아치자
칼이 두 쪽으로 동강나며 땅에 떨어졌다. 제독은 기절해 땀을 흘리다가
노인에게 돌아간다. 그리고 아이들이 지나치게 무례해 물러 나왔으며 그
들의 용력이 비범해서 도저히 당할 수 없다고 한다. 더욱이 여송은 노인
장에게 오히려 구명을 청하는 게 아닌가. 그제서야 노인이 내 잠시 그대
를 희롱했을 뿐이며 그 아이는 비록 어리나 열 사람을 당할 만하다, 장군
은 원병 와서 왜병을 무찌르고 조선의 국기를 튼튼히 다진 뒤에 개선하
는 것이 대장부의 도리다. 금일의 행동은 조선에도 인재 있음을 깨우쳐
주기 위함이라고 하자 제독은 고개 숙여 노인 앞을 물러나왔다.[12]

이런 설화가 소설 속으로 전이되면서 마침내 그를 추방한다.

이여송은 조선 8도를 두루 돌면서 인재가 날 만한 곳을 찾아 산혈을
끊다가 난데없이 나타난 흑우 탄 노인을 만나 태백산으로 따라간다. 제
독은 노인의 여덟 아들을 만난다. 아들 중에서 막내의 불효를 꾸짖다가
되레 아이에게 보검마저 빼앗긴다.

「임진록(김기동본)」

---

12) 유몽인 : 「어우야담」 권1

이와 같은 전이는 원군에 대한 서민들의 분노와 말없는 저항을 수용한 것이며 원병을 제2의 적으로 의미화한 것이라고 할 수 있다.

4) 사명당과 보상화

저 7년 미증유의 임진왜란이 종식되자 조선인들에게는 적개심만 남아 왜놈, 왜놈 하게 되었다. 이 말은 추한 왜놈, 멸시의 대상인 왜놈 이상의 함축성을 지녔다. 신유한(申維翰)은 우삼동(雨森東)과의 대담에서 위로는 사대부로부터 아래로는 천인에 이르기까지 왜놈, 왜놈 하는 것이 진실로 지당하다[13]고 쏘아대어 시대상을 그대로 반영한 셈이 된다.

이긍익(李肯翊)도 「연여실기술」에도 적개심을 표현해 놓았다.

> 왜적의 흉악함이 하늘에까지 미쳤으며 망극한 화마저 위로 능을 침탈 당했으며 아래로는 백성들까지 유린했는데 지금에 와서 왜적과 함께 공 생한다는 것은 신의 죄로 보아 만번 죽어도 오히려 가볍다.[14]

선조 40년, 왜에게 보낸 서계에서도 이런 정서는 한결같다.

> 지난 임진년에는 무고히 병력을 동원해 그 화가 비참하기 짝이 없었 다. 하물며 선왕의 능에까지 화가 미쳐 우리 군신들을 당혹케 함이 마음 에 통분을 심어 뼈속까지 한이 맺혔다. 어찌 귀국과 의를 함께 할 수 있

---

13) 신유한 : 「海游錄」, 12월 22일
14) 이긍익 : 「연여실기술」, 권17

으며 더구나 한 하늘을 이고 살 수 있겠는가.[15]

이처럼 못을 박듯 한을 곱씹었고 초유사는 격문을 내어 '이야말로 실로 지사가 칼을 베고 잠을 잘 바로 그런 때다(此實志士 枕戈之日)' 고 격분을 토로했다. 이에 의병들은 '싸워도 죽고 싸우지 않아도 죽기는 마찬가지다. 싸우면 혹 사는 수가 있어도 싸우지 않으면 반드시 죽는다' 는 각오로 용전해 7백 의총으로 빛난다.

특히 피포자가 되어 왜로 끌려온 사람들은 '왜놈의 땅으로 끌려오고 보니 살아서 돌아갈 수 없음을 알자 밤낮으로 피를 토하듯 울부짖었다'[16] 는 그 울음은 문자 그대로 피눈물이다.

또한 강항(姜沆)은 『간양록(看羊錄)』에서 '피포자들은 왜에 끌려와 9일 이상씩 굶었고 병이 나면 물 속에 던져져 죽임을 당했으며 도망치다가 체포될 지경이 되면 바다로 뛰어들어 자진했는데도 시체를 건져서는 수레에 걸어서 사지를 찢어 거리에 버려두었다'[17] 고 증언했다.

차라리 죽어 혼이라도 고국에 간 것은 행복이요 온갖 굴욕을 당하며 고향을 그리워한 것은 되레 불행이었다. 그것은 도공 후예들의 한에서도 짐작되고 남음이 있다.

이처럼 극한적인 감정을 정희덕(鄭希德)은 '왜적과는 우리 나라에서는 백 세가 지나더라도 해를 이고 살 수 없다. 반드시 그들이 저지른 잔학상에 복수해야 된다. 비록 적소를 난타해서 불을 지르지는 못할망정 그들을 다 섬멸해서 쾌히 치욕을 설분해야 한다'[18]고 이를 갈았다.

---

15) 이긍익 : 『연여실기술』, 권16
16) 노인 : 『금계일기』, 선조 32년, 3월 15일
17) 조경남 : 『간양록』, 권1, 임진 5월

이런 적개심은 시공마저 초월했는데 영조 때 장한철(張漢喆)은『표해록(漂海錄)』에서 '왜놈이여, 왜놈이여, 참할 만하도다. 천 번을 벌하고 만 번을 때려 죽여도 오히려 한이 차지 않는다(倭乎倭乎 如可斬兮 人千其釖 如何射兮 人萬其弩)' 고 분을 씻지 못해 안달했다.

일인들도 조선인들의 마음을 꿰뚫어보듯 이를 인정하고 있다.

조선출병의 결과를 분석하면서 '慶長の 役'에서 '이번에는 전의가 오르지 않아 조선 남부의 거점에만 머물렀고 그것도 조선 민병들의 게릴라전에 고심하다가 수길이 병사하자 전군이 철수했는데 이로써 2회 7년에 걸친 조선출병은 완전히 실패로 돌아갔으며 조선인들에게 일본에 대한 원한만을 강하게 남긴 것뿐이다'[19) 고 신랄하게 비판하고 있다.

이런 대일감정이 「임진록」의 사명당(四溟堂) 편 항왜설화에서 소설화 과정을 입었다. 그만큼 「임진록」은 실상 수용이 배제되고 사실성이 결여되었기 때문에 정신적 문학의 성격을 띠고 있다.

사명당 유정(惟政)의 속명은 임응규(任應奎)로 중종 39년 영남 밀양에서 태어났다. 소년 응규는 유촌 황여헌(黃汝獻)을 찾아가 그를 스승으로 모시고 학문을 배웠다. 그러다가 16세에 부친상을 치르고 난 뒤 직지사의 신묵화상(信默和尙)을 찾아서 출가했다. 32세 나던 해는 묘향산으로 들어가 청허당 휴정(休靜)의 제자가 되었으며 임진란이 일어나자 분연히 분충구국의 길로 들어섰다. 사명당은 의승군을 이끌고 적을 격파하기도 했으며 강화를 체결하기 위해 4차에 걸쳐 적진에 뛰어들기도 했다. 이런 우국애족의 화신은 광해군 2년 조용히 입적했다.

---

18) 정희덕 :「월봉해상록」, 권1, 풍토기
19) 山本武史 :「일본사」, 233~234쪽 요약

청사에 빛날 그의 업적으로는 강화 체결 후 강화를 허락해 준 대가로 '누도의 조그만 정성을 모아 금민(擒民)과 본국에 있는 포로를 보낸다는 1천 3백여 명'의 포로환국에 있다.

이런 업적으로 말미암아 사명당 유정을 신격화한 설화가 파생했는데 그런 설화도 「임진록」으로 전이되었다.

왜왕은 사난의 흉계를 꾸며 사명당을 시험한다. 이에 사명당은 8만 병풍서를 외우고 1천 근 무쇠방석을 타고 선유한다. 왜왕은 구리로 지은 집에 불을 지펴 빨갛게 달구고 그 속에 사명당을 가뒀으나 사명당은 대장경을 염송하며 초연했으며 또한 빨갛게 달군 구리말 위에 올라 왜왕을 질타하다가 항서를 받아낸다.

「김기동본(임진록)」

이것이 곧 사난설화(四難說話)의 소설적 변이가 된다.

뿐만 아니라 사명당은 왜왕의 항서를 받고 '매년 십오륙 세 된 여아로 하여금 인피 3백 장씩 무공으로만 바치고 또 십오륙 세 된 남아로 하여금 고환 서 말씩을 까서 바치라'고 한다. 해마다 십오륙 세 된 동정녀의 무공 인피 3백 장을 벗기자면 수많은 생명을 빼앗아야 할 것이며 또한 소년의 고환 서 말을 까서 보내자면 많은 생명이 희생되어야 할 것이다. 그렇게 매년 조공을 바치다 보면 몇십 년 뒤에는 왜의 종자가 멸종할는지 모른다.

물론 살생을 적극적으로 말려야 할 승인 사명당이 터무니없는 요구를 했을 리 만무하다. 그것은 바로 사명당의 뛰어난 업적을 숭모한 나머지

당 시대인들의 적개심과 복수심이 창의적인 설화를 배태시켜 설원(雪冤) 했고 그러한 설화가 소설로 전이된 결과라고 할 수 있다.

그런데 단지 「임진록」의 주제를 항왜설화에서만 찾은 결과, 적개심과 복수심에 불타는 정신적 승리의 정화라고 주제를 이끌어냈다. 그러나 적개심과 복수심에 불타는 정신적 승리 이전에 「임진록」 전편에 걸쳐 있는 주주제는 당 시대인들의 내면 깊이 박혀 있는 반역사적 요인이 동인에 있다. 그리고 임진란의 처참한 피해에 대한 보상 내지 자위화를 소설로 변이시킨 그 점에서 주제를 찾아야 한다.

이와 같은 자위의 반대급부는 우리보다도 일제에게서 찾을 수 있어 역사의 아이러니를 실감하지 않을 수 없다. 노일전쟁 당시 연합함대 사령관이었던 동향(東鄕)이 러시아 발트함대를 대한해협에서 대파하고 개선하자 전첩축하회를 열었다. 그는 영국의 넬슨에게 비유하기도 하고 조선의 성웅 이순신 장군에 견주면서 상찬이란 상찬은 다 받았다.

그런데 동향은, '나 같은 사람이 넬슨에 비유됨은 몰라도 이순신에게 비견되는 것은 얼토당치도 않다, 오히려 이순신을 모욕하는 행태며 동향 같은 놈은 이순신의 발 뿌리에도 멀리 미칠 수 없는 졸장에 지나지 않는다' 고 이순신을 상찬했다고 한다. 그리고 태평양전쟁 당시 수뢰사령 천전 공(川田 功)은 '임전마다 세계 제일의 해장인 이순신을 생각하지 않을 수 없었다. 그의 인격, 전술, 발명, 통솔력, 지모, 용맹 등 어느 것 하나 상찬에 값하지 않는 것이 없었다'[20] 고 진솔하게 표현했다.

일제는 성웅 이순신의 모든 점을 연구한 듯하다. 그랬기에 전쟁 수행

---

20) 김소운 : 「韓來文化の 後榮」 상, 82쪽

중 해군 장성들도 이순신의 전술을 연구해 실전에 응용할 수 있었던 것이라고 생각된다.

요컨대 이런 설화를 집대성하게 된 동인은 개인의 발표 지지가 없었던 시대에 있어 칼럼과 같은 성격이며 자기 표현욕구의 기능적 소산에서 비롯된 당 시대인들의 목소리, 그것이라고 할 수 있다.

5) 의미화의 그릇

「임진록」은 한 시대를 다룬 소설이기 전에 임진란 이후부터 면면히 내려오고 있는 역사적 경험현실에 대한 허구현실의 시대적 흐름을 지니고 있다. 이유는 「임진록」의 이본이 시공을 초월해 파생했다는 데 있다.

그런데 이본마다 작가의식이 개재되었다고 본다면 「임진록」의 이본은 작가군을 형성하게 된다. 그리고 「임진록」의 이본마다 그 특성을 찾다보면 이본군의 보상심리도 자연스레 도출될 수 있을 것이다. 「임진록」에서 이본군의 보상심리를 도출하려면 이본을 먼저 분석해야 하는데 이러한 이본의 분석은 기존연구를 참고해서 도출하기로 한다.

이본들 가운데 역사적 사실을 중심으로 하고 여기에 의도적으로 설화를 삽입시킨 것이 있다. 곧 토정몽유풍악이 그것이다. 토정 이지함(李之菡)이 명산을 편력하면서 오악의 산신령들을 만나 대화 여인의 침략 예언과 그 방비책을 듣는다는 내용의 설화를 수용한 것으로 작가 의도가 뚜렷한 이본 「국도본 임진록」이 있다. 또한 역사적 사실에 충실을 기하면서도 허구적인 설화를 의도적으로 굴절시켰는데 항왜설화가 사실 왜곡이 가장 두드러진다. 이런 설화에 보상심리를 극대화한 이본 「경판본 임진록」이 있다. 해전과 육전으로 나누고 이순신에게 초점을 맞춰 민족감정을 표출한 이본 「완판본 임진록」, 명군의 교만과 행패가 자심해 적인 왜군의 적개심보다 명군에 대한 적개심을 적나라하게 반영시킨 이본 「숭전대본 임진록」도 있다.

이상의 이본은 「장서각본 임진록」이 모태가 되며 허구가 가감되거나 축약된 보상심리의 일군이 된다.

이순신의 자살설을 야기한 당쟁에 초점을 맞춰서 구성한 이본인 「흑뇽일기」, 사실과 허구의 이원적 특성을 살리고 이순신의 탄생설화와 사명당의 항왜설화를 대비적으로 표현한 이본 「연세대본 임진록」, 이순신을 영웅으로 시종여일 서술하다가도 엉뚱하게 조선 장수들의 숙명성과 천래의 과업을 부여했으며 지역의 특성을 드러낸 이본 「비장본 임진록A」이 있다. 의병들의 활약상을 부정적으로 표현했으며 동시에 왕권마저 매도하긴 했으나 당 시대인들의 저항의식을 두드러지게 부각시킨 이본인 「비장본 임진록B」도 있다.

뿐만 아니라 평수길 동생 평성 등이 부형의 원수를 갚기 위해 조선 재침에 나서며 이여송이 속리산맥을 끊다가 산신에게 살해당한 뒤, 아우 이여백이 형의 원수를 갚기 위해 조선출병을 한다는 내용을 담은 대왜감정과 대명감정을 동시에 표출한 이본인 「권영철본 임진록」이 있으며, 돌이 지난 아기에게 이여송이 희롱당하다가 아기에게 무릎을 꿇고 만다는 내용으로 원군의 공과를 반영한 「이명선본 임진록」도 있다.

이여송이 끼친 피해가 임진란 7년 전쟁보다 자심했다고 신랄하게 표출한 이본 「고대본 임진록겸토사」도 있으며 대왜감정을 고조시킨데 비해 대명감정을 생략한 이본 「경북대본 임진록」도 보인다.

이상의 이본은 민간인들이 전승한 이본으로 설화를 수용해서 반명의식을 표출한 일군(一群)이며 설화 중심으로 이야기를 전개시켰기 때문에 당 시대인들의 감정이 진솔하게 나타나 있다.

이여송의 추방설화를 수용해서 배명의식을 강조한 이본 「국도본님진녹」, 이여송이 조선 같은 편소지국에 영웅호걸이 많다고 해서 명산대천의 혈(穴)을 자르는 내용으로 반명관을 고조시킨 이본 「흑농녹」, 역사적 사실에는 관심을 두지 않고 전사자 나름대로 가필은 했으나 이순신의 최후 장면을 극적으로 묘사해서 신격화한 이본 「이능우본 임진록B」, 그리고 설화를 의도적으로 선별해서 수록했기 때문에 민간인들의 심충을 여실히 엿볼 수 있는 이본 「김양선본 임진록」도 있다.

사명당이 왜를 항복시키고 1백년 동안 동정녀 인피 3백 장으로 매년 조공케 하고 이를 정당화하기 위해 왜의 10대 죄목을 나열한 이본 「박노춘본 고담 임진록」, 사명당이 왜왕의 침략 근성을 바로잡아 불도를 숭상케 하는 불교적인 이본 「이능우본 임진록B」도 있다. 왜가 조선왕을 침탈할 야욕에서 침략이 시작되며 이순신의 참소에 초점을 맞춰 당쟁을 비판한 이본 「이능우본 임진록C」 등도 있다.

이밖에도 임진록에서 흥미로운 설화를 모으고 창의성을 가감해 변이시킨 「비장본 선임록」, 사명당의 항왜설화를 빼놓았거나 친일의식을 고려해 재구성한 「김완섭본 임진록」, 청병설화는 있으나 항왜설화 등이 누락되어 있어 시대상의 제약을 받은 「활자본 임진록」 등도 있다.

이상의 내용을 요약하면, 역사성을 바탕으로 구성의 골격을 이룬 이본군, 역사성을 바탕으로 구성했으나 설화를 굴절시킨 이본군, 설화를 구성적 골격으로 허구화한 한문본의 이본군, 의도적으로 설화만을 발췌해 재구성한 이본군으로 분류할 수 있다.

이런 이본군에 깃든 의미화는 임진란을 사전에 대비하지 못한 원(寃), 당쟁을 비판하고 심화한 사회의식, 왜의 조선 침략을 숙명적으로 달관한 체념, 왕권소외에서 비롯된 권신들에 대한 당시대인들의 저항의식, 이순신 등 인물을 신격화한 구국의식, 왜적에 대한 적개심과 복수심에 불타는 정신적 승리감, 원군의 횡포에서 비롯된 반명관 등 실로 다양하고 다의적인 보상심리(補償心理)가 적나라하게 표현되어 있다.

이런 주제의식은 임진란의 진정한 전쟁 수행자는 민간인이었으며 설화의 주제자도 그들이었듯이, 「임진록」의 이본마다 민간인들의 자유분방한 상상력이 점철되어 있으며 그것도 전이와 변용을 거쳐 의미화된 보상심리가 첨예화되어 있다.

비록 한문본의 작자층은 귀족들이고 이를 향유한 층은 그들이었다고 하더라도 의미화는 민간인들의 보상심리와 궤(軌)를 같이하고 있으며 「임진록」에 용해된 보상심리는 개인적인 것도 아니며 작가군적인 것은 더구나 아닌, 곧 민간인들의 정화의식의 발원이라고 할 수 있다.

「임진록」의 정화(Catharsis)는 임진란의 처참한 피해상을 재결합할 때 생기는 방해적인 여러 요소(Complex)로부터 탈출을 의미한다. 그것도 작품 속으로 구상화되면서 개인적인 비극에서 벗어나 재현되는 과정으로서의 대사회적인 피해망상을 정화시키게 된다.

이때 나타나는 비참은 경험현실이 아닌 상상력의 여과를 거쳐 허구현실로 정화되기 마련이다. 따라서 「임진록」의 보상심리는 의미화의 그릇을 여과한 정화가 된다. 그러기에 참담한 패배를 정신적 승리로 승화시켰으며 정화의 무기도 무력에 의한 힘이라기보다는 민족 자존이 빚어낸 우월감의 소산, 당 시대인들의 반역사적 자아각성이었다. 더욱이 창조로 재현된 정화마저 경험현실<역사>를 회고나 반성에 의해 허구현실<작품>으로 구상화했다. 또한 문학이라는 커다란 예술의 그릇에 담아 저항의식이나 비판의식을 점화시키기까지 했으나 그것은 불행히도 행동의 실천으로서가 아니라 의미화의 보상으로 나타났다.

그렇다고 「임진록」은 창조적인 정화만이 꽃을 피운 것은 아니다. 정신적 승리감과 민족적 우월감이 처절한 피해상을 정화시킨 자기보상화 또는 체념화의 첨단(尖端)도 있기 때문에 「임진록」의 이본군은 보상심리가 다의적으로 표출되어 있다는 데 문학적 가치가 있다.

이러한 이본군은 개인의 의사 발표 지지(紙誌)가 없었던 시대에 있어 오늘날의 칼럼과 같은 성격을 지녔으며 자기 표현욕구의 기능적 소산에서 비롯된 당 시대인들의 소리, 바로 그것이라고 할 수 있다.

찾아보기

한국소설은 어떤 것인가

인쇄일 초판 1쇄 2004년 08월 20일
            2쇄 2015년 08월 23일
발행일 초판 1쇄 2004년 08월 25일
            2쇄 2015년 08월 25일

지은이 김 장 동
발행인 정 진 이
발행처 새미
등록일 1994.03.10, 제17-271호

서울시 강동구 성내동 447-11 현영빌딩 2층
Tel : 442-4623~4 Fax : 442-4625
www. kookhak.co.kr
E- mail : kookhak2001@hanmail.net
ISBN 978-89-5628-133-9 *93800
가 격 13,000원

* 새미는 국학자료원 의 자매회사입니다.
*저자와의 협의 하에 인지는 생략합니다.